D. B. Blettenberg · Blut für Bolívar

Dieser Doppelband vereint die beiden legendären Südamerika-Politthriller „Weint nicht um mich in Quito" und „Agaven sterben einsam" von D.B. Blettenberg.

Weint nicht um mich in Quito

Quito, die Hauptstadt Ecuadors, wird beherrscht vom Terror. Ein rechtsradikales Killerkommando ermordet im Auftrag der Regierung prominente Gewerkschaftsmitglieder. Wolf Straßner, deutscher Sozialtechniker, seit Jahren in Quito ansässig, gerät in die Wirren und bezieht Stellung. Als er danach das Land verlassen muss, bleiben nicht nur traurige Frauen zurück, sondern auch ein Freund, dem Straßner einen idealen Ort für ein Attentat auf den Innenminister geschaffen hat...

Agaven sterben einsam

Ein Putsch in Ecuador misslingt. Der verantwortliche Politiker flieht ins Nachbarland. Nur wenige Jahre später plant er seine ruhmreiche Rückkehr. Doch andere planen sein gewaltsames Ableben. Richard Braunschweig alias Wolf Straßner agiert erneut zwischen allen Fronten... .

D.B.Blettenberg, 1949 geboren, verbrachte einen Großteil seines Lebens in Übersee. Er lebte und arbeitete in Ecuador, Thailand, Nicaragua und Ghana und bereiste zahlreiche Länder Europas, Amerikas, Afrikas, Asiens und des Nahen Ostens. Er wurde mehrfach mit renommierten Thriller-Preisen ausgezeichnet, u.a. mit dem Edgar-Wallace-Preis und 2004 zum dritten Mal mit dem Deutschen Krimi-Preis.

„Was Blettenbergs Roman auszeichnet, ist neben Orts- und Milieukenntnisse auch seine überaus klare und lesbare Sprache."

Jörg Fauser

D.B.Blettenberg

Blut für Bolívar

Weint nicht um mich in Quito

und

Agaven sterben einsam

PENDRAGON

Von D.B. Blettenberg sind bisher im Pendragon Verlag
die Romane „Siamesische Hunde", „Berlin Fidschitown",
„Farang" und „Harte Schnitte" erschienen.

Unsere Bücher im Internet:
www.pendragon.de

Taschenbuch-Erstausgabe
Veröffentlicht im Pendragon Verlag
Günther Butkus, Bielefeld 2005
© D.B. Blettenberg 1981, 1982, 2005
Deutsche Ausgabe Pendragon Verlag Bielefeld 2005
Die Ausgabe erscheint in Zusammenarbeit mit
der Michael Meller Literary Agency, München
Alle Rechte vorbehalten
Umschlaggestaltung: Uta Zeißler
Foto Umschlag: D.B. Blettenberg
Herstellung: Baltus Mediendesign, Bielefeld
ISBN 3-86532-024-4
Printed in Germany

Inhalt

Weint nicht um mich in Quito   7

Agaven sterben einsam   149

Weint nicht um mich in Quito

*Man muss hineingegangen sein,
um gut herauskommen zu können.*

MARTES,
3 de Diciembre

Palacios war drei Straßenzüge von seinem Büro entfernt, als sie kamen.

Vor wenigen Minuten hatte er sorgfältig die Schreibtisch-schublade mit den vertraulichen Unterlagen abgeschlossen, den Stapel Finanzanträge auf der rechten, äußeren Ecke der Tisch-platte zurechtgerückt und die Tageszeitung in seinen Akten-koffer gepackt.

Dann hatte er seiner Sekretärin gesagt, dass er jetzt zum Flughafen aufbreche, um die letzte Nachmittagsmaschine nach Guayaquil noch zu bekommen.

Ob er denn auch sein Flugticket habe, hatte Rosa Serrano mit besorgter Miene gefragt. Er hatte vorsichtshalber in die Innentasche seines Jacketts gegriffen, das Ticket berührt und dann wie selbstverständlich bestätigt, dass er es nicht vergessen habe.

Gut, er war in letzter Zeit etwas vergesslich gewesen, zer-streut. Die Lage spitzte sich zu. Aber er hatte den Überblick noch nicht verloren. Er hielt viel von Ordnung.

Auf dem Flur hatte er eine Gruppe von Campesinos ge-grüßt. Zwei oder drei Gesichter waren ihm bekannt. Er hatte die Namen nicht parat. Da war nur die Verbindung zu einer Versammlung, an der sie beteiligt gewesen waren. Ihre brau-nen, verlederten Gesichter waren wie die dünne Schicht Mut-terboden, um die sie kämpften: Ausgelaugt und von der Sonne verbrannt. Sie begegneten ihm mit einer unterwürfigen Herz-lichkeit, die ihn traurig und hilflos machte.

Jetzt, in der stechend hellen Andensonne, kniff er die Augen leicht zusammen und beschleunigte seine Schritte. Bis zum Parkplatz waren es noch gut fünfhundert Meter. Es würde knapp werden bis zum Flughafen. Die letzte Nachmittagsma-schine flog immer pünktlich ab. Ein Vogel auf der Flucht vor der hereinbrechenden Dunkelheit.

Er hielt sich auf dem Gehsteig, der noch nicht im Schatten lag und spürte die warmen Sonnenstrahlen auf den Schultern. Im Slalom überholte er die wenigen Fußgänger.

Sie stellten ihn an einer Straßenkreuzung. Die vier Wagen schnitten die möglichen Fluchtwege ab. Der hinter ihm musste ihm schon eine Weile gefolgt sein. Er registrierte ihn mit einem Blick über die Schulter. Der ihm entgegenkam, war ihm nicht aufgefallen. Die anderen beiden schoben sich jetzt rechts und links in sein Blickfeld. Für einen Moment dachte er daran, an einem der Wagen vorbei durchzubrechen, gab den Gedanken aber sofort wieder auf. Die Straßen waren zu eng. Es hätte genügt, eine Wagentür aufzustoßen, um den Gehsteig zu blockieren.

Es roch nach Ärger. Die Passanten hatten gute Nasen und verzogen sich fluchtartig. Er stand im Zentrum eines unheilvollen Sterns, auf dessen Zacken sie sich auf ihn zuschoben.

Ein Automodell fiel ihm auf. Ein verbeulter Ford mit einem blinden Scheinwerferauge kam aus einer Einbahnstraße, aus der falschen Richtung. Polizei war keine zu sehen.

Palacios wusste, was anlag. Er war wichtig geworden. Eine lästige Bedeutung kam seiner Person zu. Zwölf Männer stiegen aus. Er fühlte sich auf bittere Weise geehrt. Die Männer nahmen Kurs auf ihn. Sie mochten ihn nicht, strahlten Unzufriedenheit aus – darüber, dass es ihn gab. Ihr drohender Gang machte sie zu einem Heer, das gegen ihn zu Felde zog. Er versuchte, sich einzelne Gesichter einzuprägen, versuchte, etwas an den Gestalten festzustellen, das markant war. Es waren zu viele. Zwölf auf einmal. Zwölf Sonnenbrillen. Zwölf graudunkle Anzüge. Zwölf Gestalten von mittlerem Wuchs. Ein Teil davon mit Hut. Der Rest mit schwarzem Haar. Zwölf auf einmal war besser als Gesichtsmasken. Einer tarnte den anderen. Ein Haufen Unbekannter.

Er bekam keine Gelegenheit, sich den Tonfall einer Stimme zu merken. Sie hatten ihm nichts zu sagen. Der erste, der heran war, holte aus und traf ihn mit der Faust im Gesicht. Palacios schwankte und umklammerte hilflos seinen Aktenkoffer.

Sie teilten sich die Arbeit. Keiner war auf geschwollene Knöchel scharf, daher schlugen sie abwechselnd zu. Mechanisch, wie eine gutgeölte Maschine. Ein routiniertes Ineinandergreifen von Zahnrädern. Sie mussten es schon öfters gemacht haben, denn es gab keine Gefühlsausbrüche. Keiner nahm sich ihn speziell vor. Keiner leistete sich Hass oder übermäßige Brutalität. Aber jeder trug seinen Teil bei. Und vierundzwanzig Fäuste waren mehr, als ein einzelner Körper unbeschadet vertragen konnte. Sie konzentrierten sich auf die Körpermitte. Der Faustschlag ins Gesicht war nur die angemessene Eröffnung gewesen. Es war eine Lektion, keine Endabrechnung. Sie wussten, dass er morgen in der Zeitung stehen würde, möglicherweise sogar ein Interview im Fernsehen geben wurde. Ein demoliertes Gesicht erregte unnötiges Mitleid, schuf Sympathie. Sie prügelten auf das ein, was unter dem Anzug lag: Leber, Magen und Nieren.

Palacios war ein kluger Held. Er ging frühzeitig zu Boden, wusste, wo seine Grenzen lagen. Es war nicht sein Ehrgeiz, zu provozieren und totgeschlagen zu werden. Irgendwann ließ er den Aktenkoffer los. Füße kickten ihn zur Seite. Es ging nicht um die Papiere. Es ging um ihn.

Einer der Angreifer musste neu im Geschäft sein, denn er leistete sich Emotionen. Als sie abdrehten, trat er Palacios in den Unterleib. Der einzige, der seine Füße einsetzte.

Palacios hörte ihre Motoren aufheulen. Dann sich entfernende Verkehrsgeräusche. Schließlich Stille. Alleingelassen lag er auf dem Pflaster, auf die Straßenkreuzung genagelt Er versuchte aufzustehen, aber sein Körper reagierte nicht in der gewünschten Weise.

Dann nahm er die ersten neutralen Schritte wahr, und der erste unbeteiligte Wagen, dem er im Weg lag, hupte ihn ungeduldig an.

MIERCOLES,
4 de Diciembre

Der Dezember war heiß und klar. Die Äquatorsonne steigerte sich jeden Tag aufs neue zu trockenen Backofentemperaturen. Ihr Licht verstärkte die Farben der Hochandenlandschaft, ließ sie leuchten. Sattes Grün, dessen fruchtbarfetter Glanz bald stumpf und zu sprödem Braun werden würde. Helles, strahlendes Weiß: Im Tal als Häusermeer, am blauen Himmel in Form von Wolken, die sich gelegentlich vor die Sonne schoben und die Stadt in zweitausendachthundert Meter Höhe in plötzliche Kälte tauchten.

Der Eukalyptuswald auf den Hängen unterhalb des Pichincha flirrte in der Hitze. Ein Meer aus Holz und Blättern. Hochexplosiv. Ölhaltig.

Es waren die Tage, an denen man morgens früh von Helligkeit geweckt wurde und sofort auf die Beine kam. Tage, an denen man zur frühen, noch schneidend kalten Stunde ans offene Fenster oder auf die Terrasse trat und den Sauerstoff wie ein kräftiges Frühstück in die Lungen sog. Der graue, schroffe Fels des Pichincha stach wie von einer Metallnadel graviert in den noch blassblauen Himmel. Und man hatte immer wieder Sorge, ob die wenigen Schneereste da oben den Tag überstehen würden. Der Schnee war zäh. Er schmolz träge und rettete sich meist hinüber in die Zeit, wenn es im Tal wieder regnete und der Neuschnee Verstärkung auf den Gipfel brachte.

Ich war gegen sechs Uhr früh aufgestanden und hatte gut fünf Minuten auf der kleinen Terrasse gestanden und den Berg angestarrt. Der Berg hatte Bolívar gesehen, Heere, Soldaten, Kanonen, Pferde, Waffen, Blut, Präsidenten, Regierungen, Diktatoren und Putschversuche. Anfangs war er nicht häufig besucht worden. Nur wenige stiegen hinauf: Die Schlachten der Eroberer und Befreier wurden zu seinen Füßen geschlagen. Heutzutage konnte man oft und nahe an ihn herankommen: im Auto. Ansonsten hatte sich nicht viel geändert.

Ernesto, der langhaarige graue Kater war an mir vorbeige-
schlichen, hatte mich miauend begrüßt und dann zwischen den
Pflanzen meines privaten Experimentiergartens Stellung bezogen, um sein Geschäft zu verrichten. Er pisste immer genau
neben die verkümmerte Bananenstaude, die vom versickerten
Katzenurin schon braune Flecken hatte.

Den Vormittag hatte ich vergammelt. Ausführliches Duschen. Zwei Spiegeleier und eine halbe Kanne Kaffee zum
Frühstück. Ein bisschen Lesen. Gelegentlich ein kurzer Gang
zum Fenster, und der Blick hinunter auf die Militärposten an
der gegenüberliegenden Straßenecke.

Zwei Häuser weiter wohnte der General. Bis vor kurzem war
er Oberbefehlshaber der Streitkräfte gewesen. Jetzt war er Innenminister. Die Anzahl der Wachen hatte leicht zugenommen.

Gegen halb neun am Morgen fuhr der Dienstwagen vor,
und der General trat in seiner grauen Offiziersuniform aus dem
Haus, verschwand auf dem Rücksitz. Vor dem dunkelgrünen
Chevrolet fuhr meistens ein schwarz-weißer Polizeiwagen, ein
Ford Pinto. Für die kurzen Sekunden, in denen man das Regierungsmitglied wahrnehmen konnte, spulten die Wachen mit
ihren Gewehren ganze Exerzierprogramme ab. In der Gewissheit, bis zum Abend untätig herumlungern zu müssen, legten
sie ein Maximum an Ehrgeiz und Energie in diese morgendliche
Paradeszene. Abends, wenn der General zurückkam, war es
schon dunkel; dann genügte auch lässiges Strammstehen. Am
Morgen machten sie immer ein recht ordentliches Bild. Ich
fand es sogar abwechslungsreich, denn in regelmäßigem Wechsel zogen Mitglieder eines anderen Teils der Streitkräfte auf,
durchsetzt von Verkehrs-, Zoll- und Militärpolizei. Verschiedene Uniformen, verschiedene Bewaffnung. Bei denen von der
Luftwaffe war einer dabei, der bei langweiligem Wachverlauf
oft die Fingerspitze in die Mündung seines Gewehrs steckte
und es bei aufgestelltem Kolben mit einem Schlag gegen das
Magazin zum Kreisen brachte. Meist verzogen sie sich abwechselnd in den kühlen Schatten der kleinen Tienda an der Straßen-

ecke, kauften sich eine Tageszeitung oder diskutierten die neuesten Fußballergebnisse.

Ich wurde kostenlos mitbewacht. Mein Wagen war der bestbehütete in ganz Quito. Wenn ich vor dem Haus am Randstein parkte, saß meist eine Wache auf dem Kotflügel oder döste gegen die Haube gelehnt vor sich hin. Selbst dann, wenn der verbeulte Variant unter dem Dach des Garagenstellplatzes parkte, leisteten sie ihm Gesellschaft, vor allem, wenn es regnete und sie keine Lust auf nasse Klamotten hatten.

Hätte der Innenminister von mir eine Beteiligung an seinem persönlichen Sicherheitshaushalt verlangt, ich hätte anstandslos ein paar Scheine beigesteuert. Die Jungs leisteten saubere Arbeit. Und sie waren immer freundlich. Gelegentlich hielten sie beim Grüßen den Lauf eines Schnellfeuergewehrs oder einer Maschinenpistole auf meinen Bauch. Ich hatte mich daran gewöhnt.

Gegen ein Uhr mittags klingelte das Telefon. Ein Herr Huber-Meier rief an und bat um meine Mitarbeit. Er umriss die Angelegenheit kurz, und ich hatte wieder einmal das Gefühl, dass jetzt Schluss sein müsste. Aber ich schaffte es, ihm beim Überreden zu helfen, indem ich schon am Telefon auf die unverschämte Höhe meines üblichen Honorars für Gelegenheitsdienste aufmerksam machte. Der Hinweis auf das Geld schien ihn allerdings kalt zu lassen. Die Zusammensetzung seines Doppelnamens weckte instinktiv mein Misstrauen hinsichtlich der Art, in der er zu seinem Geld kam, das er so leichtsinnig zu missachten schien.

Ich schloss die Wohnungstür ab und ging die Treppe hinunter. Im ersten Stock stand die dicke Señora mit Lockenwicklern auf dem Kopf in der Tür und wünschte mir einen guten Tag. Unten öffnete ich das schmiedeeiserne Garagentor. Der Variant stand einsam und verlassen in seiner luftigen Hütte. Die Militärpolizei löste gerade die Luftwaffe ab. Zwei von der Luftwaffe grüßten mich. Der Wagen kam beim zweiten Startversuch. Ich setzte rückwarts aus der Einfahrt und rollte dann an der Wohnung des Innenministers vorbei, die leicht abschüssige Ulloa hinunter.

Mein Ziel befand sich auf der anderen Seite des Tals. Huber-Meier hatte mir die Lage seines Hauses grob erklärt und sich im übrigen darauf verlassen, dass es aus roten Backsteinen und nicht zu übersehen war. Häuser, die am Osthang von Quito lagen, waren eigentlich alle nicht zu übersehen. Trotzdem spürte ich die Villa meines zukünftigen Auftraggebers relativ schnell auf. Ein Stück Deutschland auf fremder Scholle. Abgesehen von den rotbraunen Backsteinen, war so ziemlich alles an Stilrichtungen, vom Schwarzwaldhaus bis zum holsteinischen Bauernhof, verarbeitet worden. Der Eigentümer war Hobbyarchitekt, oder hatte zumindest kräftig an den Entwürfen mitgemalt.

Den Wagen parkte ich seitlich vor dem Eingangstor, dem eine gewisse Gutsherrenart nicht abzusprechen war. Die massive Steinmauer verdeckte mein Gefährt, das im krassen Widerspruch zu meinen großkotzigen Lohnforderungen stand.

Die Auffahrt zum Haus reichte, um zweimal die Pferde zu wechseln. Ich ging trotzdem zu Fuß. Weder am Tor, das angelehnt war, noch auf dem Grundstück war jemand zu sehen. Huber-Meier schien nicht unter Verfolgungswahn zu leiden oder sich über die Maßen bedroht zu fühlen. Ich fasste es als kleinen Spaziergang auf und klomm zügig die Steigung hinauf. Die beiden großen Garagentore in der Kelleretage des Hauses ließen darauf schließen, dass nur niederes Volk die Auffahrt so intim kennen lernte wie ich.

Auf halber Strecke blieb ich stehen, drehte mich um und sah auf die Stadt. Eine Wolke hatte sich vor die Sonne geschoben und dämpfte die Mittagshitze. Unter mir lag das Oval des Fußballstadions. Leere Sitze und Stufen gähnten mich an. Ein Uhr mittags, die Zeit der Siesta. Alles war träge und warm. Ein Dämmerzustand bei gleißendem Sonnenlicht. Man hatte sich in die schattige Kühle einer Wohnung zurückzuziehen, und nicht wie ich schwitzend etwas Neues in Angriff zu nehmen. Der

Eukalyptuswald auf der gegenüberliegenden Hangseite war um diese Tageszeit nicht grün, sondern sattblau, fast schwarz. Der Verkehr unter mir summte dünn zwischen den Häusern der Stadt. Ich hatte gute Lust, mich auf den leicht vertrockneten Rasen neben der Auffahrt zu setzen und auszuruhen.

Dann war die Wolke weg. Die Sonne trieb mich dem Haus zu. Die breiten Stufen vor der Eingangstür erschienen mir als überflüssiger Höhepunkt meiner Bergtour. Ich drückte auf den Klingelknopf und wartete.

Die Tür wurde geöffnet, und ich wusste sofort, dass sich der Aufstieg gelohnt hatte. Lange, rotblonde Haare, ein sinnlicher Blick, ein ungeschminkter Mund und mächtig viel Figur auf langen Beinen. Die knallengen, weißen Jeans waren aufreizender als nackte Haut. Ich zog die Sonnenbrille von der Nase und grinste verkrampft.

»Señor Huber-Meier erwartet mich«, sagte ich auf spanisch.

»Kommen Sie rein!« Ihr Deutsch hatte einen leicht nordischen Akzent. Sie gab die Türöffnung frei. Da sie nicht nach meinem Namen fragte, nahm ich an, dass man mich erwartete.

Drinnen war es angenehm kühl. Während sie die Tür schloss und mir den Weg zeigte, hatte ich Gelegenheit, sie ausgiebig zu betrachten. Sie sah nach Tochter aus. Wenn Huber-Meier ihr Vater war, konnte er zumindest mit einem Teil meiner Zuneigung rechnen. Mit einem solchen Kind hatte er gute Arbeit geleistet. Ich fragte mich, wie die Mutter aussehen mochte.

Sie führte mich durch die Eingangshalle zu einem Treppenhaus, das an ein Kolonialmuseum erinnerte. Die Art, wie sie vor mir die Treppe hinaufging, spielte all die wertvollen, holzgeschnitzten Madonnen und Jungfrauen an die Wand, selbst die mit Blattgoldauflage.

Huber-Meier stand in einem der Größe nach für Mannschaftssport geeigneten Wohnzimmer, nahe einer aufgeschobenen Glastür, hinter der sich eine weite Terrasse erstreckte. Er musste um die fünfzig sein und hatte das Aussehen eines wohlhabenden Bierkutschers: kurze, weiß-graue Haare auf dem runden Schädel, rote Äderchen auf den Wangen, kleine wässrige Blauaugen und ein massiger Körper. Das kurzärmelige, weiße Hemd war vorne durchgehend geknöpft und hing über khaki-farbene Shorts, die ihm bis halb über die demolierten Knie-scheiben reichten. Darunter kaktusartige, dürre Beine, gelb-lichweiß mit Leberflecken. Das ganze Drama wurde unten von einem Paar stabiler Sandalen abgeschlossen, denen schwarze Nylonsocken etwas Dezentes verliehen. Er sah aus, als ob er im eigenen Wohnzimmer Campingurlaub machen würde. Seine Metzgerpranken hielten ein Glas Bier vor dem Bauch.

»Willkommen«, sagte er jovial. Sein Gesicht zeigte deutliches Wohlwollen. Er hatte auf mich gewartet, und ich war pünktlich. Er blieb stehen; während ich auf ihn zuging, musterte er mich eingehend.

Es gibt eine gewisse Mischung von sauber gewaschenen Jeans, Stiefeln und besserem Hemd, die einen vom ausgeflippten Freak bis zum wohlhabenden Geschäftsmann offenhält. Ein Stil, der jede Zigarettenmarke sowohl an Bauarbeiter als auch an Mana-ger verkauft. Huber-Meier schien daraus zu schließen, dass ich einen maßgeschneiderten Anzug im Schrank hängen hatte.

»Meine Frau wird Ihnen was zu trinken machen«, sagte er mit einem Blick auf die Rotblonde neben mir.

Etwas an mir wurde schlaff. Der Saurier fraß Junggemüse! Ich kam mir betrogen vor.

»Was dürfen wir Ihnen anbieten?« Er betonte das *wir* mit unerträglichem Besitzerstolz.

»Ein kühles Bier wäre gut« Ich hätte das *kühl* am liebsten wieder zurückgenommen. Es klang beleidigend. Selbstverständ-lich servierte man hier das Bier gekühlt.

»Dänisches oder deutsches?«

»Dänisches«, sagte ich trotzig. Soweit, ecuadorianisches Bier zu verlangen, wollte ich nicht gehen.

»Würdest du wohl so freundlich sein, Liebling?« Er triefte vor höflicher Partnerschaft.

»Herr Straßler, ich...«

»Straßner«, sagte ich geduldig.

»Verzeihen Sie, Herr Straßner. Ich habe Sie um Ihre Mitarbeit gebeten, weil mir ein guter Freund Ihre Dienste empfohlen hat.«

Aha, dachte ich, Mitarbeit und Dienst in einem Satz.

»Mir wurde ein ziemlich wertvolles Gemälde gestohlen, das mir, ganz abgesehen vom Sachwert, sehr ans Herz gewachsen ist. Sie verstehen?« Er schwieg andächtig. Dann fuhr er fort: »Aufgrund verschiedener Vorkommnisse und den damit verknüpften Erinnerungen habe ich eine sehr persönliche Bindung an dieses Gemälde.«

Ich nickte teilnehmend. Er sprach akzentfreies Hochdeutsch. Die Rotblonde kam mit dem Bier. Das Glas war beschlagen. Ich nahm einen Schluck und schaute sie dabei bedauernd an. Zwischen diesen vollen Brüsten unter dem T-Shirt und den stacheligen Beinen in den Khakishorts fiel mir beim besten Willen keine überzeugende Verbindung ein. Sie setzte sich auf die Lehne eines Ledersofas. Die Art, wie sie das tat, reichte, um kleine Jungs zum Onanieren zu bringen.

Ich beeilte mich, Huber-Meier wieder anzusehen. Er war zu einem Wandschrank gegangen, zog eine Schublade auf und entnahm ihr eine Fotografie. Dann reichte er mir das Foto. Ich blickte auf etwas Koloniales mit rosigen Backen, Flügeln und purpurnem Umhang. Eine Mischung aus Erzengel Gabriel und Muttergottes.

»Das ist das Gemälde«, sagte er. »Sie können die Fotografie mitnehmen. Die Abmessungen des Originals habe ich auf der Rückseite notiert.«

Ich überlegte, was wohl seine persönliche Bindung an dieses Machwerk bewirkt haben mochte. Vielleicht war er katholisch. Oder seine Mutter war sehr barock gewesen. Die Rotblonde konnte jedenfalls nichts damit zu tun haben.

»Sie sehen verdammt jung aus«, sagte er skeptisch.

»So fühle ich mich auch.« Ich grinste ihn mit der elastischen Reife eines Frühgreises an.

»Mein Bekannter sagte, dass Sie über Erfahrung in derartigen Dingen verfügen. Er war sehr zufrieden mit Ihnen.«

Ich registrierte das Lob selbstgefällig. Es wäre unanständig gewesen, ihn nach dem Namen seines Bekannten zu fragen. Es kamen sowieso nicht viele Personen in Frage, denn ich verdiente mir nur gelegentlich ein paar zusätzliche Scheine auf diese Tour. Es musste der Nordamerikaner aus San Diego gewesen sein, dem ich vor drei Monaten ein paar bestöhnte Tonbandkassetten wiederbesorgt hatte. Huber-Meier sollte ruhig glauben, dass ich die Anzahl meiner Auftraggeber nicht mehr im Griff hätte. Es würde ihm das nötige Vertrauen in mich geben. Vorläufig lag noch zu viel vage Hoffnung in seiner Stimme, dass ich der Aufgabe auch gewachsen sein würde. Glauben war alles. Huber-Meier glaubte an das, wofür er sein Geld einsetzte. Ich gab mich als Profi. Profis schweigen, damit man sie nicht als Amateure erkennt, wenn sie den Mund aufmachen.

»Dreitausend Mark, wenn Sie herausbekommen, wer es gestohlen hat. Weitere dreitausend, wenn Sie das Bild wiederbeschaffen. Glatte Summen, in denen die Spesen und alle sonstigen Nebenkosten enthalten sind.« Er war der Typ, der Dollars ignorierte, absolut ergeben in die Härte der Deutschen Mark.

»Was ist, wenn ich das Bild beschaffe und der- oder diejenigen, die es geklaut haben, mir durch die Lappen gehen?«

»Einmal dreitausend«, sagte er.

Ich nickte, beeindruckt von seiner präzisen Art, Fragen zu beantworten. Sein Verhältnis zu Arbeitsaufwand und Entgeld überzeugte mich derart, dass ich aufs Handeln verzichtete. Mit Huber-Meier handelte man nicht, ohne sich zum Eingeborenen zu machen und gedrückt zu werden. Männer wie er schafften derartige Peinlichkeiten vorsorglich aus der Welt, indem sie bei Angeboten für blonde Haare und helle Augen gleich etwas zulegten.

»Wo hatten Sie das Bild hängen?« fragte ich. Es war Zeit, etwas für mein Geld zu tun.

Er zögerte kurz. »Sehen Sie, es ist mir nicht aus der Wohnung gestohlen worden, sondern aus dem Wagen. Ich hatte es einem Freund für eine Ausstellung versprochen. Es lag gut verpackt auf dem Rücksitz. Ich hatte vor dem Haus meines Freundes in der Juán León Mera, Ecke Veintimilla, geparkt und war in die Galerie gegangen. Während wir im Ausstellungsraum standen, hörte ich, wie ein Fenster eingeschlagen wurde. Als wir herauskamen, hatten sie die linke hintere Türscheibe eingeschlagen. Das Bild war weg. Die Wagentür stand offen. Es waren zwei Männer. Latinos. Sie verschwanden in einem Auto, das sie auf der gegenüberliegenden Straßenseite geparkt hatten.«

»Welches Modell?« fragte ich.

»Sehen Sie« – es klang verlegen –, »ich kann diese nordamerikanischen Kisten nicht voneinander unterscheiden. Besonders dann, wenn sie alt und verbeult sind.«

»Welchen Wagen fahren Sie?«

»Einen Mercedes.«

»Farbe?«

»Weiß. Er steht unten in der Garage. Sie können ihn sich ansehen. Die Scheibe ist allerdings schon erneuert.«

»Nein, danke, es wird nicht notwendig sein, den Wagen zu besichtigen. Wann ist es passiert?«

»Vorgestern. Gegen Mittag. Es muss halb zwölf gewesen sein.«

Ich hätte gerne nach seiner Autowerkstatt gefragt. Sie schienen dort zügig zu arbeiten und eine Menge ausländischer Ersatzteile zu führen. »Ich nehme an, dass es die Galerie von Señor Velasco ist, die Sie meinen.«

»Ja«, sagte er. »Guillermo Velasco ist ein guter Freund von mir. Kennen Sie ihn?« Er hielt sein leeres Bierglas so demonstrativ in die Richtung der Rotblonden, dass sie unverzüglich von der Sofalehne hochkam. Er vergaß dabei den partnerschaftlichen Blick. Die Rotblonde schaute mich fragend an. Ich gab ihr ebenfalls mein Glas und nickte zustimmend.

»Ich kenne seine Galerie. Ihn selber habe ich gesehen, das heißt, ich weiß, wie er aussieht und wer er ist, aber ich kenne ihn nicht persönlich.«

Irgendwo ging eine Kühlschranktür, und Flaschen klirrten. Dann war da wieder Huber-Meiers Stimme: »Es mag Ihnen recht sorglos erscheinen, das Bild so einfach auf dem Rücksitz zu lassen. Aber es war nur für wenige Minuten. Man konnte nicht erkennen, was da eingepackt auf dem Rücksitz lag. Den Wagen hatte ich abgeschlossen; alle Türen waren verriegelt, auch die hinteren, alle Fensterscheiben waren hochgedreht. Sie müssen genau gewusst haben, was ich im Wagen gehabt hatte.« Er sah mich an, als erwarte er Beifall für seine Überlegungen.

In Lateinamerika gibt es genug Leute, die aus einem Mercedes auch auf Verdacht klauen, ohne zu wissen, was es ist, aber derartige Erkenntnisse gehörten nicht zu seiner Welt. Statt dessen sagte ich: »Sieht ganz danach aus. Was geschah, als sie wegfuhren? Sie sagten, dass es zwei Männer waren. Kein dritter am Steuer, der wartete?«

»Nein«, sagte er. »Sie stiegen beide vorne ein. Einer nahm das Steuer. Das Bild mussten sie schon im Kofferraum oder auf ihrem Rücksitz verstaut haben.«

»Fiel Ihnen etwas Besonderes auf?«

Er überlegte angestrengt und lächelte dankbar, als seine Frau mit dem Bier kam. Er nahm einen Schluck.

Ich hielt das kühle Glas in den Händen und erlaubte mir einen kurzen Blick auf die Bedienung. Sie ging wieder zum Sofa und nahm die gehabte Stellung ein. Die Jeans schienen aus strapazierfähigem Material zu sein. Keine Hoffnung, dass sie platzen würden.

Huber-Meier holte mich durch seine Stimme auf den Teppich zurück: »Nein«, sagte er bedauernd, »es fiel mir nichts auf. Wie eben Latinos aussehen: dunkle Haare« Sonnenbrillen, schlecht geschnittene Anzüge. Nichts Besonderes.« Er zuckte mit den Schultern und schenkte Bier nach.

»Wohin fuhren sie? Ich meine, in welche Richtung.«

»Sie bogen in die nächste Seitenstraße ab und waren weg.«

Ich merkte, dass ihm nichts weiter dazu einfiel. »Haben Sie etwas unternommen?«

Er sah mich verlegen an. »Ich bin aus dem Alter raus, in dem man hinter Autos herspurtet.«

Ich sah auf die beiden Kaktusstangen mit den Leberflecken und gab ihm recht. Er hatte sicher auch nicht seine sportlichen Sandalen angehabt. »Ich dachte weniger an Verfolgungsjagden als an die Polizei.«

»Polizei?« Er sah mich erschüttert an. Der Klang seiner Stimme signalisierte mir, dass wieder Zweifel an meinen Fähigkeiten aufkamen. »Sie kennen doch die Polizei hierzulande. Es wäre für nichts gut. Nur Ärger. Diese Trottel tragen allenfalls dazu bei, dass mir noch mehr geklaut wird.«

Ich versuchte, verstehend zu grinsen. Irgendetwas schien in meinen Vorstellungen nicht richtig zu laufen. Ich hätte gedacht, dass er über die richtigen Kanäle verfügte, um den Polizeiapparat zum sinnvollen Einsatz zu bringen. Er war der Typ, der einmal in der Woche mit Politikern, Polizeichefs und Industriebossen pokerte. Ich hätte es sogar für durchaus möglich gehalten, dass er sie schon auf Skat getrimmt hatte. Gut, er zog meine Mitarbeit vor.

Ich stellte das leere Bierglas auf einen Rauchtisch und machte Anstalten aufzubrechen. Huber-Meier ging zu einem großkotzigen Schreibtisch hinüber und entnahm einer Schublade Scheckheft und Füllhalter.

»Ich nehme an, dass Sie mit zweitausend als Vorschuss zufrieden sind. Wollen Sie es in Sucre oder in Mark?« Er hatte den Stil eines mittelmäßigen Geldwechslers.

»Zweitausend sind in Ordnung. Geben Sie mir den Vorschuss in Sucre. Die Restsumme hätte ich gerne in US-Dollar, bar.«

Er sah mich einen Moment an, als wolle er sich meinen Pass zeigen lassen, um sich nochmals zu überzeugen, dass ich auch Deutscher sei. Dann schrieb er den Sucre-Scheck aus. Er kam auf mich zu und gab mir den Scheck. Ich sparte mir das Lesen, faltete ihn zusammen und steckte ihn in die Brusttasche meines Hemdes.

»Ich glaube, es genügt fürs erste, Herr Huber-Meier. Vielen Dank für die Informationen und das Bier.«

»Ich habe zu danken.« Er wurde geschäftsfreundlich, streckte mir eine Pranke hin. »Ich wünsche viel Erfolg.« Die Stimme eines Trainers, der seinem neuen Mittelstürmer Mut macht, bevor er ihn aufs Spielfeld schickt.

Ich strengte mich an, seine Pranke besonders kräftig zu drücken. »Auf Wiedersehen.« Ich drehte ab.

»Auf Wiedersehen, Herr Straßner. Meine Frau wird sie hinunterbegleiten.« Er blieb stehen.

»Ach...« Ich drehte mich nochmals um. »Ihre Telefonnummer?«

»Meine Frau wird sie Ihnen gerne aufschreiben.«

»Danke«, sagte ich und folgte der Rotblonden.

Unten angekommen, ging sie zu einem Telefontischchen und notierte die Nummer auf einer Visitenkarte. Sie reichte mir die Karte und sah mich dabei träge und herausfordernd an. Sie war sehr schön, entschieden zu schön für Hubermeiers. Auf der Karte stand: Heinz Walter Huber-Meier, Empresario. Daneben war die Nummer handschriftlich notiert. Er schien seine Nummer nicht jedem zu geben.

»Es gibt etwas, was mir auffiel.« Ihre Stimme klang gelangweilt und rauh.

»Wobei?« Ich sah sie an.

»Na, bei Velasco, vor der Galerie. Der Typ, der ans Steuer stieg, hatte auffallende Schuhe an. Italienische Dinger. Nicht von hier. Weiße, rotbraun abgesetzt. Sie passten nicht zum Anzug.«

Ich musterte sie erstaunt. Sie war also dabei gewesen. Ihr Mann hatte sie nicht erwähnt. »Danke«, sagte ich. »Das ist 'ne ganze Menge.«

Sie lächelte, ging zur Tür. »Wie alt sind Sie?« Es klang sehr lauernd.

Die Frage überraschte mich. »Ein Jahr unter Dreißig. Sie können mir also noch vertrauen.« Ich legte ein Grinsen zu.

23

Sie lachte kurz und hart. So, als sei das mit dem Vertrauen so eine Sache.

Ich blieb mit den Blicken wieder an ihren Brüsten hängen und hatte Lust, dem Geier im oberen Stockwerk sein Frischfleisch streitig zu machen. Sie hatte die Tür einen Spalt breit geöffnet. Nur so weit, als wolle sie ein Raubtier unbemerkt aus dem Käfig lassen. Ich streifte ihren Oberarm und die Spitze der einen Brust, als ich ins Freie trat. Auf der Treppe, in der hellen Sonne, drehte ich mich um. Ich schwitzte.

»Machen Sie's gut!« Sie schien es herzlich zu meinen. Dann war die Tür zu. Geier bevorzugten Aas, und ich war kein Tiger.

Ich setzte die Sonnenbrille auf, nahm den Scheck aus der Brusttasche und schaute ihn kurz und eingehend an, während ich die Auffahrt hinunterging. Man konnte nie wissen.

Die Maskenbildnerin hatte ihn sauber geschminkt. Die Platzwunde am Wangenknochen unter dem linken Auge sah aus wie eine alte Narbe. Das Mädchen hatte die Finger in kleine Töpfe gesteckt und sein Gesicht mit wohldosiertem Materialeinsatz auf normal getrimmt.

Raúl Palacios hatte in sich hineingelächelt und an die Eimer mit kosmetischen Kampfstoffen gedacht, die man hätte anschleppen müssen, wenn er nackt vor die Kamera getreten wäre.

Jetzt, auf Sendung, bot er über Anzug, Hemd und Krawatte nur seinen Kopf an: äußerlich notdürftig repariert, im Inneren unbeschadet.

Ihm gegenüber saß das Neutrum. Es hatte eine ordinär breite, rosafarbene Fliege um die wenigen Millimeter Hals geknotet und eine bombastische Hornbrille im Gesicht, hinter der ein Paar kleiner, stechender Augen flackerte. Das Neutrum war derzeit die Nummer eins unter den Nachrichtensprechern und Moderatoren. Jeder Ecuadorianer, der fernsah, kannte Emilio Arcos Vega. Er hatte sie alle befragt: den Präsidenten der Republik, den schwarzen Mittelstürmer der Fußballnationalmannschaft und die teigige Hauptdarstellerin der täglich ausgestrahlten Liebesserie. Wer seine Fragen einmal über sich hatte ergehen lassen, war in jedem Familienalbum verewigt.

Palacios brauchte Arcos' Publikum, deshalb war er hier. Die ländliche Basis war groß, aber sie war nicht an die entscheidenden Propagandastränge angeschlossen. Die Herren von den Fernsehkanälen kamen nur selten mit ihren Kameras in entlegene Provinzstädte. Und wenn sie einige Meter Film auf eine Demonstration der Campesinos verschwendeten, hatten die Bewahrer der inneren Staatssicherheit mehr erkennungsdienstliches Material als der durchschnittliche Fernsehzuschauer Informationen.

Arcos plusterte sich auf, lächelte in die Kamera und legte los: »Meine Damen und Herren, liebe Freunde, ich begrüße Sie erneut ganz herzlich zu unserer Nachrichtensendung um halb acht. Kanal Sieben präsentiert Ihnen heute als Gast: Raúl Palacios Vasquez, Präsident der CECAT, der Central Ecuatoriana de Campesinos y Trabajadores, dem größten Gewerkschaftsdachverband in unserem Land. Wie Sie sicher schon aus den Tageszeitungen erfahren haben, wurde auf Señor Palacios gestern nachmittag ein Anschlag verübt. Er wurde nahe der Plaza del Teatro von bisher Unbekannten überfallen und tätlich angegriffen. Señor Palacios, war es ein Mordversuch?«

»Man wollte mich offensichtlich nicht umbringen«, antwortete Palacios. »Noch nicht. Es war eine ernstgemeinte Drohung, eine Warnung meiner politischen Gegner und der Feinde unserer Gewerkschaft. Die siebenundzwanzig Toten, die es in diesem Zusammenhang im Laufe des vergangenen halben Jahres in allen Ecken unseres Landes gegeben hat, sind fast anonym in entlegenen Regionen ermordet worden. In der Hauptstadt reicht es, einen bekannten Funktionär öffentlich zu verprügeln.«

»Es ging also weniger um Sie persönlich, Señor Palacios, als um eine allgemeine politische Aktion?«

»Es ging um die Art und Weise, wie in unserer Republik die Reaktion reagiert, sobald es um ihre Interessen geht. In der Provinz werden unsere Mitglieder und Genossen mit der Machete erschlagen, wenn sie ihr Land fordern. Ich werde verprügelt, weil ich im Namen unseres Gewerkschaftsverbandes die Forderung nach gerechter Verteilung des Landes und nach menschenwürdigen Arbeitsbedingungen unterstütze. Die Methoden passen sich dem Gefälle zwischen Stadt und Land an.«

Arcos hatte noch einige Fragen gestellt und ihm erstaunlich viel Zeit für die Antworten gelassen. Nach der Sendung fuhr Palacios nach Hause. Seine Familie hatte Anspruch auf einen Teil seiner Freizeit.

Er fuhr am Flughafen vorbei, der verlassen in der Dunkelheit lag. Hinter dem Flughafengebäude bog er von der Hauptstraße ab und steuerte den Wagen in ein Wohnviertel mit mittelständischen Häusern.

Er fühlte sich müde und gealtert. Sein Körper schmerzte, und auf seiner Stirn standen Schweißperlen, als er vor dem Haus parkte und den Motor abstellte. Er legte für einige Minuten den Kopf auf die Hände am Lenkrad und schloss die Augen.

Seine Müdigkeit war bis ins Gehirn vorgedrungen. Eine psychische Erschöpfung über einem revoltierenden, zerschlagenen Körper. Bis vor kurzem war es umgekehrt gewesen: gesunde, körperliche Müdigkeit und aktive Gehirnströme. Wenn er gelitten hatte, dann war der Schmerz von den Erkenntnissen in seinem Kopf ausgegangen. Das Problem bekam seine praktische Seite. Oder wurde er nur alt?

Er hörte die Haustür und hob den Kopf. Seine Frau stand in der erleuchteten Türöffnung. Sie hatte die Kleine auf dem Arm und den vierjährigen Jungen neben sich.

Palacios stieg aus und ging auf seine Familie zu. Man erwartete ihn.

Ich schaltete den Fernseher ab und ging in die Küche, um mir ein Bier zu holen.

Raúl hatte schlecht ausgesehen, äußerlich. Ein alter Mann, der gute Antworten gab. Ein alter Mann von sechsunddreißig

Jahren. Ich hatte ihn seit Monaten nicht mehr gesehen. Um ihn herum schien es stickig zu werden. Sie versuchten, ihm und seinen Leuten den Sauerstoff abzudrehen.

Im Eisschrank waren noch eine Flasche Club und eine Flasche Malta. Ich entschied mich für Malta. Es war dunkles Bier, gab einem aber die Illusion von Altbier.

Der Kater kam in die Küche und miaute kurz und unverbindlich nach etwas Fressbarem. Er konnte aus diesen knappen Forderungen ganze Opernarien machen. Ich beeilte mich, ihm etwas Hackfleisch in eine Futterschale zu füllen. Er schubste ungeduldig an meinen Händen herum, bis ich fertig war, und ging auf das Fleisch los wie ein wochenlang ausgehungerter Puma.

Während ich das Bier in ein Glas goss, ging ich zum Fenster und sah zu den Wachtposten hinunter. Zwei von ihnen standen im schwachen Lichtschein der offenen Tienda und unterhielten sich mit der Besitzerin. Mittlerweile war das Heer dran. Sie trugen olivfarbene Ponchos gegen die nächtliche Kälte.

Mit Huber-Meier verglichen, wohnte ich im Tresor einer Bank. Außer ihm und seiner Frau hatte ich keinerlei Personal gesehen. Aber das konnte täuschen.

Ich hatte am Nachmittag einige Erkundigungen eingeholt. Ein Journalist, den ich recht gut kannte, hatte mir alles erzählt, was er wusste. Es war nicht sehr viel gewesen, aber es reichte fürs erste. Huber-Meier machte in Fleischwaren, in Baumaterialien und in sanitären Armaturen. Ein vielseitiger Geschäftsmann. Außerdem hatte er jede Menge Grundbesitz im nördlichen Hochland und an der Küste. Sein zweites Haus stand in Cuenca und seine Wochenendhütte in Salinas am Pazifikstrand. Ich kam mir mit dem Gesamtangebot von sechstausend Mark plötzlich etwas schlecht bedient vor. Über seine rotblonde Lebensgefährtin war außer der Tatsache, dass wohl eine Menge einflussreicher Männer sehr scharf auf sie war, nichts an Gerüchten zu erfahren gewesen. Es sprach für sie oder für ihre Diskretion.

Ich überlegte, ob ich mir etwas zu essen machen sollte. Dann kam ich zu dem Schluss, dass der Vorschuss, den mir Huber-Meier gegeben hatte, etwas Gesöff außer Haus rechtfertigte.

Als ich im Wagen saß und die Avenida de las Americas in südlicher Richtung entlangfuhr, gab ich vor mir selbst zu, dass es eigentlich nicht der Hunger war oder der Alkohol, der mich aus dem Bau lockte. Die Rotblonde hatte mich an etwas erinnert. Mit der vagen Hoffnung, dass etwas mit ihr Vergleichbares einsam und allein über einen Glas saß, bog ich in Höhe der Avenida Colón nach links ab und fuhr zum Pub.

Ich parkte den Variant im Lichtschein des Hotel Quito. Die Nobelherberge leuchtete wie ein Weihnachtsbaum. Das Pub lag auf der gegenüberliegenden Straßenseite. Ich klingelte, und die Bedienung machte mir die Tür auf.

Das Lokal war gut besetzt. Ich ging gleich durch bis zur Bar. Im Kamin tobte ein kräftiges Feuerwerk von feuchtem Eukalyptusholz. Jedesmal, wenn die Flammen auf ein neues Öllager stießen, krachte es beeindruckend. Die Sessel vor dem Kamin hatten einige Nordamerikaner beschlagnahmt. Texaco-Gulf-Menschen.

Ich signalisierte Julio meinen Wunsch nach einem Drink. Am Tresen standen drei Engländerinnen, die mittelmäßig aussahen. Sie wurden von etwa fünf bis sechs Ecuadorianern und zwei Franzosen hart bedrängt. Julio hielt mir mit ausgestrecktem Arm ein Glas Harper mit Eis hin, und eine der Engländerinnen war so freundlich, es mir weiterzureichen. Der Haufen geiler Verehrer durchbohrte mich mit einer Salve vernichtender Blicke. Ich konnte mir ein ausgiebiges Lächeln nicht verkneifen und bedankte mich, als ob sie mir gleich die ganze Flasche Bourbon weitergegeben hätte. Dann zog ich mich ins zweite Glied am Tresen zurück und lehnte mich mit dem Rücken an die Wand. Die Platzherren konzentierten sich wieder auf die drei weiblichen Opfer. Heute Nacht würde es wohl mehrere frustrierte Balzhähne geben.

Während ich meinen Whiskey schlürfte, inspizierte ich das Lokal: keine übermäßig erregenden Frauen zu verzeichnen. Erst recht keine, die so aussahen, als ob sie nur auf mich gewartet hätten. Statt dessen entdeckte ich Guillermo Velasco an einem Ecktisch. Er war allein.

Ich packte mein Glas fester und ging zu ihm hinüber. Er kam sofort halb vom Stuhl hoch, als ich ihn begrüßte und meinen Namen nannte. dabei konnte er mich allenfalls kurz gesehen haben. Er floss über vor Höflichkeit und bot mir einen Stuhl an seinem Tisch an. Jeder Ausländer war zunächst einmal ein potentieller Kunde.

»Was trinken Sie?« fragte er elegant.

»Danke, ich hab's mir mitgebracht.« Ich hielt mein Glas hoch.

Er war um die fünfundvierzig. Sein relativ langes Haar war schwarz, gewellt und nach hinten weggekämmt. Er trug einen großvolumigen Vollbart, der silbergraue Stellen aufwies. Seine Augen unter den schweren Lidern waren dunkelbraun. Darüber ein Paar wilder Augenbrauen, darunter gelblichbraune Ringe und Tränensäcke. Jede nordamerikanische Touristin über dreißig musste von ihm hingerissen sein.

»Señor Huber-Meier hat mir vom Verlust seines Bildes berichtet«, sagte ich.

»Oh!« Er überlegte kurz, kam dann wohl zu dem Schluss, dass ich es nur von Huber-Meier selbst wissen konnte, und fuhr fort: »Ja, eine üble Sache. Ein sehr wertvolles Gemälde.«

»Wie wertvoll?«

»Nun, wissen Sie, derartige Meisterwerke auf eine schnöde Zahl festzulegen, wäre eine Missachtung. Es fällt in die Kategorie der Liebhaberpreise. Und Liebe unterliegt zeitlichen Schwankungen.« Er bekam einen poetischen Glanz in die Augen.

»Sie waren dabei, als die beiden Männer im Auto wegfuhren?«

»Ja, ich habe sie gesehen.« Er nickte bedächtig und nahm einen Schluck aus seinem Glas. Portwein oder Sherry. Er wusste, was zu ihm passte.

»Fiel Ihnen irgendetwas Markantes auf?«

Er dachte ausgiebig nach. Die Texaco-Gulf-Leute vor dem Kamin brachen in ein lautes Gelächter aus, und einer, der wie ein pensionierter Cowboy aussah, brüllte nach mehr Whiskey.

»An den Männern war nichts Besonderes. Aber der Wagen. Ich glaube, es war ein Ford. Fragen Sie mich nicht nach Modell und Baujahr! Sie hatten ihn auf der gegenüberliegenden Seite der Juán León Mera geparkt. Das Glas des linken, vorderen Scheinwerfers war herausgebrochen. Ich erinnere mich genau. Der Scheinwerfer war kaputt.«

»Danke für den Hinweis«, sagte ich und erhob mich. Eine gutaussehende, dunkelhaarige Frau um die vierzig hatte Velasco entdeckt und kam auf unseren Tisch zu.

»Gerne geschehen. Grüßen Sie Señor Huber-Meier von mir, wenn Sie ihn wiedersehen sollten. Und wenn Sie ein Gemälde kaufen wollen, wirklich gute Kunst, die gibt es bei mir. Stets zu Ihren Diensten.« Er gab mir die Hand und bekam die Dunkelhaarige ins Blickfeld.

Ich nickte kurz und verzog mich, bevor er ein Vorstellungszeremoniell veranstalten konnte. Die Dame war elegant und benutzte ein herbes Parfüm. Ich lächelte sie an, als ich an ihr vorbeiging. Sie taxierte mich kurz und ging zu Velascos Tisch.

Im Barraum zeigte ich Julio mein leeres Glas. Am Tresen war ein Platz freigeworden. Die Engländerinnen zeigten die ersten Verschleißerscheinungen. Zwei von den Latinos hatten sich aufs Saufen verlegt und ihren Kollegen die magere Beute überlassen. Julio schob mir einen frischen Harper über die Bar, und ich gab ihm sechzig Sucre.

»War Janis heute abend schon hier?« fragte ich ihn.

»Ja, gegen sieben. Ihr Mann war um acht schon so betrunken, dass sie ihn nach Hause bringen musste. Vielleicht kommt sie wieder.« Er grinste freundlich, als wolle er mir Hoffnung machen. Ein mir wohlgesonnener Geheimnisträger.

Als ich den zweiten Bourbon halb weg hatte, tippte sie mir auf die Schulter und gab mir einen Kuss auf die Wange. Die Welt war in Ordnung. Ich legte die Flinte beiseite, zog meinen Tarnanzug aus, blies die Jagd ab und gab mich häuslich.

»Schön, dass du da bist«, sagte sie mit warmer Stimme und dem trägen Tonfall aus Georgia.

Julio stellte ihr was zu trinken hin. Sie nahm einen kräftigen Schluck. Janis war langbeinig und gut gebaut. Der verwaschene Jeansanzug und die hochhackigen Stiefel ließen sie noch schlanker und größer erscheinen. Die blonde, gewellte Mähne reichte ihr bis über die Schultern. Sie hatte eine kleine, zierliche Nase, volle Lippen, blaue Augen, lange Wimpern und eine Art, mich anzusehen, die mich erschreckend hilflos machte.

»Ich hoffe, du kannst den heutigen Abend noch für mich retten«, sagte sie. »Chuck war schon gegen acht wieder total zu. Es ist schlimm. Er trinkt das Zeug wie Limonade und fällt dann um. Gott sei Dank ist er friedlich. Je mehr er trinkt, desto friedlicher wird er. Er macht sich kaputt. Es geht ihm zu gut. Die Company zahlt reichlich. Die Arbeit macht er mit einer Hand. Am späten Nachmittag fängt er an, sich zu betrinken« Sie schnitt eine angeekelte Grimasse und schnaubte missmutig, »Aus Frauen, speziell aus mir, macht er sich nicht sehr viel. Er könnte ganz auf mich verzichten, wenn ich ihm nicht ab und zu etwas Warmes zu essen machen und als braves Weib mit ihm auf irgendwelche Empfänge traben würde.«

Sie lehnte sich an mich. Es war, als habe irgendjemand den Stecker in die dazugehörige Dose gesteckt und den Stromkreislauf geschlossen.

»Denk nicht dran«, sagte ich. »Denk an sein Geld, an seinen Wagen und die viele Freizeit, die du hast. Und denk an mich!«

»Zyniker und Säufer haben vieles gemeinsam.« Sie schaute mich missbilligend an. Dann grub sie mir einen ihrer langen, rotlackierten Fingernägel in den Oberschenkel und lächelte verschwommen. Ihre Hände waren eine Sache für sich: lange, schlanke, gepflegte Dinger mit diesen Mordwerkzeugen am äußersten Ende.

31

»Hast du schon viel getrunken?« fragte sie.

»Mein zweiter heute. Und ein Bier.«

»Gut«, sagte sie. »Ich hasse Männer, die lieber saufen.«

»Trinken ist um einiges einfacher. Trinken ist passiv«, sagte ich lahm.

Sie lehnte sich mittlerweile in einer Art gegen mich, die meine Durchblutung förderte. Ich gab Julio das Geld für ihren Whiskey. Mein Freund, der Barkeeper, grinste glücklich, als teile er Freud und Leid mit mir.

»Buenas noches!« sagte er, als wir gingen. Es klang wie: macht's gut!

Kleber Larrea steuerte den verbeulten Ford mit dem blinden Scheinwerferauge an den Randstein und drehte den Zündschlüssel um. Der Motor schlug nach.

Er lehnte sich im Sitz zurück und kramte ein Päckchen Full Blanco aus der Anzugtasche. Dann merkte er, dass der Lichtkegel des rechten Scheinwerfers einsam in die Dunkelheit stach. Er langte zum Armaturenbrett und schaltete die Beleuchtung ab. Das Wachsstreichholz zischte kurz auf. Er spürte den süßlich-scharfen Tabakrauch in der Lunge. Radio Musical brachte ein Stück von Carlos Santana. Er drehte das Autoradio etwas lauter.

Larreas Wagen befand sich im südlichen Teil der Hauptstadt, nahe der Ausfallstraße nach Ambato. Das große, dunkle Gebäude der Textilfabrik stand wie ein Scherenschnitt gegen den klaren, sternenbesäten Himmel.

Die Genossen versammelten sich einmal in der Woche. Heute war Cabrera da. Cabrera vertrat Palacios. Die Versammlung endete meistens um elf, und die Arbeiter der Textilfabrik blieben noch auf einen Schnaps beisammen und besprachen sich, nachdem der Mann von der Gewerkschaft gegangen war.

Normalerweise war es jedenfalls so. Larrea schaute auf die Uhr. Fünf nach elf. Er drehte das Radio leiser, bewegte den Zündschlüssel und startete den Motor. Die Beleuchtung ließ er ausgeschaltet. Er bewegte den Schalthebel im Leerlauf und stieg aus dem Wagen.

Hinter dem mit Maschendraht verkleideten Tor auf der gegenüberliegenden Straßenseite hörte er Schritte. Das Tor wurde aufgeschoben, und ein Mann trat auf die Straße. Der Gestalt nach musste es Manuel Cabrera sein.

Larrea zog den kurzläufigen Revolver aus dem Hosenbund und hielt auf Mitte Mann. Er zog den Abzug zweimal kurz hintereinander durch. Der Mann vor ihm wurde unvermittelt in den Schultern hochgerissen, dann ging er zu Boden.

JUEVES,
5 de Diciembre

Zwischen dem blauhaarigen Mädchen an der Kasse und mir bestand eine Art fester Bindung. Auch wenn die Schlange bei ihr besonders lang war, stellte ich mich treu dort an. Sie lächelte dafür freundlich wie eine Verbündete.

An diesem Vormittag war es ruhig, fast leer im Supermarkt. Das Einkaufszentrum Iñaquito gehörte vier ausländischen Hausfrauen: einer Deutschen mit zwei blonden Kindern, einer Französin mit Kopftuch und Pudel auf dem Arm und zwei Nordamerikanerinnen mit Lockenwicklern im Haar und Schmetterlingsbrillen vor den bekleisterten Augen. Sie sahen alle aus wie ins Exil verschlagene Vernissage-Besucherinnen. Selbst hier im heimischen Shopping-Milieu lag noch ein bitterer Zug auf ihren Mienen. Sie harrten aus an der Seite ihrer Männer. Männer, die mit der ganzen Familie an die Front geworfen wurden.

Ich zahlte, und das Mädchen lächelte besonders zuvorkommend. Der Packer hinter der Kasse hielt mir die braune Tüte mit Lebensmitteln hin, und ich nahm sie in die linke Armbeuge wie ein Baby.

Auf dem Parkplatz kniff ich die Augen zusammen, um die Helligkeit zu drosseln. Ich stellte die Tüte auf den Vordersitz des Variant, nahm den Korb mit der schmutzigen Wäsche vom Rücksitz und ging zur Wäscherei.

An der Wäscheannahme standen mittlerweile die beiden Schmetterlinge mit den Lockenwicklern und sortierten ausgeleierte Reizwäsche und wild geblümte Bettbezüge in Plastikkörbe. Die Ecuadorianerin mit Auftragszettel und Kugelschreiber akzeptierte geduldig, dass ihr die beiden Gringas Stück für Stück vorrechneten und sorgfältig sortierten. Es hieß soviel wie: Das letzte Mal hat wieder die Hälfte gefehlt, und mein weißer Strumpfbandgürtel war hellblau verfärbt!

Ich lächelte die Frau an der Annahme freundlich und kumpelhaft an. Sie sah stumpf zurück.

Der ältere Schmetterling hielt eine überproportionierte Damenunterhose in fahlem Rosa mit spitzer Hühnerkralle hoch und ließ sie dann demonstrativ in einen der Plastikkörbe fallen. Ich stellte fest, dass Damenunterwäsche ab einer gewissen Konfektionsgröße ihren Reiz verlor. Der junge Schmetterling kaute irgendeine Anweisung auf spanisch heraus, die keiner von uns verstand, am wenigsten sie selbst, denn sie sah hilflos in die Runde, nachdem sie den Mund geschlossen hatte. Die Ecuadorianerin erkannte die Lage und schob ihr Zettel und Kugelschreiber hin, damit sie die Adresse und die Telefonnummer selbst eintragen konnte.

Ich stellte mir den dreckigsten Hinterhof in Brooklyn vor und quetschte etwas Liebenswürdiges in der Sprache der Schmetterlinge zwischen den Zähnen hervor. Beide schauten mich entzückt an. Die Frau von der Wäscheannahme warf mir einen Blick zu, als habe sie bis zu diesem Zeitpunkt noch Hoffnung für meine Person gehabt.

Der Jungfalter antwortete prompt durch seinen Kaugummi. Es klang überaus kollegial, war kein Spanisch, aber ich musste Dreck in den Ohren haben. Ich grinste breit und stumpfsinnig. Die beiden akzeptierten es als Antwort.

Die Frau hinter dem Ladentisch schob mir einen Plastikkorb hin, ich schüttete meine schmutzige Wäsche hinein. Ich tat es demonstrativ schnell, als bekäme ich immer die doppelte Menge gebügelter Hemden zurück. Die Frau fragte unbeeindruckt nach meiner Adresse und füllte den Zettel aus.

Ich griff mir den Beleg, steckte ihn in die Tasche meiner Jeans und ging zur Tierhandlung, um mir den Affen mit den hellblauen Augen anzusehen. Er saß auf seinem Stück Baumstamm und war immer noch nicht verkauft. Seine heutige Vorstellung schien er bereits gegeben zu haben, denn er sah mich ruhig an und machte keinerlei Anstalten, meinetwegen eine Sondereinlage einzuplanen.

Aus dem Schallplattenladen hämmerte mir etwas von Isaac Hayes in die Ohren. Die Art von Musik, wie man sie normalerweise abends nach zehn spielt und nicht am wachen Vormittag. Der Verkäufer mit der giftgrünen Lederjacke lehnte mit geschlossenen Augen neben einer Siebzig-Watt-Box, als hätte er mindestens drei Frauen im Arm. Ich steuerte auf den Ausgang des Einkaufszentrums zu.

Auf dem Parkplatz fragte mich ein Junge, ob er mir den Wagen waschen solle. Er fragte sehr entschlossen, als hätte er vor, mich zunächst auf ein Bier in die nächste Kneipe zu schicken, damit er diese Zumutung von Dreckskarre sorgfältig auf Vordermann bringen könne. Ich winkte ab. Er ließ mir einen Blick zukommen, der soviel bedeutete wie: Bilde dir ja nicht ein, dass mir was an dem Job gelegen hätte!

Dann kam der Parkwächter, scheuchte den Jungen lautstark weg und dirigierte mich aus einer imaginären Parklücke. Fünf Plätze links von mir stand der nächste Jeep, nach rechts etwa hundert Meter unbenutzter Raum. Ich kurbelte die Scheibe runter und gab ihm einen Sucre. Er wünschte mir einen schönen Tag.

Es war gegen elf Uhr morgens. Ich nahm die Avenida de los Estadios bis zum Fußballstadion, wo ich nach rechts in die Avenida Seis de Diciembre abbog und in Richtung Innenstadt fuhr. Am südlichen Ende des Tals stand der weiße Schneekegel des Cotopaxi. Der Vulkan wirkte in der Mittagshitze wie ein Hütchen mit Speiseeis, das man in eine Heizsonne hält. Sein regelmäßiges Dreieck war eine exakte Kopie des Fudschijama. Man hätte nur die Landschaft leicht abändern und die Bewohner auf japanisch schminken müssen.

Aus dem blauen Himmel über mir sackte eine DC 3 und kämpfte sich mit müden Propellerdrehungen zur Flugpiste im nördlichen Teil der Stadt. Ich warf einen Blick nach links auf den Hang, konnte aber Huber-Meiers Haus nicht ausmachen. Was mochte die Rotblonde treiben? Ich hatte verteufelte Lust, abzubiegen und nachzusehen.

Zehn Minuten später parkte ich den Variant auf der Plaza del

Teatro. Einer der Taxifahrer löste sich vom Kotflügel seines Wagens und machte Palaver von wegen Parkverbot. Ich schloss die Tür ab und gab mich stur.

Raúl Palacios war nicht im Büro. Rosa Serrano verwies mich an Ricardo Ortega.

Ortega stand im Versammlungsraum am Ende des Gangs und begutachtete einige Plakatentwürfe, die er auf dem großen Tisch ausgebreitet hatte. Als er mich sah, kam er auf mich zu, beklopfte mir Oberarme und Schultern und fragte, wo ich solange abgeblieben sei.

»Ich war die letzten Monate ziemlich beschäftigt«, sagte ich ohne Überzeugungskraft.

Er ließ es auf sich beruhen. Ortega hatte dunkelblondes Haar, war zweiunddreißig Jahre alt und sah einem nordamerikanischen Studenten ähnlicher als dem Südamerikaner, der er war. Er hatte bis zu seinem Studienabschluss in Argentinien gelebt und war auf der anderen Seite des Rio de la Plata, in Montevideo, geboren.

»Ich habe von der Sache mit Raúl gehört«, sagte ich. »Rosa sagte mir, er sei nicht da.«

»Er ist bei der Polizei.« Sein Gesicht wurde eine Spur düsterer, fast grau. Jeder andere seiner Kollegen hätte Bullen, Gorillas oder etwas ähnliches als Umschreibung gewählt. Ricardo Ortega sagte: Polizei. Die Art, in der er das Wort aussprach, brachte mehr als jede Ersatzvokabel. Es klang, als ob er bis zu den Knöcheln im Dreck stünde. »Sie haben Cabrera gestern abend erschossen.«

Ich schwieg betroffen. »Wo?« fragte ich dann.

»An der Textilfabrik. Du kennst sie, warst dabei, als wir vor einem Jahr die neuen Maschinen installierten.« Er sagte es mit Bedauern in der Stimme, erinnerte sich wohl an bessere Zeiten.

»Wieso hauen die plötzlich so brutal dazwischen?« Ich schaute ihn kopfschüttelnd an. »Es genügt ihnen wohl nicht mehr, eure Mitglieder zu Leichen zu machen. Sie schlagen ihnen noch nachträglich die Köpfe ab: eure Köpfe. Wieso Cabrera? Ich denke, Palacios arbeitet mit den Leuten von der Textilfabrik?«

»Raúl hatte Manuel mit seiner Vertretung beauftragt. Wir wissen nicht, ob sie Palacios oder Cabrera wollten.« Er holte eine Packung Zigaretten aus der Jackentasche und hielt sie mir hin.

Ich schüttelte verneinend den Kopf. »Es ist anzunehmen, dass sie wussten, wen sie aufs Korn nahmen. Wenn sie Palacios hätten erledigen wollen – das hätten sie schon vorgestern tun können. Wozu der doppelte Aufwand? Sieht so aus, als wollten sie ihre Meinung von euch breit unterstreichen.«

Ortega steckte sich die Zigarette an. »Ja, es scheint, als ob sie Manuel gemeint haben. Es gibt noch etwas anderes, was dafür spricht.«

»Was?«

Einen Moment lang sah er mich abschätzend an. Dann schaute er an mir vorbei und sagte: »Wir haben gewisse Vermutungen, können aber noch nichts beweisen. Was ich dir jetzt sage, sage ich dir als Freund, nicht als Vertreter unseres Verbandes. Du verstehst? Unser Sympathisantenkreis, oder besser gesagt: unser Freundeskreis muss aus Sicherheitsgründen verkleinert werden.«

Ich verstand. Das Wort Sympathisant hatte mir einen Augenblick lang weh getan. Er hatte es sofort verbessert, aber es stand im Raum: gesinnungsfreundlich, aber tatenlos.

»Welche Vermutungen?« fragte ich.

»Cabrera hat in letzter Zeit einige Informationen eingeholt über einen ausländischen Unternehmerkreis, der sich in Quito, Guayaquil, Cuenca und Portoviejo organisiert hat, unter verschiedenen Namen und Aushängeschildern sein Geld macht und ständig an Einfluss gewinnt. Was uns direkt angeht und unmittelbar betrifft, sind die unberechtigten Kündigungen, die Unterbezahlung und der Druck auf Arbeiter, die verschiedenen uns angeschlossenen Einzelgewerkschaften angehören.«

»Deshalb wird kein Gewerkschaftsfunktionär erschossen. Schnüffeln und Ärgermachen kontern die doch nicht mit Umlegen.« Ich zog die Augenbrauen hoch und blickte ihn skeptisch an. »Es geht euch grundsätzlich an den Kragen. Möglicherweise finden die Herren sich unter diesen Umständen bereit, ihren Teil beizutragen.«

»So wird es sein.« Ortega warf die Kippe auf den Fußboden und trat sie bedächtig aus. Das Thema war für ihn beendet. Er drehte sich zum Tisch um. »Wie findest du unsere neuen Plakatentwürfe?«

»Das mit der roten Faust und der Taube ist von den Chilenen abgekupfert. Würde ich nicht nehmen. Zu abgedroschen. Das mit dem Bauernkopf sieht gut aus, hat Ausstrahlung, aber nicht in diesem sanften Grün. Grün soll angeblich beruhigend auf die Nerven wirken, speziell in der milden Version. Bei uns sind Krankenhäuser und Kriegsschiffe innen grün gestrichen, wegen der Nerven. Das kann nicht eure Farbe sein, Ricardo.«

Er lächelte und schaute auf die Uhr. »Ich muss ins Landwirtschaftsministerium. Tut mir leid. War schön, dich mal wieder hier bei uns zu sehen. Ich werde Raúl sagen, dass du hier warst.«

»Grüß ihn von mir!« Ich ging zur Tür. »Und sag ihm, dass er gut war. Die Ratte von Nachrichtenstar hat ihn nicht in den Griff bekommen. Arcos sah beim Interview mit dem Erziehungsminister vor drei Wochen sehr gut aus. Gegen Palacios hatte er etwas von einem hinterlistigen, aber recht hilflosen Meerschweinchen.«

»Emilio Arcos und sein Sender scheinen Schwierigkeiten zu haben. Man hat ihnen ziemlich auf die Füße getreten wegen des Gesprächs mit Raúl. Sieht so aus, als ob der Kanal mal wieder für drei Wochen dicht gemacht wird.« Ortega kam hinter mir her und blieb in der Türöffnung zu Rosas Büro stehen.

»Der schafft es noch, seine Laufbahn auf linken Märtyrer umzubiegen, wenn er so weiter macht. Schätze aber eher, dass er zur Wiedereröffnung des Programms sicherheitshalber den Erzbischof von Guayaquil einlädt.« Ich winkte Rosa zu, sagte »Hasta luego« und ging zur Treppe.

Als ich um die Ecke auf den Theaterplatz bog, stand der

Taxifahrer mit einem Verkehrspolizisten bei meinem Wagen und grinste hämisch, als er mich sah. Der Polizist reichte mir eine Quittung, und ich gab ihm kommentarlos meinen Führerschein.

Huber-Meier saß im Schatten eines Sonnenschirmes auf seiner Terrasse. Der leichte Campingstuhl unter ihm drohte jeden Augenblick zusammenzubrechen. Auf dem weißen Metalltisch neben ihm standen eine Flasche Becks Bier und ein Glas, das auf dem Boden noch Schaumspuren aufwies. Mit der linken Hand blätterte er geschäftig in einem Aktenordner, während er mit der rechten Bier nachschüttete.

Huber-Meier stürzte das volle Glas Bier hinunter, als sei es sein letztes, und schloss den Ordner mit peinlicher Sorgfalt. Er lächelte selbstzufrieden, denn was er gesehen hatte, bedeutete Geld und gute Geschäfte. Mit einem Schnaufen, das einer Dampflok Ehre gemacht hätte, rettete er den Stuhl vor dem Zusammenbruch. Er legte den Aktenordner auf den Tisch und ging ins Haus. Es war halb eins, und er musste zum Flughafen.

»Liebling«, brüllte er in die mittägliche Stille seines Hauses, »fährst du mich?« Er ging zum Schlafzimmer seiner Frau hinüber.

Sie lag auf dem Bett, las und tat so, als habe sie sein Flüstern nicht ganz mitbekommen. Der leichte, weiße Bademantel war offen und gab einen guten Teil ihrer Figur preis.

Huber-Meier blieb vor dem Bett stehen und starrte geil auf ihre Oberschenkel. Irgendwo unter seinem Bauch zuckte es. Für Sekunden hegte er die Hoffnung, dass sich im Schatten seines Biergeschwürs eine stattliche Erektion gebildet hätte. Aber er wusste, dass er nur noch mit den Augen konnte. Ihm war heiß, und ein Schwindelanfall bewegte ihn wie ein Schilfrohr im Wind.

»Was guckst du so? Ist dir nicht gut?« Ihre Stimme klang gelangweilt und unbeteiligt. Sie legte das Buch beiseite und machte sich nicht die Mühe, den Bademantel zusammenzuziehen.

»Wenn du mit irgendjemandem herumfickst, während ich die zwei Tage in Guayaquil bin, dann hast du dein Ticket nach Frankfurt in der Hand«, schnaufte er feucht und schmierig. Es zuckte wieder.

»Hast du wieder diese Tour drauf?« Sie blickte belustigt zu ihm hoch. Ihre Hand fuhr von unten in ein Hosenbein seiner Shorts und griff seinen schlappen Schwanz. »Wenn der da nur das halbe Format der Bierflaschen hätte, die du unablässig leersäufst, dann könntest du dir deine Anweisungen sparen.« Sie sagte es schnell und heftig. Dann stand sie auf und ging hinüber ins Badezimmer. »Ich fahre dich zum Flughafen.«

Huber-Meier ging in sein Zimmer und zog sich um. Er würde ins Bordell gehen, sich eine Mulattin kaufen und sich besaufen. Es gab immer eine Alternative.

Es sah so aus, als sollte ich leicht zu meinem Geld kommen. Ich saß beim Chilenen auf der Amazonas im Freien und schob mir ein Sandwich in den Mund, als ich die italienischen Treter sah: weiß mit rotbraun. Der schlanke, dunkelhaarige Mann, der sie trug, hatte einen altersschwachen Ford auf dem gegenüberliegenden Parkstreifen abgestellt. Der Wagen stand mit dem Heck zur Straße, aber ich war sicher, dass der linke vordere Scheinwerfer kaputt war.

Der schlanke, dunkelhaarige Mann mit dem feinrasierten Schnurrbart hieß Kleber Larrea. Ich kannte ihn, wusste aber nicht, ob er mich kannte. Es war anzunehmen, dass er mich in seinem Gedächtnis abgelegt hatte, wie man Ausländer registriert, die man gelegentlich auf der Straße und in Lokalen trifft. Quito hatte eine halbe Million Einwohner, und nur ein kleiner Teil davon verkehrte in der Handvoll Restaurants und Bars, die ich ab und zu besuchte.

Larrea hatte einen gewissen Bekanntheitsgrad erreicht. Er beschäftigte sich mit allem, was Geld brachte: verschob Sachen, beschaffte Geschmuggeltes, vermittelte Gespielinnen, räumte Zollager leer und organisierte bei Bedarf Schlägertrupps, die lästige Leute verprügelten. Er machte seinen Schnitt und war keine große Nummer. Wir bildeten eine ausgewogene Paarung, was Huber-Meiers Gemälde anging.

Ich trank meinen Kaffee aus und bestellte einen neuen. Larrea schlängelte sich zwischen den Autos auf der Amazonas durch und setzte sich fünfzehn Meter weiter ins Lokal neben dem Chilenen an einen freien Tisch.

Ich studierte den Sportteil im Comercio und las die Kampfberichte der Corrida vom Vortag. Mariano Ramos, der Mexikaner, schien der Liebling der diesjährigen Stierkampfwoche zu werden. Ich hatte zwei Karten für die Kämpfe am nächsten Tag. Angel Teruel, Francisco Rivera ›Paquirri‹ und Curro Giron sollten gegen Stiere von Huagrahuasi, Pérez, Galache und Guardiola antreten. Neben den importierten, spanischen Stieren war ein halbes Dutzend erstklassiger Matadore angereist und einige der Mittelklasse. Meine zwei Karten waren noch nicht verplant, und ich spielte mit dem Gedanken, die Rothaarige anzurufen und einzuladen. Dann dachte ich an ihren Mann und schlug es mir vorläufig aus dem Kopf.

Ein kurzer Blick zu Larrea zeigte mir, dass er sich einen Kaffee bestellt hatte und die Passanten beobachtete. Als die Bedienung in Reichweite war, zahlte ich vorsorglich.

Zehn Minuten später zahlte Larrea, und ich ging zu meinem Wagen, den ich fünfzig Meter weiter am Straßenrand geparkt hatte. Ich stieg ein, startete den Motor und wartete, bis Larrea rückwärts aus der Parklücke setzte. Wenn er nicht in die Richtung fahren würde, in der ich stand, würde ich mit dem Wenden etwas Zeit verlieren. Der Verkehr war nicht allzu dicht.

Er sparte mir die Mühe, wurde im Rückspiegel größer und zockelte vorbei. Ich wartete zwei Autos ab und fädelte mich dann hinter ihm ein. Bis zur Avenida Colón schaffte ich es, bei Grün mit ihm über die Kreuzungen zu kommen. Er bog links ab. An der Diez de Agosto ließ ihn der Verkehrspolizist durchrutschen und drehte mir den Rücken zu. Während ich bremste und auskuppelte, sah ich, dass Larrea an der nächsten Kreuzung halten musste. Der Polizist betätigte seine Trillerpreife, machte eine Vierteldrehung und winkte mir mit weißen Handschuhen.

Als Larrea nach links in die Avenida de las Americas einbog, war ich wieder mit dabei. Wenig später bog er nach rechts in die Gasca ab und fuhr hangaufwärts. Ich schaltete in den Zweiten und kroch in genügendem Abstand hinter ihm her. Nach ein paar hundert Metern bog er nach links in eine Seitenstraße ab. Ich fuhr ein Stückchen weiter, parkte den Variant am Straßenrand, stieg aus und ging bis zur Ecke, an der er abgebogen war. Pasaje A stand auf dem Straßenschild. Der Ford stand etwa hundert Meter weiter vor einem hellblau gestrichenen Haus.

Wieder im Wagen, wendete ich und ließ ihn im dritten Gang gemütlich die Gasca hinunterrollen.

Vor meiner Wohnung lungerte Kavallerie herum. Oben nahm ich mir ein Bier aus dem Eisschrank und ging dann zum Telefon. Der Kater jaulte entzückt, mich zu sehen, und versuchte, aus meinen Jeans in Kniehöhe Putzlappen zu machen. Ich wählte Huber-Meiers Nummer. Es klingelte dreimal. Dann hörte ich ihre Stimme.

»Marie-Louise Huber-Meier.«

Allmächtiger, dachte ich, eine Paarung der Doppelnamen! »Straßner hier.« Ich wurde kurzatmig. »Ich hätte gern Ihren Mann gesprochen.«

»Vor einer Stunde habe ich ihn am Flugplatz abgeliefert. Er ist für zwei Tage nach Guayaquil geflogen. Ist es etwas Wichtiges?« Sie sagte das alles so, als erzähle sie Kochrezepte.

»Wie man es nimmt. Scheint so, als hätte ich die italienischen Schuhe geortet.«

»Schön für Sie.« Ihre Stimme hatte jetzt die Tonlage kurz vor dem Gähnen.

Ernesto hatte sich auf meinen rechten Fuß konzentriert und bearbeitete meinen Stiefel mit Zähnen und Krallen. Ich sah aus dem Fenster zur anderen Talseite, dorthin, wo sie ungefähr am

Hörer sein musste. »Ich hoffe, Sie fühlen sich nicht zu einsam da oben am Hang«, sagte ich versuchsweise.

Ihre Stimme war etwas konzentrierter, als sie antwortete: »Warum Vermutungen anstellen – überzeugen Sie sich doch selbst.« So, wie sie es sagte, war es eine großformatige Einladungskarte.

Ich schüttelte den Kater ab und hakte nach: »Haben Sie Lust, morgen mit mir zur Corrida zu gehen? Teruel und Paquirri kämpfen.«

»Stierkampf?« Es klang, als ob ich sie in einen Pornofilm schleifen wollte. »Warum eigentlich nicht? Kommen Sie um neun zum Frühstück, dann sehen wir weiter.«

»Gut«, sagte ich.

Sie legte auf.

Ernesto machte einen neuen Anlauf und kletterte an meinem Hosenbein bis zur Hüfte hoch. Ich schüttelte ihn erneut ab. Er war wenig begeistert und motzte beleidigt. Dann lief er zum Fenster und konzentrierte sich auf eine dicke, bläuliche Fliege, die träge über die Scheibe brummelte. Er stieg mit den vorderen Pfoten auf die tiefliegende Fensterbank und verpasste ihr einen rechten Haken. Die Fliege steigerte die Drehzahl und gewann an Höhe. Der Kater schickte ihr einen linken Schwinger nach und kippte dabei nach hinten. Einen Moment lang stand er wie ein Zirkuspferd auf den Hinterbeinen. Er fing sich, sprang aufs Fensterbrett und holte den Brummer mit einer Rechtslinks-Kombination auf den Fußboden. Dann setzte er nach und schob den bläulichen Punkt, der sich mit hohem Sington um sich selbst drehte, behutsam mit kleinen Pfotenstupsern durchs Zimmer. Zwischendurch blickte er beifallheischend zu mir hoch und maunzte glücklich.

Vom Fenster aus warf ich einen Blick auf die Wachposten. Vor der Tienda hatte der Getränkewagen geparkt, und zwei Männer luden leere Bier- und Colakästen auf. Das Klappern der Flaschen erinnerte mich an mein Bier. Der Rest aus der angebrochenen Flasche zauberte etwas Schaum in mein Glas. Ernestos Kaubewegungen zeigten mir, wo der Brummer gelandet war. Es ging jetzt nur noch um eine Strategie, mit der ich zu dem Gemälde kommen würde. Beim Öffnen der Terrassentür spürte ich, wie das Bier mich müde machte. Ich schleppte eine Decke und ein Kissen ins Freie, zog mich aus und nahm mir vor, in der Sonne über alles nachzudenken.

VIERNES,
6 de Diciembre

Die fünf Männer, die gegen zwei Uhr morgens im Zimmer eines billigen Hotels in der Nähe des Regierungspalastes zusammensaßen, kamen zum Ende.

Ein großer, schwerer Mann mit einem Inkagesicht schenkte die letzte Runde Zuckerrohrschnaps ein. »Salud«, sagte er, »alles läuft gut. Wir werden sie kleinkriegen, diese Scheißkommunisten. Wir werden nicht mitansehen, wie sie hier an ihrer sozialistischen Republik basteln.« Er kippte das Glas Caña in einem Zug runter.

Kleber Larrea stand gegen die Tür gelehnt und hielt sein Glas in der Hand. Die drei anderen Männer, die auf unbequemen Stühlen hockten, sahen aus wie biedere Kaufleute.

»Salud«, sagten sie einstimmig.

Larrea trank aus. »Wenn sie Palacios wollen, dann sollen sie ihn haben. Solange die Kasse stimmt, gibt es keine Probleme. Obwohl sie es sich auch schon beim ersten Mal hätten überlegen können.«

Das Inkagesicht schaute ihn missbilligend an: »Geld, Geld – bei dir höre ich immer nur Geld. Es geht um die Zukunft unseres Vaterlandes. Die roten Schweine müssen bekämpft werden, ausgerottet!«

Larrea sah ihn verächtlich an: »Du vergisst, dass du nur ein Handlanger bist, wie wir alle. Du lässt dir die Interessen, die du vertrittst, für gutes Geld verkaufen. Mach nicht den Fehler und glaub plötzlich dran, oder tu zumindest nicht so. Ich mag das linke Volk nicht besonders, aber ich bin deshalb noch lange kein Faschist. Ich will auch keiner sein. Das Geschäft ist in Ordnung. Der Preis stimmt. Der Auftrag ist zu schaffen. Mach bloß keine Religion daraus.« Er öffnete die Tür, trat hinaus, schloss sie und ging über den knarrenden Holzfußboden des Flurs zur Treppe. Die Stufen ächzten. Der Mann am Empfangstisch war eingeschlafen.

Larrea drückte einen Flügel der Schwingtür auf und trat auf die Straße. Es war kalt. Er schlug den Kragen seiner Jacke hoch und hielt ihn vor der Brust zusammen, als er zu seinem Wagen ging.

Am frühen Morgen fuhr ich in den Eukalyptuswald. Gegen sieben war ich aufgestanden, hatte geduscht, dem Kater etwas zu fressen hingestellt und den Variant aus der Garage geholt.

Der Wagen kletterte auf den schmalen, mit Steinen befestigten Fahrspuren der lehmigbraunen Erdpiste hangaufwärts. Das Schiebedach und die Seitenfenster waren geöffnet. Die morgendliche Kälte gab der schwachen Sonne noch keine Chance. Der dunkelgrüne Laubwald war ein riesiger Filter, der die Luft frisch und würzig machte.

Nach zwei Kilometern ließ ich den Wagen am Rand der Piste stehen und ging zu Fuß zwischen den Baumstämmen weiter.

Ich brach einen Zweig ab. Meine Finger rochen sofort nach einer ganzen Tüte Hustenbonbons. Das niedrige Gestrüpp war taunass, und meine Hosenbeine wurden bis Mitte Schienbein dunkelblau und schwer. An einer Stelle, die wie eine Aussichtsplattform über dem Tal lag, blieb ich stehen und sah auf die Stadt hinunter.

Quito war weiß, langgezogen und dampfte in der Morgenstille. Es hatte sich bis zum Kragen voll nächtliche Kühle getankt, um den neuen Tag zu überstehen. Die Helligkeit und der blaue Himmel gaben einen Vorgeschmack auf die Sonne, die jeden Mittag vom Weiß der Häuser reflektiert wurde. Sie brannte die Stadt wie einen frisch geformten Ziegel hart und brüchig. Aber kurz bevor alles zerbröckelte und sich in Staub auflösen konnte, kam die Dämmerung. Ihr folgte die sternklare Nacht mit knapp bemessener Feuchtigkeit. Ein ständiger Kampf bis zu den Wochen mit grauem, wolkenverhangenen Himmel und den endlosen Regengüssen, die Erdmassen, Geröll und Felsbrocken über die Hänge ins Tal spülten.

Ein Karnickel flitzte an mir vorbei und verschwand im Unterholz. Vor dem Kontrollturm des Flughafens stand der wild bemalte Jet der Ecuatoriana de Aviación. Eine dunkelblau-hellblau gestrichene DC9 von Braniff rollte zum Start. Ich ging zum Wagen zurück und fuhr bis zur Baumgrenze weiter. Die Sonne wurde kräftiger. Die grünen Hänge über dem Wald zeigten vereinzelt gelbe und hellblaue Blüten. Ich hielt an und machte es mir auf dem Sitz bequem.

Die Braniff-Maschine schlich die Startbahn entlang und kam mühsam und gemächlich hoch. Für Minuten sah es so aus, als würde sie auf halber Höhe in den Berghängen im Norden verenden. Dann zog sie eine leichte Rechtskurve und gewann an Höhe. Sie wurde winzig und verschwand in Richtung kolumbianische Grenze. Ein taumeliger Schmetterling versuchte, der DC9 Konkurrenz zu machen und prallte gegen meine Windschutzscheibe. Er war noch steif und hatte sich zu früh auf die Socken gemacht. Die Scheibe war wohl schon von der Sonne angewärmt, denn seine bläulichen Flügel lösten sich vom Glas. Er torkelte auf die Motorhaube und segelte ins Gestrüpp.

Aus dem Schnee des Cotopaxi löste sich ein Punkt, wurde allmählich größer. Die Frühmaschine aus Guayaquil.

Ich wartete nicht ab, bis sie zur Landung ansetzte, wendete den Variant und fuhr die gewundene Strecke durch den Wald zurück ins Tal. Ich hatte Hunger. Der Sauerstoff hatte mich munter gemacht. Mir war nach einem anständigen Frühstück. Unterwegs tankte ich.

Diesmal scheuchte ich den Wagen die Auffahrt hoch und stellte ihn vor den beiden Garagentoren ab. Auf mein Klingeln hin öffnete eine Muchacha mit weißer Schürze. Es gab also doch Personal.

»Die Señora erwartet Sie oben.« Sie zeigte zur Treppe.

Ich ging an der Madonnensammlung vorbei ins obere Stockwerk. Eine Zimmertür stand offen. Ich näherte mich und schaute hinein. Es musste ihr Schlafzimmer sein. Auf dem Hocker vor dem Frisiertisch lag etwas Höschenartiges in Zartgrün. Meine linke Hand schnappte es, hob es auf, hielt es unter meine Nase. Ich schnüffelte. Auf dem Bett lag ein aufgeschlagenes Taschenbuch. *Use Enough Gun* von Robert Ruark. Die Dame las Männersachen.

Die Tür zum Badezimmer ging auf, die Dame kam herein. Ihr Blick fiel auf das zartgrüne Knäuel in meiner Hand, und ein anzügliches Grinsen begrüßte mich. Normalerweise hätte sich meinerseits so etwas wie leichte Betretenheit breit machen müssen, aber ihre Aufmachung lenkte mich ab. Sie trug das, was ich in der Hand hielt, in der blassroten Version, ansonsten nichts. Ihre vollen Brüste hingen leicht durch. Die Brustwarzen standen ab, als hätten sie im Gefrierfach eines Eisschranks gelegen. Ich vergaß meinen Frühstückshunger und bekam harte Eier, stierte sie mindestens so geistvoll an wie ein skalphungriger Indianer einen vom Haarausfall heimgesuchten Trapper. Es war das Stadium, bevor man sich auf den Boden schmeißt, mit beiden Fäusten dagegen trommelt und dann in den Teppich beißt.

Sie nahm einen weißen Frotteebademantel vom Bett, zog ihn über und ging in Richtung Zimmertür. »Das Frühstück dürfte fertig sein.« Sie sagte es und ließ mich stehen.

Zu solch früher Stunde war ich nicht auf Frontalangriffe eingestellt. Mir war leicht schwindlig geworden. Ich schnaufte, als ob wir es schon dreimal hinter uns hätten, und folgte ihr.

Auf der Terrasse war für zwei Personen gedeckt. Der weiße Metalltisch stand mit reichlichem Futterangebot in der Morgensonne. Sie zog den Bademantel enger und setzte sich.

»Sie können den Slip jetzt weglegen«, sagte sie spöttisch.

Ich legte das Ding auf einen Stuhl und nahm Platz. Die Muchacha tauchte auf und brachte eine Kanne mit frischem Kaffee. Sie fragte, wie ich meine Eier wolle.

»Weich«, sagte ich. »Gekocht und weich.«

Die Muchacha ging. Hinter der Rotblonden im weißen Bademantel konnte man das Fußballstadion sehen.

»Sie machen einen etwas verschlafenen Eindruck«, sagte sie.

»Oh, keine Spur. Ich war schon unterwegs und habe Frischluft getankt.« Dabei bemühte ich mich um einen energiegeladenen Gesichtsausdruck.

»Finden Sie das Bild nicht auch hässlich?« fragte sie.

»Ausgesprochen hässlich. Aber die sechstausend Mark geben ihm eine gewisse Attraktivität.«

»Sie scheinen Geld zu brauchen.«

»Man muss sich ab und zu ein belegtes Brot gönnen und etwas Sprit in den Wagen gießen. Und dann kommt regelmäßig der Wohnungseigentümer und kassiert die Miete.«

Als verständnisvoll konnte man ihren Gesichtsausdruck nicht gerade bezeichnen. Es sah mehr so aus, als ließe sie es durchgehen.

Für den Rest des Frühstücks schauten wir uns an wie Rüde und läufige Hündin, muffelten diverse Sachen runter und spülten mit Kaffee nach. Schließlich stand sie auf und fragte: »Glauben Sie bloß nicht, dass ich scharf auf Sie bin.« »Wie könnte ich. Ich bin nur gekommen, weil mein Kühlschrank leer ist und weil ich ein schlechter Kaffeekocher bin.« Ich hatte das Geschwätz satt.

Sie registrierte den Unterton in meiner Stimme, setzte sich auf meinen Schoß und versuchte, mir die Zunge zu amputieren. Sie schmeckte nach nordamerikanischer Zahnpasta, die Kaugummisorte. Ihre Brüste berührten meine Brust, und die Sonne wurde wärmer.

»Was steht vor dem Straßner?« fragte sie.

»Wolf«, sagte ich.

»Wie Wolfgang?«

»Nein. Nur Wolf.«

Sie akzeptierte und stand auf. »Komm!«

Mit der Selbständigkeit eines abgerichteten Hundes folgte ich ihr in ihr Zimmer. Sie schloss die Tür und zog den Frotteemantel aus. Um nicht hinterherzuhinken, knöpfte ich mein Hemd auf. Sie kam her und streifte es mir von den Schultern, legte den Kopf mit der rotblonden Mähne gegen meinen Hals und lutschte an meinem Ohrläppchen. Ihre Hände öffneten den Metallknopf meiner Jeans und zogen den Reißverschluss auf. Dann packte sie genau in meine Schaltzentrale und manipulierte die Befehle an mein Gehirn. Mit Mühe kam ich aus Stiefel, Socken und Hose. Sie ließ den Hautkontakt für die Dauer meiner eher unbeholfenen Striptease-Übung nicht abreißen, zog mich dann auf die Matratze und streifte sich den blassroten Slip ab.

Ihre Zunge war so gut wie überall. Meine Erektion musste einen halben Zentimeter über dem Durchschnitt liegen. Sie hockte sich auf mich. Ihr Gesäß war weich und berührte in regelmäßigen Abständen meine Oberschenkel. Die rotblonden Haare hingen mir über Bauch und Brust und streichelten mich. Meine Hände hielten ihre Taille. Ihr Atem ging langsam und war das dominierende Geräusch im Zimmer. Meine Angst, nach zwei bis drei Stößen zu explodieren, war weg. Ihr Atem wurde kürzer, ihr Unterleib schneller. Dann wurde sie laut, rollte zur Seite weg, klemmte sich dabei fest und zog mich über sich. Ihre Fingernägel gruben sich in meinen Rücken, und als es mir kam, schrie sie laut.

Sie klemmte mich wieder fest und verhakte ihre Beine über mir. Ich war so nassgeschwitzt, als hätten wir es in der Sauna getrieben. Ihr Gesicht zwischen der ausgebreiteten Mähne war weich und gelöst. Die Augen grün, verschwommen und meilenweit entfernt. Hinter den leicht geöffneten Lippen bissen die Zähne auf die Zungenspitze. Sie war schön. Der Auftrag war seine sechstausend Mark wert. In diesem Augenblick hätte ich mich sogar mit weitaus weniger zufrieden gegeben.

»Was macht Wolf, wenn er nicht für Geld schnüffelt?« Ihre Augen kamen ein paar Meilen näher.

»Die letzten drei Jahre hatte ich einen ordentlichen Vertrag an einer Schule. Vor vier Monaten ist er ausgelaufen. Ich habe ihn nicht verlängert.«

»Lehrer?« Es klang ungläubig.

»Ausbilder ist besser. Eine technische Schule.«

»Von Technik verstehe ich nichts«, sagte sie desinteressiert.

»Ich verstehe genug davon, um damit mein Geld zu verdienen, und zuviel, um weiterzumachen. Zuviel Technik macht das Gehirn zum Computer. Ich bin mehr fürs einfache Kopfrechnen. Es ist vielseitig verwendbar.«

»Das sind Computer auch, sagt man.« Sie lächelte.

»Sagt man, wenn man sein Geld als Programmierer oder Operator verdienen muss. Man schmeichelt dem System so lange, bis es einem scheinbar gewogen ist, aber man findet es dadurch nicht sympathischer.«

»Ich habe mal als Programmiererin gearbeitet. Tourismus!« Sie sagte es heiter und mit sehr viel Abstand. Hatte es wohl ganz unten abgelegt, klopfte jetzt den Staub davon ab und zeigte es eben mal her, weil es passte.

»Deinen natürlichen Reflexen nach scheinst du dich aber früh genug davon frei gemacht zu haben.« Ich küsste sie.

»Frei ist gut.« Ihr Mund verzog sich verächtlich. »Ich habe mir dafür diesen alten Knacker mit seinem Geld eingehandelt. Habe von weißen Stränden und Acapulco geträumt und bin in einem gediegenen, langweiligen Käfig am Äquator gelandet.«

»Du scheinst ihn abgöttisch zu lieben.« Ich grinste sie an.

»Ich liebe seinen schlaffen Schwanz.« Ihre Stimme klang angeekelt und klebrig.

»Keine anderen Qualitäten? Etwas muss dich doch hier halten.«

»Er ist korrupt, schleimig, erfolgshungrig und selbstgefällig. Das einzige von Qualität ist sein Geld. Das hält mich fest. Nicht sehr fest, aber es hält mich.« Es war keine sehr überzeugende Selbstanklage, wie sie es sagte. »Was hält dich hier?« fragte sie.

»Es geht mir gut. Seit vier Monaten bin ich am Abreisen, aber ich komme nicht weg. Es gefällt mir hier. Es gibt keine attraktivere Alternative. Ich habe genug Geld verdient, um mich noch ein paar Monate über Wasser zu halten. Gelegentlich erledige ich ein paar Dinge gegen gute Bezahlung. Es vergrößert meinen Spielraum.« Ich spulte es ab, und als ich es gesagt hatte, interessierte es mich nicht mehr.

Sie löste ihre Beine von mir, rollte sich unter mir weg und verschwand im Badezimmer. Ich schaute auf den Reisewecker, der auf dem Tischchen neben dem Bett stand. Zehn Uhr an einem starken Vormittag. Um zwölf Uhr dreißig begann die Corrida. Sie kam aus dem Bad zurück und roch gut. Ich ging an ihr vorbei, um mich zu waschen. Sie robbte aufs Bett. Ich zog die Badezimmertür hinter mir zu.

Es war ein halbes Schwimmbad in Olivgrün. Viel Spiegelfläche für Leute mit ansehnlichem Körper. Sie würde früh genug merken, wenn sie aus den Fugen ging. Aber bis dahin war es noch eine Weile. Sie war in guter Form.

Mein Gehirn war leer. Beim Abseifen bekam ich eine Erektion. Bis ich etwas halbwegs dezent Duftendes fand, musste ich drei bis vier Sprühdosen ausprobieren. In einer Aura fleischlichen Wohlbefindens ging ich zum Bett zurück. Sie lag auf dem Bauch. Ich musterte ihren gutgeformten Hintern. Mein Hals wurde trocken. Meine Beine zitterten. Ich kroch über sie.

»Du bist ziemlich geil, wenn du gut gefrühstückt hast«, sagte sie ins Kissen. »Müssen wir unbedingt zu diesem Stierkampf gehen?« Während sie fragte, war sie schon todsicher, dass sie mich davon abgebracht hatte.

»Nein«, erwiderte ich, »wir müssen nicht.«

Als ich später aufwachte, zeigte der Wecker zwei Uhr. Wir hatten die Siesta gleich drangehängt.

Sie atmete ruhig. Die Sonnenstrahlen, die jetzt ins Zimmer fielen, malten helle Flecken auf ihre Haut. Ich fühlte mich matt und angenehm ausgelaugt. Wenn sich der Rest meines Lebens auf dieser Matratze hätte abspielen müssen – ich hätte das Spielfeld akzeptiert. Nur die Seitenwahl schien ich verloren zu haben, denn ich spielte gegen die Sonne. Ich kroch vom Bett und zog die Gardinen vor. Als ich mich wieder umdrehte, schaute sie mich an und strich sich mit beiden Händen das Rotblond aus dem Gesicht.

»Wie spät?« fragte sie träge.

»Zwei Uhr.«

»Du musst jetzt gehen. Ich erwarte eine Bekannte zum Kaffee.« Sie hielt sich an ihren Stundenplan.

»Ja, wird Zeit.« Ich beugte mich zu ihr runter und schnüffelte an ihr rum. Ihre Brüste sahen weich aus. Ich riss mich los und zog mich an. Dann ging ich zur Tür.

»Und bilde dir ja nichts ein«, sagte sie vom Bett her.

Die Türklinke in der Hand, drehte ich mich um. »Erfolg macht bescheiden und demütig.« Dreckig zu grinsen gelang mir nicht, dazu fühlte ich mich zu gut.

»Es ist nicht schwer, gegen einen alten, impotenten Mann anzutreten und zu gewinnen«, sagte die Spottdrossel auf der Matratze und lächelte sinnlich.

»Man kann sich die Gegner nicht immer aussuchen.« Ich öffnete die Tür und verließ die Arena.

Der hochgewachsene Mann mit dem weißbehaarten, aristokratischen Schädel war rot im Gesicht. Die Adern an seinen Schläfen waren vor Zorn geschwollen, und er brüllte in die Tiefe seines Arbeitszimmers. Seine Augen ignorierten Kleber Larrea, der in einen schweren Ledersessel versunken war. Aber seine Stimme galt ihm.

»Es ist nicht zu fassen. Habe ich Ihnen nicht genug gezahlt? Habe ich Ihnen nicht Aufträge verschafft, die Sie finanziell gutstellen? Aber was machen Sie und Ihre Trottel: klauen nebenbei Bilder. Gemälde von Leuten, die uns wohlgesonnen sind, die uns mit ihrem Einfluss und ihrem Geld unterstützen.« Er ging zu seinem Schreibtisch hinüber und goss sich Wasser aus einer Karaffe in ein Glas. Er nahm einen Schluck und schickte einen kurzen, vernichtenden Blick in Richtung Sessel.

Larrea schwieg.

»Ich weiß nicht, was Sie dazu bewogen hat, sich nebenbei noch wie ein drittklassiger Krimineller zu betätigen. Ich weiß nur, dass solch bodenlose Dummheit wichtigere Pläne gefährden kann. Und Sie sollten es auch wissen!« Seine Stimme war immer noch laut, aber es klang schon etwas von väterlicher Güte mit. Er schaute das ungezogene Kind im Sessel an und schüttelte besorgt das Haupt.

»Ich bin nicht Ihr Angestellter«, sagte Larrea mit fester Stimme. »Für Ihr Geld haben Sie bislang immer die entsprechende Arbeit bekommen, gute Arbeit. Aber ich habe viele Geschäfte.«

»Geschäfte?« Der Weißhaarige nahm noch einen Schluck Wasser. Seine Stimme wurde leise und gefährlich. »Kleine, amateurhafte Stümpereien, mit denen Sie sich allenfalls ein Taschengeld verdienen. Sie sollten sich auf die Sachen konzentrieren, die sich langfristig lohnen. Wir bieten Ihnen Sicherheit, Mann, und Sie machen lange Finger wie ein Provinzgangster. Sie werden dieses Bild unverzüglich dahin zurückgeben, woher Sie es geklaut haben. Sie haben es verschwinden lassen. Lassen Sie es wieder auftauchen.« Er richtete den Zeigefinger auf Larreas Brust. »Ich verlange nicht von Ihnen, dass Sie vor Huber-Meier einen Diener machen und sich entschuldigen. Aber bringen Sie dieses verdammte Bild an seinen angestammten Platz zurück!«

Larrea kämpfte sich aus dem Sessel in den Stand. Er war bis in die Zehenspitzen hart vor Trotz und zurückgehaltener Widerrede. Er schluckte mühsam, und seine Stimme knarrte rauh, als er antwortete: »Das Gemälde ist schon verkauft. In Guayaquil. Vor Mitte nächster Woche werde ich es nicht zurückgeben können.«

»Es muss schneller gehen. Wie, ist mir egal. Ich will keinen Ärger. Der Deutsche wird irgendetwas unternehmen. Oder meinen Sie, dass er ruhig zusieht, wie seine Privatsammlung dezimiert wird? Wir können uns keine unnötigen Komplikationen leisten.« Sein Tonfall war wieder laut und ungehalten. Er warf einen Blick auf das große Ölgemälde mit dem blau-weiß-rot-uniformierten Feldherren über dem Schreibtisch. Selbstmitleid klang durch, als er sagte: »Was soll ein Politiker in diesem Land tun, wenn jeder nur an seine eigenen Belang-

losigkeiten denkt und ohne Disziplin vor sich hinwirtschaftet?«
Sein Aristokratengesicht bekam etwas Bitteres.

Larrea ging zur Tür. Es war Zeit, sich abzusetzen, bevor sein
Gastgeber wieder über die Machtergreifung nachdachte. Er verabschiedete sich mit einem kurzen Kopfnicken.

Der Weißbehaarte versagte ihm den Abschiedsgruß.

Als der Ford aus der Pasaje A in die Gasca einbog, trat ich die
Kupplung, legte den zweiten Gang ein, löste die Handbremse
und rollte hinter ihm die abschüssige Straße hinunter. Ich ließ
die Kupplung kommen. Der Variant rüttelte kurz. Der Motor
sprang an. Ich schaltete in den Dritten und hielt hundert
Meter Abstand.

Der Ford fuhr über die América nach Norden. Später stieß
er auf die Diez de Agosto und bog am Verteilerkreis in Richtung
Flughafen ab. Er fuhr im Schritt an der Front des Flughafengebäudes vorbei und rollte vorsichtig über die Bremsschwelle
am Eingang zum Parkplatz. Ich folgte im nötigen Abstand und
setzte den Wagen vorsichtig über die Bremsschwelle.

Während der Ford gleich links hinter dem Wachhäuschen
einbog und einen leeren Platz besetzte, steuerte ich ins hintere
Drittel des Platzes und parkte so, dass ich durch die Windschutzscheibe sah, was ich sehen wollte.

Kleber Larrea stieg aus, schloss die Tür ab und ging zum
Heck des Wagens. Er öffnete den Kofferraum und entnahm
ihm eine Reisetasche aus gelbem Leder. Nachdem er den Deckel
zugeschlagen und abgeschlossen hatte, ging er zu dem Mann
am Wachhäuschen und ließ sich einen Parkschein geben. Er
würde den Ford also eine Weile stehenlassen. Anscheinend be-
auftragte er den Parkwächter damit, den Wagen während seiner
Abwesenheit waschen zu lassen, denn er gab ihm die Schlüssel.
Der Wächter nickte verständig. Larrea verabschiedete sich und
ging zum Eingang der Abfertigungshalle hinüber.

Ich schloss den Variant ab und folgte Larrea. Er ging zum
Schalter der TAME, legte ein Ticket vor und wurde in der Liste

abgehakt. Die gelbe Reisetasche behielt er in der Hand. Es waren noch zwanzig Minuten bis zum Abflug der letzten Nachmittagsmaschine nach Guayaquil. In der Tasche konnte er das gerollte Ölgemälde nicht transportieren. Sie war zu klein. Außerdem hatte ich keine Zahnbürste dabei und wenig Lust auf feuchtwarme Costa-Temperaturen.

Der Flug wurde aufgerufen. Larrea stellte sich mit der Bordkarte in der Hand in die Schlange. Die Maschine war wie immer völlig ausgebucht. Ein weiterer Grund, der mich darin bestärkte, abzuwarten und mir ein schönes Wochenende in Quito zu machen. Ich behielt Larrea im Auge, bis er die Gangway hinter sich gebracht hatte und durch die Luke im Inneren der Electra verschwunden war. Ich wartete noch, bis sich die Luke hinter dem letzten Passagier schloss, die Propeller schwerfällig in Bewegung setzten, und ging dann zum Zeitungsstand hinüber. Dort kaufte ich mir eine Newsweek und schlenderte zum Parkplatz. Der Wächter hatte schon zwei Jungs auf Larreas Ford angesetzt, die den Blechhaufen von stumpfgrau auf silbergrau striegelten. An der Ausfahrt reichte ich meine zwei Sucre durchs offene Seitenfenster. Der Mann nickte, tippte an die Mütze und drehte ab.

Während ich am Verteilerkreis auf die mittlere Spur der Avenida Diez de Agosto steuerte, wischte die Electra über mir in Richtung Cotopaxi. Ich drehte das Schiebedach bis zum Anschlag zurück, legte den linken Arm ins offene Fenster und jubelte den Variant durch die Unterführung.

SABADO,
7 de Diciembre

Gegen sechs Uhr früh setzte der Straßenlärm wieder in voller
Lautstärke ein.

Huber-Meier hatte in der Nacht die Klimaanlage abgestellt,
und die Balkontür seines Hotelzimmers einen Spalt geöffnet.
Das hatte ihn vor einem Schnupfen bewahrt. Dafür hatte er
jetzt schon frühzeitig die feuchte Hitze am Hals. Sie erzeugte
Schweißtropfen auf seiner Brust. Als sie in der Mitte der Brust
zu einem kleinen Rinnsal zusammenliefen, erwachte er. Das
schrille Solo einer Autohupe sagte ihm »Buenos dias«. Er
schluckte verschlafen und schmeckte den pelzigen Belag auf
Zunge und Zähnen. Ein unwilliges Knurren unterstrich seinen
ersten Eindruck von diesem Tag.

Er hievte seinen Körper über die Bettkante und schlurfte in
Badelatschen über den Teppichboden ins Bad.

Zehn Minuten später stand er in leichter, blauer Hose, wei-
ßem, ärmellosen Hemd und weißen Leinenschuhen am Fenster,
schaute auf das Gewühl der Hafenstadt und fluchte laut gegen
die Scheibe. Er hasste Guayaquil. Für ihn war es noch immer
das sumpfige Gelbfiebernest vergangener Tage. Eine Million
Einwohner und steigende Industrialisierung zwangen ihn immer öfter hierher. Ein Sumpfloch: feucht, heiß, laut und dreckig.
Er brummelte unwillig und ging zum Telefon.

»Hundertvier!« sagte er. Er ging immer auf Nummer sicher,
wiederholte seine Zimmernummer, bevor er eine Verbindung
verlangte. Man konnte nie wissen, welcher Penner da unten
Dienst hatte.

»Si, Señor?« fragte der Portier.

»Verbinden Sie mich mit Zimmer zweihundertsechs!« bellte
Huber-Meier in den Hörer, als könne er mit Lautstärke das
Klima ändern.

Es knackte in der Leitung, dann meldete sich verschlafen
sein Sekretär.

»Warten Sie einen Augenblick«, sagte Huber-Meier, legte den Hörer ab, ging zum Balkon, schloss die Tür und drehte die Klimaanlage voll auf. Schließlich nahm er den Hörer wieder zur Hand. »Scheiß-Hitze am frühen Morgen. Ich will bis zum späten Vormittag alle Außentermine erledigt haben. Machen Sie, dass Sie in Ihre Klamotten kommen. Rufen Sie Espinoza an und sagen Sie ihm, er soll um sieben mit dem Firmenwagen vor der Tür stehen. Ich will mir das Gelände ansehen, solange dieses Treibhaus von Stadt noch nicht auf vollen Touren arbeitet. Sie finden mich unten beim Frühstück.« Er legte auf, ohne die Antwort seines Sekretärs abzuwarten. Er hasste verschlafene Stimmen, die unnötige Fragen stellten.

Gegen sieben tauchte Eppenweiss, sein Sekretär, auf und schlang hastig ein paar Spiegeleier mit Kaffee hinunter. Eppenweiss war ein brüchiger, ungesund weißer Mann mit dünnem, strohblonden Haar und dem Gehabe eines strafversetzten Kolonialbeamten. Er war einunddreißig Jahre alt, gehörte jedoch zu denen, die ab zwanzig für vier Jahrzehnte wie fünfzig aussehen. Geduckt und schweigend bis auf den knappen Morgengruß muffelte er seinen Chef mit seiner Haltung an und machte ihn für einen weiteren, gehetzten Tag verantwortlich. Eberhard Eppenweiss war ein Mensch gewordenes Magengeschwür.

Punkt sieben trat Espinoza mit beeindruckender Leibesfülle in die Cafetería des Palace-Hotels. Ein sonnengebräunter Mann mit kurzem, schwarzlockigen Haar auf dem runden Schädel. Das weitgeschnittene Hemd mit kurzen Ärmeln, das er über einer verbeulten, formlosen Hose trug, erschlug den Betrachter mit einem Hawaii-Motiv in grellen Farben. Daniel Espinoza war der einzige Einheimische, der sich in Huber-Meiers erster Garnitur hielt. Mit neunundvierzig Jahren schien er in der tropischen Umgebung in seinen gesündesten Lebensabschnitt zu marschieren. »Muy buenos dias, Señores«, trompetete er den Deutschen entgegen und schaute auf die kostspielige Uhr am Handgelenk, um dezent auf seine Pünktlichkeit hinzuweisen.

Die ersten Pluspunkte zu früher Stunde waren erfahrungsgemäß wichtig, wenn man mit Huber-Meier im Küstenklima Außentermine hatte. Bis zum Mittag würde der angeschlagene Chef dünne Nerven haben und zu Tobsuchtsanfällen neigen. Espinoza blieb wartend neben dem Tisch stehen.

Huber-Meier sah seinen ecuadorianischen Mitarbeiter zufrieden an, stand auf und reichte ihm die Hand. »Wir wollen es schnell hinter uns bringen, Daniel.« Er gab sich knapp und präzise.

Eppenweiss kam vom Tisch hoch, als stünden ihm die ersten Gehversuche nach einer schweren Operation bevor. Er reichte Espinoza eine durchscheinende, schlaffe Hand, die der Ecuadorianer ohne Mitleid drückte.

Espinoza wusste nicht, warum der Chef immer noch diese Vogelscheuche mit auf Reisen nahm. Der Sekretär sah aus, als trage er den Totenschein schon ausgestellt in der Tasche mit sich herum.

Huber-Meier unterschrieb an der Theke die Rechnung, und sie gingen in die Halle. An der Rezeption gaben Huber-Meier und Eppenweiss ihre Schlüssel ab. Dann stürzten sie sich durch die Glastür in die tropische Suppe, die um sieben Uhr zehn noch auf Sparflamme kochte.

Im Toyota-Jeep fuhren sie durchs Verkehrsgewühl aus der Stadt. Espinoza zeigte ihnen das Gelände, das für die Errichtung der neuen Lagerhallen erworben worden war: viele Quadratmeter niederes Gestrüpp, teilweise sumpfig und überall voll Getier und Ungeziefer. Huber-Meier ekelte sein neuer Grundbesitz an. Es war nicht die Art Land, auf dem man mit Besitzerstolz stand, um den Blick liebevoll über die neuerworbene Scholle schweifen zu lassen. Es war eine wertvolle Kloake, nichts weiter.

Espinoza wies auf die Anstrengungen der Stadtverwaltung hin, diesen Geländeabschnitt schnellstmöglich durch Straßenanschluss und Entwässerungsmaßnahmen zum zukünftigen Industriepark umzugestalten.

Huber-Meier nahm es zur Kenntnis. Er sah über das lehmig-braune Wasser des Rio Guayas hinüber auf die vergammelten Randbezirke der Hafenstadt, sah die baufälligen, angefaulten Hütten der Slumbewohner und war sicher, dass er trockene Lagerhallen haben würde, bevor dort drüben Trinkwasserleitungen existierten. Es fröstelte ihn in der schwammigen Hitze. Er sah eine halbe Million Augen auf sich gerichtet, stand auf der Anklagebank und fühlte sich ausgeliefert. Aber da war der breite Flussarm zwischen ihm und seinen Konkurrenten.

Huber-Meier zog ein Taschentuch aus der Hose, wischte sich den Schweiß weg und ging zum Jeep. Die Moskitos hatten seine Arme zerstochen. Es juckte höllisch. Er ertrug es demütig, als könne er damit einen Teil seiner Schuld abtragen. Huber-Meier litt. Er öffnete die Wagentür, stieg ein, und als Espinoza anfuhr, war er schon wieder in Pionierstimmung: sanieren, trockenlegen, der Natur abringen, nicht den Bewohnern.

Die Flughafenhalle roch modrig-kühl. Espinoza drückte Huber-Meier zum Abschied die Hand und ging zum Ausgang. Eppenweiss stellte drei Gepäckstücke auf die Waage am SAETA-Schalter und bekam vier Kontrollabschnitte ausgehändigt.

Der Mann mit dem dünnen Schnurrbart registrierte befriedigt, dass Eppenweiss ohne zu stutzen einen Kontrollabschnitt zuviel entgegennahm und in seiner Hosentasche verschwinden ließ. Der Mann mit dem dünnen Schnurrbart hatte italienische Schuhe an und lehnte, geschützt durch eine Sonnenbrille, wenige Meter entfernt an einer Säule der Flughafenhalle. Eppenweiss ging mit den Bordkarten zu seinem Chef hinüber, und Kleber Larrea bewegte sich auf rot-braunweißen Tretern zum SAETA-Schalter, legte sein Ticket vor. Man hakte ihn auf der Liste ab. Der Angestellte im Overall, der sich ums Gepäck kümmerte, unterstrich mit einem Augenzwinkern, dass er für zweihundert Sucre gute Arbeit geleistet hatte. Diesmal gab Larrea die gelbe Ledertasche auf. Er würde sowieso in Quito zur Gepäckausgabe müssen.

Der Flug wurde aufgerufen. Fünfunddreißig Passagiere streben zur Caravelle, um am frühen Nachmittag in Quito zu sein.

Als die Maschine gegen vierzehn Uhr auf dem Flughafen Mariscal Sucre landete, bot die Stadt unter dem Pichincha blauweißen Himmel und Hitze. Trotzdem froren die meisten Passagiere, als sie über die Gangway ins Freie traten. Es war eine Kühlschrankhitze, nicht das Treibhaus, aus dem sie kamen.

An der Gepäckausgabe kümmerte sich Eppenweiss um die zwei kleinen Alukoffer und die schwarze Ledertasche. Der Mann im Overall der Fluggesellschaft zog mit den Kontrollabschnitten ab und kam im ersten Anlauf mit den beiden Alukoffern wieder. Beim zweiten Versuch schleppte er die schwarze Ledertasche an und eine größere, in Leinen verschnürte Rolle.

Eppenweiss stutzte, machte den Mann im Overall auf den vermeintlichen Irrtum aufmerksam. Der aber zeigte ihm die vier Kontrollabschnitte und die dazugehörigen Anhänger am Gepäck. Eppenweiss besah sich die Rolle. Ein Aufkleber mit Name und Anschrift seines Arbeitgebers war unübersehbar. Er schaute hilflos durch die offene Gepäckausgabe zum Taxi hinüber. Huber-Meier wartete ungeduldig auf dem Rücksitz. Der Taxifahrer kam, schnappte sich die beiden Alukoffer, und Eppenweiss zog mit Ledertasche und Rolle hinter ihm her. Der Fahrer verstaute die Koffer im Heck des Wagens und stieg ein.

Zehn Meter entfernt stand Kleber Larrea. Er sah den Sekretär mit der schwarzen Ledertasche und der Rolle auf den Rücksitz klettern, wartete, bis das Taxi an ihm vorbeifuhr, und ging dann zum Parkplatz.

Der alte Ford strahlte blankgewienert. Larrea ging zum Parkwächter, gab ihm seinen Parkschein, zahlte, nahm die Schlüssel in Empfang und verstaute seine Tasche im Kofferraum.

Als er den Ford durch die Ausfahrt steuerte, tippte der Wächter an die Mütze.

Fünf Uhr nachmittags: Die Zollpolizei löste die Luftwaffe ab.

Der Kater beschäftigte sich gelangweilt mit einem Fetzen alter Zeitung. Das Telefon klingelte aufdringlich, und ich ging ran. Es war mein Arbeitgeber.

»Ziehen Sie sich einen Anzug an und kommen Sie zu mir rüber!« Gutgelaunt, als gebe es etwas zu feiern. »Um acht ist ein Empfang beim Botschafter. Ich nehme Sie mit. Wird Ihnen gut tun, mal wieder ein paar Deutsche zu sehen und einen guten Tropfen zu trinken.« Er wollte mich offenbar umerziehen.

»Wenn es zu meinem Job gehört, ist es in Ordnung.« Ich gab mir Mühe, seine gute Laune zu teilen.

»Ich habe mit Ihnen zu reden, wegen des Gemäldes. Es gibt neue, interessante Entwicklungen in dieser Sache. Aber lassen wir das am Telefon. Kommen Sie rüber! Bis dann.« Er legte auf.

Ich knüllte den Zeitungsfetzen zusammen und warf ihn in eine entfernte Ecke des Raumes. Ernesto raste hinterher wie die Feuerwehr und bearbeitete die Papierkugel mit allen Werkzeugen, die ihm zur Verfügung standen. Aus dem ruhigen Wochenende schien nichts zu werden. Ich quälte mich in meinen Anzug und fuhr zu Huber-Meier.

Den Variant parkte ich wieder hinter der Mauer. Bevor ich ausstieg, war ich es schon leid, startete den Motor erneut und fuhr die Auffahrt hoch.

Er öffnete selbst. »Kommen Sie rein!« tönte er. Entweder feierte er Geburtstag, oder sein Umsatz hatte sich verdoppelt. Er strahlte.

Ich trottete hinter ihm die Treppe hoch. Er verpasste mir einen Scotch ohne Eis.

»Das Bild ist wieder da.« Er schüttelte den Kopf, konnte es selbst nicht glauben.

»Wie das?« fragte ich geistlos und nippte am Schnaps.

»Mein Gepäck hat auf dem Flug von Guayaquil nach Quito Zuwachs bekommen.« Er lachte trocken» »Ein zusammengerolltes Gemälde, fein säuberlich in Leinwand verpackt. Den Rahmen muss ich wohl abschreiben. Offenbar hat da jemand die Hosen gestrichen voll.« Er strotzte vor Zufriedenheit.

63

»Und ich dachte gerade, dass ich herausgefunden hätte,wer es geklaut hat.« Die Sechstausend waren flöten.

Er erfasste sofort, was mir das Herz brach. »Kopf hoch, junger Mann, unser Vertrag läuft damit noch nicht aus.« Er schien dem Ganzen jetzt eine sportliche Seite abzugewinnen. »Sehen Sie, es interessiert mich immer noch, wer es war. Sie können sich also noch viertausend Mark verdienen. Der Vorschuss bleibt stehen.« Er grinste mich selbstgefällig an. Wir standen beide da wie unter dem Weihnachtsbaum.

»Ich dürfte Schwierigkeiten haben, es jetzt zu beweisen, nachdem das Bild wieder da ist, wo es hingehört.«

»Nehmen Sie sich noch ein paar Tage Zeit. Vielleicht können Sie Ihren Verdacht untermauern und mich überzeugen.« Er hetzte einen liebgewonnenen Hund hinter einem Stück Wurst her, das ihn allenfalls am Rande interessierte. Würde der gute Hund brav apportieren, dann hatte er ein paar lobende Worte in Reserve und ein gut geschnürtes Bündel Wohlwollen. Wenn der Köter ohne Wurst zurückkam, war es ihm auch egal. Er war gut gelaunt und leistete sich einen Einsatz.

»Lassen wir das Thema. Wir sollten fahren. Es gibt deutsches Bier, und das reicht bekanntlich nicht lange bei solchen Empfängen.« Er tat, als könne er sich pro Monat nur eine Dose vom Schlechtesten leisten und müsse jetzt zupacken.

Wen ich bislang verdächtigte, schien ihn nicht weiter zu interessieren. »Marie-Louise«, brüllte er in Richtung ihres Schlafzimmers. »Fertig?« Das geringschätzige Hochziehen eines Mundwinkels deutete mir an, was er von der Unfähigkeit aller Weiber auf dem Erdball hielt, wenn es ums Zurechtmachen und um die zu berücksichtigenden Zeitlimits ging.

Die Frau mit dem Doppelnamen kam ins Zimmer. Sie hatte sich viel Mühe gegeben und war ein Volltreffer. Das dunkelgrüne Kleid stand in direkter Verbindung zu ihrer Augenfarbe und sah danach aus, sofort wieder ausgezogen zu werden. Die Pelzstola über ihren Schultern war dunkel und verlieh ihr etwas Seriöses. Ich konnte die verschiedenen Sorten armer Viecher,

die für derartige Oberarmwärmer verarbeitet wurden, nie aus-
einanderhalten.

»Guten Abend«, sagte sie mit ihrer Streicheltonlage.

»Mein Kompliment, Sie sehen fantastisch aus.« Die Formel
ging mir glatt über die Lippen.

Huber-Meier strahlte wie ein Honigkuchenpferd. Er war
von der Sorte, die ihre Frauen immer dann besonders gern
haben, wenn andere besonders scharf auf sie sind und sie nicht
anfassen dürfen. Er trug sie wie eine teuer bezahlte, hochversi-
cherte Armbanduhr. »Gehen wir!« Er übernahm die Spitze.

Erst jetzt fiel mir auf, dass er sich in etwas Dunkles, Maß-
geschneidertes gezwängt hatte.

Ich schwang mich in den Variant, rollte rückwärts die Auffahrt hinunter, wartete bis der Mercedes nachkam, und folgte
ihm.

Das Haus des Botschafters lag auf derselben Talseite. Es dauerte
keine zehn Minuten, bis wir vorfuhren. Huber-Meiers Mercedes
strahlte etwas von seiner Würde auf den Variant ab. Nachdem
uns ein Salonindio mit dem Gehabe eines gutgestellten Karten-
kontrolleurs an der Eingangstür in Empfang genommen hatte,
erwartete uns vor der Glastür zum Salon eine hanseatische
Dame mit verbrauchtem Lächeln.

Die Frau des Botschafters entschuldigte den Botschafter und
sagte, dass der Botschafter leider durch wichtige Botschafts-
angelegenheiten aufgehalten worden sei. Sie sagte immer Gatte,
aber es klang wie eine einzige Botschaft.

Huber-Meier überschüttete sie mit abgedroschenen Kompli-
menten. Sie schluckte alles wie ein wohlerzogener Mülleimer.
Ihre Goldbarschaugen flogen taxierend über das wohlgeformte
Haar der Rotblonden. Durch das verbrauchte Lächeln ließ sie
ein anerkennendes Wort fallen, in der Art: schon ganz nett,
Kindchen.

Mich stellte Huber-Meier als seinen Mitarbeiter vor. Sie
reichte mir die Hand und behandelte mich wie einen Gegen-

stand, der es gerade noch so geschafft hatte, nicht an der Garde-
robe abgegeben zu werden.

»Amüsieren Sie sich gut!« Sie schickte die Kinder auf den
Spielplatz.

Wir traten im Kollektiv artig zwei Stufen tiefer in den knö-
chelhohen Teppich und mischten uns unter die Geladenen.
Einige Herren bekamen feuchte Hundeaugen und stierten
Marie-Louise wie eine frische Portion Gehacktes an. Huber-
Meier war kurz vor dem Orgasmus. Die ganze Welt war geil
auf seine Frau, und die ganze Welt würde unbefriedigt bleiben.
Sie war sein Spielzeug. Er warf mir einen Blick von Feldher-
renformat zu, als müssten wir uns nun im schwierigen Gelände
trennen, packte die Rotblonde und zog auf eine gemischte
Gruppe einflussreicher Auslandsdeutscher zu.

Ich ging zum Kamin hinüber, wo ich im Menschenmeer ein
Tablett mit Gesöff entdeckt hatte. Es bewegte sich auf mich zu.
Bevor der Bedienstete in weißer Jacke höfliche Sprüche runter-
leiern konnte, griff ich mir einen Gin-Tonic. Dann stellte ich
mich zu einer ins Gespräch vertieften Gruppe, deren Themen
geprägt waren durch eine ausschließlich kulturelle und wirtschaftliche Sicht der Dinge. Es ging um die Ausstellung deutscher Maler im Ausland und um die Investitionsinteressen
bundesdeutscher Zweigstellenklotzer.

Wie auf ein Kommando bewegten sich plötzlich alle Köpfe
dezent in Richtung Eingang. Der Geräuschpegel flachte kaum
merklich ab.

Der Botschafter war erschienen. Der Vertreter der Nation.
Das Wort Vertreter sank auf das Niveau eines Handlungsreisenden ab, wenn man weglässt, was vertreten wurde. Er war
einssechzig, höchstens einssiebzig groß, hatte einen beträchtli-
chen Bauch und pechschwarze Haare. Kein typischer Germa-
ne. Sicher ein Handicap für den Guten, an dem er zu beißen
hatte. Er mischte sich vier Meter entfernt unters Volk. Nicht
einmal die Augen waren blau. Bedauerlich. Ein kurzer Blick in
die Pupille des Deutschtums zeigte mir verwaschenes Braun.

Die Figur, schwarze Haare und braune Augen: Der Mann konnte mit jedem südamerikanischen Repräsentanten verwechselt werden. Keine klare außenpolitische Basis. Schwierige Ausgangslage für einen Diplomaten.

Ich widmete der Gesprächsgruppe, der ich beigetreten war, wieder erhöhte Aufmerksamkeit, denn ein Mitglied des Bundestags, für informelle Tage an die Front entlassen, hub an zu reden. Wirklich: er hub! Anders konnte man es nicht bezeichnen. Der Typ machte noch die letzte Besenkammer zum Plenum. Er stellte sich als Sozialdemokrat dar, als unermüdlicher Zitierer seines eigenen Wahlkreises. Lieferte sich im Bundestag offenbar grundsätzlich und immer Duelle mit dem jungen, aufstrebenden, entwicklungspolitischen Sprecher der Opposition. War in der Lage, auch noch die baufälligste Hütte des allerletzten Eingeborenen auf die reale Situation in seinem Wahlkreis zu projizieren und daraus seine Schlüsse zu ziehen. Er musste zwischen Flughafen und Hotel eine Stadtrundfahrt absolviert haben, so gut kannte er sich aus. Ein Sympathisant der christdemokratischen Opposition warf etwas ein, was darauf hindeutete, dass die derzeitige Regierung bereits das sozialistische Europa errichtet habe und nunmehr anstrebe, die überseeischen Provinzen im Kommunismus zu versklaven. Der Sozialdemokrat lächelte gequält, verließ seinen Wahlkreis, um es in Weltinnenpolitik zu versuchen. Ihm schien nicht wohl dabei zu sein, denn Auslandsvertretungen und Diplomatie hatten noch etwas einwandfrei Konservatives, etwas Gefestigtes, das er über seine heimatlichen Wähler nicht in den Griff bekommen konnte.

Es klang nach Volkshochschule. Ich stellte meine Ohren ab und ließ meinen Blick durch den Raum wandern. Im Kamin spiegelten sich wohldiskutierte Solidaritätsprobleme wider. Der geschniegelte Getränketräger mit den klassischen Indianerzügen hielt sein Tablett mit mannigfaltigen Importen in die Gesprächsrunde.

Noch einen Gin-Tonic. Dann schlich ich zu einem vereinzelt herumstehenden Blondbart, der sich als nordamerikanischer

Repräsentant der zweiten Linie herausstellte. Versuchsweise ging ich ihn politisch an, was ihn nach etwa dreißig Sekunden zu einer Aussage bewegte, die links als recht gut, rechts als nicht grundsätzlich falsch, aber auch die Mitte als sehr erachtenswert bezeichnete. Hiernach nahm er einen wohlbemessenen Schluck Cocktail zu sich und fügte, um alle eventuellen Missverständnisse auszuklammern, hinzu: »Wir sind doch alle Menschen. Es geht doch um das Individuum, oder?«

Ich baute einen Schluck als Denkpause ein. Der Typ forderte mich. Aber dann kam ich zu dem Schluss, dass die Sache verloren sei.

Das Sexyweib des Blondhaars trat heran, nickte mir wohlgesonnen zu, blickte bewundernd zu meinem Gegenüber auf und sagte ihm etwas Liebes auf französisch.

Ich verstehe die Mundart nicht gut und konnte mir daher kein Bild davon machen, ob es sich auf den Inhaltsreichtum seiner letzten Aussage oder auf die Qualität seines Gringospanisch bezog, in dem er sich mit mir duellierte. Ich zog kurz in Erwägung, es mit meinem Kissingerenglisch zu versuchen, um ihn zu klaren Aussagen zu bewegen, ließ den Gedanken aber wieder fallen. Der Nordamerikaner hätte dies todsicher dazu benutzt, höflich-unverbindliche Lügen über mein Sprachtalent einzustreuen. Außerdem sah er seinen Teil des Abends als erfüllt an. Er verabschiedete sich von mir mit der Bemerkung, dass man sich über dieses Thema noch einmal andernorts eingehender unterhalten müsse. Mit *Thema* meinte er wohl die letzte Viertelstunde Geseire. Ich erwiderte ihm, dass Botschaftsempfänge auf südamerikanischem Boden wohl nicht der erfolgversprechende Anlaß für politische Gespräche zwischen Nordamerikanern und Deutschen seien. Dann strebte er einflussreicheren Persönlichkeiten zwecks Verabschiedung zu.

Meinen Standort behielt ich bei, änderte aber Gehör- und Blickrichtung. Da schlugen Konsulatssekretäre der ersten und aller übrigen Klassen diplomatische Purzelbäume, Sekretärinnen gefielen sich nach dem dritten Glas Sekt als Vamp, und verbeamtete Lichtbildbegutachter verhandelten, locker die linke Hand im Kennedystil in der Jackentasche, über die weltpolitische Szene.

Eine Verbindungstür wurde geöffnet. Es wurde zum kalten Büffet gebeten. Unter leichtem Geplauder wälzte sich die gesamte Besatzung ein- oder mehrmals um aufgebahrten Kartoffelsalat, Bratenscheiben, Würstchen, Mayonnaise und Kaviareier, kaltes Huhn und Spargel. Fein einstudierte Handbewegungen und Gesten übertrugen sich auf die Gabel in der rechten Hand, während man, locker den beladenen Teller in der linken, diskussionsmäßig am Ball blieb. Eine Dreiergruppe kaute neben Fleischstückchen vom Huhn noch fleißig ihren liberalen Kaugummi bis zur totalen Geschmacklosigkeit durch. Auch ohne belebenden Pfefferminzgeschmack bestand anscheinend Grund genug, sich gegenseitig beizupflichten, dass man keinen Mundgeruch hatte.

Die Auslandsvertreter des Deutschtums unterhielten sich in einer Ecke über Gedenktafeln zu großzügigen Schenkungen, die da noch in entsprechende Wände einzumauern waren, und über die Brauchbarkeit der Indios, wenn diese nicht total betrunken waren. Besorgtes Kopfschütteln unterstrich den Ernst der Lage.

Den Teller mit dem restlichen Kartoffelsalat plazierte ich auf dem Kaminsims, schüttete noch ein Importiertes nach, drückte höflichkeitshalber jemandem, der wichtig aussah, die Hand zum Abschied und schlich mich ins Freie, nachdem mir der Garderobenmensch noch einen missbilligenden Blick mit auf den Weg gegeben hatte. Man sollte eben doch etwas vor dem Eintreten deponieren, dachte ich. Etwas, dessen Wert man beim Abholen durch ein entsprechendes Trinkgeld unterstreichen konnte. Das befriedigte. Und wenn auch das nicht mehr so richtig helfen wollte, blieb einem wenigstens noch das gekaufte Lächeln des Bediensteten.

Der Variant stand zwischen diversen Nobelmarken. Eine Milchkuh zwischen rassigen Rennpferden. Ich tätschelte ihm liebevoll die verstaubte Karosserie, stieg ein, startete den Motor und fuhr ins Tal.

Es war lange her, dass ich mich zum letzten Mal genehmigterweise zwischen ihnen getummelt hatte. Und es waren wenige und erfolglose Übungsversuche gewesen: Botschaftsempfänge oder Eröffnungs- und Abschlusscocktails von und zu Seminaren. Wenn ich sachgemäß verkleidet unter ihnen weilte, bevorzugte ich Braun. Dazu einen sachlich-dezenten, blaugrauen Schlips, der mir etwas Gediegenes, Mahagonischreibtischhaftes verlieh. In der linken Mundhälfte und in der linken Jackentasche je ein Modell Pfeife, besonders auf unterkühlte Eleganz geprüft.

Wenn ich also solcherart jeden meiner Auftritte wie den Besuch einer Karnevalsveranstaltung vorbereitet hatte und präsent war, dann studierte ich ihre offenbar stundenlang eingeübten Verhaltensweisen. Sie mussten heimlich vor dem Spiegel trainieren. Diese traumhaft lockeren, alles unterstreichenden Handbewegungen, so locker, dass man Angst hatte, die Hand würde sich plötzlich selbstständig machen und in Eigenregie durch den Raum ziehen, um zu unterstreichen und zu bekräftigen. Bis auf die Hände standen sie wie eine Eins. Ab und zu ein kurzes, unauffälliges Federn in den Knien, bei besonders kritischen, wohlzubedenkenden Antworten, ansonsten tadellose Haltung.

Ich war ein immer gern gesehener Gesprächspartner gewesen. Manchmal hatte ich den Eindruck gehabt, eine Brille mit entspiegelten Gläsern zu tragen, die den direkten, ungetrübten Blick aus jedwedem Winkel in mein Auge erlaubte.

Gelegentlich hatte ich mir erlaubt, ins technische Detail zu gehen. Hatte sie lernbegierig um einen Tip gebeten: Da haben wir doch diese Universalfräsmaschine, die von dieser schwedischen Firma, Sie wissen schon... Natürlich wusste man. Welch unnötige Feststellung. Die mit dem... Mittlerweile ein missbilligendes Hochziehen der Augenbrauen, denn das Nichtnutzen der eigenen Produktionsquellen war bereits eine Art von Landesverrat. Sie gingen aufs Glatteis, wenn auch ungern. Erin-

nerten sich dunkel an den Grund ihrer Ausreise, an ihr hoch-
bezahltes Expertentum. Diplomingenieure machten nach fünf-
jähriger, ehrenvoller Tätigkeit in den Ländern der Dritten und
Vierten Welt rostige Klimmzüge an Werkzeugmaschinen, erinnerten sich schwach an den Unterschied zwischen einer Reib-
ahle und einem Zylinderstift. Die Kleinigkeiten lagen ihnen
nicht. Sie waren mehr eingeschlossen auf die Linie: Sie hätten
mal unser Haus in Monrovia sehen sollen! Und dann das
Dienstpersonal in Buenos Aires. Sehr zuverlässig, wirklich, sehr
zuverlässig! Waren Sie schon mal in Monrovia? Dann ein schneller Schwenk auf größere Zusammenhänge und Problemstel-
lungen: Wissen Sie, als wir damals diesen Staudamm bauten ...

Im Tal steuerte ich den Variant in Richtung Norden, zum
Flughafen. Ich fuhr zum Parkplatz und registrierte, dass Larreas
Wagen nicht mehr da war.

Mit einer müden Bewegung lockerte ich die Krawatte, nahm
sie ganz ab und legte sie auf den Beifahrersitz. Die Uhr zeigte
kurz nach acht. Ich fuhr nach Hause, hatte Lust auf ein Bier
aus dem Kühlschrank, auf den Kater und etwas Banales im
Fernsehen.

DOMINGO,
8 de Diciembre

Der buntgewürfelte Haufen Passagiere wartete seit zwei Stunden auf die DC 3 aus Cali.

Das verhärmte Flughafengebäude von Ipiales unterschied sich nur durch die asphaltierte Piste von einer unregelmäßig genutzten Postkutschenstation.

Ein kolumbianischer Polizist lehnte desinteressiert an der Sperre zum Flugfeld. Zwei Stunden gehörten zum eintrainierten Durchschnitt. Er pulte ein Päckchen Colorados aus der Brusttasche seines Uniformhemdes, steckte sich eine ins Gesicht und riss ein Wachsstreichholz an. Der erste Zug fraß ein Drittel der filterlosen Zigarette. Der Polizist hielt den inhalierten Rausch extrem lange in der Lunge und stieß ihn dann mit einem keuchenden Laut aus. So, als komme er nach einem Tieftauchversuch an die Wasseroberfläche zurück.

Neben dem Uniformierten stand ein jüngerer Mann in Zivil, ein Beamter des Sicherheitsdienstes, dem Departamento Administrativo de Seguridad, kurz DAS genannt. Er beobachtete die Passagiere eingehend, als könne er alle steckbrieflich Gesuchten herausfinden. Seine Nase schnüffelte unablässig. Für ihn hing immer ein leichter Marihuanageruch in der Luft.

Die Fluggäste hielten sich im Freien zwischen Flughafengebäude und Flugfeld auf. Ein Teil spazierte inmitten kümmerlicher Blumenbeete am Rand des Flugfeldes umher. Der Rest verharrte stehend und sitzend bei seinem Gepäck.

Die drei Hochlandindianer, die in ihrer blauweißen Tracht auf zusammengeschnürten Ponchopacken saßen, wurden von den Augen des Sicherheitsbeamten nur leicht gestreift. Es waren Otavaleños, die ihre Ware in Cali und Bogotá anboten. Harmlose Grenzgänger mit freundlichen Gesichtern. Eine Spur zu clever in ihrer Art, aber ungefährlich.

Die zwei blonden, langhaarigen Gringos mit den roten Plastikrucksäcken würde er sich vornehmen. Bei der Einreise war es meist ergebnislos. Drogen gingen zum Großteil aus Kolumbien hinaus, nicht herein. Aber nordamerikanische Touristen in dieser Aufmachung hatten oft etwas Reiseproviant dabei.

Dann war da dieser geschniegelte, ecuadorianische Fatzke mit dem abgewetzten Vertreterkoffer. Knapp einssiebzig groß, öliges Haar, gelbliche Haut, verkümmerter Schnurrbart. Sein Missfallen über alles Kolumbianische lag klar auf der Hand. Den Taxifahrer hatte er nach langem Disput über den Fahrpreis zum Teufel gewünscht. Über den Kaffee im kleinen Flughafenlokal hatte er ganze Hasstiraden auf die nationale Kaffeeindustrie abgelassen. Und seit zwei Stunden mokierte er sich in regelmäßigen Abständen über die Unfähigkeit der Fluggesellschaft, was das Einhalten von Flugplänen anging. Der Lackaffe würde viel Ärger bekommen. Sein Pass war sorgfältiger Kontrolle sicher. Sein Koffer würde in sämtliche Einzelteile zerlegt werden. Ein schäbiges Lächeln huschte über das Gesicht des Sicherheitsbeamten. Die Kröte würde als letzte ins Flugzeug kriechen. Vorausgesetzt, es fand sich kein Grund, sie festzuhalten.

Die ecuadorianische Familie schien harmlos zu sein. Es sah so aus, als würde nur die Frau mit den beiden Kindern reisen. Der Mann hatte den Wagen mit den hellgrünen Nummernschildern nicht so geparkt, als würde er ihn vor dem Flughafengebäude stehenlassen. Niemand ließ seinen Wagen hier länger als nötig stehen. Wenn er hätte mitfliegen wollen, wären sie im Taxi gekommen oder hätten sich von Freunden herbringen lassen.

Der Rest der Passagiere war durchschnittlich, kolumbianische Mittelklasse.

Der Uniformierte stieß den jungen Mann in Zivil an und deutete mit einer schlappen Armbewegung gen Himmel. Die DC 3 war in der Luft und wurde größer.

»Das Scheißflugzeug kommt endlich«, stellte der mit dem Vertreterkoffer bissig fest und sah in die Runde. Er erwartete Beifall für seine sachkundige Analyse der Lage.

Raúl Palacios schaute zufrieden auf die Uhr. Er würde es noch schaffen. Die Versammlung in Tulcán, auf der anderen Seite der Grenze, begann in einer halben Stunde. Lisa würde für einen Monat mit den Kindern bei ihrer Schwester in Cali bleiben. Es war sicherer so, beruhigte ihn.

Die DC 3 wurde laut und setzte auf. Die Fluggäste wurden unruhig und drängten zur Sperre. Der Uniformierte hielt die brusthohe Tür mit fester Miene geschlossen. Nach zwei Stunden Warterei stand nun der wichtigste Teil seiner Aufgabe an. Er würde ihn vorschriftsmäßig erledigen. Die Maschine kam vom Ende der Piste zurückgetuckert und blieb mit auslaufenden Propellern stehen. Zwei.Flughafenbedienstete machten sich mit der Gangway zu schaffen.

Der Polizist öffnete die Sperre für die Passagiere aus Cali. Er schloss sie wieder und ließ die Wartenden noch einige Minuten mürbe kochen. Das war sein Auftritt. Der junge Beamte in Zivil gab ihm ein Zeichen. Er öffnete wieder.

Palacios drückte seine Frau an sich und tätschelte den Kindern unbeholfen den Kopf zum Abschied. Der Mann vom DAS hatte sich gerade die beiden Gringos vorgeknöpft. Die erste Verzögerung entstand. Die Gringos kamen durch. Der Ecuadorianer mit dem Vertreterkoffer tat höflich, ließ Lisa Palacios mit den Kindern den Vortritt und ging dann als letzter durch die Sperre. Er blieb für zehn Minuten der letzte. Die Schnüffelnase las seinen Pass wie den neuesten Bestseller und verliebte sich in jedes Detail seines geöffneten Koffers, genoss es fünf Minuten. Die restliche Zeit brauchte der Kontrollierte, um seinen aus allen Nähten gequollenen Koffer wieder zusammenzubekommen. Er hätte es in zwei Minuten schaffen können, wenn ihm beim Fluchen nicht die Luft knapp geworden wäre. Der vom Sicherheitsdienst war mittlerweile vom unverschämten Schnösel zum unehelich gezeugten Pavian, der nach Scheiße stank, aufgestiegen, nahm es aber gelassen hin und grinste dünn und überlegen. Der Ecuadorianer mit dem verkümmerten Schnurrbart stieg mit lautem Kommentar ins Flugzeug. Die Luke wurde geschlossen.

Palacios sah zu, wie die Propellerblätter schwerfällig wieder in Gang kamen. Er wartete, bis die DC3 abhob. Auf dem Rückweg in die Stadt musterte er die Landschaft. Die Agaven dominierten. Sie waren allgegenwärtig. Kleines und großes Format. Mit oder ohne Blüten.

Als Raúl Palacios die ersten Häuser von Ipiales zurückgelassen hatte, war ein einäugiger Ford mit hellgrünem, ecuadorianischem Nummernschild hinter ihm. Am Steuer saß ein schlanker, dunkelhaariger Mann mit feinrasiertem Schnurrbart. Auf dem Beifahrersitz saß ein Inkahäuptling. Sie hatten gewartet, bis Palacios zurückkam. Auf dem Flughafen wären sie unnötig aufgefallen. Der mit dem Inkagesicht hatte gerade die Tageszeitung zu Ende gelesen, als Palacios Wagen auftauchte. Es war ihm recht, dass es nahtlos weiterging. Er hasste leere Warterei.

Palacios fuhr in die Stadt, bog dann rechts zum Grenzübergang ab und fuhr langsam, ohne anzuhalten, an den Wachtposten vorbei. Zwischen Pasto in Kolumbien und Ibarra in Ecuador konnte er sich mit ecuadorianischer Nummer und ohne Pass-Stempelei bewegen. Er gab Gas. Kurz vor Tulcán war eine Zollkontrolle, die er unbehelligt passierte. Der Ford war hinter ihm. Palacios fuhr ins Stadtzentrum, parkte den Wagen in der Nähe des Büros der Zentralgenossenschaft und ging schnell in Richtung Eingangstür.

Kleber Larrea trat auf die Bremse. Der Inka öffnete die Wagentür, legte den Unterarm auf den Türrahmen, stützte die Waffe mit der linken Hand zusätzlich ab und zog dreimal den Abzug durch.

Palacios war bei Nummer zwei in der Waagrechten, die Hände auf dem Bauch. Die dritte Kugel strich über ihn hinweg. Verschwendung, dachte er; unkontrollierte, sinnlose Verschwendung.

Ich befand mich im geistigen Niemandsland. Seit einer halben Stunde lag ich mit offenen Augen auf dem Bett und versuchte, Ordnung in meinen Schädel zu bringen.

Der Wecker zeigte halb eins. Der Kater maunzte fordernd nach etwas Fressbarem und fuhr alle fünf Minuten einen Angriff auf mein Bett. Zweimal hatte er mich mit den Zähnen am dicken Zeh erwischt, der unter der Decke hervorlugte. Jetzt hatte er es satt, legte sich auf meine Brust und schmiss den Motor an. Das laute Schnurren war das endgültige Aus für meine geistigen Klimmzüge. Die Bernsteinaugen sahen gelassen in das Gesicht des Futterverweigerers. Die Krallen der Vorderpfoten massierten meine Brust gerade so stark, dass es nicht als Quälerei auszulegen war. Diese Tour hielt er beliebig lange durch.

Ich stand auf. Der Kater nahm Kurs auf die Küche. Ich schlurfte ihm nach und kaufte mich mit einer ordentlichen Portion Hackfleisch frei. Der Routineblick durchs Fenster machte mir klar, dass ich die erste Hälfte eines erstklassigen Sonnentages verpennt hatte. Dem Sonntag zu Ehren hatte die Militärpolizei Wachdienst.

Nach dem Duschen ging ich nach unten in die Tienda und holte die Zeitung, die mir die Ladenfrau zurückgelegt hatte. Ich nahm ein paar Eier mit und einen Liter Milch für den Kater und mich. Die Señora erzählte mir den Inhalt der Comercio-Sonntagsausgabe in der Kurzfassung. Größere Sensationen hatten sich in der Welt nicht abgespielt. Die beiden Militärpolizisten bewachten das eingeschaltete Kofferradio im Laden aufmerksamer als das Haus des Innenministers. Deportivo Cuenca lag zwei zu eins gegen Deportivo Quito zurück. Ein Zwischenergebnis aus Guayaquil zeigte an, dass LDU mit drei zu null gegen Emelec einging. Wenn ich den Hintern sonntags früher aus der Koje bekäme, würde ich auch mal wieder zum Fußball gehen. Ich schlenderte zur Wohnung zurück.

Die Sonne war in exzellenter Form. Mein Gehirn war bereits halb gar. Ein Blick zum Pichincha zeigte, dass es schlecht stand um den Schneerest auf dem Gipfel.

Ich hatte gerade Milch und Eier im Kühlschrank verstaut, als es an die Tür klopfte. Der Kater fauchte missbilligend. Beim

Aufmachen standen zwei Figuren aus einem mittelmäßigen Spionagefilm in der Türöffnung.

Der eine hatte eine weiße Bürste auf dem Schädel, war um die fünfzig und trug die Sorte Anzug, die nach dem Schnittmuster eines grauen Kartoffelsacks mit zu kurzen Beinen gefertigt wird. Er musste sich wenigstens fünf Streifen Kaugummi in den Mund geschoben haben. Die Bewegungen seines Unterkiefers lagen hart an der oberen Belastungsgrenze. Während er wie ein nervöses Rennpferd mit den Beinen zappelte, kippte er den rechten Unterarm grüßend nach oben, als seien wir gute Freunde, die sich lange nicht mehr gesehen hatten.

Der andere war mindestens einsneunzig, hatte einen ordentlichen Scheitel im mittellangen Blondhaar und sah wie ein fünfundzwanzigjähriger Bibelforscher aus. Der dunkelblaue Anzug unterstrich den Eindruck. Mir fiel noch auf, dass sie beide sauber polierte Konfirmandenschuhe trugen.

Dann sagte der Bibelmann: »Buenos dias.« Es klang, als verkaufe er etwas Mexikanisches im kalifornischen Werbefernsehen.

Ich nickte fragend.

»Dürfen wir reinkommen?« fragte der Kaugummiathlet. Er machte sich erst gar nicht die Mühe, Spanisch zu sprechen. Die Verkörperung des nordamerikanischen Durchschnitts: Ihm fehlte nur noch eine aufgerissene Bierdose in der Hand.

Ich ließ sie rein. Ernesto fauchte ihnen eine geballte Ladung Antipathie entgegen.

Der im blauen Anzug blieb in der Zimmermitte stehen und sah mich ungefähr so besorgt an wie ein Vater, der seinen Sohn beim Onanieren überrascht hat. Der mit der weißen Haarbürste ging zum Fenster, warf einen Blick in Richtung Tienda und Wachtposten und ließ mich dann wieder in den vollen Genuss seines Kauapparates kommen.

»Es gibt da ein paar Sachen in diesem Land, die spielen sich ohne Sie ab, Mister Straßner«, sagte der Bibelmann in einem Tonfall, als wolle er mich davon überzeugen, wieder in den Sonntagsgottesdienst zu gehen.

»Jede Menge«, gab ich zurück. »Wäre auch ein bisschen viel verlangt. Obwohl ich mich zu den interessierten Menschen zähle.«

Er zog missbilligend die Augenbrauen zusammen und sah seinen Partner an. Der kaute einen Gang langsamer und grinste mich durch seine Kieferngymnastik vertrauensvoll an. Er hatte volles Verständnis für mich. Man sah ihm an, dass es ihm schwerfiel, ungemütlich zu werden. Er machte einen Schritt auf mich zu, legte die linke Pranke auf meine rechte Schulter und schlug mir mit der anderen Tatze trocken in die Weichteile.

Ich machte einen Diener und keuchte.

»Sie kümmern sich um die Angelegenheiten der falschen Leute. Sie fahren hinter den falschen Autos her. Überhaupt arbeiten Sie am falschen Fall.« Der Bibelmann fuhr in seiner Belehrung fort: »Ich möchte nicht so weit gehen, dass Sie ein Hindernis bei gewissen Entspannungsbemühungen in diesem Land sind. Das wäre sicher eine Überschätzung Ihrer Person, Mister Straßner. Aber auch ein dummer Nagel lässt einen Reifen platzen. Er bringt das Auto ins Schleudern, lässt es gegen einen Baum fahren. Vier Insassen sind tot. Großer Sachschaden entsteht. Kurz: ein großes Ärgernis wegen eines kleinen Nagels am falschen Fleck.« Er dozierte so monoton wie ein ausgebrannter Universitätsprofessor.

Zwei Sachen gefielen mir nicht: Er sagte immer *Sträässner*, und er sagte *in diesem Land*, als rede er über seinen Vorgarten, auf dessen Rasen ich einen Eimer Abfall gekippt hatte. Sein Gringospanisch gab seinen Ausführungen etwas stümperhaft Nachhaltiges. Der Kaugummiathlet grinste genügsam. Er schien kein Wort zu verstehen, aber er wusste, worum es ging.

Ich trat zwei Schritte zurück, lehnte mich mit den Schulterblättern an die Wand und sagte: »Sieht so aus, als ob Sie mich erst auf die enorme Wichtigkeit einiger Sachen aufmerksam machen. Gelegentlich vergesse ich, dass ich kurzsichtig bin und lasse meine Brille zu Hause. Aber müssen Sie mir deshalb gleich den Magen auspumpen?«

Mein Tonfall gefiel ihm nicht. Noch weniger gefiel ihm, dass ich nicht auf sein Spanisch einging, sondern mein verstümmeltes Globalenglisch an den Mann brachte. Er gab sich jedoch überlegen und nachsichtig.

Weißhaarbürste strahlte. Er hatte alles verstanden: »Sie ficken die falschen Frauen«, sagte er durch den Kaugummi. Es war seine Sprache. Er nutzte den möglichen Einstieg, um seinen Beitrag zu leisten. Er gab sich redlich Mühe. Der Bibelmann sah ihn an, als habe er nicht nur ein Bonbon geklaut, sondern sich auch noch dabei erwischen lassen.

»Welche zum Beispiel?« fragte ich.

Weißhaarbürste ergriff die Gelegenheit, sich zu profilieren, dankbar auf und redete ohne Rücksicht auf den blauen Anzug weiter: »Janis Weaver, einunddreißig Jahre, aus Atlanta, Georgia. Mann: Chuck Weaver, angesehener Auslandsvertreter einer Erdölgesellschaft, ständig überarbeitet, trinkt zuviel, 'ne Menge zuviel. Aber Sie spielen ja Ersatzmann, Sportsfreund. Vielleicht muss er Ihnen dankbar sein.« Der Kaugummiathlet schien beim FBI in die Lehre gegangen zu sein. Seine Detailliebe sprach für einen Job bei der Mordkommission, oder wie sonst das dort genannt wurde. Er redete freundlich, trotz aller Vorwürfe, und mit einer gewissen Hochachtung vor meinem Schwanz. Der gleiche Bruderton, mit dem er mich schon eingangs begrüßt hatte.

»Hört sich an, als hätten Sie immer unterm Bett gelegen.« Ich grinste dreist. Er fand das gar nicht gut.

»Heute ist Sonntag«, sagte der im blauen Anzug. »Wir wollen den Herrn nicht länger stören. Er hat zwei Ohren und konnte hören, was für ihn wichtig ist.« Er ging zur Tür. Weißhaarbürste folgte ihm unwillig, hatte sich noch auf ein bisschen Prügel gefreut.

Die Tür fiel hinter ihnen ins Schloss. Ich befühlte meine Bauchdecke. Die Schritte des Duos verklangen auf der Treppe. Ernesto miaute verständnisvoll und strich mir am Bein entlang. In der Küche griff ich mir eine Flasche Bier aus dem Eisschrank, öffnete sie und ließ den Gerstensaft in ein Glas gluckern.

Die Sache wurde schmerzhaft und spannend. Wildfremde Leute kamen mich am heiligen Sonntag besuchen, redeten mir gut zu und massierten mir das Zwerchfell. Wussten über mein Sexualleben Bescheid und über meine Beschattungsaktionen. Waren Nordamerikaner und hielten ihren Hinterhof sauber. Freundliche Menschen in echter Besorgnis um meine täglichen Arbeitseinsätze. Mein Geschlechtsverkehr mit Janis hatte plötzlich rotweiße Streifen und wurde von weißen Sternen auf blauem Untergrund geziert. Kleber Larrea schien außer in Gemälden auch noch an anderen Sachen zu arbeiten, die über das hinausgingen, was in meinem Archiv abgelegt war.

Ein Blick durchs Fenster zeigte mir, dass meine Besucher in einem dunkelblauen Oldsmobil mit ecuadorianischem Nummernschild verschwanden.

Mir fiel ein, dass ich noch nicht gefrühstückt hatte. Die Tageszeit sprach schon mehr für ein kräftiges Mittagessen.

Eine Viertelstunde später parkte ich den Variant in der Avenida Amazonas direkt am Randstein vor dem Chilenen. Die Tische waren schwach besetzt. Die Stadt brannte sonntags auf Sparflamme. Alles, was einen Bus oder eine Camioneta besteigen konnte, verzog sich aufs Land. Die Amazonas war ein einsamer Autobahnabschnitt in einem toten Stadtviertel. Die vereinzelt geparkten Autos wirkten wie zurückgelassene, vergessene Ausstellungsstücke.

Ich schnappte die Zeitung vom Beifahrersitz, stieg aus und setzte mich an einen der vorderen Tische, direkt am Gehsteig. Die Bedienung schlich heran. Ihre demonstrative Lustlosigkeit war der allgemeinen Lage angepasst. Ich gab ein kühles Fläschchen Club in Auftrag und erfuhr, dass es nur noch Pilsner in großen Flaschen gab. Auch war eher mit einer handwarmen, als mit einer beschlagenen Pulle zu rechnen.

Das Mädchen gab die Informationen teilnahmslos weiter und stierte auf den Asphalt. Sie war kurz vor dem Einschlafen, hatte ein Bein leicht eingeknickt. Am Ende des linken Arms baumelte ein zerbeultes Metalltablett. Ihre großen Brüste unter dem rotweiß karierten Kleid wirkten in Anbetracht der Mittagshitze sehr eingeklemmt, sehr sorgfältig verpackt.

Meine Augen nahmen die Blickrichtung des Mädchens auf. Die Asphaltdecke war ein breiiger Teppich, stumpf und grau. Das nächste Auto würde im Vorbeifahren eine leichte Bugwelle aufwerfen. Die Auspuffabgase würden am teerigen Kielwasser kleben bleiben. Warmes Pilsner schmeckte nach Abwaschwasser, hatte aber die Wirkung von normalem Bier. Eine große Flasche war bei den klimatischen Bedingungen tödlich. Ich stieg auf einen Kaffee mit Milch um.

Das Tablett zuckte kurz. Ihr Blick kam zurück, streifte mich gleichgültig. Dann drehte sie ab und zog zur Theke im Inneren des Lokals.

Ich redete mir ein, dass die Bedienung recht hübsch sei und ging dabei von den unterdrückten Brüsten aus. Dumpfe Mittagshitze erzeugte bei mir immer sumpfige Gedanken. Träge Tropenerotik.

Im Sportteil des Comerico ließ sich ein hochdotierter Durchblicker über die Corridas der diesjährigen Fiesta aus. Er listete gute und schlechte Stiere in Kilogramm auf. Nörgelte an zu kurzen und stumpfen Hörnern herum. Setzte sich dafür ein, nicht nur die Hälfte, sondern gleich alle Stiere aus Spanien zu importieren. Gute Matadore – zwei Drittel waren aus Spanien und Mexiko angereist – verdienten hervorragendes Stiermaterial, meinte der Durchblicker. Er verglich die Leistungen von Paquirri, Teruel, Galan und Ramos miteinander. Verteilte Plus- und Minuspunkte und trampelte abschließend auf dem stümperhaften Präsidium herum, das immer die falsche Anzahl Ohren und Schwänze zur unpassenden Gelegenheit vergeben hatte. Als ich durch war, kam ich zu dem Schluss, dass er kaum mehr Corridas als ich gesehen haben konnte und dass Hemingways *Tod am Nachmittag* schon seit Jahren ungelesen auf seinem Nachttisch lag.

Das Mädchen brachte mir den *café con leche*. Bevor ich sie

anstarren konnte, war sie wieder weg. Die Rotblonde marschierte kurz durch mein Gehirn. Janis schloss sich an. Dann war ich wieder bei dem Yankee-Duo, dessen Auftritt den Tag eröffnet hatte. Es war jetzt an der Zeit, einige Querverbindungen herzustellen, ein paar Schlüsse zu ziehen. Möglicherweise war es auch nur an der Zeit, endlich den Absprung aus diesem Land zu schaffen. Der Gedanke gefiel mir nicht. Ich hatte nichts zu verlieren, nichts, was mit der Farbe meines Passes zu tun hatte. Meine Überlegungen blieben bei Palacios, Cabrera und Ortega hängen. Ich stand auf, ging zum Telefon an der Theke und wählte versuchsweise die Nummer der CECAT. Meistens saß sonntags einer im Büro und arbeitete. Ricardo Ortega meldete sich.

»Ich würde gerne mit dir reden, wenn es sich einrichten lässt. Hab' da ein paar Probleme, bei deren Lösung du mir vielleicht helfen kannst.«

»Muss ja wirklich wichtig sein, wenn du sonntags darüber brütest. Komm in einer halben Stunde vorbei und hol mich ab. Meine Frau hat mich heute morgen hier abgeladen. Du könntest mich anschließend nach Hause bringen. Das spart Maria einen Weg. Sie ist sowieso sauer, weil ich am Familientag im Büro arbeite.« Er redete munter und aufgekratzt.

»Gut«, sagte ich, »in einer halben Stunde.« Ich legte auf, warf einen Sucre auf die Theke und ging zum Tisch zurück.

Der politische Teil der Zeitung war überwältigend inhaltslos. Die Sonntagsbeilage beschäftigte sich mit den Cocktailparties, die bekannte Filmschauspieler in Los Angeles absolviert hatten, und mit einem peruanischen Poeten, der seine Gedichte auf dem Friedhof zu schreiben schien.

Der letzte Rest Milchkaffee war lauwarm und schmeckte fade. Mir fiel ein, dass ich eigentlich etwas hatte essen wollen. Aber der Hunger hatte sich verflüchtigt. Ich winkte der Bedienung und zahlte.

Der Variant war aufgeheizt wie eine Wellblechbaracke in der Sahara.

Auf der Plaza del Teatro gab es diesmal Parkplätze für jedermann. Die Taxifahrer waren sonntags duldsam. Sie belagerten das aufgedrehte Radio eines ihrer Wagen und schienen nicht mit Kunden zu rechnen.

Ricardo lächelte mir schon auf dem Gang durch die offene Bürotür entgegen und stand hinter dem Schreibtisch auf. »Für heute reicht es.« Er streckte mir die Hand hin. Ich schüttelte sie.

»Wieder ein theoretischer Beitrag zur Revolution?« fragte ich und deutete auf die Schreibtischplatte und diverse Papiere.

»Schön wär's, wenn sich Revolutionen auf dem Papier bewältigen ließen.« Er lachte und richtete einen Zeigefinger auf die linke Brusthälfte. »Sie spielen sich hier ab, Amigo, in unserem Herzen, und die meisten verlieren wir.«

»Nein«, sagte ich, »nicht ganz so. Sie spielen sich zwischen unserem Herzen und unserem Verstand ab, und die meisten verhungern auf halber Strecke.«

Er nickte bedächtig. »Die Philosophie eines Rebellen, nicht die eines Revolutionärs.«

»Mehr war ich nie, und zu mehr werde ich es auch nicht bringen.«

»Lass uns hier reden. Zu Hause hängen die Kinder gleich an mir.« Ricardo bot mir einen Sessel an.

Wir setzten uns, und ich erzählte ihm von meinem Tagesauftakt. Bei der Beschreibung der Typen nickte er. Er schien alte Bekannte zu erkennen.

»Hinter wem bist du hergefahren?«

»Kleber Larrea.«

Er nickte wieder.

»Einem Auslandsdeutschen, Huber-Meier, wurde ein Bild geklaut. Mein Landsmann meinte aus irgendwelchen Gründen, dass ich der Richtige sei, um es wieder aufzutreiben. Einiges spricht dafür, dass Kleber Larrea der Langfinger war. Nur ist mittlerweile das Bild durch höhere Fügung wieder an seinem angestammten Platz und Larrea höchstens unter sportlichen Gesichtspunkten noch zu überführen.« Ich sah, wie sich Ricardos Gesicht verdunkelte.

»Huber-Meier ist nicht gerade jemand, von dem du dich bezahlen lassen solltest.«

»Es sah nach einem unkomplizierten Job aus.«

»Was spricht dafür, dass Larrea etwas mit der Sache zu tun hat?«

»Das Bild wurde Huber-Meier vom Rücksitz seines Wagens gestohlen. Die Täter schlugen die Scheibe ein. Der Wagen stand vor der Galerie von Guillermo Velasco in der Juán León Mera. Sowohl Velasco als auch Huber-Meier und seine Frau sahen die Täter im Wagen abhauen. Velasco erinnerte sich daran, dass es ein Ford war. Linker vorderer Scheinwerfer beschädigt. Frau Huber-Meier erinnert sich an ein Paar auffälliger, italienischer Schuhe. Weiß–rotbraun abgesetzt. Der Mann, der auf der Fahrerseite einstieg, hatte sie an. Kleber Larrea fährt mit einem halbblinden, zerbeulten Ford durch die Gegend und trägt Schuhe des erwähnten Typs.«

Ricardo war aufgestanden und wurde auffallend unruhig. Er ging hinter seinen Schreibtisch, stützte sich mit beiden Armen auf die Tischplatte und sah mich an. Sein Gesicht war hart und angespannt. Durch seine Haut kam etwas Graues. Die Stimme war heiser: »Raúl fielen zwei Sachen auf, als man ihn verprügelte: Eines der vier Autos, die ihm den Weg abschnitten, hatte einen kaputten Scheinwerfer. Ein verbeulter Ford. Und abschließend trat ihm jemand mit einem auffallend modischen Schuh in den Unterleib. Ob es gerade Weiß mit Rotbraun war, weiß ich nicht. Es riecht jedenfalls verdammt nach Larrea.« Sein Gesicht entspannte sich. Etwas wie Befriedigung schlich sich in seine Augen. Er hatte einen Ansatzpunkt.

Ich staunte nicht schlecht. Meine Querverbindungen waren da. Die Szene wurde teilweise ausgeleuchtet. »Jetzt fehlt nur noch etwas Vergleichbares in Sachen Manuel Cabrera. Keine Zeugen bei der Textilfabrik?« Es roch nach Lösungen.

Ricardo schüttelte den Kopf. »Nichts. Aber wir können noch mal wegen des Wagens nachforschen.«

»Die Polizei hat alle Daten?«

»Alle. Bislang kein Erfolg.«

Ich verzog das Gesicht. Es stank. Larrea begegnete mir in einer Aufmachung, die für eine komplette Steckbriefbeschreibung gereicht hätte, beim Biertrinken mitten in der Stadt, aber die Gorillas schienen zu stark getönte Sonnenbrillen zu tragen, um vergleichbare Schlüsse zu ziehen. »Ein herrlicher Sonntag«, sagte ich. »Ein Sonntag der Aufklärung.«

Ricardo sah mich an. »Freu dich nicht zu sehr darüber, dass du jetzt einigermaßen durchblickst. Denk lieber an die Schlüsse, die daraus zu ziehen sind.«

Das Telefon klingelte. Ricardo hob ab. Er sprach sehr laut, wie bei einer schlechten Verbindung. Dann hörte er eine ganze Weile angestrengt zu. Er wurde wieder grau im Gesicht, sehr grau. Einmal sagte er ungläubig: »No!« Zum Schluss versprach er, sofort zu kommen. Er legte auf.

Der Mann vor mir war um einige Jahre gealtert. Er blieb neben dem Schreibtisch stehen und sah abwesend an mir vorbei zur Wand. »Aus Tulcán«, sagte er wie narkotisiert. »Sie haben Raúl umgebracht...«

Mir fiel nichts ein, was als Antwort darauf gepasst hätte. Die Nachricht bewegte etwas in mir, etwas, das verschüttet war, das mich aber immer noch anging.

Ricardo war ein Mann, dem man innerhalb kürzester Zeit zwei gute Freunde abgeschossen hatte und der wusste, dass er möglicherweise der nächste auf der Liste war.

»Ich wäre dir dankbar, wenn du mich jetzt nach Hause fahren würdest. Ich brauche meinen Wagen, muss nach Tulcán.« Er zwang sich zum nächsten Schritt, obwohl er eine Pause verdammt nötig gehabt hätte. Trauer, Angst, Hilflosigkeit, Wut, was immer sich in ihm regte – er nahm sich keine Zeit dazu, zumindest nicht ausschließlich dazu. Es musste nebenbei erledigt werden.

»Natürlich«, sagte ich. Er wusste, was ich dachte. Ein lächerlicher Beweis meiner Anteilnahme war überflüssig. Es war nicht über billige Worte in den Griff zu bekommen. Hier war mehr als die übliche Beileidskarte nötig. Ich fühlte mich betroffen.

Ricardo nahm seine Aktentasche und ging hinaus auf den Gang. Ich folgte. Die Außentür zu den Büroräumen schloss er ab. Einen Moment zögerte er noch, als habe er etwas vergessen. Dann wandte er sich zur Treppe.

»Ich werde die anderen von zu Hause aus anrufen.« Er sagte es zu sich selbst. Es würde ihm ein bisschen Zeit lassen nachzudenken.

»Wie ist es passiert?« Ich fragte verhalten und vorsichtig.

»Er kam aus Ipiales zurück. Hatte Frau und Kinder zum Flugzeug nach Cali gebracht. Sie haben ihn vom Auto aus erschossen, als er ins Gebäude der Zentralgenossenschaft gehen wollte. Campesinos, die es gesehen haben, sagten, dass es zwei Männer waren. Das Auto war verbeult und grau. Ein Scheinwerfer war kaputt; es wird der linke gewesen sein...« Er sagte es und sah über die Schulter zurück, als wir aus dem Gebäude traten.

LUNES,
9 de Diciembre

Es regnete. In großen, schweren Tropfen kam es aus dem Himmel. Sie schlugen wie Schrapnellgeschosse in den trockenen Staub. Ausgetrocknetes Gras duckte sich unter der unverhofften Wucht. Das Straßenpflaster sah für wenige Minuten wie ein gesprenkeltes Schotterband aus. Dann nahm es die gleichmäßig dunkle Farbe der Nässe an.

Wolken wie Blei hingen bis tief ins Tal hinunter, nahmen die begrenzenden Berghänge weg. Die Stadt lag plötzlich irgendwo, an einem unbestimmbaren Ort, ausgetrocknet und porös.

Die erste halbe Stunde Regen versickerte spurlos, hinterließ keine Pfützen, bildete keine Rinnsale. Die wenigen Autos zogen auf der feuchten Straßendecke für einen kurzen Augenblick Reifenspuren, die sofort wieder verschwanden. Es spritzte nicht. Aus den ersten gewichtigen Tropfen wurde ein feingewobener, dichter Vorhang aus Wasser. Die Kälte der Nacht blieb im Tal hängen. Die Sonne war an diesem Morgen nicht zur Ablösung erschienen.

Janis Weaver sah durch das Fenster ihres Schlafzimmers. Gleich beim Aufschlagen der Augen war ihr aufgefallen, dass etwas anders war. Keine frische Helligkeit. Der Lärm der geschäftigen Frühaufsteher fehlte. Ein Geräusch war statt dessen dagewesen: gleichmäßig, bekannt, ungewöhnlich in diesen Tagen. Sie war aus dem warmen Bett gekrochen, mit bloßen Füßen zum Vorhang getapst, hatte ihn zurückgezogen und in die triste Nässe gestarrt. Jetzt fror sie.

Mit wenigen Schritten war sie wieder im Bett und wühlte sich unter die Decke, bevor sie in der feuchten Kälte eine Gänsehaut bekam. Die Wärme auf dem Laken rettete den Morgen. Sie würde noch eine Weile liegen bleiben. Der Wecker auf dem Nachttisch zeigte acht Uhr dreißig. Chuck war sehr früh gegangen. Sie hatte seine Zimmertür gehört, dann seine leisen Aktionen im Bad und das Quietschen der Kühlschranktür unten in der Küche. Das Starten des Wagens hatte sie schon nicht mehr mitbekommen. Sie war wieder eingeschlafen.

Chuck und seine Geräusche. Ihre Ohren kannten ihn besser als ihre Augen. Sie war an dieses gehörte Verhältnis gewöhnt. Man sah sich selten. Und wenn man wieder einmal die Augen dazu nahm, dann blickten sie gegenseitig in freundliche Unverbindlichkeit. Nett, dich zu sehen. Gehts dir gut? Schön. Alles angenehm, konfliktfrei, easy. Wer so viele Auseinandersetzungen hinter sich hatte, die zu nichts geführt hatten, der war dankbar für inhaltslose Nettigkeit. Zwei Streichholzschachteln ohne Reibflächen. Er mit dieser verknautschten Säufervisage. Ein verschmitztes Jungengesicht, im Alkohol ertrunken. Die rosigen, glatten Hautpartien waren übergangslos fahl geworden, bevor sie Falten bekommen konnten. Sie mit dunklen Ringen unter den Augen, Ringe, mit denen er nichts zu tun hatte. Früher waren sie sich oft in der Küche begegnet, hatten sich freudlos durch ein gemeinsames Frühstück gequält. Später hatten sie es aufgegeben. Ja, sie kannte Chucks Geräusche; auch die in der Nacht: das Klirren der Flasche, das Splittern von Gläsern, das bewusstlose Schnarchen schräg gegenüber, aus seinem Zimmer.

Sie rollte sich zusammen und dachte an verschiedene andere Männer, an verschiedene andere Körper, andere Hände, Stimmen. Nichts davon war ihr so vertraut, dass sie es hätte festhalten können. Kleine Rationen wohltuender Wärme. Zeitlich begrenztes Vertrauen. Gelegentlicher Halt, wenn man es satt hatte, immer nur sich selbst zu stützen. Jetzt und hier, in ihrer temperierten Höhle, war sie in der Stimmung, in der sie sich gern ein bisschen angelehnt hätte, ganz unverbindlich. Doch sie hatte auch einen dicken Pullover im Schrank, den sie überziehen konnte und mit dem sie allein durch die Zugluft kam. Alles zu seiner Zeit, solange man es einrichten konnte.

Eigentlich waren es gar nicht so viele Männer; eigentlich war es in letzter Zeit nur einer gewesen. Wolf war ein Dauerbrenner. Er war ihr ähnlich. Es machte ihn interessant. Es war eine Art, sich selbst zu lieben, und doch nicht so billig, wie es sich selbst zu machen. Er war ein Ausbeuter. Sie waren beide Ausbeuter, die sich etwas zu geben hatten. Für kurze Zeit so viel, dass es gefährlich überzeugend wurde. Aber es waren nur die spitzen Zacken im oberen Bereich einer Fieberkurve, die sie teilten. Die tiefen Täler im unteren Bereich luden sie auf andere ab oder machten sie mit sich selbst aus. Mit Chuck war sie jede Höhe und Tiefe der Fieberkurve abgegangen, bis sie zusammen im Tal versackt waren. Eine Zeitlang hatten sie verlangend nach oben gestarrt. Dann waren die Erinnerungen an gemeinsame Gipfelbesteigungen verblasst, und man hatte sich im Tal arrangiert. Später hatte sie ihre Bergtouren mit anderen gemacht. Chuck war im Tal geblieben, mit seinem Schnaps. Im Tal war es einfacher, müheloser. Man wusste, was man hatte.

Momentan war auch sie im Tal. Aber es war ganz angenehm, nicht allzu schwer. Sie würde bis Mittag im Bett bleiben.

Gegen elf Uhr hörte der Regen auf. Der graue Vorhang über dem Tal riss auf, gab ein paar Fetzen blauen Himmels frei. Die Wolken krochen den Berg hinauf, und der Eukalyptuswald kam dampfend zum Vorschein. Als die Sonne durchbrach, war der Normalzustand wiederhergestellt.

Ich hatte den Variant in einer Seitenstraße nahe beim Hotel Colón am Randstein geparkt und ging die Amazonas entlang. Beim Blick in das Schaufenster des Herrenmodengeschäftes neben dem Büro von Braniff International tippte mir jemand auf die Schulter. Es war schon mehr ein aufforderndes Klopfen.

Ich drehte mich um und schaute dem Polizeibeamten ins Gesicht. Es war nichts Auffälliges an ihm, außer seinem siegesgewissen Lächeln.

Es ist zuzugeben, dass ich an diesem Montagmorgen nicht sonderlich ausgesucht angezogen war. Ausgewaschene Jeans, ungeputzte Stiefel und vor allem diese verschossene Militärjacke in Oliv, die ich wegen des Regens übergezogen hatte. Meinetwegen, ich sah so aus wie die Leute, die in Absprache mit Interpol routinemäßig kontrolliert wurden. Die Polizei hatte gerade ihre

Rauschgiftphase. Sie schleppten jeden zweiten nordamerikanischen Blumensohn auf die Polizeiwache und machten ihm das Leben schwer.

»Su pasaporte, por favor.« Er ließ den Señor weg. Ich lastete es der Olivjacke an und war nicht böse.

»Ich habe meinen Pass nicht bei mir. Wohne seit Jahren hier.« Mein Tonfall war vorbildlich.

Er lächelte eine Spur intensiver. Er kannte das schon. Wie immer. Der Anfang einer vertrauten Tonbandschleife, die er zigmal pro Tag abhörte.

Ich zog meinen Führerschein eifrig aus der Jackentasche, als könne ich damit den Karren aus dem Dreck ziehen. »Hier«, sagte ich, »da stehen mein Name, meine Anschrift, meine Passnummer, meine Nationalität und meine Blutgruppe drauf. Außerdem gibt's ein Passbild von mir, in Farbe!«

Er schüttelte müde den Kopf. Die Nationalität hatte ihn für einen kurzen Augenblick etwas positiver gestimmt. Die Blutgruppe und das Bild hätte ich nicht erwähnen sollen. Er mochte keine Leute, die ihm einen ecuadorianischen Führerschein erklärten. Sein Arm deutete zum Polizeiwagen. Die nordamerikanische Kiste, eine schwarzweiß gefleckte Holsteinkuh, stand am Gehsteigrand. Zwei weitere Rechtshüter lungerten daneben.

»Wir müssen Sie mitnehmen, um die Angaben zu überprüfen.«

»Mein Pass liegt zu Hause.«

Er schüttelte noch mal müde den Kopf, so nachdrücklich, als erkläre er einem verstockten Kind die Hausaufgaben.

Es brachte nichts. Ich stieg ein.

Sie waren höflich, fast zuvorkommend. Ich hielt den Mund und nölte nicht. Seit gestern ging es nicht mehr so flott. Schlaff saß ich auf dem Rücksitz. Seit gestern stolperte ich über die Bausteine einer Vergangenheit, die ich voreilig zu den Akten gelegt hatte. Es war wieder wie früher. Ich war mitten in der Nacht kalt durchgeschwitzt aufgewacht, aufgeschreckt aus einem fiebrigen Kampf. Kein Traum. Oder träumte man so hautnah, nach eingespeisten Daten und Fakten? Nach Tatsachen, die man in voller Tragweite erkennt, aber wie ein überbelichtetes Negativ in die unterste Schublade ablegt, in einen Papierkorb wirft, von dem man weiß, dass er nie geleert wird, und in dem man notfalls noch mal nachwühlen kann, wenn man ein Bedürfnis danach hat. Man belichtete Filme, aber scheute die abgezogenen Bilder, die einem in hartem Schwarzweiß entgegenwuchsen. Ein abgebrühter Starfotograf mit Röntgenblick. Fünfzigtausend erkannte Motive; zu jedem die richtige Kamera, die richtige Belichtungszeit. Man war immer und geradezu unermüdlich bereit, die unmöglichsten Stellungen und Verrenkungen zu praktizieren, um die Aufnahme passend zu bekommen.

Das belichtete Material wuchs, nahm Meterzahlen an, die bange machten und an die Dunkelkammer gemahnten. Und dann plötzlich dieses beklemmende Gefühl, diese Angst vor der Dunkelheit des Umsetzens. Über das zusammengeschossene Bildmaterial gebeugt, das in flachen Plastikwannen bei karger Beleuchtung langsam Gestalt annahm, forderte, sich klar zu erkennen gab, Gegenleistungen abfragte. Das man sodann mit spitzen Fingern aus dem Fixierbad zog und zum Trocknen aufhängte. Um es dann – wenn man jemals bis hierhin kam – wie ein eingelaufenes Stück Wäsche auf der Leine zu vergessen; weil man ahnte, wie gut es eigentlich noch passen würde, ohne Weichmacher. Eine Unterhose, die die Blase und sonstiges Schonenswerte nachweislich vor Erkältungen schützte, ihren Zweck erfüllte, schlicht und einfach nützlich war, notwendig, über die man lachte, dieses verkrampfte, unehrliche, ignorierende Modelachen: Natürlich völlig indiskutabel... Das geht doch nicht... Was werden denn die Leute sagen? Man trug lieber den schnittigen, derzeit angepriesenen Slip, ein Kunststoffprodukt, das die Genitalien zwar vorteilhaft formte, aber nichts daran änderte, dass man mit blaugefrorenen Beinen, klappernden Zähnen und ausgeprägter Gänsehaut im knietiefen Schnee stand und den Sommer verkündete, während man sich nachhaltige Blasenerkältungen und Nierenschäden zuzog, gegen die es ja, Gott sei Dank, Heilmittel gab.

Ich hatte aufrecht im Bett gesessen, wie früher. Ich hatte ihn wieder deutlich vor mir gesehen: den Sozialtechniker. Er liebte das Konstruktive, stand über das Reißbrett gebeugt und feilte am Detail. Während er liebevoll mit sauberem Strich die Konturen eines sorgfältig berechneten Zahnrades nachzog, stieß er mit dem Ellenbogen das Tuschefass um. Sein Werk ersoff in schwarzfeuchter Überschwemmung. Die Betroffenheit des Sozialtechnikers war von kurzer Dauer. Er gönnte sich einen kurzen, intensiven Ärger über das Geschehene. Dann nahm er die wertlos gewordene Zeichnung vom Brett, griff sich ein neues, sauberes Blatt Papier, spitzte den Bleistift und ging eine neue Konstruktion an. Das hielt er eine Weile durch, der Sozialtechniker. Dann saß er immer häufiger nachts aufrecht im Bett, entwickelte einen Hang zu dämpfenden Medikamenten in Form Schlafbringender Alkoholika. Er gewann ein Verhältnis zu Rum, Whiskey und sonstigen kraftstrotzenden Produkten, die ihn nieder auf die Matratze zwangen, dumpfen Schlaf diktierten. Er ließ die Blockierung seines Gehirns in brennenden Schlucken durch die Kehle in seinen Magen eindringen; gab ihr freies Geleit in seinen Untergrund; merkte, wie der Schnaps langsam mit dem Finger an den Schalter kam und das Licht ausknipste.

Schlimm wurde es, wenn die Medikamente nicht wirkten, wenn die täglichen Geschehnisse ihm reines Koffein in die Mutbahn gepumpt hatten, wenn nächtliches Aufschrecken nicht reichte. Wenn er wie ein streunender Kater in der Wohnung herumschlich, das volle Glas in der Hand festzementiert, nur in häufigen Hebebewegungen bis zu seinem Mund transportierbar. Wenn sein tauber, abgestumpfter Körper Tischecken und sonstige Kanten touchierte und sich die endlosen Gedankengänge bis zum Morgengrauen hinzogen, er seinen logisch vorwärtsstrebenden Schritten vergeblich Knüppel zwischen die Beine schmiss. Nach solchen Nächten war er wie ein Baum im

Frühling, der seine eigenen grünen Triebe abgefressen hatte, um sich auf ein konventionelles Sterben vorzubereiten.

Gestern war eine solche Nacht gewesen. Sorgsam Zugeschüttetes war von den Ereignissen wieder freigebuddelt worden. Ich fühlte mich auf dem Rücksitz des Polizeiwagens seltsam geborgen.

Es dauerte etwa zehn Minuten, bis sie mich wieder zum Aussteigen aufforderten. Ich kannte die Gegend nicht. Am Torbogen hatten zwei Wachen gestanden. Im Innenhof standen noch drei von den schwarzweiß gefleckten Holsteinkühen herum.

Sie führten mich in einen Raum im ersten Obergeschoss. Zwei machten sich die Mühe. Der Zurückgebliebene nahm einen Lappen aus dem Handschuhfach und begann mit trägen Bewegungen, seine Kuh zu striegeln.

Der Raum war so spärlich eingerichtet, dass der wacklige Stuhl, auf den ich mich setzte, fast luxuriös abstach. Einer meiner Begleiter blieb hinter mir stehen, der andere plazierte sich hinter einem einfachen Tisch, der aufgrund verschiedener Gebrauchsgegenstände als Schreibtisch zu identifizieren war. Der hinter der Tischplatte rückte sich ein Blatt Papier zurecht und zog einen monströsen Kugelschreiber aus der Brusttasche.

»Su nombre y apellido, por favor?« Er sah mich erwartungsvoll an.

»Wolf Straßner«, sagte ich betont klar und langsam.

Er wiederholte das Tongebilde, das ihm da widerfahren war, in seiner eigenen, knubbeligen Version, setzte zum Schreiben an, ließ es aber dann sein. Chinesisch gehörte nicht zu seiner Ausbildung. Statt dessen fragte er: »Profesión?«

»Técnico.«

Er nickte und schrieb auf. Berufsangaben waren leichter zu verarbeiten als ausländische Namen. Technik hatte etwas Klares. Langsam wurde er warm, fragte nach Hausnummer, Alter, Familienstand und den üblichen Steinchen für ein Informationsmosaik. Zur Unterstützung meiner mündlichen Angaben reichte ich ihm erneut meinen Führerschein. Er ergriff die Gelegenheit dankbar und schrieb meinen Namen nachträglich ab.

»Sie haben ein gültiges Visum, das Sie zum Aufenthalt in unserer Republik berechtigt?« fragte er förmlich.

»Hasta termino de la misión«, sagte ich, »doce tres.«

»Doce tres.« Er notierte sich alles. »Was ist Ihre Mission?«

Gute Frage, dachte ich. Jetzt musste ich ihm das mit dem Sozialtechniker erklären, oder mir eine einigermaßen passable Story ausdenken. »Ich habe an der technischen Schule gearbeitet, hier in Quito.«

»Welche Schule?«

»Colegio Técnico José Cuero.«

»Sie sagen, Sie haben dort gearbeitet. Das heißt: Sie arbeiten zur Zeit nicht mehr dort.«

»Ja, mein Vertrag lief vor etwa vier Monaten aus.«

»Dann ist Ihre Mission beendet und Ihr Visum ungültig.« Er sah mich strafend an.

So einfach war das. Wie er es sagte, klang es überzeugend einfach. Mission beendet. Abzug der Truppen. Nach dem Geschlechtsverkehr zog man sich wieder die Hose an. Warum ging man nach erledigtem Auftrag nicht nach Hause? Das übliche Problem: Man hatte die Aufgabenstellung anders begriffen als der Auftraggeber, hatte dieses Gefühl, noch nicht fertig zu sein. Dafür gaben sie einem Verträge oder ein Visum: um an ihre Form der Aufgabenstellung zu erinnern.

Der Polizist vor mir sah mich geduldig an.

Ich beschloss, vorläufig mit den philosophischen Auslegungen meiner Situation kurz zu treten. Er wollte eine gute Antwort. Ich hatte keine Strategie, also griff ich wieder zur Taktik: »Zur Zeit arbeite ich an einer neuen Sache, die leider noch nicht formell abgesichert ist. Es wäre mir lieb, wenn Sie zu meiner Entlastung meinen derzeitigen Arbeitgeber anrufen würden. Er würde für mich bürgen. Ich bin sicher, dass auch die Sache mit dem Visum schnellstens bereinigt werden kann. Wie gesagt, eine Formsache.« Mein Tonfall war zwingend sachlich. Wer

nicht darauf einging, lief nach den herrschenden Verhaltens-
mustern Gefahr, als Trottel erkannt zu werden.

Er kannte die Spielregeln. Sie passten ihm nicht. Man sah es
ihm an. Aber er kannte auch die Schiedsrichter. Es genügte,
um mir eine Chance zu geben.

»Um welche Person handelt es sich?« Er betonte das Wort
Person besonders deutlich, wollte mir nochmals ins Gedächtnis
rufen, dass er etwas besonders Einflussreiches erwartete, wenn
er schon auf meinen Rettungsversuch einging.

Ich nannte ihm Huber-Meiers Anschrift und Telefonnummer. Er schrieb sich beides auf. Beim Namen half ich ihm weiter. Dann nahm er den Zettel und verschwand durch die Tür
ins Nebenzimmer.

Der Kollege hinter mir hatte sich an die Wand gelehnt und
las im Stehen eine abgegriffene Nummer des Vistazo. Er grinste
mich vorsichtig an. Vorsicht war angezeigt. Es war nicht klar, ob
ich innerhalb der nächsten fünf Minuten in eine Zelle wandern
oder mit gestärktem Image dieses Zimmer verlassen würde. Er
machte in Neutralität.

Die Tür zum Nebenzimmer ging auf. Mein Polizist kehrte
mit seinem Vorgesetzten zurück, einem massiv gebauten
Endvierziger. Kantiger Indioschädel. Militärbürste. Fusseliger
Schnurrbart. Dieser Nilpferdtyp, bei dem man sich immer wun-
dert, wie er es bis in die derzeitige Stellung geschafft hat. Sie
sahen immer besonders strapazierfähig aus, wie aus widerstands-
fähigem Drillich. Das war es wohl, das diesen Typ zum Steher
machte. Er war Colonel oder so. Genau kannte ich mich mit
den Dienstgraden nie aus. Seine Uniform sah jedenfalls schnit-
tiger und ranghöher aus. Er musterte mich kurz, sah auf den
Zettel in seiner Hand und ging zum Telefon.

Der Vistazo-Leser hatte donnernd die Hacken zusammen-
geknallt, als der Colonel ins Zimmer trat und stand jetzt in
tadelloser Haltung stramm, wie aus Zinn gegossen. Die Zeitschrift lag auf dem Fußboden neben seinen Schnürstiefeln.

Der Colonel wählte eine Nummer, setzte sich auf die Schreibtischkante und ließ es am anderen Ende der Leitung klingeln. Ich war Luft für ihn. Seine Rechte hielt den Hörer wie den Stil einer Handgranate. Die Linke liebkoste einen Knopf der Uniformjacke. Entweder wurde jetzt abgenommen oder ich sah alt aus.

Jemand meldete sich. Dem liebenswürdigen Tonfall des Colonel nach war es die Rotblonde. Huber-Meier war nicht zu Hause. Das Nilpferd schnurrte höflichgeil in die Muschel. Huber-Meier war im Büro. Er notierte sich die Nummer, triefte abschließend ins Telefon und legte auf. Ich dankte Marie-Louise.

Er wählte erneut. Das Sekretariat meldete sich. Kurz darauf hatte er den Chef an der Strippe. Er erklärte ihm, wen er hier hatte, wo das Problem lag und fragte, was Heinz Walter dazu meinte. Er fragte flachsig und sagte: Heinsfalder. Meine Karten schienen gut zu sein. Am anderen Ende der Leitung schien man ein Wort für mich einzulegen, der Colonel lauschte konzentriert und sagte mehrmals: »Sí!« Sein Hinterteil löste sich von der Tischkante. Als er den Hörer auflegte, hatte er fast Haltung angenommen. Er musste mindestens schon fünf Partien Poker gegen Huber-Meier verloren haben.

Er lächelte mich gezwungen an: »Perdon, Señor. Una equivocación.« Ein Irrtum. So einfach war das. Er sagte noch was von Verständnis haben für diese Art der Routine-maßnahmen. Man wisse ja nie. Empfehlenswert sei ein Besuch im Außenministerium wegen des Visums. Nur damit alles seine Ordnung habe. Er trat auf mich zu.

Ich kam vom Stuhl hoch und drückte ihm die ausgestreckte Hand. Meinen Dank und mein Verständnis für die unangenehmen Härten seines verdienstvollen Berufes nahm er im Abdrehen mit durch die Tür ins Nebenzimmer.

Mein Polizist gab mir mürrisch den Führerschein zurück, blieb hinter dem Schreibtisch stehen und sagte, dass ich jetzt gehen könne.

Ich verabschiedete mich. Der Vistazo-Leser begleitete mich

nach unten. Eine schwarzweiße Holsteinkuh verließ mit Broadwaysirene und Rotlicht den Hof.

Ich grinste die Wachposten mitfühlend an, trat durch das Tor und orientierte mich kurz. Nach zwei Straßenzügen fand ich ein Taxi.

Er hatte der Maskenbildnerin wenig Arbeit gemacht. Sein aristokratischer Schädel mit den weißen Haaren war wie geschaffen für überzeugende Fernsehauftritte. Der dunkle Nadelstreifenanzug war der passende Rahmen für dieses Bild von einem Padron. Er strahlte die gütige Weisheit des gealterten, aber noch flexiblen Patriarchen aus. Eine Ausstrahlung, mit der man immer noch ganze Legionen unterwürfiger Indios hinter sich bringen konnte; vorausgesetzt, man hatte genügend Auftritte.

Gebt mir einen Balkon, und ich werde die Wahlen gewinnen. Das hatte ein geübter Präsident und Diktator lange vor ihm erkannt. Ganz so einfach war es nicht mehr. Die Roten machten sich an die Indianer heran und demontierten traditionell gewachsene Werte. Moderne Technokraten und Manager überholten ihn rechts, viel griffiger und verführerischer als es seine Generation zu bieten hatte. Heutzutage wurden die staatspolitischen Grundsätze nicht mehr in der geordneten, ländlichen Atmosphäre einer Hacienda geboren. Sie wurden hinter Stahlschreibtischen in den oberen Etagen der Hochhäuser gemacht.

Aber er war noch anpassungsfähig. Er würde eine Mischung aus beidem anbieten. Einfach, überzeugend, eingängig. Die Überzeugungsphase würde noch eine Weile dauern. Es war sein Zeitabschnitt. Er würde ihn nutzen.

Das Neutrum hatte heute eine blassblaue Fliege umgebunden. Emilio Arcos Vega hatte sein Comeback. Der Kanal war seit vorgestern wieder geöffnet. Es war das fünfte Mal in den letzten zwei Jahren, dass Arcos seine glorreiche Wiedergeburt auf dem Bildschirm feierte. Er hatte aus seiner Rolle als moderierendes Stehaufmännchen eine gradlinige Karriere gemacht. Er war mit Palacios untergegangen. Der Gewerkschaftler hatte ihn für kurze Zeit unter die Wasseroberfläche gezogen. Palacios war tot. Arcos hatte einen langen Atem. Der potenzielle Präsidentschaftskandidat vor ihm würde ihm wieder zu einer Periode der Erfolge verhelfen.

Das Neutrum rückte die schwarze Hornbrille zurecht. Die Schweinsaugen fassten die Kamera. »Meine Damen und Herren, liebe Freunde, ich begrüße Sie herzlich zu unserer Nachrichtensendung um halb acht. Kanal Sieben präsentiert heute als Gast: Señor Don Alfredo Moncayo Salgado, den Vorsitzenden der christlichen Zentrumspartei, vormals Außenminister unserer Republik. Señor Moncayo wird in acht Monaten als einer der zu erwarteten Präsidentschaftskandidaten in die Wahlen gehen. Señor Moncayo, wie beurteilen Sie die derzeitige politische Lage unter der Militärregierung?«

Moncayo nickte dankend zu Arcos hinüber und drehte sein weißbehaartes Haupt zur Kamera. Er hatte nicht vor, alberne Fragen zu beantworten. Er würde sich erklären. Arcos würde seine Ansprache unterbrechen müssen, wenn er unbedingt ein Interview haben wollte.

Die Rotblonde sah den fahlen Buchhaltertyp vor sich lustlos an. Er machte in Armaturen. Seit dreißig Jahren. Fünfzehn davon in Ecuador. Und er machte Geld damit. Seine graublauen Augen waren so ungefähr das Interessanteste an ihm. Der Rest war die gängige Ausrüstung einer gewissen Sorte Auslandsdeutscher: Anzug, Hemd und Krawatte in langweiligen Farbtönen, die mittelständische Kaufhaussorte. Vor etwa zehn Jahren in Deutschland gekauft und je nach Bedarf im gleichen Schnitt maßgeschneidert.

Marie-Louise Huber-Meier unterdrückte ein Gähnen und nahm einen Schluck Scotch. Sie hasste diese Pflichtübungen. Ihre Augen musterten die im Raum Anwesenden. Sie kannte die meisten. An der Eingangstür gab es ein kurzes Gedränge, dann erschien Alfredo Moncayo, umgeben von hechelnden Wahlhelfern. Er hatte seinen Fernsehauftritt gut überstanden.

Emilio Arcos hatte ihn kaum stoppen können. Sein Gehabe war schon voll auf Präsidentenniveau. Er schüttelte jede Menge Hände, ließ sich feiern.

Der Buchhalter blieb unbeeindruckt. Sein Tonfall war tödlich monoton. Man nehme sein heimatliches, unreflektiertes Schnittmuster, durchsetzt von einigen Pionieridyllen der Marke: Wissen Sie, dass im Zweiten Weltkrieg vor Esmeraldas ein U-Boot der Kriegsmarine auftauchte? Immer munter vor sich hin plaudernd. Keine größeren Pausen aufkommen lassen. Schweigen hieß hier: unbeholfen sein. Und wer war schon mit all der weltmännischen Erfahrung unbeholfen? Worte, die wie ein ständig zu erbringender Nachweis für Zuständigkeit klangen. Zuständig für die Gesamtlage. Aus dem verkrümmten Blickwinkel eines zurechtgeschminkten Daseins gesehen. Welche Freude für jeden Heimatverbundenen, wenn der Bruder eines langjährig an der Macht gewesenen Diktators zum gegebenen Anlass inmitten seiner blonden Freunde die Vorzüge des deutschen Schäferhundes zu loben wusste, der sich als zuverlässiger Bungalowbewacher bewährt hatte. Wenn er dann tiefer in die geschichtlichen Zusammenhänge einstieg und feststellte, dass dieses arme, aber stolze Erdöl- und Bananenland – wie er lächelnd und mit Selbstironie von sich gab – längst zum Deutschen Reich (er sagte: Tercer Reich!) gehören würde, wenn Hitler (er sagte: El Führer!) nicht vor Moskau das Benzin ausgegangen wäre. Wenn er dann trübsinnig für einige Sekunden in seinen Cocktail stierte und die deutschen Freunde verlegen versuchten, ihn auf Adenauer und Erhard abzuwiegeln: doch auch nicht übel, was da geschafft wurde; dann war es, als schmiedeten sie an ihrer gemeinsamen, alles verbindenden Weltachse aus Kruppstahl. Das war noch Qualität. Da wusste man, was man hatte.

Die Rotblonde kannte das. Sie kannte alle Versionen des einzigen Themas. Der Buchhalter fügte ihrer Sammlung eine kümmerliche, neue Variante hinzu. Er redete wie ein Automat. Seine Augen lasteten graublau auf ihrem Brustansatz. Es war schlimmer, als wenn er sie wirklich angefasst hätte.

Huber-Meier drehte sich von seinem bisherigen Gesprächspartner weg und widmete sich wieder seiner Frau. Der Buchhalter kam ins Stocken, fand noch ein paar nette Abschiedsformeln und machte einen Abgang.

»Wie lange bleiben wir noch?« fragte die Rotblonde. Sie gab sich müde.

»Wir sind gerade erst eine Stunde da, Liebling.« Huber-Meier schaute auf die Uhr. »Kurz vor Mitternacht. Wenn Moncayo nicht so spät seinen Fernsehauftritt gehabt hätte, dann wären wir jetzt über den Berg. Ich habe noch einige Gespräche zu führen. Wenn du gehen möchtest, nimm dir ein Taxi. Oder besser, nimm den Wagen. Es wird mich schon jemand mitnehmen.« Er zog gönnerhaft die Schlüssel aus der Anzugtasche und reichte sie ihr.

»Danke.« Sie hauchte ihm einen Kuss auf die Wange und steuerte zwecks Verabschiedung die Gastgeberin an.

Der Mercedes war zwischen einem Oldsmobil und einem Alfa Romeo eingekeilt. Sie schaffte es mit einiger Konzentration, ihn freizusetzen.

Die kühle Abendluft zupfte an ihrem Haar, als sie mit heruntergekurbeltem Fenster ins Tal rollte. Nach ein paar Minuten war der muffige Eindruck des Empfangs weggeweht.

Auf der anderen Talseite nahm sie die Avenida de las Americas und fuhr an der Universidad Central vorbei, Richtung Norden. Am nächsten Verteiler zögerte sie einen Augenblick, wollte erst die Atahualpa nehmen, fuhr aber dann weiter, passierte das Restaurant Italia und bog nach rechts von der América ab. Die nächste links, und sie war in der Ulloa. Seine Adresse stand im Telefonbuch.

MARTES,
10 de Diciembre

Es war kurz nach Mitternacht. Das Heer hatte die Luftwaffe abgelöst. Der vierte Bourbon machte mir eine Mattscheibe. Es langte aber nicht für die Matratze. Ich feierte meine Rettung vor dem Knast, meine Kontakte und meine Unentschlossenheit. Meine Kompassnadel rotierte wild. In der Tienda brannte noch Licht. Die Señora saß, über eine Zeitschrift gebeugt, hinter dem Ladentisch. Es war ungewöhnlich, dass sie so lange aufhatte. Die Jungs von der Wachmannschaft nutzten die Gelegenheit und hockten, in ihre olivfarbenen Ponchos gehüllt, auf einem Stapel Bierkisten.

Ich ging in die Küche, spülte mein Glas aus und war auf dem Weg ins Bad, als es an die Tür klopfte. Der Kater hob kurz den Kopf und rollte sich wieder auf seinem Stuhl zusammen. Ich dachte an meine Freunde aus dem amerikanischen Werbefernsehen und spürte meinen Magen. Aber Ernesto machte auf unbesorgt. Ich ging zur Tür, öffnete. Der Druck verlagerte sich vom Magen weg, zwei Handbreit tiefer.

»Ich dachte, ich komme mal vorbei«, sagte sie.

Ich hätte gern etwas Ähnliches zurückgegeben. So wie: gute Idee! oder: Na, warum auch nicht. Statt dessen ließ ich sie an mir vorbei, schloss die Tür so mechanisch wie ein Roboter und bemühte mich, den Mund nicht allzu offenstehen zu lassen.

Ihr Blick wanderte kurz durch mein Domizil. Sie schien zufrieden zu sein und wandte sich mir zu. »Gemütlich hast du es hier. Ich hatte erwartet, dass du in einer Art von Konstruktionsbüro haust.« Ihr Lächeln war für kurz nach Mitternacht starkes Kaliber. Lachsfarbenes Kleid. Dunkelrote, gehäkelte Stola. Darüber eine gepflegte, rotblonde Mähne. Ich würde noch einen Bourbon brauchen.

Sie überbrückte den Abstand zwischen uns mit zwei Schritten. Das Lachsrote war wie Geschenkpapier um eine Praline. Die Stoffsorte machte meine Finger überdurchschnittlich empfindsam. Mit den Fingerkuppen ganz leicht über extra feines Schmirgelpapier. So ungefähr. Die vier Bourbon verdunsteten in einem Augenblick. Mein Schädel war sauber ausgefegt, meine Konzentrationsfähigkeit so rein wie destilliertes Wasser. Diese Frau hatte die gleiche Wirkung auf mich, die ein Ladegerät auf eine müde Autobatterie ausübt. Mit ihr gepaart, war Küssen etwas Feinzelliges. Es gibt eine Sorte Formosa-Mandarinen in Dosen. Ohne Haut. Kleine, zarte, orangefarbene Dinger, die auf der Zunge zergehen, bevor man sich daran erinnert, dass man Zähne hat und Kauen zum Essen gehört. Marie Louise war wie eine ganze Dose Formosa-Mandarinen. Ein sexuelles Konsumparadies.

»Du schmeckst nach Whiskey«, sagte sie. »Gib mir auch einen!«

Ich ging in die Küche, pulte Eis aus dem Kühlfach und machte zwei Gläser fertig. Als ich zurückkam, stand sie am Fenster und sah zu, wie die Señora die Tienda dichtmachte. Die beiden Wachtposten trollten sich. Die Trennung vom einzig gemütlichen Fleck in der Nacht war eine unbillige Härte für sie.

Marie-Louise nahm das Glas, prostete mir zu und trank bedächtig.

»Wo kommst du her?« fragte ich. »Schöne Überraschung am frühen Morgen.«

»Auf der Flucht vor Sachen, die ich schon träume«, antwortete sie. »Vor Empfängen. Vor geilen Verehrern. Vor markigen Sprüchen. Vor wichtigen Leuten. Vor einer Menge Zeug, das mich ankotzt.« Sie schüttete etwas Bourbon hinterher. »Lass uns nicht soviel reden. Reden gehört auch zu den Sachen, die mir Brechreiz verursachen. Lass uns ein bisschen vergessen. Soweit man das kann. Wenn mein Mann nach Hause kommt, dreht er sowieso durch. Der Mercedes nicht in der Garage, und sein Weib nicht im Bett.« Sie kicherte.

»Dein Mann hat mich heute vor dem Knast bewahrt.«

»Manche Sachen kann er eben.« Es interessierte sie überhaupt nicht. »Hast du je daran gedacht, nach Deutschland zurückzugehen?« Ihr Blick war eine übergroße Rückfahrkarte; er sagte: Lass uns abhauen, wir passen zusammen, Lass uns abhaun!

»Ja, eben beim vierten Schnaps. Ich denke die ganze Zeit daran. Manchmal denke ich, dass es langsam Zeit wird. Aber dann kommt es mir wieder wie Weglaufen vor.«

»Weglaufen?« Sie verstand mich nicht.

»Ja! Weglaufen!« Ich konnte es nicht erklären. Um es ihr zu erklären, hätte ich es selbst genau wissen müssen. Ich ahnte es nur. Ahnen war zu wenig.

Sie fasste mich wieder an. »Hast du ein Bett?« fragte sie.

Ich nickte. Ja, ich hatte ein Bett. Gott sei Dank, ich hatte ein Bett. Ein Bett wie ein Fluchttunnel.

Sie zog sich mit einer zierlichen Bewegung die Schuhe aus und war plötzlich hilflos und klein. Männer haben es gern, wenn Frauen klein und schutzbedürftig sind. Besonders dann, wenn sie es eigentlich besser wissen sollten. Aber ich war ein angeschlagener Boxer. Angeschlagene Boxer brauchen Pflege, Schonzeit, Zärtlichkeit. Zärtlichkeit machte es leichter, zu vergessen. Zärtlichkeit füllte aus. Sie machte einen zufrieden. Und wenn aus Zärtlichkeit etwas Hartes wurde, dann war es Sex. Gegen Sex hatte ich nichts.

Rosa Serrano sprang aus dem Bus, der im Schrittempo die Haltestelle passierte. Am Zeitungsstand an der Plaza del Teatro kaufte sie den Comercio und ging in die Seitenstraße, Richtung Büro. Sie zog die offene Strickjacke vor der Brust zusammen und stieg die Treppe zum ersten Stock hinauf. Morgens war sie immer die Erste. Acht Uhr war ihre Zeit. Lieber am Nachmittag etwas früher frei.

Rosa Serrano wurde von den Ereignissen überrollt. Manual Cabrera tot. Raúl Palacios tot. Zuviel auf einmal. Sie hatte aussteigen wollen. Hatte plötzlich den Wunsch nach einem unkomplizierten Sekretärinnenposten bei irgendeiner Firma, irgendeinem Unternehmen gehabt. Ricardo Ortega hatte sie gebeten, es sich noch einmal zu überlegen. Sie wurde gebraucht. Ein gutes Gefühl. Besser als das meiste, was ihr Leben ausmachte. Sie blieb.

Auf dem letzten Treppenabsatz vor der Haupttür im Büro zog sie den Schlüsselbund aus der Handtasche. Ihre Augen fixierten das Türschloss, blieben dann an der Gestalt hängen.

Der Campesino hockte auf der letzten Stufe, an die Tür gelehnt. Ein grobgewebter roter Poncho bedeckte den Großteil seines zusammengesunkenen Körpers. Unten war nur ein Paar lehmiger Gummistiefel zu sehen, das unnatürlich herumlag. So, als seien keine Füße darin. Oben war nur der abgegriffene Strohhut. Neben dem Poncho auf der Treppenstufe eine leicht geöffnete Hand, dunkel, regungslos.

Es war nicht ungewöhnlich, beim Öffnen des Büros bereits einen wartenden Genossen vorzufinden. Rosa schnupperte. Kein Schnaps. Sie klirrte mit dem Schlüsselbund und sagte:

»Buenos días.« Die Gestalt regte sich nicht. Es war halbdunkel im Treppenhaus. Die rote Farbe des Ponchos ließ es nicht gleich erkennen.

Rosa Serrano beugte sich zu dem Campesino hinunter um ihn wachzurütteln. Ihre Finger berührten den feuchtkalten Fleck unter der linken Schulter, und sie wusste, was los war.

Der flachgehaltene Bungalow lag außerhalb der Ortschaft inmitten grasbewachsener Hügel und vereinzelter Eukalyptusbaumgruppen. Am unteren Ende des Grundstücks führte ein kleiner Fluss vorbei. Jenseits des Flusses lag San Rafael. Das restliche Panorama waren hohe, blaugrüne Kordillerenzüge um ein langgestrecktes Hochandental.

Hinter einem der Bergrücken lag die Hauptstadt, in einer halben Autostunde über die Serpentinen einer gut ausgebauten Straße erreichbar. Weit genug weg, um nicht den falschen Leuten in die Arme zu laufen.

Kleber Larrea warf einen Kieselstein in den Fluss. Er langweilte sich. Nach der Sache in Tulcán hatten sie ihn aus dem

Verkehr gezogen. Eine Woche oder so, hatten sie gemeint. Der Innenminister hatte es Moncayo nahegelegt. So hatte sich sein Auftraggeber jedenfalls geäußert. Larrea mochte diese schwammige Sprache nicht. Man legte nahe. Man empfahl. Man gab zu bedenken. Man wollte jemanden loswerden, aber man legte natürlich niemanden um. Dazu gab es Leute wie ihn.

Sie zahlten sogar fürs Nichtstun, honorierten Zurückhaltung. Dem Inka hatten sie jenseits der kolumbianischen Grenze ein paar Wochen Urlaub in Pasto verschrieben. Wenigstens eine Kleinstadt. Ihn wollte man in der Nähe haben, für alle Fälle. Zwei seiner Leute erledigten auf der anderen Seite der Bergkette noch etwas Kleinarbeit.

Larrea verzog geringschätzig den Mund, spuckte ins vorbeifließende Wasser und ging zum Haus zurück. Er überquerte die kleine Terrasse, ging durch die offenstehende Glasschiebetür zum Esstisch und musterte die Tasse mit dem abgestandenen Kaffee. Er hatte noch Hunger. Das Frühstück war zu mager ausgefallen. Er musste ein paar Lebensmittel im Dorf besorgen und eine Zeitung. Man hatte ihm nahegelegt, sein kurzes Exil nicht mit weiblicher Zerstreuung zu gefährden. Sehr vornehm, sehr vorsichtig formuliert, aber sehr nachdrücklich. Larreas Schnurrbart zuckte mürrisch. Bücher hatte er sich mitgebracht. Vor allem die politischen Schriften von Simón Bolívar wollte er sich vornehmen. Gelegentlich hatte er diese Bildungsanfälle. Aber es änderte alles nichts daran, dass er sich langweilte.

Er krempelte die Hemdsärmel herunter, zog sich die Anzugjacke über und schnappte sich die Schlüssel aus dem Regal.

Das Telefon klingelte. Er nahm ab. »Ja«, sagte er knapp.

»Erste Aufgabe erledigt«, sagte eine atmosphärisch gestörte Stimme am anderen Ende. »Erledigt und am gewünschten Ort deponiert.«

»Gut!« Er legte auf. Ein zynisches Grinsen bewegte den Schnurrbart. Ein paar Indios zum Nachtisch, nicht mehr. Ein paar kleine Nummern, die die Hauptmahlzeit garnierten. Eine Handvoll gekochter Mais zu einem Stück Fleisch.

Er schloss die Tür hinter sich und ging hinüber zur Garage. Dann entschloss er sich, den Ford im Stall zu lassen, ging zu Fuß vom Grundstück auf die kleine Brücke zu. Die Sonne stach. Kleber Larrea freute sich auf den Sportteil der Tageszeitung.

Der Posten der Militärpolizei hob seine Hand vor der Windschutzscheibe und bedeutete mir, zu warten. Ich hatte gerade rückwärts aus dem Garagenplatz gesetzt, kuppelte aus, zog die Handbremse und gedulde mich.

Zwanzig Meter weiter kam der Innenminister aus dem Haus und verschwand in seinem Dienstwagen. Die Generalsuniform blitzte nur für einen kurzen Moment auf. Man ahnte ihn nur. Die Jungs im Pinto fuhren an. Der Begleitwagen surrte an mir vorbei die Steigung der Ulloa hinauf. Der dunkelgrüne Chevy folgte in einigen Metern Abstand. Der Wachposten vor meiner Motorhaube stand wie eine Eins und salutierte. Dann gab er mir freundlich winkend den Weg frei.

Huber-Meier hatte mich gegen acht angerufen und in sein Büro bestellt. Marie-Louise war gerade eine Stunde weg gewesen. Als sie bei Tageslicht registriert hatte, dass der Mercedes mit seinem Kennzeichen so nahe beim Innenminister und seiner Wachmannschaft stand, war ihr mulmig geworden. Ihr Mann habe seine Ohren überall, hatte sie gesagt. Ich hatte sie beruhigt, hatte ihr erklärt, dass die Mannschaft mit ihren Beobachtungen ungefähr so isoliert vom Herrn General sei wie ich vom örtlichen Bischof.

Der Variant rollte mit gelegentlichen Aussetzern gemächlich den Rest der Ulloa hinunter. Links. Rechts. Wieder rechts, und ich war auf der Diez de Agosto. Ein starker Morgen: blauer Himmel, vereinzelte, weiße Wolken. Es würde heiß werden. Ich fuhr die Avenida Diez de Agosto etwa zehn Minuten stadteinwärts, bog dann in Höhe des Außenministeriums nach rechts ab und parkte in einer Seitenstraße. Ging die wenigen Schritte zur Diez zurück, trat in die Eingangshalle eines Hochhauses und besah mir die Tafel mit den Stockwerkangaben. Achter Stock.

Ecuatoriana de Construcción, nannte er seinen sanitären Wurst-
materialienladen. Darunter H.W. Huber-Meier.

Ich stieg mit einer pudelbewaffneten Dame im bedruckten
Leopardenmantel in den Aufzug. Sie drückte die Vier. Ich die
Acht. Bis zum vierten Stock demonstrierte sie mir stumm die
Qualität ihres künstlichen Gebisses. Es war gelb wie eine un-
geputzte Toilettenschüssel. Die Speichellippen drumherum
grinsten souverän. Dank der Sonnenbrille kam ich nicht in den
Genuss ihrer Augen. Als sie ausstieg, war sie sicher, dass ich so
scharf wie alle Männer auf sie war. Ich sah nach unten. Der
Pudel hatte mir nicht ans Bein gepinkelt.

Im Achten gab es nur einen Eingang, Das gleiche Schild.
Ich klingelte. Hinter der Tür summte es. Ich drückte und stand
im Empfangszimmer. An der Schreibmaschine saß eine Ecuadorianerin. Sie fragte nach meinen Wünschen. Ich sagte meinen Spruch auf. Kurz darauf stand ein kränklichweißer Mann
mit schütterem, hellblonden Haar vor mir.

»Eppenweiss«, stellte er sich vor. »Wenn Sie mir bitte folgen
wollen.« Er sah aus wie ein Ministerialbeamter, der zweimal täglich mit einem Pornoheft im Aktendeckel aufs Klo verschwin-
det. Er führte mich durch einen Gang zu einer offenstehenden
Tür. »Herr Straßner«, sagte er in den Raum hinter der Türöffnung. Er nickte mir unverbindlich zu.

Ich ging rein. Huber-Meier erhob sich hinter einer Schlacht-
bank von Schreibtisch und schob sich auf mich zu, den ausge-
streckten Arm mit Hand wie einen Klüverbaum vor dem Rumpf
einer mittelschweren Fregatte.

»Na, na«, brüllte er herzlich. »Sie machen aber Sachen. Sollen mir Gemälde suchen und lassen sich von der Polizei kas-
sieren.« Er lächelte väterlich. »Sei's drum.« Er war die gute
Laune in Person, zumindest tat er so. »Ich schulde Ihnen noch
viertausend Mark.«

»Wofür? Ich habe Ihnen noch nichts geliefert.« Ich sagte es
trotzig und bitter.

»Sie wissen, wer es war. Aber ich will es nicht mehr wissen.

Verstehen Sie?« Seine Stimme verlor an Freundlichkeit. Er war nur noch verbindlich. Er ging zum Schreibtisch und nahm einen ausgestellten Scheck. »Hier«, sagte er, »nehmen Sie und vergessen Sie es. Machen Sie sich einen schönen Urlaub oder sonstwas.«

»Wer hat sich denn da für Kleber Larrea eingesetzt?« fragte ich hämisch.

Sein Blick war eine Ohrfeige. »Sie verkennen den Ernst der Lage. Ich hätte Sie für klüger gehalten.« Es war die Tonlage des ungehaltenen Lehrers an einen Schüler, der das falsche Gedicht aufsagte. »Wie sind Sie an diesen Amerikaner gekommen, der Sie mir empfahl?«

»Wir hatten uns gemeinsam besoffen. Er hatte Sorgen mit ein paar Originalaufnahmen aus seinem Schlafzimmer. Zwei handliche Tonbandkassetten mit Gestöhne und Texten zur politischen Lage.« Mein Grinsen war so dreckig wie die untere Seite eines Kanaldeckels.

»Hauen Sie ab, Mann! Ich meine es gut mit Ihnen.« Er gab sich nochmal väterlich, hielt mir den Scheck hin. »Viertausend, D-Mark-Scheck. Sie werden verstehen, dass ich es nicht wie abgemacht in Dollar und bar zahle.« Er lächelte wieder. Der gute Onkel spendierte dem halbseidenen Neffen ein Rückflugticket plus Spesen, um ihn loszuwerden. Ein deutscher Onkel, und in D-Mark.

Meine Hand griff nach dem Scheck, steckte ihn in die Hemdtasche.

Er war zufrieden. Ich war ein guter Junge. Er hatte es gewusst. Seine Pranke hob sich wieder zum Abschiedsgruß. »Machen Sie es gut.« Es klang ehrlich besorgt. Typen mit derartigen Schreibtischen sind immer gute Schauspieler.

Wenn schon das Geld, dann auch ein ordentlicher Abgang, dachte ich und drückte seine Hand.

Durch den Gang ins Vorzimmer. Die gebrechliche Weißhaut stand neben der Sekretärin und sah mich ohne Gruß an, als ich das Büro verließ.

Der Aufzug stand auf dem Stockwerk. Ich trat ein und drückte Erdgeschoss. Vor der Eingangshalle auf dem Gehsteig schaute ich kurz hinüber zum Außenministerium und dachte an mein Visum. Dann ging ich zum Wagen.

Ich wendete, kreuzte die Diez de Agosto und fuhr bis zur Amazonas. Dort bog ich nach rechts ab, parkte in Höhe des Chilenen. Gegenüber gab es eine Wechselstube. Der Kurs war gut. Der Chef kam bei viertausend Deutschen Mark persönlich nach vorne. Als er Huber-Meier las, behandelte er mich wie einen Börsenfuchs, gab mir noch etwas drauf und schenkte mir den Insiderblick des Großkapitals. Die Unterschrift war unleserlich, aber sie war in Geldkreisen bekannt. Ich verstaute die Sucre in einem Briefumschlag, den er mir, skeptisch geworden, zur Verfügung stellte. Brieftaschen schienen die Seriosität zu unterstreichen. Ich verabschiedete mich.

Auf dem Rückweg zur Wohnung fuhr ich am Iñaquito vorbei. Der Parkwächter tippte an den Mützenschirm. Im Supermarkt kaufte ich ein paar Lebensmittel. Meine Verbündete mit dem blauschwarzen Haar war nicht an der Kasse. Ich nahm die schlaffe Plastiktüte mit Fleisch, Salat, Käse und einer Flasche argentinischem Rotwein und steuerte die Wäscherei an. Der Affe mit den hellblauen Augen war verkauft, der Plattenladen geschlossen.

Die Frau an der Wäscheausgabe suchte anhand meines Belegs die abgepackten Kleidungsstücke aus dem Regal. Sie war mürrisch. Sie kannte mich. Ich war der mit den beiden nordamerikanischen Ziegen.

Ich zahlte und ging. Wäsche auf den Rücksitz. Dem Parkwächter einen Sucre für seine Dirigentenbewegungen. Zurück zur Diez de Agosto. Zapfsäule. Volltanken. Dann die Steigung hoch. Richtung Eukalyptuswald. Darüber der Pichincha. Die Schneereste. Blauer Himmel. Dann die Wachtposten. Immer noch die Militärpolizei. Den Variant ließ ich vor der Garageneinfahrt stehen, ging die Treppe hoch. Im ersten Stock die

Señora in der Tür, freundlich. Der Kater blieb ungerührt hinter der warmen Fensterscheibe liegen und ließ mir einen gelangweilten Blick zukommen.

Das Telefon klingelte. Es war Ricardo Ortega.

»Gut«, sagte ich, »in einer halben Stunde.« Und legte auf.

Ich öffnete die Tür zur Terrasse. Der Kater war sofort da und verschwand hinter der Bananenstaude. Er maunzte zufrieden, scharrte ordentlich, sprang auf die gemauerte Brüstung und machte sich lang. Die Bernsteinaugen auf mir. Hier und da war ich zu etwas zu gebrauchen. Zum Beispiel zum Türaufmachen. Er wandte den Kopf und musterte die Landschaft.

Im Schlafzimmer war noch die Kuhle in Laken und Decken. Ich befühlte sie kurz. Keine Wärme mehr. Ich sah Marie-Louise dort liegen. Die rotblonde Mähne. Der nackte Körper. Perfekt, was meine Maßstäbe anging. Ich ging zurück, lehnte in der Türöffnung und starrte etwa fünf Minuten auf sie. Wünschte mir, dass sie noch bliebe. Dachte daran, wie einfach alles sein könnte, wenn man ein paar Seiten aus dem Drehbuch herausreißen könnte, das einem das Leben aufzwang. Ich spürte ihre Haut, war kurz davor, wieder zum Bett zurückzugehen, sie anzufassen.

Der Kater maunzte glücklich in der Sonne. Marie-Louise war weg. Ernesto kam angetrabt, strich mir um die Beine. Hunger. Er startete seine Arie. Ich ging in die Küche und verwies auf die gefüllten Schalen: Hackfleisch, Milch und Wasser. Er jaulte gelangweilt und zog wieder in die Sonne.

Ich wählte ein Reisebüro in der Amazonas an, ließ mir die Abflugtage und -zeiten der verschiedenen Fluggesellschaften nach Deutschland geben, notierte alles sorgfältig und legte auf. Wenig später klopfte es an die Tür. Es war Ricardo. Er drückte mir die Hand und nahm ein Bier. Er sah nicht mehr wie ein Zweiunddreißigjähriger aus. Sein dunkelblondes Haar war aschig-stumpf.

»Sie haben alle vor mir abgeknallt, alle um mich herum. Jetzt verdünnen sie die Basis. Heute morgen ein toter Campesino vor unserer Oficina. Rosa fand ihn, als sie kam. Erschossen.« Er trank Bier, als gelte es, einen Brand zu löschen, als könne man es ersäufen, wenn man genug Flüssigkeit zugab. »Wir haben ein paar Anhaltspunkte mehr dafür, dass es Kleber Larrea war, der vor der Textilfabrik auf Manuel gewartet hat.« Eine Aufforderung an mich. Da hast du etwas Licht in deine Dunkelzonen, sagte er, da hast du deine Querverbindungen, deine Bausteinchen.

Ich schluckte, ging in die Küche und nahm mir auch ein Bier. Es gab in diesem Land für alles Beweise. Man konnte nur nichts damit anfangen.

»Du kannst jetzt Mitglied in unserem Verein werden, oder du kannst es bleiben lassen. Jedenfalls hängst du bis über beide Ohren drin.« Er grinste sarkastisch. Es machte ihn wieder etwas jünger.

»Du hast recht«, sagte ich. »Ich bin von der Sorte, die ein neues Wort erfindet und dann im Duden nachschlägt, ob es richtig geschrieben ist.«

»Tu was dagegen.« Er lachte müde. »Tu was dagegen. Du wirst dich besser fühlen. So wie ich. Du wirst vielleicht an etwas glauben, wirst zumindest das Gefühl haben, dass es etwas Wichtiges zu glauben gibt. Opfere dein intellektuelles Gewissen an eine Sache, und du gibst so leicht nicht mehr auf. Wirst immer wieder neue Opfer bringen, um alles schlüssig zu machen. Ein überzeugter Lügner für eine feingeistige Sache.« Er trank Bier, klagte sich an, schlug sich ans Kreuz und nahm sich wieder ab. Aber es war niemand da, der ihm die Wunden hätte lecken können. Er war die Nummer eins in seinem Laden geworden. Die Nummer eins zu einem Preis, der zu hoch war. Er wäre lieber ins letzte Glied zurückgetreten. Aber er war die Nummer eins. Es war verdammt hart für ihn, so früh zum Champion gemacht zu werden. Er hätte lieber noch ein bisschen trainiert, hätte lieber noch ein paar Aufbaukämpfe bestritten, bis vierzig oder so, bis Palacios freiwillig Platz gemacht hätte. Er war ohne Titelkampf zu Ehren gekommen. Das fraß ihn auf.

»Was ich glaube und was ich fühle, sind zwei verschiedene Dinge«, hörte ich mich sagen. »In der Abstimmung liegt die Kunst des Überlebens. Und ich lebe gerne. Lieber beschissen als überhaupt nicht.«

Er setzte das Glas hart auf den Tisch, ging zum Fenster und sah auf die Wachtposten hinunter. »Hijos de putas«, sagte er gegen die Fensterscheibe. »Diese Hurensöhne bewachen ein einziges, wertloses, aufgeblasenes Menschenleben: den Herrn Innenminister. Kümmere du dich um Larrea. Wir kümmern uns um unsere Politiker.« Er sah mich müde an, kam auf mich zu und umarmte mich kurz.

Er ging zur Tür, und ich sagte: »Ich habe heute viertausend Mark verdient, ohne viel dafür zu tun. Jemand hat mich für euch gekauft. Ich werde es abarbeiten.«

Chuck Weaver goss behutsam den letzten Rest Sour Mash in sein Glas und trug die leere Flasche zum Mülleimer.

Der Whiskey schmeckte gallig. Sein Hals zog sich zusammen, aber Weaver machte das Glas leer.

Im Kühlschrank gab es etwas kaltes Huhn. Sie sorgte für ihn. Immer gab es etwas Einfaches in Reserve für betrunkene Spätheimkehrer. Er hatte keinen Hunger, schloss die Tür und ging ins Wohnzimmer neben der Küche. Seine Hand griff eine frische Flasche Jack Daniels vom Getränketisch in der Ecke. Der rechte Daumennagel riss die schwarze Plastikhülle über dem Schraubverschluss an. Ein Dreher. Das kurze, trockene Ploppen. Die kleine Wolke über dem Flaschenhals. Vertraute Handgriffe. Geliebte Geräusche. Er hob die Flaschenöffnung unter die Nase und schnupperte die kleine Wolke weg. Hinten im Hals zog sich etwas zusammen. Es war ihm einen Doppelten wert.

Die Flasche schepperte beim Aufsetzen auf die Glasplatte des Tisches. Er sah hinüber zur Treppe, lauschte nach oben. Sie schlief. Er wollte sie nicht wecken, nicht belästigen. Es war ein faires Arrangement, das man getroffen hatte. Er würde sich an die Spielregeln halten. Der Whiskey würde ihm helfen.

Weaver ging zum Fenster und schob den Vorhang mit einer Hand auseinander. Sein Blick verlor sich im Dunkel hinter der Scheibe. Der mit dem blauen Anzug hatte wie ein College-Jüngling ausgesehen. Der andere mit der silbergrauen GI-Bürste wie ein knautschiger Rausschmeißer. Er hatte sie schon früher gesehen, gelegentlich; hatte sie als Landsmänner bei irgendwelchen gesellschaftlichen Anlässen gesichtet und registriert. Heute waren sie im Büro der Ölgesellschaft aufgetaucht, hatten sich vor seinem Schreibtisch aufgebaut und ihm brüderlich schmutzige Sachen über Janis und den Deutschen erzählt. Als ob es ihn noch irgendetwas anginge, was Janis trieb. Sie hatten einen Hundebesitzer aufgefordert, seinen Köter zurückzupfeifen und an die Kette zu legen. Und sie hatten Politisches angedeutet. Schien sich nicht um jemanden zu handeln, der auf ihrer Gehaltsliste geführt wurde. Ein Ausländer brachte Unordnung in ihr Terrain. Sie waren ungehalten gewesen. Der Jüngere mehr.

Er wollte mit seiner Frau reden, hatte er gesagt. Sie hatten befriedigt genickt und sich verabschiedet. Einen Dreck würde er tun. Er nahm einen Schluck. Auf seinem häuslichen Spielfeld herrschte Ordnung. Man hielt sich an die Regeln. Es gab keinen Grund, irgendjemanden zu verwarnen. Er soff, statt zu vögeln. Niemand machte ihm einen Vorwurf. Keiner bedauerte ihn. Es gab keine Peinlichkeiten.

Er drehte vom Fenster weg, schielte zur Treppe, lauschte nach oben. Kein Geräusch. Noch ein Doppelter. Dann behutsam die Treppe hoch. Über den Gang. An ihrem Schlafzimmer vorbei in sein eigenes Zimmer. Er war rücksichtsvoll, wusste, was er an ihr hatte; an ihr und den Abmachungen. Alles war aufs Erträgliche reduziert.

Mit einer kontrollierten Handbewegung drückte er die Klinke bis zum Anschlag durch und schloss die Tür hinter sich.

MIERCOLES,
11 de Diciembre

»Ihr Flug geht um zwölf Uhr dreißig. Seien Sie bitte um halb zwölf am Flughafen.« Sie reichte mir das rote Avianca-Ticket und lächelte mich an. Sie war hübsch, freundlich und tüchtig.

Morgen mittag. Bis Bogotá würde ich mit Sicherheit noch einen Platz bekommen. Dort in die Maschine nach Frankfurt. Auch für diese Maschine hatte sie mir Hoffnung auf eine bestätigte Reservierung gemacht. Es war nicht so wichtig. Der erste Schritt in eine neue Richtung war der wichtigste. Ich zahlte in Sucre.

Danach fuhr ich mit Pass und Ticket ausgerüstet zur Banco Central und kaufte fünfhundert Dollar zum günstigen Kurs. Der grauhaarige König der Devisen im Nadelstreifenanzug unterschrieb die Zahlungsanweisung für die Kasse, vermerkte Summe und Datum auf der letzten Seite meines Passes und sah mich so herablassend an, als habe er mir soeben ein paar handliche Goldbarren zum Geschenk gemacht.

An der Kasse blätterte ich meine abgegriffenen Sucre-Scheine hin und bekam fünf druckfrische Hunderter. Kleiner hatten sie es nicht.

Ich fuhr zur Wechselstube auf der Amazonas und tauschte den größten Teil meiner nationalen Währungsbestände zu einem etwas schlechteren Kurs in Reiseschecks.

Als ich mich anschließend durch den Verkehr zum Chilenen gegenüber durchschlängelte, saß Janis schon an einem Tisch und bestellte. Ich gab der Bedienung noch ein Bier für mich in Auftrag, beugte mich hinab und küsste Janis, bevor ich mich setzte. Die langen Beine in den verwaschenen Jeans. Die gewellten, blonden Haare. Die blauen Augen. Ich tastete sie mit Blicken ab, stellte fest, dass ich sie zu lange nicht mehr gesehen hatte.

»Was ist los?« Sie war besorgt. »Dein Anruf gestern Abend. Unser vormittägliches Treffen auf der Amazonas. Willst du wirklich weg, nach Deutschland?« Germany. Klang nach freiwilligem Exil.

»Irgendwann muss ich ja mal.« Gequält locker sah ich sie an, hielt ihre Hand, wie ein Angetrunkener in der U-Bahn die Lederschlinge über sich hält.

Sie fragte nicht warum, schaute mich nur an. Eine Mischung aus Verständnis und traurigem Abschied. Das Bier kam. Ein Fruchtsaft für sie.

»Der Deutsche in der Werkstatt an der América wird einen guten Preis für den Wagen zahlen.« Ich gab ihr die Zweitschlüssel. »Ich fliege morgen mit Avianca. Mittags. Den Wagen lasse ich auf dem Parkplatz stehen und sage dem Wächter Bescheid, dass du ihn abholst. Den Koffer mit der Luftfracht habe ich im Kofferraum. Verkauf den Wagen und schick mir das Gepäck nach und den Rest Geld. Sobald ich eine Anschrift habe, bekommst du sie.«

»Ich möchte den Wagen selbst kaufen, wenn es dir recht ist. Chuck hat nichts dagegen. Wir wollten schon immer einen zweiten, kleineren Wagen anschaffen.« Sie drückte meine Hand. »In Ordnung. Ich schenk' ihn dir. Schick mir nur das Gepäck nach.«

»Spinner!« Sie beugte sich zu mir herüber und küsste mich auf die Wange. »Du weißt, dass das nicht geht. Ich kaufe, und ich bezahle. Lass uns den Koffer zu mir nach Hause bringen.« Sie winkte der Bedienung, zahlte.

Ich stand auf, fand alles richtig so. Eigentlich hätte die Luftfracht auch bis morgen im Wagen bleiben können. Aber es war jetzt gut, sie zu Janis zu fahren, um sie dort zu deponieren. Gestern abend hatte ich bei einer halben Flasche Schnaps erst liebevoll, dann gleichgültig Sachen zusammen gesucht und verpackt, die mir wichtig waren: ein paar Bücher, ein paar Klamotten, Bilder, Grafiken und folkloristische Sammelstücke. Ich hatte den Koffer geschlossen und war mir lächerlich vorgekommen, ein Mindestmaß an Besitz mitnehmen zu wollen.

»Fährst du hinter mir her? Ich habe den Rover da. Chuck ist

in Guayaquil.« Ohne meine Antwort abzuwarten, ging sie zu ihrem Wagen.

Ich folgte ihr zur Wohnung, parkte und traf an der Eingangstür wieder mit ihr zusammen. Wieder ein Kuss. Sie schloss auf und ging ins Wohnzimmer. Ich ging zurück zum Variant und schleppte den Metallkoffer mit der Luftfracht ins Haus.

»Wohin?« fragte ich.

»Stell ihn erst mal rüber in die Küche.« Sie gab mir einen Bourbon. »Auf deine Reise«, sagte sie rauh.

»Gut, dass du nicht Rückkehr sagst.« Ich trank gierig und unterdrückte ein Husten. »Kann ich mal telefonieren?«

Sie nickte.

Ich rief bei Lufthansa und Air France an, ließ mir je eine Reservierung für den Freitag und Samstag machen und sagte, dass ich morgen wegen des Tickets vorbeikommen würde. Ich wusste nicht, wie schnell ich an Larrea herankam. Wenn ich nicht auftauchte, würden sie mich von der Liste streichen.

Janis sah mich fragend an.

»Es wird schon klappen morgen. Nur für alle Fälle.«

»Was machst du mit der Katze?« Sie fragte vorsichtig.

»Ich habe gestern und heute darüber nachgedacht. Es wäre gut, wenn sie in der Wohnung bleiben könnte. Es ist ihr Gelände. Aber es wird nicht gehen. Ein ungelöstes Problem.«

»Ich komme nachher mit zu dir und nehme sie mit. Sie wird es hier gut haben. Sie transportieren Tiere im Flugzeug. Man braucht sie nur impfen zu lassen und eine Exportgenehmigung vom Agrarministerium. Einfach. Ich kann dir den Kater nachschicken, wenn du möchtest. Aber ich behalte ihn auch gern.«

Ich ging zu ihr und umarmte sie. »Ich werde dir schreiben«, sagte ich. »Er ist wichtiger als der ganze Mist im Koffer.« Ich löste mich von ihr und deutete in Richtung Küche.

»Ich werde dir alles nachschicken. Mach dir keine Sorgen. Lass uns nach oben gehen.« Sie ging zur Treppe.

Ich hielt mich am Glas fest und folgte ihr.

Sie kamen aus der Mittagshitze. Die leicht angelehnte Tür knarrte, als sie aufgeschoben wurde. Ein breiter Streifen Sonne stach ins Innere des ärmlichen Hauses. Die Helligkeit zeigte die feuchte Kühle des festgestampften Lehmbodens.

Seine Frau hatte ihm einen ängstlichen Blick über die Suppe zugeworfen. Die vier Kinder hatten unbeeindruckt weiterge-löffelt.

Jetzt standen sie mitten im Raum. Ein großer Hagerer mit Stoppelbart. Ein kleiner Runder mit einem Vollmondgesicht.

Er biss ein Stück halbverkochter Yuca durch, das er im Mund hatte, und schöpfte einen Löffel Suppe und sah in seinen Teller.

»Hör auf zu essen, Jesús, und komm raus. Wir haben mit dir zu reden.« Der Stoppelbart hatte eine schmierige Stimme.

Jesús Culcay blieb sitzen, löffelte vorsichtig weiter. Die Kinder duckten über der Tischkante zusammen. Die Frau fing leise an zu weinen.

»Steh auf, du Kommunistensau!« Der kleine Fette schmatz-te die Anweisung in den Raum, trat einen Schritt näher an den Mittagstisch heran, um Nachdrücklichkeit zu demonstrieren. Seine Schuhe wirbelten kleine Staubwolken im breiten Son-nenstreifen über dem Boden auf.

Culcay erhob sich zögernd, die Hände beiderseits des Sup-pentellers auf die unebene Holzplatte des Tisches gestützt. »Dies ist mein Haus, Señores. Wir sind beim Essen«, sagte er in Richtung der Bedrohung. Seine Frau unterdrückte ein Auf-schluchzen in der zusammengerafften Schürze. Der kleine Fünf-jährige fing an zu heulen.

»Ich scheiße auf dein Haus und auf dein Essen.« Der Stop-pelbart kam an den Tisch und spuckte in die Suppenschüssel.

Culcay schob den Stuhl zurück, nahm den Strohhut von der Tischecke, setzte ihn auf und ging an den beiden Gestalten vorbei zur Tür. Er trat hinaus. Sie folgten ihm.

»Jesús!« Seine Frau schrie es durch die Türöffnung hinter ihm her. Dann wieder ein lautes Wimmern.

Im Hof stand ein verdreckter Jeep. Sie waren immer motorisiert. Es war das sechste Mal in diesem Jahr, dass sie kamen. Immer andere. Er kannte sie nicht. Es gab drei Organisationen. Jede hatte einen anderen Namen. Alle wollten das gleiche.

Der Fette trat hinter ihn und schubste ihn vorwärts. Culcay taumelte, fing sich nach zwei Schritten und ging an den beiden struppig-schwarzen Hausschweinen hinter dem Bretterzaun vorbei zum Schuppen der Ziegelbrennerei hinüber. Die einfachen Häuser seiner Arbeitskollegen lagen verstreut im Umkreis. Das nächste war etwa fünfhundert Meter entfernt. Kein Mensch war zu sehen. Man saß beim Essen.

Die Produktionsgenossenschaft lief schlecht. Die Leute von der Gewerkschaft waren eine Hilfe, aber keine große. Sie hatten viele Worte, richtige Worte, aber es mangelte ihnen an Geld, an billigen Krediten. Culcay und seine Kollegen träumten von einer Erdzerkleinerungsmaschine. Zwei einfache Walzen mit Dornen. Ein paar Zahnräder. Eine Handkurbel.

»Bleib stehen, Mann!« Der Stoppelbärtige ging zum Jeep und nahm einen Sack vom Vordersitz.

Culcay stand im angetrockneten Schlamm des Hofes und blinzelte gegen die Sonne zum Jeep hinüber. Eine solche Maschine kostete Geld. Sie hatten kein Geld, deshalb traten sie die Erde weiterhin mit den nackten Füßen, mischten sie mit Wasser zur breiigen Lehmmasse, die sie zu Ziegeln formten und in dem einfachen Ofen brannten.

Der Stoppelbärtige zog eine Machete aus dem Sack, ging zu einem Stapel trockener Ziegel und schlug dreimal in die Arbeit einer Woche. Es bröckelte und staubte. »Wir haben dir schon oft genug gesagt, dass du dich von denen fernhalten sollst. Aber du wolltest nicht hören. Wir haben dir einen anständigen Preis für deine Ziegel geboten. Aber du hast mit den Gewerkschaften zusammengearbeitet. Du bist stur wie ein Rindvieh und machst dich über uns lustig.« Die Machete krachte in großem Bogen erneut in die Ziegel. »Hier habt ihr eure Kollektivarbeit!« Der Stoppelbart wischte das Metall am Hosenbein ab und ging zum Gatter mit den Hausschweinen.

»Ihr und einen anständigen Preis geboten. Am liebsten hättet ihr die Produktion umsonst mitgenommen, während wir verhungert wären.« Culcay schnaubte geringschätzig.

Der Fette stieß ihn grob und sagte: »Halts Maul, rote Sau!«

»Ja. Rot, wie deine erbärmlichen Schweine gleich sein werden«, sagte der Stoppelbart und machte Anstalten, über den Bretterzaun ins Innere des Gatters zu klettern.

»Mach keinen Quatsch«, sagte der Fette. »Die brüllen uns nur die Nachbarschaft zusammen.«

Der Stoppelbart zögerte. »Du hast recht«, sagte er dann. »Komm Jesús!«

Sie trieben ihn zum Schuppen. Culcay wollte Schreien. Aber etwas schnürte ihm die Kehle zu. Im Schuppen standen ein paar Hacken und Schaufeln neben billigen Blecheimern und einigen Tongefäßen. Daneben lag ein schwarzer Wasserschlauch.

»Hat wohl alles die Gewerkschaft bezahlt. Nicht viel. Lohnt sich das, Jesús? Sag, lohnt sich das?« Der Fette gluckste mitleidig.

Culcay schwieg.

»Das sind die Hacken und Schaufeln, die ihr bei jeder Demonstration mit euch rumschleppt, um für die Linken zu kämpfen. Bis ihr dann irgendwann mit denen hier ankommt ...« Der Stoppelbart hielt Jesús die Machete vor die Brust. »Wir werden nicht warten, bis ihr zuschlagt. Jetzt habt ihr die Dinger schon auf jedem Plakat. Nächsten Monat wollt ihr uns damit den Kopf abschlagen. So lange warten wir nicht. Wir haben viel Geduld. Aber jetzt ist Sense. Knie dich hin, Indio!«

Culcay stand mit hängenden Armen mitten im Schuppen. Sein verledertes Indianergesicht war grau. Er spuckte aus und sagte: »Hijos de putas. Ihr seid in einem Bordell auf die Welt gekommen. Ihr wißt nicht, wer eure Väter waren, weil eure Mütter mit breiten Beinen herumlagen und Gesindel von eurer Sorte mit einem Tripper versorgten. Ihr seid ein Haufen stinkender Scheiße. Die Welt ist eine einzige Latrine für euch...«

Der Stoppelbart zuckte mit der Oberlippe und grinste

dreckig: »Rede nur so weiter, Indio. Jetzt wirst du mutig. Was sagst du zu unserem roten Helden?« Er warf einen Blick zum Fetten.

Der Fette schnaufte missmutig. »Ich hab' keine Lust, mir die Sprüche weiter anzuhören. Mach ihn fertig!«

Der Stoppelbart drehte sich zu Culcay um und holte aus. Es war das zischende Geräusch der Zuckerrohrfelder. Wohlbekannt. Culcay hatte bis vor zwei Jahren als Saisonarbeiter im Zuckerrohr gearbeitet, an der Küste. Die abgewetzte Klinge der Arbeitsmachete blitzte nicht auf. Es war ein dunkles Wischen. Es war heiß gewesen an der Küste, feucht. Harte Arbeit, die ihm starke Arme und Schultern gemacht hatte. Heiß und feucht. Drückend. Wie im Schuppen, als die Klinge zwischen Hals und Schulter einschlug. Knochen splitterte. Blut kam in großen Stößen aus dem Hals und machte ihn rot.

›...hätten Boves und Monteverde gesiegt, dann deshalb, weil sie die niederen Schichten der Bevölkerung auf ihrer Seite hatten – die farbigen Bevölkerungsgruppen –, die den Patrioten misstrauten, welche in ihrer Mehrheit weiße Kreolen waren...‹

Das Telefon klingelte. Larrea legte die politischen Schriften Simón Bolívars zur Seite und fluchte. Er war gerade halb durchs Vorwort, als er unterbrochen wurde. Er ging zum Telefon und nahm den Hörer ab. »Ja?« bellte er mürrisch.

»Nummer zwei erledigt«, meldete die Stimme im Rauschen der Leitung. »War eine ziemliche Schweinerei. Aber alles klar. Keine Komplikationen.«

»Gut. Seid vorsichtig!« Larrea legte auf und ging zu dem aufgeschlagenen Buch zurück, um mehr über die südamerikanische Geschichte zu lernen.

Der Kater war weg. Die Wohnung war leer und einsam. Wir hatten ihn in einen durchlöcherten Karton gesetzt, was er gar nicht gut gefunden hatte. Lautstark hatte er protestiert und das Gehäuse von innen mit seinen Krallen bearbeitet. Ich hatte

Janis noch schnell meine restlichen Futterbestände mitgegeben, den Karton mit Ernesto auf dem Beifahrersitz des Rovers verstaut und den Südstaaten einen Kuss auf die Wange gesetzt. Es musste schnell gehen mit beiden. Ein Schnitt mit der großen Schere, die ich seit gestern in der Hand hielt.

Jetzt packte ich den kleinen Aluminiumkoffer. Die letzten persönlichen Gegenstände, die mich begleiten sollten. Hauptsächlich Kleidung. Ich faltete die Socken in der Mitte und legte die Hemden pedantisch genau zusammen. Es half mir, so konzentriert an etwas Unwichtigem zu arbeiten.

Ich hatte Janis zwei Monatsmieten für meinen Vermieter mitgegeben, hatte sie gebeten, nächste Woche in seinem Büro vorbeizugehen und ihn über meine Abreise zu informieren. Die restlichen Möbel und den gebrauchten Fernseher sollte sie ihm als Trostpflaster für meine überraschende Kündigung überlassen. Wenn er sie nicht haben wollte, so sollte sie Janis übernehmen oder weiterverschenken. Es war nichts Wertvolles dabei. Eine improvisierte Einrichtung. Für zwei oder drei Jahre zusammengetragen, etwas wohnlich gemacht. Der Vermieter würde meinen schnellen Abgang verschmerzen. Es gab genug Ausländer, die nur darauf warteten, die Wohnung mit einer erneuten Mieterhöhung zu übernehmen. Die Hausschlüssel hatte ich Janis mitgegeben; ich besaß noch nachgemachte.

Das Telefon klingelte. Ich ging ran. Es war Marie-Louise. »Ein großes Drama, als ich zurückkam. Wo ich gewesen sei, und so weiter. Ich habe ihm eine Story mit meiner Freundin verkauft. Er hat sie widerwillig geschluckt.«

»Gut«, sagte ich. Es interessierte mich momentan nicht sonderlich.

»Ich habe ihn dazu überredet, dass ich dringend ein paar Wochen Ferien in Deutschland brauche. Er ist einverstanden. Vielleicht bleibe ich für immer drüben. Ich habe es satt hier.« Sie schnaufte abfällig. »Er fliegt übermorgen nach New York. Hat dort geschäftlich zu tun. Ich fliege mit. Von dort dann weiter nach Frankfurt.«

»Kann sein, dass ich in den nächsten Tagen auch Schluss mache.«

»Wir könnten uns dann sehen, wenn du rechtzeitig kommst.« Es klang interessiert.

»Wie kann ich dich erreichen?«

Sie gab mir die Adresse einer Freundin in Düsseldorf durch. Ich notierte sie sorgfältig. »Ich bin die nächsten Tage unterwegs. Möglich, dass ich dich nicht mehr sehe. Wenn er mitfliegt, kann ich nicht zum Flughafen kommen. Mach's gut! Vielleicht klappt es ja in Deutschland.«

»Es wäre schön«, sagte sie. »Pass auf dich auf!« Sie schickte ein Kussgeräusch über die Leitung.

»Ich bin sicher, dass es klappt.« Der Hörer schepperte beim Auflegen.

Im Eisschrank waren noch fünf Flaschen Club. Ich nahm mir eine, öffnete sie, füllte ein Glas und ging zum Koffer zurück. Noch eine Jeans obenauf. Dann klappte ich den Deckel zu, schloss ab.

Im untersten Fach meines Schreibtischs stieß ich mit suchenden Fingern auf das große Leinentuch. Zog das gewichtige Päckchen hervor, schlug die Stoffzipfel auseinander und sah auf das matte, eingefettete Metall der Pistole. Suchte mit erneut tastenden Fingern die beiden Schachteln mit der Munition. Neun Millimeter. Ein prüfender Blick auf die blinkenden Projektile. Dann kontrollierendes Hantieren mit der Waffe. Ich wischte die P38 mit dem Lappen ab und legte sie mit den beiden Schachteln in die kleine, braune Lederreisetasche.

In der Küche goss ich den Rest Bier ins Glas und schluckte gierig. Es klopfte an die Tür. Ricardo.

»Wie geht es?« Er sah heute gesünder aus.

»Alles bereit zur Abreise«, sagte ich. »Wenn alles so läuft, wie ich es mir vorstelle, fliege ich morgen Mittag mit Avianca. Wenn nicht, übermorgen oder später.«

»Hast du ein Bier?« Er deutete auf mein Glas.

Ich ging in die Küche und besorgte eins. Als ich zurückkam, hielt er mir ein Foto entgegen. Ich gab ihm sein Bier und nahm das Foto. Es zeigte die schwarzweiße Ablichtung eines markanten Indianerkopfes mit gewichtiger Nase. Darunter ein offenstehendes, weißes Hemd. Ich warf Ortega einen fragenden Blick zu.

»Der auf dem Bild war auch im Ford in Tulcán, als sie Raúl erschossen. Sie nennen ihn El Inca. Viel mehr wissen wir nicht über ihn. Er gehört zu einer der faschistischen Gruppierungen. Großer, schwerer Typ. Ist spurlos verschwunden. Ebenso Larrea. Wie vom Erdboden verschluckt, was nicht allzu schwierig ist in unserem Land.« Er trank.

Ich sah mir das Foto intensiv an, speicherte es im Hirn und gab es Ricardo zurück.

Er trat ans Fenster und schaute zum Haus des Innenministers hinüber, musterte die Wachtposten. »Deine Wohnung ist ein idealer Schießstand.« Er maß die Entfernung mit den Augen ab. »Wie sieht es oben aus?« Er deutete gegen die Decke.

Für einen Moment sah ich ihn nachdenklich an. Dann ging ich zur Terrasse. »Komm!« sagte ich.

Er folgte mir. Ich lehnte die Holzleiter an, und wir stiegen zu den Wassertanks hinauf. Die beiden Eternitbehälter standen auf einer kleinen, zementierten Fläche in der Dachschräge auf der vom Haus des Innenministers abgelegenen Seite. Der Dachfirst ragte etwa einen Meter über der kleinen Plattform in die Höhe.

Ortega kniete neben den Tanks, lehnte die Arme auf die Ziegel der obersten Dachkante und schaute auf die Wachtposten unter uns. Niemand sah nach oben. »Ideal«, murmelte er.

»Aber man kommt nicht mehr weg«, sagte ich. Der Überlauf der Tanks gluckerte leise. Ich pulte mit dem Zeigefinger etwas Moos von einem der Deckel. Die Sonne knallte auf die mürben Ziegel.

Ricardo musterte die hintere Seite des Hauses. Ich sprang ihm in Gedanken nach. Auf meine Terrasse. Dann auf die tieferliegende Terrasse der Señora unter mir, auf der Rückseite des Hauses. In den Hof. Über zwei zerbröckelte Mauern. Über den Zaun. In die nächste Querstraße. Dort stieg ich mit ihm in den wartenden Wagen. Alles gegen Sicht geschützt, zumindest, was den Standort der Wachen anging.

»Haarige Sache.« Ich legte jede Menge Zweifel in meine Stimme. »Das reicht nicht!«

»Es muss!« knurrte Ricardo. Ein Hund, der sich auf einen Knochen festgelegt hatte. »Einen besseren Platz gibt es nicht.«

»Es würde nichts ändern«, sagte ich.

Er schwieg mich an.

Wir stiegen über die Leiter auf die Terrasse zurück. Ich holte noch zwei Flaschen Bier aus dem Kühlschrank und erklärte Ricardo meine Absprache mit Janis.

Mitte nächster Woche würde sie die Wohnung kündigen. So lange stand sie leer. Vorausgesetzt, dass ich meine Abreise einhalten konnte.

Er trank sein Bier aus und steuerte die Tür an. Ich folgte.

»Viel Glück«, sagte er und umarmte mich.

»Können wir beide brauchen!«

Ich zeigte ihm noch die Stelle zwischen den Dachbalken über der Eingangstür, wo ich den Schlüssel deponieren würde.

Er nickte und ging rasch die Treppe runter. Bevor er in den Jeep stieg, schaute er nach oben. Sein Blick war Teil einer festen Abmachung. Wir hatten einen Vertrag geschlossen.

Gegen sechs Uhr abends schloss ich die Wohnung ab und holte den Variant aus der Garage. Die Luftwaffe hatte Wache. Die braune Ledertasche stellte ich auf den Rücksitz. Ich hatte die lange Lederjacke mit den großen Taschen übergezogen. Es wurde kühl, und ich brauchte Platz für die Pistole.

Ein paar Minuten später zockelte ich im zweiten Gang die Steigung der Gasca hoch. In der Nähe der Seitenstraße mit dem hellblauen Haus kurvte ich auf die Gegenspur und parkte den Wagen, die Schnauze talabwärts, am Randstein.

Ich ging bis zur Ecke Gasca mit Pasaje A und sah zu Larreas Schlupfloch hinüber. Der verbeulte Ford war nicht zu sehen. Vor dem Haus stand ein gelber Datsun. Ich spazierte am Haus vorbei, musterte den parkenden Wagen und ging wieder zum Variant zurück. Larrea würde kaum hier herumhängen. Trotzdem hätte ich mir gerne das Haus von innen angesehen.

Ein Griff nach hinten, in die Ledertasche auf dem Rücksitz. Ich nahm die Walther und eine Schachtel Munition, füllte sorgfältig das Magazin, führte es in den Griff der Waffe, schlug es mit der Handfläche fest, lud durch und sicherte. Die Pistole wanderte in die rechte Außentasche der Jacke. In die linke Tasche kam eine Handvoll Patronen. Die angebrochene Schachtel schob ich wieder in die Tasche auf dem Rücksitz.

Ich war gerade fertig, da tauchte der gelbe Datsun in der Einfahrt zur Pasaje A auf, bog in die Gasca und fuhr hangabwärts.

Ein kurzes Zögern. Sollte ich mir jetzt die Wohnung in Ruhe vornehmen? Vorausgesetzt, sie war jetzt verlassen. Oder war es besser, dem Wagen zu folgen?

Ich startete, löste die Handbremse und hängte mich im dritten Gang mit großem Abstand an den Datsun.

Nach fünfzehn Minuten waren wir an der höchsten Stelle der Strecke nach San Rafael. Wer immer vor mir im gelben Wagen saß, hatte es nicht eilig. Gemütlich rollte er die Serpentinen ins Tal hinunter, passierte die Polizeikontrolle vor Conocoto, durchfuhr den Ort und verließ ihn in Richtung San Rafael.

An der Straßengabelung am Ortseingang fuhr er rechts, bog dann einige hundert Meter weiter an einem staubigen Dorfplatz erneut nach rechts ab. Die holprige Piste führte aus dem Ort hinaus. Der gelbe Datsun schlich zwei enge Kurven zu einem Fluss hinunter, auf eine kleine Brücke zu.

Ich hielt an und beobachtete das Gefährt. Das Gelände jenseits der Brücke war von meinem Standort aus gut einzusehen. Ich stieg aus und blieb im Schutz einiger Eukalyptusbäume stehen. Unter mir rauschte der Fluss. Der Datsun steuerte auf einen alleinstehenden Flachbau im Bungalowstil zu. Auf ein

Hupen hin wurde die Eingangstür geöffnet, und Kleber Larrea trat ins Freie. Trotz der Entfernung konnte ich ihn sicher erkennen. Larrea blieb drei Schritte vor dem Eingang stehen und wartete auf einen hageren, großen Mann, der aus dem Wagen stieg. Den Ankömmling kannte ich nicht. Er hatte mich direkt zu Larrea geführt. Ich würde meinen Reiseplan einhalten können. Die beiden Männer traten ins Haus. Eine gleichgültige Ruhe überkam mich.

Nach einer Viertelstunde, es wurde langsam dunkel, kam der große Hagere aus dem Haus, stieg in den Datsun und steuerte die Brücke an.

Ich stieg ein, fuhr ein Stück rückwärts, wendete und fuhr an dem kleinen Platz vorbei zur Hauptstraße zurück.

Ein paar Jungs spielten über ein schlappes Netz Volleyball, ignorierten die aufkommende Dunkelheit. Sie winkten. Ich hob die Hand und gab den Gruß zurück.

Zehn Meter weiter bog ich in eine Tankstelle ein und wartete. Der gelbe Wagen fuhr vorbei. Ich hängte mich an ihn und vergewisserte mich, dass er zurück nach Quito fuhr. Dann bog ich nach rechts in die Auffahrt zum Hotel Holiday ein. Es war ein Wochenendhotel. Janis und ich hatten es für uns entdeckt. Ich parkte den Variant auf dem kleinen Parkplatz und ging hinüber zum Restaurant.

Die Besitzerin lächelte mir grüßend zu. Ich bestellte ein Bier und etwas zu essen.

Beim Kauen überlegte ich mir einige Sachen gründlich. Es war Larreas Höhle, die ich da gefunden hatte. Er würde sicher noch eine Weile dort bleiben. Es war trotzdem ein Risiko, noch zu warten. Etwas Unvorhergesehenes, und er ging mir durch die Lappen. Ich beruhigte mich, überzeugte mich davon, dass so kurz wie möglich vor dem Abflug das beste war und fragte die Señora nach einem Zimmer.

Ja, sie hatte noch eines frei. Sie brachte mir den Zimmerschlüssel selbst an den Tisch.

Nachdem ich zu Ende gegessen hatte, bat ich um die Rech-

nung für Essen und Übernachtung. Die Besitzerin wollte ab-
winken. Sie hatte keine Eile. Ich überzeugte sie jedoch. Sagte,
dass ich morgen früh sehr zeitig nach Quito zurück müsse. Sie
akzeptierte und machte mir die Rechnung.

Ich zahlte.

JUEVES,
12 de Diciembre

Gegen drei Uhr morgens fuhr Huber-Meier den Mercedes in die Garage, ging ins Haus und stieg die Treppe zum ersten Stock hinauf. Er war angetrunken, in guter Stimmung. Er hatte Spaß beim Poker gehabt.

Der einzige, der ihn beim Glücksspiel gelegentlich schlagen konnte, war dieser Polizist. Huber-Meier hatte ihn heute gewinnen lassen. Als Gegenleistung für die Freigabe von Straßner. Ein missbilligendes Kopfschütteln. Dieser Amateurdetektiv hatte ihn genug Geld gekostet. Mit dem verlorenen Pokerspiel war es vergessen. Straßner konnte von Glück sagen, dass er Deutscher war, ein Landsmann, sonst...

Aus Marie-Louises Schlafzimmer fiel Licht auf den Flur. Er tänzelte alkoholisiert zur Tür, drückte die Klinke herunter und sah hinein. Sie war über einem Buch eingeschlafen, lag auf dem Bauch, war nicht zugedeckt. Bis auf den verrutschten Slip war sie nackt. Huber-Meier stierte auf ihren Rücken, besah sich die beiden Grübchen oberhalb des Gesäßes. Sie war schön. Und sie gehörte ihm.

Seine geröteten Augen blieben an ihrem Hintern hängen, über dem sich der halb verrutschte Slip spannte. Es zuckte ihm zwischen den Beinen. Eine sabbernde Geilheit überkam ihn. Er trat ins Zimmer und begann sich auszuziehen. Den Anzug, das Hemd und die Krawatte ließ er auf den Boden fallen. Beim Abstreifen des rechten Schuhs machte er ein ungeschicktes Geräusch, als er sich am Bettrahmen abstützen musste.

Marie-Louise wachte auf, drehte sich um und sah ihn verschlafen an. »Was machst du? Wo kommst du her?«

»Vom Pokern«, keuchte er und zog den zweiten Schuh und die Socken aus.

»Du hast dich wohl im Schlafzimmer geirrt.« Sie war jetzt wach, sah auf seine Kaktusbeine unter der Unterhose, die eine leichte Beule auf der Vorderseite aufwies. Eine Eidechse, dachte sie. Eine alte, fette Eidechse. Stellenweise hager, stellenweise fett.

Er lachte. Der Alkohol machte großzügig. »Du bist meine Frau«, schnaufte er plump-zärtlich. »Du bist schön.«

»Du musst betrunken sein, wenn du mir solche Komplimente machst.« Ihre Stimme war kalt. »Ich kann heute nicht. Ich habe meine Tage.« Sie hoffte, dass es damit erledigt sei.

Sein Gesicht verfinsterte sich kurz. Dann grinste er breit. »Lüg nicht.« Er keuchte. »Ich kenne das schon.« Sein Blick fixierte ihre nackten Brüste.

Sie zog den Slip etwas höher. So, dass er knapp das rötliche Schamhaar bedeckte. »Ich lüge nicht.«

»Dann mach es mir mit dem Mund!« Er fing an zu schwitzen. Es zuckte wieder zwischen seinen Beinen, als er näher ans Bett trat.

Sie richtete den Oberkörper auf und sah ihn verächtlich an. Er würde sie erpressen, wenn es sein müsste, würde sie nur mit nach New York nehmen, um ihrer sicher zu sein, nicht weiter. Sie wollte nach Deutschland. Ohne Ärger. Ohne Komplikationen. Was war schon einmal mehr oder weniger?

Sie zog ihm die Unterhose herunter und folgte angeekelt seinem Befehl.

Ich stand um acht auf, frühstückte und verließ das Hotel im Wagen. An der Gabelung rechts. Wieder rechts. An dem kleinen Platz vorbei. Runter zur Brücke. Über die Brücke.

Während ich auf das Haus zu fuhr, sah ich Larrea. Er stand am Flussufer und musterte den Variant.

Es überraschte mich, ihn so früh zu sehen. Warum, wusste ich nicht; ich war davon ausgegangen, ihn aus dem Bett zu holen oder beim Frühstück zu stören. Jetzt stellte ich den Motor ab und stieg aus.

Er blieb, wo er war, wartete.

Ich steckte beide Hände in die Taschen der Lederjacke. Rechts die Pistole. Links die Neunmillimeterpatronen.

Kleber Larrea stand mitten in einer grandiosen Landschaft.

Der Fluss hinter ihm verlor sich in unzähligen Windungen in einem weiten Tal. Verschiedene Grautöne. Gras, Sträucher und Eukalyptus. Dahinter die dunklen Andenzüge, bläulich. Vereinzelt grauer Fels und Schnee. Die Sonne hell, aber noch schwach.

Ich ging vorsichtig auf ihn zu. Langsam, um nicht auf der unebenen Grasnarbe zu stolpern. Gegen den blauen Fluss sah er sehr schlank aus. Der sauber rasierte Schnurrbart zuckte. Die italienischen Treter in Rotbraun und Weiß sahen im Gras wie verlorene Ostereier aus. Die schroff nach hinten gekämmten Haare glänzten dunkel und feucht.

»Buen día«, sagte er. »So früh am Morgen ein Besucher. Was verschafft mir die Ehre, Señor...?«

»Straßner«, antwortete ich. »Sie sind Larrea.«

»Allerdings«. Er lächelte abwartend.

»Ich hätte gern mit Ihnen geredet.« Ich musste ihn ins Haus kriegen, irgendwie.

Er tat mir unaufgefordert den Gefallen. »Gehen wir hinein!« Er setzte sich in Bewegung. Ich hielt mich neben ihm. Die Hände in den Taschen, um Metall gekrampft wie um zwei Haltegriffe.

»Ich bin gerne am Fluss frühmorgens. Ein schöner Fleck hier. Aber stinklangweilig.« Er warf mir einen Blick zu, wartete auf Zustimmung.

Ich nickte.

»Wie haben Sie mich gefunden?« Er streute es beiläufig ein, aber das Lauern kam durch. Es interessierte ihn brennend.

»Ich bin dem gelben Wagen nachgefahren. Es war einfach.«

Er lachte verächtlich. »Idiotas! Laden Gäste ein, ohne es zu wissen, diese Trottel. Heute der, morgen ein anderer. Jeder macht einen kleinen Fehler.« Er spuckte aus und trat auf die Terrasse.

Die Taschen seiner Hose waren nicht sonderlich ausgebeult. Die braune Strickjacke hing locker über dem offenstehenden Hemd. Er war unbewaffnet.

Ich entsicherte die Walther mit dem rechten Daumen.

»Ich habe dein Gesicht schon auf der Amazonas gesehen, Gringo.« Das Du zeigte, dass er wusste, was anlag. Er trat durch die offenstehende Schiebetür aus Glas in den großen, spärlich eingerichteten Wohnraum. Auf dem runden Esstisch standen die Reste eines Frühstücks: abgestandener Kaffee, zerkrümelte Brotreste. Daneben ein Buch. *Escritos politicos.* Simón Bolívar. Unter dem Titel das schwindsüchtige, bleiche Gesicht des Befreiers.

Larrea bemerkte die Blickrichtung und lächelte spöttisch.

»Kennst du das, Gringo?« Er hob das Buch hoch. *Alianza Editorial* stand noch auf der Vorderseite.

»Ja«, antwortete ich. »Kenn' ich.«

»Gut, Gringo«, lobte er. »Gut!« Er wollte näher zu seinem Sakko, der über dem Stuhl am Esstisch hing. »Wollte mir gerade den *Comercio* im Dorf holen. Ohne Zeitung ist man wie abgeschnitten«. Er redete, um abzulenken, ging langsam durch den Raum. Scheinbar unauffällig begab er sich in die Nähe des Stuhls mit Jacke, dozierte dabei über Bolívar: »Ein großer Südamerikaner. Hat den Spaniern gezeigt, was Patriotismus ist. Südamerikanischer Patriotismus, Gringo!« Er sah so aus, als wolle er gleich aufs stumpfe Parkett spucken. Wieder ein Stückchen näher zum Stuhl.

Ich holte die Pistole heraus und hielt die Mündung auf seinen Bauch. Ich hatte keine Lust, ihm eine Chance zu geben.

»Hijo de puta«, stieß er hervor und schielte zu seiner Jacke.

Ich blieb ihm die Antwort schuldig. Der Abzug ging wie durch ein Stück Butter. Der Schuss löste sich, und die Walther zog leicht nach rechts oben weg. Das Projektil erwischte ihn in der Brust, riss ihn halb zur Seite. Er war auf dem Sprung zum Stuhl, die Hand zur Jacke ausgestreckt. Ich schoss ein zweites Mal, und er fiel flach aufs Gesicht, brachte die schützenden Arme und Hände nicht mehr zwischen sich und den Fußboden.

Die beiden Explosionen kamen mir vor wie schwere Artillerie. Mein Schädel dröhnte. Man musste es bis ins Dorf gehört haben. Der Geruch des verbrannten Pulvers stach mir in die Nase.

Ich stieß Larrea mit dem Fuß an. Erledigt. Ich steckte die Pistole in die Jackentasche und ging zur Glastür, schaute hinüber zur Brücke, Richtung Dorf. Niemand war zu sehen. Niemand kam schreiend angerannt. Niemand hatte es gehört.

Mit schnellen Schritten ging ich zum Fluss und wusch mir die Hände, reinigte sie von Schweiß und Schmauch. Ich schüttelte das Wasser ab, hielt die Arme schräg von mir wie eine Marionette und schaute zur Bergkette hinüber. Dahinter lag Quito, der Flughafen. Ein Gefühl, als sei ich mit einem Fallschirm hinter der gegnerischen Front abgesprungen und müsse mich nun durch die feindlichen Linien hindurchkämpfen, nach erledigtem Auftrag.

Zurück im Wohnraum sah ich mir Larreas Leiche nochmals an, ging zur Jacke und fühlte durch den Stoff die Taschen ab. Etwas Hartes signalisierte mir eine Kanone. Ich sah sie mir nicht an. Obwohl Fingerabdrücke sicher keine große Rolle gespielt hätten.

Am Tisch nahm ich das Buch auf und blätterte unschlüssig darin herum. Eine angestrichene Stelle: *das Maß des Möglichen, das heißt, das Gleichgewicht zwischen dem, was man will, und dem, was man kann, und das Resultat davon war politische Frustration.* Mein Blick suchte auf der Tischplatte und fand den kleinen Bleistiftstummel. Kleber Larrea war beim Lernen gestorben.

Die Masse verdichtete sich. Ein Meer aus bunten Ponchos und einfacher grauer Arbeiterkleidung. Darüber kleine und große Transparente, aus Karton und aus Stoffbahnen, mit klobiger Schrift in schwarzen und roten Lettern.

Zwanzigtausend. Der Platz vor dem Regierungspalast war bis in die Nebenstraßen gefüllt. Man hatte dem Volk brutal einige Gliedmaßen abgehackt. Der Torso begehrte auf, gab seinem Schmerz Ausdruck, machte schwache Anstalten, zurückzuschlagen. Mitglieder dreier Gewerkschaftsverbände wogten gegen die Front des Palastes, von wenigen automatischen Schnellfeuergewehren auf Distanz gehalten.

Ricardo Ortega stand auf dem Sockel des Denkmals im Zentrum der Plaza Independencia. Die Worte, die er durch das Megaphon über die Köpfe hinweg in Richtung des Machtzentrums schickte, klangen blechern gegen die verschnörkelte, säulenbepackte Front und tröpfelten schwach auf die Wachtposten herab, wie erlahmte Querschläger. Die in Oliv blickten mit verbissenem Gesichtsausdruck in die ausschwappenden Wellen vor sich und hielten die Mündungen ihrer MP's in Höhe der Bäuche.

Ortega ließ sich am Megaphon ablösen, stieg vom Denkmalssockel. Er sah keinen Sinn mehr. Eine weitere Demonstration hart am Rande des Ausbruchs. Es brachte nichts, wenn die in der ersten Reihe sich zusammenschießen ließen. Die Worte waren wie Formeln von seinen Lippen gekommen.

Er zwängte sich durch das Leibermeer am Rande des Platzes. Schüttelte Hände, klopfte Schultern, kam gelegentlich müde mit der geballten Faust hoch. Er antwortete auf Fragen, begrüßte, aber er feuerte nicht mehr an.

Der Bewegungsraum wurde größer, seine Schritte schneller. Nach etwa hundert Metern erreichte er den Jeep, stieg ein, drehte den Zündschlüssel und fuhr dem Aufstand davon.

Es war meine Abschiedsfahrt mit dem Variant. Er schnurrte gemütlich die Serpentinen hoch. Durch schattige Asphaltstücke zwischen dichtem Eukalyptus. Über lange, warme Wegstücke, von der vormittäglichen Andensonne beschienen.

Mein linker Arm lehnte im offenen Fenster. Meine Augen nahmen soviel Landschaft auf, wie sie konnten. Ich tankte Eindrücke. Farben. Himmel. Luft. Sonne. Für meine Erinnerung, meine zukünftigen Durststrecken in graueren Zonen.

Das weiße Halbrund des Radioteleskops blinkte aus dem Tal herauf, schickte Überseegespräche zu einem unsichtbaren Satelliten über mir im Blau, sorgte für offene Kanäle, für Fernsehdirektübertragungen. Der weiße Teleskopschirm unter mir. Das Flugzeug, das ich in Kürze besteigen würde. Beides Verbindungsglieder zum kommenden Szenenwechsel, Staffage für meinen Abgang.

Der Wagen erreichte den Bergkamm. Quito unter mir, dahinter der Pichincha. Wir rollten talabwärts. Der Variant wie ein liebgewonnenes Pferd mit bekannten Eigenschaften, vertrauter Seele. Ich ließ ihn ein bisschen in den Kurven wimmern, scheuchte ihn auf den Geraden, fuhr später zum letzten Mal triumphal mit ihm in diese Stadt ein.

Avenida Oriental. Calle Queseras del Medio. Dann die Avenida Patria hoch. Links der Park. Rechts das Hotel Colón. Über die Überführung. Die Avenida Perez Guerrero hoch bis zur Plaza Indoamérica mit ihren gesammelten Inkabüsten. An der Universidad Central vorbei die Avenida de las Americas nach Norden. Später rechts runter in die Calle Ulloa. Parken. Die Treppe hoch. Zum letzten Mal in der Wohnung.

In der Küche nahm ich mir ein Bier und stellte den Eisschrank ab. Ich füllte das Magazin wieder auf und verstaute die Pistole plus Munition unten im Koffer. Kein Grund dafür, aber ich tat es. Ich schloss den Koffer ab, sah am Fenster zum letzten Mal auf die Wachtposten, nahm den Koffer und verließ mein Domizil. Nach dem Abschließen der Tür deponierte ich den Schlüssel am verabredeten Ort, polterte mit zwanzig Kilo Gepäck die Treppe runter, belud den Variant und startete zum Flughafen.

Ich stellte den Wagen in der Nähe des Eingangs auf den Parkplatz, zog die Schlüssel ab, legte sie ins Handschuhfach und schloss die Tür. Der Wächter kam, tippte an die Mütze. Ich grüßte und unterrichtete ihn darüber, dass meine Señora den Wagen später abholen würde. Er nickte. Ich nahm mein Gepäck und warf dem Variant einen Abschiedsblick zu.

Am Avianca-Schalter war noch niemand. Ich ging die Treppe hoch ins Restaurant und nahm noch ein Bier.

Am Nebentisch saßen vier von diesen geschniegelten Mormonen und besprachen, wie die Welt zu retten sei. Alle im Kommunionsanzug. Alle frisch vom Friseur. Alle unheimlich blond. Diese Sorte früh gealterter Abiturienten mit vereinzelten Pickeln im weisen Gesichtsausdruck. Ich kam mir vor wie fünfzig, der ungenutzte Teil eines Kalkbergwerks, alt und abgeschlafft. Die Sorte Gott, die auf so spritzige, blonde Vertreter setzte, hatte Zukunft. Ich war allenfalls ein Fossil aus dem Alten Testament.

Zwei Tische weiter saßen Funktionäre, dicke Aktenkoffer neben sich, geschäftlich zugange, jede Minute der Dienstreise nutzend.

Mein Bier kam. Ich zahlte gleich.

Ich dachte an die Leiche in San Rafael. Ich hatte einen Menschen getötet. Die Tat ließ mich seltsam kalt, bedeutete mir nicht viel. Ich hatte Kleber Larrea schon vorher in Gedanken zum Tode verurteilt. Alles andere war nur folgerichtig, war glatt gelaufen, reibungslos, vorausgesetzt, ich kam unbehelligt ins Flugzeug.

Die Landung der Avianca-Maschine wurde über den Lautsprecher angekündigt. Ich nahm den Koffer und ging hinab in die Halle, hinüber zum Counter.

Bis Bogotá leider nur, sagte sie. Ich müsse eine Übernachtung einlegen. Morgen ginge es dann weiter nach Frankfurt, über Madrid. Es war dieselbe wie im Stadtbüro. Ich nickte, gab mein Gepäck auf. Es war mir gleichgültig, was den Zeitplan anging. Sie riss den Coupon aus dem Ticket, klammerte meinen Gepäckabschnitt an die Außenhülle und verpasste mir einen Rauchersitz am Fenster.

Mit der Bordkarte passierte ich die Passkontrolle, zahlte Ausreise- und Flughafensteuer, bekam einen Stempel in den Pass und begab mich zum angegebenen Ausgang. Bei alledem keine Schwierigkeiten. Wenn man abhaute, waren sie nicht so pingelig. Über die Gangway ins Innere der Maschine. Ich nahm am Fenster über der Tragfläche Platz.

Als die rote Avianca-Maschine Anlauf nahm und am Flughafengebäude vorbeihämmerte, war mir, als stünde Janis auf der Besucherterrasse und winkte.

Ortega betrat die Wohnung um zwei Uhr nachmittags. Das Heer hatte Wache. Den Jeep hatte er dort geparkt, wo er hoffte, über die Hinterhöfe herauszukommen.

Das Bier war noch kühl, obwohl der Eisschrank abgestellt war. Diese ordentlichen Deutschen. Immer ein bisschen zu schnell. Ortega schüttelte den Kopf.

Mit dem Glas in der Hand ging er zur Terrassentür, öffnete und sah nach, ob die Holzleiter an ihrem Platz war. Sie war da. Zufrieden ging er in die Wohnung zurück, ließ die Tür hinter sich offen. Ein Streifen Sonne fiel in die Wohnung. Ortega warf einen Blick auf die große Segeltuchtasche, die er mitgebracht hatte, ging dann in den Schlafraum.

Die Waffe konnte er später zusammensetzen. Es war noch viel Zeit. Er war müde. Eine Siesta war nach den Anstrengungen der letzten Tage angebracht.

Ricardo Ortega zog die Schuhe aus und legte sich hin.

Die Maschine landete pünktlich auf dem Flughafen El Dorado. Als wir ins Gebäude hinübergingen, rollte eine viermotorige Propellermaschine der kolumbianischen Gesellschaft SAM heran, aus Cali kommend, wie ich der Lautsprecheransage entnahm. Anschlüsse von Ipiales und Pasto. Ich hatte den Flug selbst schon benutzt.

Ohne Schwierigkeiten bekam ich ein Touristenvisum in den Pass gestempelt. Ich wechselte Geld. Mein Gepäck ging unkontrolliert durch den Zoll. Für einen kurzen Augenblick dachte ich an die Walther und die Munition. Ich hatte Glück.

Bei Avianca bestätigte ich meinen Weiterflug für den nächsten Tag. Vierzehn Uhr dreißig.

Dann sah ich den Inka. Der Mann, dessen Foto mir Ricardo Ortega gezeigt hatte, ging etwa zehn Meter von mir entfernt vorbei. Kantiger Indianerkopf. Große Nase. Großer, schwerer Körper.

Er lebte. Es gab ihn wirklich. Sah aus, als wäre er mit der SAM-Maschine aus Cali gekommen. Wahrscheinlich direkt von der ecuadorianischen Grenze. Frisch importiert.

In der Flughafenhalle verteilt standen mindestens drei Typen vom DAS und musterten unauffällig die Fluggäste. Weder der Inka noch ich wurden vom Staatssicherheitsdienst belästigt. Er ging hinaus zu den wartenden Taxis. Ich folgte ihm. Koffer und Ledertasche waren plötzlich leicht, hinderten nicht im geringsten. Das Drehbuch hatte sich selbständig gemacht. Es war nur natürlich, ihn unverhofft hier zu treffen. Es kam mir akzeptabel vor. Es war kein Zufall. Es war Fügung. Es hatte so zu sein. So und nicht anders. Ich hatte ohne Grund eine Pistole mit ausreichender Munition im Koffer verstaut. Ich hatte mit unbegründbarem Glück das Gepäck ohne Schwierigkeiten durch die Zollkontrolle bekommen. Jetzt traf ich den Inka. Alles hatte seine Richtigkeit.

Mein Taxifahrer klemmte sich hinter den seinen.

Bogotá war ausnahmsweise nicht kaltfeucht. Es war kühl und sonnig, hob sich rotbraun und weiß von den Hügelketten der Kordilleren ab. Eine Stadt der Backsteinbauten. Hochhäuser. Flachbauten. Jede Menge in rotbraunem Ziegel.

Wir fuhren über das offene Feld auf die Stadt zu. Hier hatte Papst Paul bei seiner Südamerikatournee seinen großen Auftritt gehabt, hatte sich leiblich gezeigt. Reichlich bekannt durch regelmäßige Artikel in der örtlichen Tagespresse. Er war ein etablierter Star in südamerikanischen Zeitungen. El Papa. Immer mit einem mahnenden Wort zur Weltlage. Dank der Hydraulik seines Dienstmercedes immer etwas über die Dinge erhaben. Ich hatte ihn gesehen, als er hier in Kolumbien seinen großen Auftritt hatte. Im Fernsehen. Oder in irgendeiner Kinowochenschau. Der Heilige Vater im Zentrum. Dann die südamerikanischen Würdenträger. Dann gutgekleidete Oligarchie.

Dann Bürgertum. Und dann, am Horizont, nicht mehr im Detail erkennbar, als dunkle, wogende, erwartungsvolle Masse: Südamerika. Hier: Kolumbien, das Volk, die Unterentwickelten, der Notschrei, die Hilfsbedürftigen, denen von der katholischen Mitte aller Dinge erklärt wurde, dass Elend, Hunger, Not und Folter gottgewollt seien. Ein ehrenvolles Kreuz, das zu tragen wie ein gewinnbringendes Lotterielos sei. Der Hauptgewinn warte im Himmel. Die in den ersten Reihen, einzeln in die Kamera blickend, sie nickten verständnisvoll. Die Kreuzauflader. Dem Papst am nächsten. Camilo Torres war tot. Es lebe der Papst.

Die beiden Taxen wühlten sich in die Innenstadt. Der Inka schien gut verdient zu haben. Er ließ vor dem Hotel Tequendama halten, wuchtete seinen massigen Körper aus dem Wagen und strebte in die Eingangshalle. Ein Hotelboy trug ihm den kleinen Reisekoffer nach.

Ich bat den Fahrer, zu warten. Er knurrte mürrisch seine Zustimmung. Es war ihm lästig, aber egal. Er hatte mein Gepäck.

Die Empfangshalle des Tequendama war nicht von der kleinen, übersichtlichen Sorte. Trotzdem fand ich den Inka. Er stand an der Rezeption. Ich schlenderte in Hör- und Sichtweite. Er füllte das Anmeldeformular aus, zeigte seinen Pass, bekam das Zimmer Nummer zweihundertzehn. Er wollte um acht Uhr morgens geweckt werden, war müde, wie er zu verstehen gab, wollte nicht gestört werden. Der Mann an der Rezeption dienerte permanent, mit den Unterarmen abgestützt, ein eintrainiertes Lächeln auf dem Gesicht. Die Sorte, die einem das Gefühl gibt, dass das ganze Hotel ausschließlich auf die Belange des neuangekommenen Gastes gepolt ist.

Der Inka zog ab, zum Aufzug.

Ich ging zum Taxi zurück. Nach dem teppichbelegten Fußboden der Eingangshalle verstauchte ich mir auf dem Gehsteig fast die Knöchel. Der Taxifahrer fuhr mich um die Ecke ins Hotel San Diego. Ich bekam ein Zimmer im achten Stock.

»Ist das seine Katze?« Chuck Weaver löste den Blick von den Bernsteinaugen des Katers und schaute zu Janis hinüber. Seine Worte waren in Verständnis gebettet. Da war ein Teil von dem Deutschen, lag in seinem Wohnzimmer, musterte ihn, den Mann mit dem Schnapsglas in der Hand.

»Ja«, sagte Janis. »Unser neuer Gast.«

»Ist er weg?«

»Ja. Er ist heute geflogen.« Sie gab sich Mühe, es sachlich zu sagen. Sie stellte es fest. »Ich habe seinen Wagen gekauft«, sagte sie noch.

Der Mann mit dem Schnapsglas in der Hand ging zu ihr hin und legte die freie Hand auf ihre Wange. Er spürte ihre Haut, nahm die Hand wieder weg und trank. »Alles in Ordnung?« fragte er heiser.

»Ja«, sagte sie und schaute zum Kater hinüber. »Alles in Ordnung!«

VIERNES,
13 de Diciembre

Er hatte lange und gut geschlafen. War zwischendurch in die Küche gegangen, hatte sich noch ein Bier genommen, durchs Fenster hinunter auf die Wachtposten gesehen.

Um sieben Uhr war er endgültig aufgestanden, hatte geduscht, sich dann aus den Resten in der Küche etwas Ess- und Trinkbares zum Frühstück bereitet.

Später hatte er behutsam die Waffe zusammengesetzt, geladen und das Zielfernrohr montiert.

Jetzt lag Ortega neben den Wassertanks, musterte abwechselnd die Moosflecken neben sich auf dem Beton und den Ziegeln und die Wachen. Der Überlauf der Tanks gluckerte beruhigend.

Ricardo Ortega registrierte den Neuschnee auf dem Pichincha nicht. Er sah den dampfenden Eukalyptuswald nicht. Er musterte wieder die hintere Hausseite, maß die Hindernisstrecke erneut mit den Augen aus: auf die erste Terrasse, auf die zweite Terrasse, in den Hof, über zwei Mauerreste, über den Zaun, zum Jeep in der Seitenstraße.

Es war kalt. Klar und hell, aber kalt. Ortega hielt die Hände in den Taschen seiner Militärjacke. Die Waffe lag schussbereit neben ihm.

Um acht Uhr fünfzehn erhob er sich aus der sitzenden Stellung auf die Knie, brachte das Gewehr in Anschlag und sah versuchsweise durchs Zielfernrohr. Er ließ das Fadenkreuz über den Geländestreifen zwischen dem Hauseingang und dem zu erwartenden Parkplatz des Dienstwagens am Gehsteig wandern.

Gegen acht Uhr dreißig kam der schwarzweiß gefleckte Ford Pinto die Steigung heraufgekrochen. Dahinter der dunkelgrüne Chevy. Die Wagen stoppten weich.

Um acht Uhr fünfunddreißig kam der Innenminister aus dem Haus. Er ging in heeresgrauer Generalsuniform im Zentrum des Fadenkreuzes auf die hintere Tür des Chevy zu. Die Wachtposten salutierten.

Ortega atmete tief und regelmäßig. Das Wasser gluckerte monoton.

Zwei Meter vor dem Dienstwagen, der General war im Begriff, durch die aufgehaltene Wagentür ins Wageninnere zu steigen, atmete Ortega aus und zog den Abzug durch.

Der Innenminister ging zu Boden, und Ortega sprang auf die erste Terrasse. Niemand schaute nach oben. Alles blickte auf das Regierungsmitglied. Die Türen des Ford Pinto wurden aufgestoßen, die Uniformierten stürzten zu dem Getroffenen.

Ortega war auf der zweiten Terrasse und sprang in den Hinterhof. Einer der Offiziere des Begleitfahrzeuges wies die Wachen an, nicht den tödlich getroffenen General anzustarren, sondern nach dem Täter zu suchen.

Ortega hatte eine Mauer hinter sich, sprang über die nächste und ging den Zaun an. Die Wachtposten spurteten an der Tienda vorbei und musterten die Häuserfronten.

Ortega bestieg den Jeep. Nach drei Versuchen kam der Motor. Die Reifen quietschten, als er abfuhr.

Der Inka wollte um acht geweckt werden. Also stand ich um sieben Uhr auf.

Die Sonne werkelte an einem heiteren Tag. Acht Stockwerke tiefer, in der Carrera Trece, wimmelte es wie auf einer Ameisenstraße. Der neue Tag wurde eingehupt.

Unter der Dusche stellte ich mich auf den Inka ein. Er war ein Teil von Kleber Larrea, war übriggeblieben. Er störte mein selbstgefälliges Gefühl, etwas zu Ende gebracht zu haben, erinnerte an das Land südlich der kolumbianischen Grenze. Eine Grenze, die ich zwischen mich und eine Angelegenheit gebracht hatte, die erneut Konturen bekam: in Gestalt des Inka.

Ich frottierte mich ab, putzte mir die Zähne und dachte an Janis und den Kater. Ich hasste meinen neuen Gegner da drüben im Tequendama. Er brachte mir alles zurück, was ich zur Vergangenheit machen wollte.

Als ich wenig später aus dem Aufzug trat und in den kleinen Speiseraum hinüberging, wurde ich angenehm überrascht: Es gab schon Frühstück. Zwei gebratene Eier mit Speck, ein wenig Toast, ein *café con leche*. Tageszeitung gab es noch nicht. Man kann nicht alles haben. Nur keine überzogene Erwartungshaltung, sagte ich zu mir selbst und ging zum Empfangstisch, um meine Rechnung zu begleichen. Der Diensttuende wies mich darauf hin, dass ich bis Mittag mein Zimmer zu räumen hätte. Ich antwortete, dass ich sowieso um eins zum Flughafen müsse. Er sagte, das reiche.

Ich trat durch die Glastür auf den Gehsteig. Der Krach der Dreizehnten Straße dröhnte mir in die Ohren. Oben, in meinem Zimmer, stand das Gepäck griffbereit. Die durchgeladene und gesicherte Walther zog gewichtig in der rechten Tasche meiner Lederjacke. Links zwischen den Fingern das Metall der Neunmillimeterpatronen. Eine Handvoll Nachschub.

Vor dem Eingang des Tequendama kaufte ich mir eine Tageszeitung, ging dann in die Eingangshalle.

Eine Gruppe nordamerikanischer Touristen bevölkerte die weite Halle. Sie warteten auf die Abreise, Koffer bei Fuß. Ein vollklimatisierter Bus zum Flughafen, schätzte ich. Ich setzte mich mit Blick auf die Aufzugtüren und die Rezeption in einen Sessel und schlug die Zeitung dekorativ auf.

Der Inka brauchte bis halb neun. Er gab den Zimmerschlüssel ab, wechselte ein paar Worte mit dem Mann am Empfangstisch und ging durch einen langen Gang, links neben dem Hauptausgang, nahm Kurs auf das Restaurant.

Ich folgte, vergewisserte mich, dass er frühstücken würde, und schlenderte zurück in den Gang mit den Geschäften. Juweliere, Folklore, Kleidung. Die ersten Geschäftsleute öffneten. Ich vertrieb mir die Zeit.

Um neun schnappte er sich vor dem Hotel ein Taxi. Ich tat desgleichen. Wir wurden einige Minuten durch die Stadt gekutscht. Es ging Richtung Monserrate. Es sah aus, als wolle er zur Talstation der Drahtseilbahn. Aber dann steuerte er die Quinta de Bolívar an.

Das Haus des südamerikanischen Befreiers lag unter schattigen Bäumen. Jetzt am Stadtrand, früher sicher mehr Landhaus, einsamer, abgelegener. Den Inka trieb es zu geschichtsträchtiger Stätte. Er verschwand an der Kasse vorbei in das Gelände hinter der Mauer. Sein Taxi fuhr ab. Das meine hielt. Ich zahlte, stieg aus und kaufte mir eine Eintrittskarte.

Auf dem Grundstück war es schattig, feucht und kalt. Kein Wunder, dass sich Bolívar die Schwindsucht geholt hatte. Es waren schon ein paar Touristen da, bewunderten einige Kanonen, die in der Schlacht von Boyacá von den Spaniern erobert worden waren. Der Inka stand vor einer mit Seilen abgetrennten Türöffnung, starrte auf die Kolonialmöbel im Hausinneren. Ich trieb mich im Garten herum, immer in Sichtweite. Er nahm sich Zeit, schnüffelte alles aus. Gelegentlich streichelte er einen Pfosten, das Becken eines Springbrunnens oder einen anderen Gegenstand. Er war an den Wurzeln. Es ging ihm an die Nieren. Für kurze Sekunden hatte ich eine Art zärtliches Verständnis für ihn. Er sog seine Geschichte in sich auf, zumindest einen Teil davon, den näherliegenden, schnupperte wie ein Hund am Sockel einer vertrauten Litfaßsäule. Er hielt Zwiesprache mit Dingen, die er verehrte, denen er mythologische Bedeutung zumaß. Er und der Befreier. Er war an der Kultstätte, zelebrierte seine Messe, sprach mit stummen Lippen Gebete zu einer kleinen, kontinentalen Andacht.

Eine schwammige Touristin sprach mich von der Seite in amerikanischem Englisch an. Brille und Make-up erlaubten kein störungsfreies Bild ihrer Person. Sie machte in Weltrundreise, sprach von Bolívars Haus wie von Little Big Horn oder der Freiheitsstatue, aber distanzierter. So, als besichtige sie das abgebrannte Blockhaus eines mittelmäßig berühmten Trappers, der sich durch eine überdurchschnittlich hohe Abschussquote von Stachelschweinen hervorgetan hatte.

Ich konterte etwas in Spanisch direkt in ihre triefend ge-
schminkten Lippen hinein. Ich wollte nicht auf englisch. Um
keinen Preis. Nicht hier.

Sie reagierte, als hätte ich sie an einer der verkümmerten
Brüste gepackt, und drehte beleidigt ab.

Der Inka ging langsam zum Ausgang. Ich hielt Abstand und
folgte. Er spazierte hinüber zum Bahnhof der Seilbahn.

Es war ein klarer Tag. Vereinzelt Wolken. Meist Sonne auf
blauem Hintergrund.

Er kaufte sein Ticket. Wenig später bezahlte ich für Auf- und
Abfahrt. Wir wurden in angemessener Anzahl zur Gondel geschleust. Er in einer Ecke der Kabine, hangaufwärts. Ich in der
entgegengesetzten Ecke, hangabwärts. Die Gondel schwankte
und zog an.

Zunächst ging es relativ flach, dann steiler, zuletzt fast senk-
recht wie in einem Aufzug. Einundachtzig Grad, wie jemand
mitzuteilen wusste. Unter uns Bogotá. Ein städtisches Monster.
Wieder die dominierende Farbe der Backsteine. Mit zunehmender Höhe wurden Häuser und Straßen zu einem Stadtplan.
Direkt neben dem Kabinenfenster Bäume und kleineres Grünzeug. In der Kabine ein Mischmasch aus Spanisch, Englisch,
Französisch und Deutsch. Kleine, entzückte Aufschreie. Wohl-
bemessene Begeisterung älterer Damen. Gelassene Vergleiche
zu entsprechenden Drahtseilkonstruktionen in den Schweizer
Alpen von einem Züricher neben mir.

Dann die Bergstation. Wieder ein leichtes Pendeln der Gondel beim Abbremsen. Auf dem Gipfel des Monserrate Andenkenläden und eine Kirche.

Der Inka marschierte zielstrebig am Gotteshaus vorbei durch
die Gasse der Andenkenläden zum höchsten Punkt des Berges.
Ich hinterher. Unsere Mitfahrer wurden von Kirche und Folk-
loreangebot geschluckt. Es schien die erste Ladung an diesem
Tag zu sein. Nach drei Minuten bergauf waren wir allein.
Zwischen uns etwa hundert Meter. Dann blieb mein Gegner
stehen. Blick auf die Riesenstadt da unten. Blick zur anderen

Seite, ins bewaldete Tal. Dahinter mehr Bergkuppen, baumbestanden. Er sah mich. Sein Blick streifte mich nur. Er nahm sich wieder Bogotá vor. Ich hatte den Touristenbonus, gehörte zum Inventar des Monserrate.

Ich machte aus den hundert Metern Abstand zehn.

Er trennte sich von der kolumbianischen Hauptstadt und sah mich an.

»Gehen wir«, sagte ich und zeigte ihm die Pistole.

Er war ruhig. Ein Walross mit kantiger Nase. »Wohin?« Seine Stimme war angenehm. Basslage.

Ich deutete mit der Pistole ins Grüne. Ich musste den Gipfel zwischen uns und die Touristen bringen.

Er wandte mir den breiten Rücken zu und bewegte sich ruhig in die angegebene Richtung.

Ich folgte, hatte die Walther wieder in die Tasche gesteckt, die Faust um den Griff, den Zeigefinger am Abzug. Aber noch gesichert.

»Wer schickt Sie?« fragte er nach etwa dreihundert Metern. »Moncayo oder der Innenminister?« Er ging weiter, drehte sich nicht um. Seine Frage war akustisch schwer zu verstehen, trotzdem klar.

»Keiner von beiden«, sagte ich. »Kleber Larrea ist tot. Jetzt sind Sie dran. Raúl Palacios ist mindestens zwei von eurer Sorte wert. Von Manuel Cabrera ganz zu schweigen.« Wir waren jetzt weit genug weg von Kirche und Folkloreläden.

»Scheiß-Gringo«, sagte er laut und deutlich in die Landschaft. »Was bist du? Amerikaner?« Er brüllte fast.

»Deutscher«, antwortete ich.

»Diós«. Er stöhnte. »Das letzte Brauchbare, was ihr zu bieten hattet, war Hitler. Jetzt kommen solche Typen wie du. Wahrscheinlich bist du auch noch schwul, Gringo.« Er lachte schleimig, spuckte seitlich ins Gelände und fummelte in der Jackentasche rum.

Ich zog die Pistole und schoss ihm zweimal in den Rücken. Als er umfiel, hatte er einen stupsnasigen Revolver in der Hand.

Ich kam mir beschissen vor, hätte ihm lieber auf seine enorme Nase gesehen, als ich schoss. Aber ich hing am Leben. Und er hatte verdächtig eindeutig in der Tasche gewühlt. Die Schüsse waren nicht sehr laut gewesen. Die Natur hatte sie vereinnahmt, sie leise gemacht. Er lag auf dem Bauch, mit dem Kopf hangaufwärts. Ich blieb eine Weile stehen, steckte dann die Walther in die Tasche und beobachtete ihn. Er rührte sich nicht.

Ich machte mich auf den Rückweg. Zunächst auf den Gipfel. Ein Blick auf die Stadt. Dann an den Läden vorbei und der Kirche. Niemand schien etwas gehört zu haben. Eine Gondel ging ins Tal. Ich bestieg das Gefährt.

Es würde nicht lange dauern, bis die ersten Touristen das Kircheninnere erkundet und genügend Souvenirs gekauft hatten. Irgendjemand musste bald über ihn stolpern.

Wieder das kurze Pendeln beim Abfahren. Durch die nahen Zweige der Bäume der Blick auf Bogotá. In der Kabine keiner, der mit mir hinaufgefahren war.

Auf dem Flughafen hatte ich gerade den Entschluss gefasst, Marie-Louise ein Telegramm zu schicken. Ich wollte rüber zur Telecomunicación. Sie musste heute in New York sein. Morgen vielleicht in Düsseldorf. Ich war morgen in Frankfurt.

Als der schlanke, junge Mann auf mich zukam, seinen DAS-Ausweis vorzeigte und meinen Pass verlangte, war sicher, dass die Rotblonde keine Nachricht bekommen würde.

Er war sehr freundlich, blätterte das Dokument sorgfältig durch. Dann bat er mich, mitzukommen.

Ich fragte nicht, warum, dachte kurz an den schon aufgegebenen Koffer und nahm dann die Ledertasche.

Er hielt sich neben mir. Am Ausgang stieß ein weiterer Sicherheitsbeamter zu uns. Sie nahmen mich in die Mitte und führten mich zu ihrem Wagen.

Es war gegen zwei am Nachmittag. Die Sonne hatte sich durchgesetzt und bescherte ordentliches Kordillerenwetter.

Ich würde noch eine Weile bleiben.

Agaven sterben einsam

„Gebt mir einen Balkon und ich werde die Wahl gewinnen!"

Dr. Velasco Ibarra (mehrmaliger ecuadorianischer
Regierungschef, Präsident und Diktator)

*„Ich weiß, dass Ihnen an dieser Stelle die üblichen
Bezeichnungen in den Sinn kommen: Überfall, Erpressung,
Terrorismus. Ich bitte Sie, einen anderen Begriff in Erwägung
zu ziehen: Sanktion."*

Moris L. West (Proteus)

AUGUST 1980

DAS NACHSPIEL

Buenos Aires

Santander glaubte nicht mehr an die Gerechtigkeit.

Was er da auf der Mattscheibe sah, kam ihm unbekannt vor. Das kleine Einmaleins der Gummiknüppel und Wasserwerfer, die argentinische Version. Dann ein Bericht über den anti-kommunistischen Kongress Lateinamerikas, gefolgt vom Sieg River Plates mit den Leistungsträgern Luque und Passarella, beide in guter Form, der besten seit der Fußballweltmeister-schaft. Es schlossen sich Spekulationen über die Nachfolge des Präsidentengenerals an. Das alles durch Werbespots fein säuber-lich kleingehackt. Sie verkauften ihre Wahrheit, ihre gerechte Sache. Als sie den Kampf der polnischen Gewerkschafter gegen die Warschauer Regierung zu dem ihren machten und gelunge-ne Streiks pompös abfeierten, schaltete er den Fernseher ab.

Er zog sich die Jacke über, steckte die falschen Papiere, Geld, Zigaretten und Streichhölzer ein, schloss die Tür ab und ging zum Aufzug.

Vier Stockwerke tiefer betrat er den Gehsteig der Bolívar. Die Wärme des Tages stand noch zwischen den Häusern. Er ging bis zur Plaza de Mayo. Am Fußgängerüberweg blieb er kurz stehen und warf einen Blick hinüber zum rosafarbenen Regier-ungsgebäude. In der Zeitung konnte man lesen, dass in London die Aufführung von EVITA die von JESUS CHRIST SUPER-STAR erfolgreich abgelöst hatte. Eva Perón als Nachfolgerin des Heilands. Mode und Nachfrage diktierten die neuen Götzen.

Er überquerte die Avenida de Mayo und dachte an Serigo Pesántes, der zwei Jahre zuvor in London umgebracht worden war. In der Fußgängerzone der Florida mischte er sich in den Strom der allabendlich flanierdenden Menschenmassen. Eine halbe Stunde lang ließ er sich zwischen Schaufenstern dahintreiben, trank in einer Passage in einem kleinen Café ein Mineralwasser und setzte sich dann über mehrere Querstraßen vom Trubel der Florida ab.

Als er den Eingang eines Speiselokals in der Suipacha ansteuerte, wurde er angerempelt. Vier Personen verließen das Restaurant, gingen an ihm vorbei. Er machte Platz. Drei mittelgroße Männer in unauffälligen Anzügen hielten eine vor Angst bleichen Herrn um die Fünfzig in der Mitte. Sie schoben ihr Opfer über den Gehsteig zu einem weinroten Ford mit großen Heckleuchten und schwarzem Kunststoffdach. Einige Passanten blieben stehen, zögerten, schlenderten jedoch bald weiter.

Der Abgeführte warf keine hilfesuchenden Blicke um sich. Er schien zu wissen, dass es in dieser Stadt hoffnungslos war. Im Auto war noch Platz für zwei weitere Personen. Kein Mensch war scharf auf die Mitfahrgelegenheit. Die Wagentüren wurden zugeschlagen, der Motor sprang an, und der Ford verschwand langsam im Verkehrsgewühl.

Für eine Moment blieb Santander wie betäubt stehen. Dann drückte er die Einganstür auf, betrat das Restaurant und sah sich nach einem freien Tisch um.

Die wenigen Gäste widmeten sich mit auffallender Intensität ihrem Essen. Die Köpfe kauend oder im gedämpften Gespräch vertieft über die Teller gebeugt.

Während er einen freien Tisch ansteuerte, war er absolut sicher, dass ihn niemand beobachtete. Selbst die Kellner standen an der Kasse und zeigten den Rücken. Kein Mensch war am Geschehen im Lokal interessiert. Er setzte sich. Einige Minuten später brachte ihm die Bedienung eine Speisekarte. Langsam entkrampfte sich die Stimmung im Raum. Köpfe wurden höher genommen. Der Geräuschpegel stieg. Es gab erste vorsichtige Versuche, das Blickfeld über den eigenen Teller hinaus zu erweitern.

Santander bestellte ein Stück gegrilltes Fleisch, einen grünen Salat und eine halbe Flasche Rotwein. Doch schon die ersten Stücke Weißbrot, die er mit dem Wein hinuterspülte, zeigten ihm, dass es ihm an diesem Abend nicht schmecken würde.

Um Mitternacht in seinem Zimmer nahm er den gelblichen Briefumschlag vom Tisch, legte sich aufs Bett und studierte nochmals den Inhalt.

Einem maschinegeschriebenen Skript von dreißig Seiten lag ein handschriftlicher Brief bei. Er war ohne Ortsangabe mit 13. Juli 1980 datiert, begann ohne Anrede und endete ohne Unterschrift.

„In der Hoffnung, dass Sie diese Nachricht über alte Kanäle erreicht, schreibe ich diese Zeilen. Wie ich höre, leben Sie in der Höhle des Löwen, dort, wo Sie der Gegner am wenigsten vermuten wird. Trotzdem frage ich mich, ob ein anderer Name und ein verändertes Aussehen auf solch heißem Pflaster ausreichende Sicherheit bieten. Buenos Aires 1980 ist zwar noch Ihre Stadt, die Sie kennen, aber die politische Situation gibt Ihnen keinen Spielraum mehr. Sie müssen sich wie eine Ratte im bewachten Loch vorkommen. Insgeheim hatte ich gehofft, dass Sie sich ins Ausland abgesetzt hätten. Sie wären dort wertvoller für jede Form des Widerstands, der sich noch regt. Doch genug der überflüssigen – verspäteten? – Ratschläge.

Ich schreibe nicht, um Sie zu belehren, sonder um Ihnen das beiliegende Skript zukommen zu lassen.

Zu meiner Person folgendes: Ich war mit Jan Moldau – er ist tot, sein Name kann deshalb genannt werden – befreundet, bin Journalist wie er, oder besser gesagt: Reporter. Jan verstand sich immer als Reporter, als Berichterstatter im nordamerikanischen Sinne. Fakten ohne Interpretation. Gut. Ich habe über die Ereignisse um den Putschversuch im September 1975 in Ecuador eine Geschichte geschrieben. Das Geschehene schien mir dazu geeignet zu sein, um daran exemplarisch den Verlauf solcher Umsturzversuche aufzuzeigen. Sozusagen eine Geschichte über die Lieblingssportart lateinamerikanischer Militärs. Sicher hat auch mitgespielt, dass Jan gerade bei diesem Coup umkam. Vielleicht wollte ich einem guten Freund ein schriftliches Denkmal setzen.

Ich habe lange versucht, diese Geschichte zu publizieren. Es ist mir nicht gelungen. Sie wurde von Redaktionen und Lektoraten mit verschiedensten Begründungen immer wieder abgelehnt. Man hätte lieber eine Reportage mit genauen Daten und Fakten gehabt. Man hätte lieber eine etwas epischere Story gehabt, nicht diesen Kolportagestil. Es gibt nur den General, den Präsidenten, den Gewerkschaftsfunktionär, den Reporter, den Kardinal usw. Sie und ich wissen, wer gemeint ist.

Mittlerweile habe ich es aufgegeben, über politische Ereignisse zu berichten. Ich schreibe Kinderbücher. Als ich vor einigen Tagen auf einen Durchschlag meiner Geschichte stieß – tief unten in einer Schreibtischschublade, versteht sich –, traf dies mit der Information über Ihren Verbleib zusammen. Anlass genug, Ihnen Grüße zu schicken, von denen ich sicher genug glaube, dass Sie sie nicht gefährden können, falls sie auf dem ›Postweg‹ abhanden kommen.

Wir kannten uns nur flüchtig, aber ich hatte immer den größten Respekt vor Ihnen und vor dem, was Sie versucht haben. Trotzdem – mittlerweile denke ich, dass man zur militanten Verteidigung einer politischen Idee Kämpfer einsetzen muss, deren Bereitschaft, Gewalt anzuwenden, in ideologischer Überzeugung begründet ist. Militante Revolutionäre! Ihr Fehler war, dass Sie auf Rebellen und Anarchisten zurückgegriffen haben – oder zurückgreifen mussten? Typen wie dieser Deutsche. Oder haben wir alle den Fehler gemacht, dass wir in guten und schlechten politischen Motiven gedacht haben und zu wenig begriffen haben, dass es um erfolgreiche oder misslungene Geschäfte ging? Wir haben wie Soldaten oder Widerstandskämpfer gedacht, die gegen anders motivierte Machthaber angingen. Das war falsch. Wir haben die kriminelle Ebene derartiger Angelegenheiten völlig verdrängt.

Heute bin ich sicher, dass wir uns besser an das Muster der französischen Kriminalfilme hätten halten sollen, was unser Selbstverständnis anging. Die Gegner waren die Bösen, die Verbrecher. Wir waren die Guten, aber auch nur im Sinne der edlen Gangster, nicht mehr, nicht weniger. Leute sind umgebracht worden, ermordet! Keiner ist gefallen!

Es war ein Fehler, dass Sie drei Jahre nach dem Putsch zum Wahlkampf diesen Deutschen auf Montalvo Mera angesetzt haben. Einen Mann, der sowohl in Ecuador als auch in Kolumbien einen politischen Mord begangen – über die Motive wollen wir uns nicht streiten – und, wenn auch kurz, in einem kolumbianischen Gefängnis gesessen hat, lässt man nicht weiter nördlich als bis zur peruanisch-ecuadorianischen Grenze operieren. Das Risiko war zu groß. Aber ich fange an, alte Geschichten aufzuwärmen.

Ich schreibe diese Zeilen ohne Bitterkeit. Und ich beabsichtige nicht, Sie zu kränken.

Wie gesagt, ich schreibe Kinderbücher. Meine Einstellung zur Gewalt hat sich geändert. Sie werden sich an unseren ›Bibelspruch‹ erinnern, von Ernesto Cardenal: ›Gewaltlosigkeit ist besser als Gewalt – aber Gewalt ist besser als Feigheit‹. Ich liebäugle heute wieder mit der Feigheit.

Meine besten Wünsche für Sie. Seien Sie herzlichst gegrüßt!«

Santander legte den Brief zur Seite, stand vom Bett auf und ging zum Fenster hinüber. Er starrte in die nächtliche Straße unter sich. Der Asphalt der Bolívar glänzte nass. Es hatte geregnet.

Etwas sagte ihm, dass er den Verfasser des Schreibens gut kannte. Er erinnerte sich an keinen Journalistenfreund von Jan Moldau. Die Handschrift war ihm unbekannt. Für einen Moment war er sicher, dass der Deutsche selbst diese Zeilen geschrieben hatte. Es war ungeklärt geblieben, was nach der Mission in Peru und Ecuador aus ihm geworden war. Vieles hatte auf seine Liquidierung hingedeutet. Aber es gab damals keine stichhaltigen Beweise. Vielleicht war er untergetaucht.

Santander ging zum Bett zurück und verzichtete auf weitere Spekulationen. Sie waren zu nichts gut.

Er zündete sich eine Zigarette an und blätterte in den maschinenbeschriebenen Seiten.

Am Morgen, nachdem er das Manuskript gelesen hatte, spazierte Santander die Defensa entlang und tauchte an der Plaza Dorrego in den sonntäglichen Antiquitätenrummel.

Eine gute Viertelstunde schob er sich mit dem bunten Völkchen zwischen den Ständen durch, genoss die Sonne, verweilte hier und da, um einen Gegenstand näher zu begutachten. Mit einer jungen Frau in rosa Strickwolle wechselte er einige Worte. Das angerostete Bajonett in seiner Hand war ihm gleichgültig. Die Frau faszinierte ihn. Sie hatte ein schönes Gesicht.

»Wieviel?« fragte er.

»Wieviel wollen Sie geben?« Der Klang ihrer Stimme konnte nicht mithalten.

Er legte das Bajonett zurück auf den Tisch und zog weiter. Es wurde warm. Er betrat einen Antiquitätenladen am Rande des Platzes und hielt sich eine Weile im kühlen Halbdunkel auf. Ein kitschiger Spiegel wechselte den Besitzer. Das junge englische Ehepaar war glücklich. Der Mann zückte sein Scheckheft. Die Frau streichelte den hölzernen Rahmen, wollte den Spiegel kaum zum Verpacken aus der Hand geben. Der Händler wechselte den Gesichtsausdruck, ließ die künstlerische Maske fallen, bekam etwas Kaufmännisches.

Santander sah durch das Ladenfenster auf den Platz. Die Glasscheibe gab den bunten Farben einen gedämpften Ton, der ihn an Bertolucci-Filme erinnerte.

Bevor der Antiquitätenhändler aufdringlich werden konnte, ging er wieder ins Freie und steuerte das schräg gegenüberliegende El Imperial an.

Das Lokal war gut besetzt. Er fand einen Platz am Fenster. Der Kellner kam. Die fleckige weiße Jacke änderte nichts daran, dass der Mann wie ein gealterter Preisboxer aussah.

»Einen Kaffee und eine Flasche Mineralwasser.«

»Bueno«, antwortete der Kellner und schlurfte zur Theke zurück.

Santander musterte das Innere der Bar, tastete mit liebevollem Blick die vertrauten Gegenstände ab. Die verwundeten

Tischplatten mit den tief eingegrabenen Namenszügen. Das Lazarett der schwerverletzten Stühle, mit klobigen Holzstücken notdürftig zusammengenagelt, die geborstenen Beine mit Draht geflickt. Die angegilbten Bilder der Tangohelden über dem blinden Wandspiegel hinter der Theke. Der ausgestopfte Papagei hinter dem verschlossenen roten Gittertürchen des Katzenkorbs. Die alte Musicbox voller Tangoplatten. Die rote Holztafel mit der Preisliste. Sein Blick blieb auf dem schwarzweißen Karomuster des Fußbodens hängen.

Dann betrachtete er die Gäste. Im hinteren Teil des Lokals, unter der runden Wanduhr, saßen vier junge Männer. Einer von ihnen erhob sich halb vom Stuhl, winkte dem Wirt und rief eine Bestellung. Der Wirt quittierte mit einem Nicken, machte die Getränke zurecht und sagte dem Kellner Bescheid, bevor er sich wieder an der alten Registrierkasse zu schaffen machte. Das Gerät hatte bereits so viel Patina angesetzt, dass darunter kaum noch Metall vermutet werden konnte.

Der Preisboxer brachte Kaffee und Mineralwasser.

Hier, im El Imperial, hatte er im Juni vor zwei Jahren den Deutschen zum letzten Mal gesehen, kurz bevor er zu seiner Mission nach Lima aufgebrochen war.

Santander wickelte ein Stück Würfelzucker aus dem Papier und ließ es in den Kaffee fallen.

Er sah nach links durch das aufgeschobene Fenster auf den Platz und las die weißen Buchstaben auf dem blauen Untergrund des Schildes über den runden Metallpfosten:

MUNICIPALIDAD DE LA CIUDAD DE BS. AS.
MUSEO DE LA CIUDAD
FERIA DE SAN PEDRO TELMO
DOMINGOS DE 10 A 17 HS.

Die Sonnenstrahlen fielen schräg über den Platz ins Innere der Bar. Staub stieg in den Lichtbahnen auf. Santander suchte sich einen Blickwinkel nach draußen auf den Gehsteig, bei dem er nicht geblendet wurde.

Passanten zogen teils eilig vorbei, teils blieben sie in Gruppen stehen und redeten miteinander. Ein Wagen schob sich an den Randstein. Eine Diskussionsgruppe löste sich auf und machte Platz.

Er registrierte das Weinrot, die Marke, die großen Heckleuchten und das schwarze Kunststoffdach. Hilflosigkeit befiel ihn. Er wusste, wer aussteigen würde. Ihm war kalt.

Einer blieb am Steuer sitzen, zwei stiegen aus. Er hatte sich die Gesichter nicht gemerkt, aber es waren dieselben Figuren in diesen unauffälligen Anzügen.

Sie betraten das Lokal und steuerten den Tisch mit den vier jungen Männern an. Die Wanduhr zeigte halb zwölf. Der eine, der dem Wirt die Bestellung zugerufen hatte, kam vom Stuhl hoch, unendlich langsam, grau im Gesicht. Das laute Stimmengewirr sank innerhalb weniger Sekunden zu einem toten Schweigen ab. Die drei noch sitzenden jungen Männer verspannten sich auf ihren Stühlen, musterten die beiden Störenfriede gehetzt und machten den Eindruck, als wollten sie sich wehren. Fast konnte man hören, wie es in ihren Köpfen tickte. Sie entspannten sich resigniert und sahen zu, wie der eine aus ihrer Mitte abgeführt wurde.

Die Gäste sahen versteinert zu. Auf einigen Gesichtern war Hass zu sehen, auf den meisten Angst. Der Wirt und sein Kellner beobachteten die Vorgänge von der Theke aus. Der Preisboxer in der fleckigen Jacke hatte den Gesichtsausdruck, mit dem man Gegner taxiert; die Fäuste geballt. Er wusste, dass er keinen tauglichen Herausforderer mehr abgab. Er war verbraucht. Der Ring war dreckig und schmierig. Die Regeln wurden so ausgelegt, dass in diesem Land nur eine Seite gewinnen konnte. Er hatte keine Chance.

Die beiden Häscher verschwanden mit ihrem Opfer durch die Tür.

Santander saß steif an seinem Tisch, sah nicht nach draußen. Das Schlagen der Autotüren dröhnte in die Stille des Lokals. Er schluckte und wusste, dass er es nicht würde ertragen können, diesen Wagen und seine Insassen noch ein drittes Mal sehen zu müssen. Der Brief gestern hatte etwas in ihm bewegt. Die Ratte im bewachten Loch, die tatenlos zusah und zu Überleben versuchte, irgendwie.

Die meisten Gäste starrten den leeren Stuhl des Abgeführten an, die Wunde, ein Loch im Trotzdem.

Während die stumme Betroffenheit wieder Gesprächen wich, packte Santander ein Stück Würfelzucker aus und strich das Papier glatt. Seine Hände zitterten.

Wirt und Kellner tauschten leise Kommentare. Er sah, wie der Kellner dabei zweimal mit der rechten Faust gegen die Holzverkleidung der Theke schlug; kurze, trockene Körperhaken.

Als das Zittern in den Händen nachließ, winkte er dem Kellner. Der Preisboxer schlurfte heran und sagte: »Cinco.«

»Fünf«, sagte Santander, »wie in den alten Zeiten.«

»Die sind vorbei«, antwortete der Boxer müde.

Santander blätterte mit spitzen Fingern in abgegriffenen Geldscheinen. Vor wenigen Jahren noch fest, unbenutzt und wertvoll, mittlerweile zerknittert wie Klopapier, zu klebrigem Kleingeld degradiert, durchtränkt von Handschweiß; neue mit mehr Nullen nahmen ihren Platz ein. Er gab dem Kellner einen Fünftausender.

»Sie werden demnächst welche zu einer Million drucken müssen«, sagte er.

»Sind mit Sicherheit schon fertig!« Die Rechte, die den Schein entgegennahm, war an den Knöcheln aufgeplatzt.

Santander sah dem Mann ins Gesicht. Keine Wut. Nur dumpfes Alter. Er stand auf und verließ das Imperial.

Auf dem Gehsteig war Leben.

An einem Freitag, zwei Wochen später, sah Santander den weinroten Ford wieder.

Der Wagen parkte vor einem Hauseingang in der Bolívar, Ecke Avenida Belgrano. Die drei Insassen schienen zu warten.

Er näherte sich dem Auto von hinten. Die großen Heckleuchten grinsten ihn an. Er war noch zwanzig Meter entfernt. Die Beifahrertür ging auf. Einer der Männer stieg aus und verschwand im Hauseingang. Eine Frau mit Einkaufstüte folgte wenige Sekunden später.

Die beiden Männer im Wagen widmeten dem Eingang keine besondere Aufmerksamkeit.

Santander ging ruhigen Schrittes weiter und betrat das Haus. Ein Türflügel war offen und festgestellt. Dahinter ein langer Gang im Halbdunkel. Das Geräusch seiner Absätze hallte laut im Treppenhaus wider. Der Aufzug bewegte sich zwischen den oberen Stockwerken. Irgendwo schlug eine Wohnungstür. In der Nähe wurde eine Klingel betätigt.

Er sah kurz zum ersten Treppenabsatz hinauf, bog dann um den Aufzugkäfig und blieb stehen.

Der mittelgroße Mann in dem unauffälligen Anzug stand vor der Tür einer Erdgeschosswohnung und drückte wieder auf die Klingel. Niemand öffnete. Der Mann klopfte mit den Knöcheln der rechten Faust an die Türfüllung, ohne Erfolg.

Für einen Moment sah Santander den Preisboxer vor sich, wie er sich die Rechte blutig schlug. Der Aufzug blieb irgendwo weiter oben stehen. Alle Geräusche verhungerten.

Mit fünf schnellen Schritten war Santander am Gegner. Der wollte erneut klingeln, hörte die Bewegung hinter sich und drehte sich um.

Bevor die Hand die Waffe unter der Jacke erreichen konnte, hatte Santander ihn am Hals, zog ihn nach unten und rammte ihm das linke Knie in den Unterleib.

Es sollte ein Schrei werden, aber der Würgegriff gestattete nur ein leises Stöhnen. Der Angegriffene sank in sich zusammen, war erstaunlich schwach. Santander drückte mit beiden Händen zu. Der Todeskampf war, bis auf ein hässliches Scharren und Röcheln, lautlos.

Vor dem Haus wurden Wagentüren zugeschlagen. Dann Schritte auf den Fußbodenkacheln des Flurs.

Santander blieb ruhig. Die Ratte war aus dem Loch gekommen. Er drückte mit letzter Anstrengung, und die hervorgequollenen Augäpfel kamen ihm den letzten Millimeter entgegen.

SEPTEMBER 1975

DER PUTSCH

Quito

1

Der General hatte an jenem Morgen einen schlechten Geschmack im Mund.

Außen der gutfrisierte Rebell in gehobenem Oliv. Jene Sauberkeit verbreitende Ausgewaschenheit, die lässig Vertrauen einflößt. Innen der unsichere Verschwörer, ungewiss über den Erfolg.

Er lehnte, die Ellenbogen aufgestützt, mit dem Rücken am Empfangstisch des Hotels, das er als vorübergehendes Hauptquartier gewählt hatte. Sein fein ausrasierter Freibeuterschnurrbart war weit von dem statischen, gelassenen Strich entfernt, den er darstellen sollte, und zuckte mit zunehmendem Tageslicht immer häufiger. Eine lippenleckende Zunge unterstrich das Zucken, kam in immer kürzeren Abständen zum Vorschein.

Der General schaute durch die Glastür auf die regennasse Straße. Die Spiegelung der Hotelreklame war schon seit mehreren Minuten nicht mehr auf dem glänzenden Pflaster erkennbar. Einen Häuserblock entfernt konnte man das gelegentliche Rattern der automatischen Waffen hören. Er musste seine strategische Schaltzentrale jetzt näher an die Front verlegen. Es war ihm, als müsse er das sorgfältig getarnte Stabszelt mit dem großen, mit grünem Filz bespannten Tisch und den roten und blauen Figürchen verlassen, um von seinem Feldherrenhügel zur Schlacht auf die vor ihm liegende Ebene zu ziehen. Statt dessen brauchte er nur eine Telefonverbindung und ein Holzbrettchen mit Klemmleiste aufzugeben, um sich mit wenigen Schritten im

162

leichten Nieselregen einen Straßenzug näher an den Regierungspalast zu bewegen.

Der General nahm die Ellenbogen vom Empfangstisch. Das
Gesicht des Hotelchefs hinter ihm zeigte Erleichterung, denn
er hatte sich schon inmitten der von regierungstreuen Luftwaf-
fenteilen zerbombten Trümmer seiner Herberge gesehen. Der
Mann vor ihm, der Präsident werden wollte, gab einen Befehl
an die acht mit Maschinenpistolen bewaffneten Soldaten in der
Empfangshalle und verschwand durch die aufgerissene Glastür.

Das Oliv sah plötzlich stumpf aus, als der General über das
Pflaster ging. Mit jedem Schritt wurde der selbstsichere Klang
der neun Stiefelpaare dünner, wurden die Feuerstöße lauter.

Es war der zweite Stellungswechsel, den er heute vollzog. Alles
hatte um Mitternacht begonnen. Er, in einem dezenten, grauen
Zivilanzug inmitten vertrauter militärischer Elemente in einer
Kaserne im Süden der Hauptstadt. Brutstätte der kommenden
Rebellion. Der General hatte sich dort zum letzten Mal der Ergebenheit seiner verbündeten Offiziere vergewissert und die endgültige Zeitplanung vorgenommen. Gegen zwei Uhr morgens
hatten sie sich alle mit einem Glas Zuckerrohrschnaps zugepro-
stet und ihr Glück beschworen: für die gute Sache am Vaterland.
Man hatte ihm, als dem zukünftigen Präsidenten, Trinksprüche
gewidmet, und er hatte sie unwillig, aber mit dem Gefühl tiefer
Verpflichtung an eine gerechte Sache entgegengenommen.

Jetzt tagte es, und er war der Macht näher als je zuvor.

Er hatte das Bestattungsinstitut gewählt, weil es günstig lag. Er
empfand es als unangenehm, aber er beugte sich strategischen
Überlegungen. Soldaten hatten die sechs massiven Kerzenhal-
ter und den lilasamtenen, offenen Repräsentationssarg an eine
Wand geschoben, den Deckel mit den bronzenen Haltegriffen
davorgelegt. Es roch nach Friedhofsblumen.

Der General nahm den Bericht eines Offiziers entgegen,
machte sich ein neues Bild der Lage und untersuchte sodann mit

dem Feldstecher Anzahl und Qualität der zahlreichen Einschüsse in der weißen Front des Palastes. Spätere Zeitungsberichte wussten die genaue Zahl mit 1.370 anzugeben. Kurze Überlegungen hinsichtlich der Renovierungskosten wollten aufkommen, aber der General unterdrückte sie ob ihrer Zweitrangigkeit, entschied sich dann zum Einsatz von Granatwerfern und gab entsprechende Befehle.

Als die Geräuschkulisse um den Klang der neuen, schweren Waffen bereichert wurde, ging ein Raunen durch die Zuschauermenge, die sich an den unmittelbar im Schussfeld liegenden Straßenecken zusammengefunden hatte.

Das Volk begutachtete den Putschversuch wie einen Verkehrsunfall größeren Ausmaßes. Die getroffenen Soldaten beider Seiten fielen in derselben Uniform ohne größeres Pathos und hatten so gar nichts gemeinsam mit den Helden vertrauter Fernsehserien. Die Sympathien waren verteilt wie bei einem ordentlichen Fußballspiel. Vereinsfahnen und Spruchbänder waren wegen der Seltenheit derartiger Qualifikationskämpfe nicht zu sehen. Transistorradios waren jedoch auf die richtige Wellenlänge eingestellt und informierten über die derzeit noch verworrenen Hintergründe.

Der General sah die gaffende Menge und fand sein patriotisches Bemühen um Änderung nicht gebührend gewürdigt, ja missachtet. Es war das Volk, für das man Leben, Karriere und guten Ruf aufs Spiel setzte. Aber Gott sei Dank war der verdiente Lohn nicht nur von ihm zu erwarten.

Im hinteren Teil des Hauptquatiers, im Sarglager, klingelte das Telefon. Der General wandte den Blick vom Volk ab und bewegte sich auf den entgegengestreckten Arm mit Hörer zu. Er meldete sich.

Am anderen Ende der Leitung war der Politiker. »Die Presse ist fast völlig auf unserer Seite, außerdem drei Radiostationen.«

»Erzählen Sie das mal den Leuten hier«, sagte der General unwirsch und peilte dabei durch den vorderen Teil des Bestattungsinstitutes auf die Straße.

»Wir haben so gut wie gewonnen. Werden Sie jetzt um Himmels willen nicht noch nervös!« Die Stimme des Politikers klang lauernd und vorwurfsvoll.

»Ich habe sechs Mann Verluste«, sagte der General, als habe er eine halbe Division verloren.

»Ihre Männer werden mit der gebührenden Ehre in die Geschichte unseres Landes eingehen«, bemerkte der am anderen Ende und nahm dabei automatisch den Tonfall an, mit dem er vom Balkon aus sein Parteiprogramm verkündete: auf das Volk hinab.

Der General spürte wieder den gewissen Druck in der Magengegend, den er immer bekam, wenn er länger mit den Parteibonzen zu tun hatte. Früher hatte sich dieses Gefühl nur bei körperlicher Konfrontation bemerkbar gemacht, jetzt spürte er es schon bei Fernsprechkontakt. Er hasste sie alle. Politiker! Er brauchte sie, aber er mochte sie nicht. Sie waren schleimig, berechnend, unehrlich. Kein Verlass auf Politiker. Sie wussten nichts von militärischen Ehrbegriffen. Aber ab und zu brauchte man sie. Verdammt unangenehm, aber notwendig. Er legte den Hörer auf.

Sorgen machten ihm die Luftstreitkräfte, die noch regierungstreu waren. Er setzte seine Hoffnung auf den historischen Wert der Gebäude um den Regierungspalast. Eine Garantie dafür, dass sie nicht bombardieren würden. Wenn das kam, war alles aus. Er hoffte auf die jahrhundertealte Tradition, den Stolz auf die Schönheit und Einmaligkeit der Erobererarchitektur. Sie würden es nicht wagen. Sie konnten einfach nicht.

Er trat auf den Gehsteig und schaute hinauf zum Himmel. Es hatte aufgehört zu regnen. Wird ein einwandfreier Andentag, dachte er, strahlend blau, mit weißen Wolken durchsetzt. Er musste etwas tun, um die Zuschauer auf seine Seite zu bekommen.

Die Angelegenheit durfte ihm nicht im Sande verlaufen. Es war Zeit zum Stürmen. Er gab vorbereitende Befehle. Es würde ihn mindestens acht Mann kosten, aber es war unumgänglich.

Er fluchte innerlich auf den Präsidenten, der sich nicht mehr im Regierungspalast befand. Es würde ihn um einen Teil des Erfolgs bringen. Er hätte ihn zu gern mit erhobenen Händen aus dem Palast kommen sehen, oder an seinem Schreibtisch verhaftet. Erledigt. Aus. Es würde ihm versagt bleiben, seinen Gegner passend zur Stunde des Machtwechsels zu erniedrigen. Der General schluckte und gab Befehl zum Sturmangriff.

2

Der Präsident stand nicht in einer der offenen Luken der modernen Kampfpanzer, die sich im Konvoi über die Hochandenstraße schoben.

Er hatte nicht den Oberkörper im Kampfanzug anzubieten, der mit der typischen Diktatorbewegung der Arme die Huldigung der am Wegrand versammelten Sierrabevölkerung entgegennahm, während die Sonne der Ordensammlung auf seiner Brust unwirklichen Glanz verlieh.

Er saß in seiner grauen Generalsuniform in der dunkelgrünen, importierten Dreiliterlimousine, hob gelegentlich die kleine Hand zum Gruß hinter dem trennenden Schutz der Seitenscheibe und wirkte müde. Müde genug, um zurückzutreten. Er hatte es sich in den letzten Wochen überlegt, immer wieder. Der Druck war nahezu unerträglich geworden. Sie hatten ihn blockiert, behindert, waren immer weniger zu Loyalitätsbeweisen bereit, hatten ihm mit wortreicher Höflichkeit den Rücktritt nahegelegt. Mit dienerhaften Verbeugungen und widerstrebender Unterwürfigkeit hatten sie seine Unfähigkeit unterstrichen. Oder bildete er sich nur ein, dass man um ihn herum nicht mehr so schnell und willig aus dem Kreuz kam wie ehedem? Nein! Er war sich dessen sicher. Sie verhöhnten ihn mit dem in Generationen lateinamerikanischer Hierarchien gewachsenen Instrumentarium der flexiblen Höflichkeit. Beweglich und unverbindlich.

Und jetzt hatten sie geputscht, hatten es öffentlich gemacht, vors Publikum getragen. Er konnte nicht zurücktreten, aufgeben. Jetzt nicht mehr! Er war es seinem Volk schuldig, jetzt stehen zu bleiben und sein Format zu beweisen.

Es war ihm nicht leichtgefallen, um Mitternacht den Regierungspalast zu verlassen, nachdem sich die Informationen über den bevorstehenden Aufstand verdichtet hatten. Auch Rebellen waren nicht vor Überläufern sicher, die sich so verkauften, dass ihnen in jeder kommenden oder bleibenden Machtgruppierung ein Posten sicher war.

Der Präsident war in nächtlicher Autofahrt mit kleinem Polizeischutz zur nächsten Provinzhauptstadt gehetzt, wo die ihm treu verbundene stärkste Panzereinheit des Landes stationiert war.

Es hatte den schlechten Beigeschmack einer ruhmlosen Flucht gehabt. Aber jetzt kehrte er zurück, um sich zu verteidigen, sich und die Interessen des Volkes.

Er musterte die Agaven rechts und links der Straße, die unzählig wie seine Untergebenen vorhanden waren, erdrückend, aber wenigstens kein unlösbares Problem darstellten. Wenige Machetenschläge genügten, um Platz zu schaffen, um neue Zahlen für Statistiken und Hochrechnungen zu schreiben. Zahlen, mit denen man fertigwerden konnte. Werte, die in den Griff zu bekommen waren. Agaven wurden gepflanzt oder ausgerottet, wenn sie überhand nahmen. Sie pflanzten sich eigenständig fort, aber das war alles. Der Rest konnte besorgt werden, geplant, kontrolliert, statistisch erfasst und ausgewiesen. Agaven hatten keinen Hunger. Wo sie wuchsen, gab es Wasser. Agaven hatten auch Anspruch auf Landbesitz, aber man konnte sie durch Entwurzeln davon überzeugen, dass sie einer Straße, einem Haus oder einem bestellten Acker Platz machen mussten, dem Fortschritt, dem Nutzen für alle. Er mochte Agaven. Agaven waren problemlos. Agaven schlossen sich nicht in Genossenschaften zusammen. Sie waren viele, aber nicht organisiert. Man konnte sie nicht aufstacheln. Sie stifteten keine Unruhe. Er liebte Agaven.

Der Präsident löste sich von der Natur. Er dachte an den Vizeadmiral, dachte an dessen antiimperialistische Rede, die er im Namen der Regierung gegen den großen Bruder im Norden gehalten hatte, in der Hafenstadt, vor seinem Hauspublikum. Da war ihm der Gaul durchgegangen. Kein Zweifel, da hatte er sich gehenlassen. Der Präsident und sein Kabinett hatten alle Mühe gehabt, sich von der freimütigen Rede des Vizeadmirals zu distanzieren, sie so auszulegen, wie sie eigentlich gemeint war. Der Vizeadmiral hatte sich zum falschen Zeitpunkt fortschrittlich gegeben.

Aber jetzt kam es auf den Vizeadmiral an. Der Präsident hoffte auf ihn, auf seine Unterstützung. Ohne den Vizeadmiral ging es nicht. Hoffentlich kam er nicht auf dumme Gedanken. Macht war verführerisch, wenn sie sich so offen anbot.

Der Präsident seufzte und sank tiefer in das Polster des Rücksitzes.

3

Der Politiker war unzufrieden.

Diese Militärs waren gefährlich, von einer stumpfsinnigen, gewalttätigen Geradlinigkeit. Vollgestopft mit falschen Vorstellungen über Ehre und Anstand, die sie mit Waffengewalt verteidigten, wenn es darauf ankam. Das Land musste von diesen engstirnigen Uniformträgern befreit werden. Aber dazu musste man erst die richtigen Vertreter dieser Gattung an die Macht bringen. Er hatte es einsehen müssen, beugte sich taktischen Überlegungen. Es war schließlich auch nicht weiter tragisch. Was würde dieser Befehlsausstoßer, mit dem er soeben telefoniert hatte, schon groß tun, wenn er *ihn* nicht hätte? Gar nichts! *Er* hatte die politischen Drähte fest im Griff. *Er* hatte den sympathisierenden Rundfunkstationen und dem einflussreichsten Tagesblatt die politische Erklärung der Rebellen zugeleitet und unters Volk gebracht, was monatelange, disziplinierte politische Vorarbeit gekostet hatte. *Er* würde dahinter stehen, bis seine Stunde gekommen war. *Er* hatte genug Vertraute, die Minister werden wollten, brauchte sich um seinen Führungsanspruch zur späten Stunde nicht zu sorgen. Die politischen Helfer hatten nicht sein Format, und den militärischen würde er zu einem ehrenvollen Abgang in die Kaserne verhelfen.

Der Politiker lächelte schon wieder feinsinnig, obwohl ihm der General eigentlich die Laune verdorben hatte. Er schritt mit neugefundenem Schwung über den kostbaren Wohnzimmerteppich, der schon sechs Diktaturen überdauert hatte.

Die Frau des Politikers saß vor dem Fernsehgerät und sah sich den Helden der importierten Krimiserie an. Er hatte etwas, das Lösungen versprach, handhabe die kriminalistischen Probleme von New York in einem Stil, der vollauf zur Machtausübung in ihrem eigenen Land gereicht hätte, wie sie fand.

Die Frau des Politikers schämte sich bei solchen Gelegenheiten immer ihrer Herkunft, ihrer Nationalität. Es hielt nie sehr lange an. Sie vergaß es dann wieder auf heimatlichem, gesellschaftspolitischem Parkett. Aber beim Urlaub in Miami war es fast unerträglich. Sie wäre liebend gerne dort geblieben und hätte die Staatsbürgerschaft des Fernsehhelden beantragt.

»Wie steht es?« fragte sie nicht sonderlich interessiert.

»Es läuft«, sagte der Politiker. »Es läuft. Kein Anlass zur Sorge.« Innerlich kam seine Unzufriedenheit wieder hoch.

Es hatte alles nicht das Format, das er sich gewünscht hatte. Aber was tun? Das Spielfeld war begrenzt, der Rasen holprig. Es änderte alles nichts am Gewinn. Es war eine Frage der Einstellung.

4

Ursprünglich hatte der Kardinal Politiker werden wollen.

Er versuchte nun, in späten Jahren, zumindest einen Teil dieses Wunsches zu verwirklichen. Jetzt, mit dreiundsiebzig Jahren, war er davon überzeugt, dass dieser Wunsch nicht gegen seine Pflichten als Geistlicher verstieß.

Es war ein irdisches Geschäft, Glauben zu verbreiten. Politik war ebenfalls irdisch und daher zu berücksichtigen. Was konnte Gott Besseres widerfahren, als dass die Fäden, an denen die politischen Marionetten dieses Landes hingen, durch die geweihten Hände seines Dieners liefen?

Der Kardinal liebte den Vergleich mit den Marionetten, denn nach jahrelanger, einflussnehmender Routine im politischen Tagesgeschehen war dieses für ihn auf die handliche Größe eines Puppentheaters zusammengeschrumpft. Er hatte das Gefühl, dass er es in der Tasche mit sich herumtragen konnte, nicht so offen wie das Kruzifix auf seiner Brust, aber immerhin zur Hand und mit der ständigen Möglichkeit, segnend einzugreifen.

Er wusste, wie er den verschiedenen Kräften in dieser Republik unverbindlich seine Unterstützung oder sein Missfallen kundtun konnte, ohne sich in der Öffentlichkeit zu kompromittieren. Er hatte den Rebellen – die er mehr als eine Art neuzeitlicher Kreuzritter im Dienste des Landesfriedens sah – insgeheim seinen Segen gegeben.

Er hatte nichts gegen den Präsidenten, der ein eifrig kirchgehender Diktator war und auch ansonsten peinlichst auf reibungsfreien Umgang mit den Vertretern des Klerus achtete. Aber die Politik der Regierung hatte in den letzten Monaten immer bedenklichere Züge angenommen. Die Grenze zu feindlichen Ideologien war früh und streng zu ziehen. Dem Feind war nicht unbedacht Terrain zu überlassen. Der Präsident hatte hier eindeutig Fehler gemacht. Der Kirchenfürst dachte mit verhaltenem Unwillen an die Art der Agrarreform und an den

170

Landbesitz der Kirche. Er dachte an einige junge Priester und daran, wie unbedacht sie mit den Gütern Gottes umgingen und die Kirche dem Vorwurf der Kursabweichung vom Evangelium aussetzten. Der Präsident und seine Regierung hatten sie verführt. Kein Zweifel. Sie waren gutwillig, aber unbedacht. Das einfache, ungebildete Volk war noch nicht reif für eigenen Besitz und dessen selbständige Verwaltung; es brauchte noch Hilfestellung.

Der Kardinal empfand eine tiefe Verpflichtung gegenüber den Armen und Rechtlosen und fühlte sich von gewissen Kräften im eigenen Lager sträflich missverstanden.

Ab und zu klang gedämpfter Schusswechsel bis in den großzügig angelegten Innenhof seiner Residenz.

Gerade jetzt, in den schweren Stunden der Entscheidung und der Gewalt, hatte er das starke Bedürfnis, sich geistige Ruhe und neue Kräfte zwischen Blumen, Vögeln und Springbrunnen zu verschaffen.

Er spazierte mit kurzen, bedachten Schritten zwischen den Blumenbeeten umher, wobei das Kruzifix auf seiner Brust leicht hin und her schwang. Gelegentlich verhielt er für einen Augenblick und sah sich eine besonders schöne Blüte näher an, nahm sie leicht und vorsichtig in seine hostien- und weihwassergeschulte Hand und lächelte milde.

Auf den Dächern der festungsartigen Gebäude, die den Innenhof von der Außenwelt abschirmten, gurrten Dutzende von weißen Tauben. Sie kamen gelegentlich mit kurzen Flügelschlägen hinuntergetaucht zum Springbrunnen mit den violetten Blumen und labten sich am Wasser. Zwei oder drei hatten ein engeres Verhältnis zum Kardinal und flatterten auf seinen Arm und seine Schulter.

Die Reinheit dieser Geschöpfe erfüllte ihn immer mit tiefer Zufriedenheit, und wenn er längere Zeit im Innenhof verweilte, wanderten seine Gedanken unwillkürlich zu jenem Heiligen aus Assisi, den er zeitweise heftig um seinen sauberen Frieden mit der Natur beneidete. Zu anderen Zeitpunkten konnte sich der Kardinal jedoch nicht des Eindrucks erwehren, dass jener gottesfürchtige Naturfreund sich allzu naiv von den Dingen des täglichen Lebens abgewandt hatte. Manchmal wollte es ihm sogar wie ein Ausweichen vor größeren und wichtigeren Aufgaben erscheinen. Doch wenn er im Innenhof wandelte, milderte sich die Sicht der Dinge, und er machte seinen Frieden mit dem Glaubenskollegen. Die weißen Tauben trugen nicht unerheblich dazu bei.

Der Kardinal hatte auf reinem Weiß bestanden und dem Gärtner auf seine unverbindliche Art zu verstehen gegeben, dass er andersgefiederte Elemente zwar grundsätzlich dulde, jedoch nicht im Innenhof seiner Klause wünsche.

Der Gärtner hatte daraufhin schweren Herzens, aber mit religiöser Rechtschaffenheit zur Schrotflinte gegriffen und mehrmals den Taubenbestand von grauen, braunen und dunkleren Spielarten gesäubert. Er hatte dies taktvollerweise in Abwesenheit des Kirchenfürsten getan, um ihn nicht unnötig in Gewissenskonflikte zu stürzen, und im tiefverwurzelten Respekt vor dem Ruhebedürfnis seines Herren. Zwei- oder dreimal hatten sich noch vereinzelte unreine Elemente auf den Dächern eingefunden, und es hatte in Aussicht gestanden, dass sie dem Kardinal bei seinem kurzen Spaziergang nach der Messe ins Blickfeld kommen würden. Der Gärtner hatte jedoch in allen Fällen rechtzeitig und in Abstimmung mit lautem Glockengeläut Abhilfe schaffen können.

Er hatte längere Zeit darüber nachgedacht, ob er die Tauben in seine wöchentliche Beichte aufnehmen sollte, war aber zu dem Schluss gekommen, dass er im Auftrag von Gott näherstehenden Kräften seine Pflicht tat, und hatte auf die Buße verzichtet.

5

Der Vizeadmiral war regierungstreu.

Er koordinierte die Maßnahmen zur Rückeroberung des Präsidentenpalastes. Die Marine war loyal. Der Putschversuch war ein günstiger Zeitpunkt, dies nachhaltig zu unterstreichen, einen überzeugenden Beweis zu liefern.

Zur Unterstützung eines Bataillons Infanterie und der vier einsatzfähigen Jäger der Luftstreitkräfte hatte er gegen Mittag aus der Hafenstadt zwei Transportflugzeuge mit zweihundert Mann Marineinfanterie angefordert. Als die Verstärkung auf dem Flughafen der Hauptstadt eintraf, stellte er dem Rebellengeneral ein Ultimatum. Sofortige Aufgabe oder Bombardierung. Zur Bekräftigung seiner Absicht ließ er die Häuser um den Palast mehrere Straßenzüge weit räumen.

Der Vizeadmiral hätte lieber auf der Brücke eines schweren Kreuzers gestanden, um die Seeschlacht seiner Verbände gegen einen mächtigen Feind im Pazifik zu kommandieren. Aber außer dem Hissen seines Standers zum Manöver auf einer der drei Fregatten älterer Bauart, die nie zu bedeutenderen Einsätzen gekommen waren, war ihm Ruhm bislang versagt geblieben. Der Glanz seiner Marine beschränkte sich auf den kurzen Schusswechsel eines Torpedobootes mit einer peruanischen Korvette, die daraufhin abgedreht hatte.

Es gefiel ihm nicht, hier im Hochland mit Mitteln, die ihm nicht zusagten, um die Machterhaltung eines Heeresgenerals zu kämpfen, indem er einem anderen Heeresgeneral ein Ultimatum stellte. Wenigstens machte der Kommandeur der Luftstreitkräfte keine Anstalten, sich zu profilieren. Er hatte seine vier Kampfflugzeuge bedingungslos dem Oberbefehl des Vizeadmirals unterstellt.

Für einen Moment der Versuchung erschien es dem Vizeadmiral angebracht, selbst zum Zepter zu greifen und den amtierenden Präsidenten mit seinen Panzern auf der Andenstraße ins Leere laufen zu lassen.

173

Er war schon immer dafür gewesen, die Hafenstadt, die doppelt so viele Einwohner hatte wie die Hauptstadt und das Herz des Handels war, zur Metropole und zum Sitz der Regierung zu machen. Er wusste bei diesem Anliegen die Costeños hinter sich. Es wäre der sichere Einstieg in die große Politik gewesen. Aber der Vizeadmiral zwang sich zur Sachlichkeit und zu kleineren, machbareren Schritten.

6

Der Generalsekretär des kommunistischen Gewerkschaftsverbandes und der Präsident der Christlichen Arbeiterfront waren sich des Risikos bewusst, als sie eine gemeinsame Erklärung für die amtierende Regierung abgaben.

Noch war nicht entschieden, wer die Macht an sich reißen würde. Aber es lag auf der Hand, dass nichts Liberaleres mit offenerem Ohr für Arbeiter und Bauern zu erwarten war. Nicht in dieser politischen Landschaft. Sie hatten bislang, unter Berücksichtigung und zeitweiser Zurückstellung ideologischer Verschiedenheiten, im gemeinsamen Interesse zusammengehalten und verhandelt. Das konnte der letzte Schritt auf diesem Weg sein, oder aber ein sicherer Pluspunkt für weitere Verhandlungsrunden, sollte die amtierende Diktatur sich im Sattel halten können.

Generalsekretär und Präsident umarmten sich nach der Unterzeichnung der Erklärung brüderlich vor den Kameras. Die Zeremonie fand im betont einfach gehaltenen Büro der Christlichen Arbeiterfront statt.

Der Generalsekretär verzichtete auf die sonst straff geballte Faust. Der Gastgeber hatte höflich darauf geachtet, dass die Wand mit neutralen Plakaten zur Arbeiter- und Bauernbewegung der Szene als Hintergrund diente, und nicht jene mit dem dunkelbraun gebeizten Holzkreuz, das der Kardinal als Geschenk überreicht und gesegnet hatte.

Als der kommunistische Vertreter gegangen war und die Presse ohne Hoffnung auf weitere Sensationen das Büro geräumt hatte, war der christliche Gewerkschaftsführer für einige Minuten allein in seinem Arbeitsraum.

Sein Blick fiel auf die Landkarte rechts neben dem Holzkreuz. Er hatte sie sorgsam aus zwei handelsüblichen Karten zusammengestellt, hatte aus Südamerika und Mittelamerika ein Lateinamerika gemacht. Es hatte ihn immer schon gestört, dass es keine lateinamerikanische Landkarte gab. Er hatte Mittelamerika von Nordamerika abschneiden müssen, um es an den südamerikanischen Kontinent anzuschließen, und eine Karte der Karibik so eingefügt, dass Florida außerhalb der neuen Landkarte lag. Auf diese Weise hatte er dem nördlichen Big Brother, für den er keinerlei brüderliche Gefühle hegte, einen Platzverweis erteilt.

Der Gewerkschaftspräsident wollte die neue Lateinamerikakarte in der hauseigenen Druckerei anfertigen lassen. Der Führer des kommunistischen Verbandes hatte bereits Interesse an einer gemeinsamen Finanzierung der Druckkosten bekundet, wenn man sich auf eine neutrale, für beide Seiten tragbare Beschriftung und entsprechende Symbole einigen könne. Einen Druckkostenzuschuss aus der Kasse der kommunistischen Partei hatte die Christliche Arbeiterfront strikt ablehnen müssen. Man wollte keine sowjetisch finanzierte Karte. Die andere Seite hatte daraufhin anklingen lassen, dass ein Beitrag aus Kirchenmitteln das gemeinsame Vorhaben ebenfalls zum Scheitern bringen würde.

Es schien eine reine Gewerkschaftskarte zu werden.

7

Der Botschafter der Großmacht war befremdet.

Man hatte geputscht, ohne dass er sich sachkundig hätte einschalten können. Er, ohnehin schon in diese Operettenrepublik abgeschoben, wurde in der entscheidenden Stunde des möglichen Regierungswechsels nicht beteiligt, wurde einfach übergangen. Nicht einmal seine eigenen Vertrauensleute hatten ihm entsprechendes angekündigt. Seinem Außenminister würde das gar nicht gefallen.

Es war unfaßbar. Schlief alles um ihn herum? Die Tageszeitungen der ganzen Welt waren voll von den kriminellen Vergehen des hauseigenen Geheimdienstes. Und hier eine Pleite. Waren sie wirklich in der absteigenden Phase, die jeder Großmacht irgendwann bevorstand, wie die Geschichte eindrucksvoll bewies? Waren sie nichts weiter als übersättigte und verwöhnte Cäsaren, die, das saftige Hühnerbein im Mund, auf dem Diwan dahinsuhlend von den unkultivierten Horden überrascht wurden? Eventuell sogar niedergemetzelt? Wann würde der erste Indio beim Kaviarlöffeln helfen?

Der Botschafter griff ins unterste Fach seines Schreibtisches und nahm die Flasche heraus. Beunruhigt goss er sich einen Doppelten ein und warf einen unsicheren Blick auf die rotweiß gestreifte, weißblau besternte Nationalflagge schräg hinter ihm.

Der Lautsprecher der Gegensprechanlage knackte.

»Mister Mc Coy wartet im Vorzimmer, Sir«, sagte die Sekretärin mit technisch verfremdeter Stimme.

»Soll reinkommen!«

Jetzt würde er dem diplomatisch getünchten Geheimdienstler mal ein paar peinliche Fragen stellen. Es war der richtige Zeitpunkt. Diese heimlichen Drahtzieher nahmen sowieso überhand. Was sie anstellten, lag außerhalb aller demokratischen Spielregeln. Musste sein Land denn öffentlich zugeben, dass eine Truppe wie die CIA die Welt sanieren sollte? War das nicht eine verdammt gut bezahlte Sache, die sich gefälligst im Dunkeln abzuspielen hatte?

Mc Coy betrat das Zimmer des Botschafters. Er hatte das Aussehen eines gut gewarteten Computers. Seine Gesichtshaut glänzte matt wie das Metall einer automatischen Waffe.

176

»Sir?« Er setzte sich unaufgefordert in den Sessel mit direktem Blick auf die Flagge.

»Bourbon?« fragte der Botschafter väterlich und schwenkte das Glas, um die Eiswürfel zu verdünnendem Wasser zu machen.

»Danke, nein, Sir!«

Ach ja, dachte der Botschafter. Er hatte vergessen, dass dieser Bastard etwas gegen Südstaatler wie ihn hatte. Ließ Latinos killen und warf einem Patrioten aus Georgia Rassismus vor! Trank Scotch! Ein Zeichen des Verfalls an sich. Gott, es war nicht zu glauben, welche Subjekte sich da nach oben boxten. Vielleicht musste das mit den gleichen Chancen für alle noch einmal überprüft werden. Die Demokratie hatte ihre Schwächen. Sicher! Es musste, verdammt noch mal, überprüft werden, sonst wurden sie bald von Juden, Niggern und intellektuellen Spaghettifressern regiert werden.

»Mc Coy, ich habe Sie hergebeten, um Ihre Meinung zur politischen Entwicklung in diesem Land zu hören, zu den Vorgängen der letzten Stunden.« Er bremste sich mühsam, zwang sich zu einem Mindestmaß an Höflichkeit. »Und ich möchte eine Erklärung dafür, warum wir hier wie die neugeborenen Babys herumsitzen und Daumen lutschen, anstatt zum richtigen Zeitpunkt die erforderlichen Schritte einzuleiten!« Er musste das nachschieben. Er war sich das schuldig.

»Sir, wir hatten Anweisung, uns abwartend zu verhalten.«

»Anweisung von wem, und warum?« Der Botschafter drosselte seine Wut mit einem großen Schluck Alkohol.

Mc Coy verzichtete darauf, das »von wem?« zu beantworten und sagte statt dessen: »Aufgrund der von uns weitergegebenen Informationen, Sir.«

»Wovon, verdammt noch mal, sprechen Sie?«

»Informationen, die uns eindeutig anzeigten, dass es sich hier nicht um eine größere und gefährlichere Angelegenheit handelt, die unsere Interessen gefährden könnte; zumindest nicht in solchem Maße, dass wir dafür das Risiko eines Einmischungsvorwurfes auf uns ziehen sollten, Sir.«

Der Botschafter schwieg. Er wusste nicht, ob sich Mc Coy auf die Informationen bezog, die ihm ebenfalls bekannt waren, oder ob da noch mehr war. Wenn er nur auf das ihm bekannte Material anspielte, bestand die Gefahr, dass er Elefanten gesehen hatte, wo andere Fliegen sahen. Es war besser und klüger, sich nicht weiter auf dieses Thema einzulassen.

»Nun gut, Mc Coy. Sie müssen es wissen. Aber ich möchte über jede weitere Entwicklung auf dem Laufenden gehalten werden, und zwar umfassend!«

»Selbstverständlich Sir.« Mc Coy erhob sich und ging zur Tür. Er grinste in sich hinein. Der alte Trottel war ärgerlich, aber beruhigend einfach zu nehmen. Die Zeit für derartige Baumwollplantagenprodukte mit politischen Ambitionen war vorbei. Die Welt war nicht mehr mit der Mentalität von Sklavenhaltern in den Griff zu bekommen. Die Minderheiten mussten eingeplant werden, nicht ausgepeitscht.

Mc Coy beugte sich im Vorzimmer kurz über die Sekretärin und drückte ihr einen leichten Kuss auf die Wange. Es war alles, was er zu ihrer täglichen Eroberung tun musste. Und heute sah er nicht einmal über die Schulter zurück, um ihr dankbares Lächeln zu quittieren.

8

Der Reporter drückte beide Hände auf den Bauch, da, wo es ihn erwischt hatte, duckte sich, kam auf dem rechten Knie zu Boden und hockte da wie ein Tormann, der den Ball sicher vor den Stiefeln der gegnerischen Stürmer am Körper barg und verweilte, bevor sich sein Körper wieder in Bewegung auflösen würde, zum Abschlag.

Aber da war kein Ball. Da war auch kein Abschlag zu erwarten. Es gab keinen Ball. Was ihn erwischt hatte, waren Projektile. Neun Millimeter. Sie hatten nach einem heißgeschossenen

Lauf und etwa dreißig Meter kühlender Luft die relative Wärme seines Körpers getroffen.

Der Soldat mit dem heißgeschossenen Lauf hatte sich bereits neuen Zielen zugewandt, neuen Bäuchen, ab und zu einem Gliedmaß, selten eine Brust.

Er war bemüht, die Feuerstöße Mitte Körper zu halten. Über die kurze, direkte Flugbahn seiner Geschosse entstand keine Beziehung zu seinen Opfern. Kein Gedanke darüber, was Töten war. Was immer, für ihn war es Tat. Nicht mehr, nicht weniger. Tat.

Dann plötzlich der Gedanke an die Funktionsfähigkeit der Waffe, den die Hitze des Laufes an seine Finger signalisierte. Er konnte jetzt nicht noch ein weiteres Magazin anschlagen und weiterfeuern. Schluss der Offensive. Für Deckung sorgen. Verweilen. Abkühlen. Rast. Vernunft. Die nächsten Todeskandidaten würden sich etwas gedulden müssen. Die Technik benötigte eine Verschnaufpause.

Der Soldat zog sich mit letzten, sparsamen Feuerstößen hinter eine schützende Hauswand zurück.

Und der Reporter kniete immer noch da.

Dieselbe Haltung. Dasselbe hoffnungslose Warten auf den befreienden Abschlag. Angst vor dem nächsten Bewegungsablauf. Weiter nach unten, flacher, endgültiger. Dem Tod näher.

Aber er sträubte sich noch. Da war noch Verlass auf das stützende Knie. Die Hände waren weiß und drückten und hielten zusammen. Das Blut suchte sich seinen Weg. Durch die Finger aufs Pflaster.

Was hatte er hier zu suchen? Kniete hier wie ein angeschossenes Karnickel. Er lächelte fahl.

Du Idiot, dachte er. Du Held im Kleinformat. Volles Risiko. Echtes Blut. Er mittendrin, am Ball, an der Front. Wofür? Brandheiße Zeilen für Meldungen. Berichterstattung, die den Leser am Frühstückstisch überzeugte, wie ein warmes Brötchen aus der Bäckerei um die Ecke. Frisch!

Wofür? Für den Namen, seinen Namen, der dabeistand. Gut für Knüller, für Thriller der aktuellen Nachrichtenübermittlung. Im Gefängnis, im engen Kontakt mit dem elektrischen Stuhl und demjenigen, der draufsaß. Im umkämpften Frontabschnitt, wo die Machtverteilung auf dem Erdball im Detail ausgefeilt wurde. Und jetzt hier, bei einem Putschversuch, in einer fremden Stadt, auf dem nackten Pflaster. Wieder dabei. Diesmal erwischt.

Er wusste genau, dass es neun Millimeter waren. Die Liebe zur Einzelheit, die ihn groß gemacht hatte. Sein Gütezeichen. Präzise, aber nicht ermüdend. Er wusste, was für ein Fabrikat sein Mörder in den Händen hielt. Er wusste, welche Seite es lieferte.

Ich laufe aus, dachte er und schloss die Finger enger, gab noch etwas Druck auf die Hände, als könnte er den Rest Leben, der noch in ihm steckte, mit eigener Kraft zwingen dazubleiben.

Der Wunsch, aufzustehen. Unrealistisch. Eher noch das zweite Knie zur Unterstützung heranziehen. Auf beide Knie. Unmöglich. Das war das Ende. Dann würde es unweigerlich abwärts gehen. Außerdem würde er auf zwei Knien lächerlich aussehen, hilflos. Dafür hatte er schon immer ein Auge gehabt. Haltung. Wenn schon krepieren, dann mit Stil. Er ignorierte den Schmerz im überstrapazierten, rechten Knie, merkte, wie das Blut zwischen seinen Fingern klebrig wurde. Selbstdichtend, dachte er.

Der mit dem heißgeschossenen Lauf hielt sich hinter der Hauswand und wartete.

Wenn es um das Wohl seiner Waffe ging, hatte er Geduld. Das Gefecht hatte sich fast einen halben Straßenzug weiterbewegt, und der, den er zuletzt erwischt hatte, kniete einsam auf der verlassenen Kampfstätte. Er hatte ihn unbewusst abgebucht, während er auf alles Gegnerische gehalten hatte. Jetzt hatte er Zeit, ihn richtig zu betrachten. Wie ein Ritter in der Kirche, dachte er. Auf einem Knie. Den Helm vor dem Bauch. Das entblößte Haupt geneigt. Es beschämte ihn, dass er ihn nicht voll getroffen hatte. Keine saubere Arbeit. Er empfand, was der Waidmann beim Anblick eines angeschossenen Tiers empfindet. Eine Art sportsmännischer Teilnahme. Unzufriedenheit mit der eigenen, unvollkommenen Leistung.

Dann sah er, wie der andere sein zweites Knie zu Hilfe nahm, plötzlich nichts Ritterliches mehr hatte, sich in einen demütigen Mönch verwandelte.

Der Soldat spuckte aus, schlug ein frisches Magazin an und prüfte die Temperatur der Waffe. Ein Lächeln überzog sein Gesicht, als die Finger ihm Einsatzbereitschaft signalisierten. Er trat aus der Deckung, zögerte einen Augenblick, wog ab, ob er sich neuen Aktionen zuwenden sollte, die sich mittlerweile einen ganzen Straßenzug entfernt abspielten, oder ob er Begonnenes zu Ende führen sollte. Er entschied sich für saubere Arbeit, marschierte mit knarrenden Stiefeln zu dem Knienden, blieb vor ihm stehen.

Der Reporter nahm den Kopf hoch, sah den Soldaten an und wusste, was da kam. Er hatte es gewußt, als er das linke Knie zu Hilfe genommen hatte. Das war nicht mehr rückgängig zu machen. Keine Schlagzeile mehr, die aus seiner Feder stammen würde. Vielleicht noch eine über ihn. Das war das Ende. Alles, was er für einen guten Abgang hielt, war: Nur sich nicht selbst hinlegen. Um Gottes willen, nur sich nicht selbst hinlegen.

Er sah zum Feind auf und war sicher: Wenn mit Stil, dann umlegen lassen. Das konnte er noch beeinflussen. Umlegen lassen. Bis zum Schluss kalkuliertes Risiko. Der wohlgeplante Tod. Wenn schon nichts Besseres zu haben war.

Der Soldat nahm die Hände von der Waffe, die am Tragriemen in Hüfthöhe hing, schonte sie für größere Taten. Er zog die Pistole, die fertiggeladen und entsichert auf Kleinarbeit wartete.

Der auf den Knien lächelte ihn an. Tatsächlich, er lächelte.

Als ob alles nach Plan liefe, alles wie gewollt, wie abgesprochen. Dann nahm er den Kopf wieder nach unten.

Der Soldat hielt die Pistole mit der Mündung auf das Genick, noch von dem Lächeln beeindruckt. Aber die weiße Haut des Halses holte ihn zurück, erinnerte an seine unvollendete Arbeit.

Als der Reporter den Kopf neigte, hatte er sich damit abgefunden.

Er hielt es für den besten Abgang, den er haben konnte. Abgang von einer Bühne, die er sich selbst gezimmert hatte. Eine Bühne, auf der er selbst immer der Hauptdarsteller gewesen war. Diesmal hatte er seinen Text vergessen, konnte nicht mehr weiter, stockte, hilflos. Aber wenigstens war es kein Lampenfieber. Da war nichts mehr mit dem Wanderpreis für brandheiße Tatsachen. Nicht für ihn. Aber es war in Ordnung.

Als der Feind die Pistole aus der Ledertasche am Koppel gezogen hatte, pflegte er zum letzten Mal die Liebe zum Detail. Nutzlose, liebgewordene Selbstbestätigung. Ebenfalls neun Millimeter, wie die Maschinenpistole am Tragriemen.

Er sah auf seine Knie, verfluchte ihre Schwäche. Dann der kalte Stahl des Pistolenlaufs in seinem Genick. Er hätte sich eine andere Stellung gewünscht. Aber immer noch besser als liegen, dachte er.

9

Am späten Nachmittag erhob sich der General vom Schreibtisch im Präsidentenzimmer. Der Rebell gab sich geschlagen.

Vor wenigen Stunden hatte er sich in einer wilden Meute von Soldaten und Zivilisten der Presse als neuer, provisorischer Präsident vorgestellt und vom ersten Schritt zur Wiedereinführung der Demokratie und einer zivilen Regierung gesprochen. Die ersten sporadischen Glückwünsche hatte er mit einer neugefundenen Lässigkeit entgegengenommen. Die beträchtliche Verwüstung, die siegestrunkene Soldaten und Zivilisten im Inneren des Regierungspalastes anrichteten, hatte er ignoriert. Er hatte sich alles anders vorgestellt. Ehrenvoller. Mit mehr Format.

Eine Stunde lang hatte es so ausgesehen, als ob alles glatt ginge. Bei seiner ersten politischen Erklärung war er etwas unsicher gewesen, hatte sich darüber gewundert, dass der Politiker geraume Zeit nach Eroberung des Palastes noch nicht aus seinem Schlupfloch aufgetaucht war. War die Lage noch nicht so klar, wie sie ihm hier im Eindruck des Erfolges erschien?

Dann waren die ersten Meldungen über Truppenteile, die regierungstreu blieben oder es wieder geworden waren, hereingekommen. Sie hatten sich nicht, wie erwartet, geschlossen hinter ihn gestellt. Allgemeine Verwirrung. Die ersten beiden Jäger waren im Tiefflug über den Palast gedonnert und hatten ihn mit ihren Bordwaffen beharkt. Regierungstreue Heereseinheiten hatten die Verbindungswege zum Präsidentensitz abgeschnitten und sich langsam, aber sicher näher gekämpft. Die Rebellen hatten sich plötzlich als eingekesselte Verteidiger eines abgeschnittenen Thrones ohne Zukunft gesehen. Die Moral war schlechter geworden.

Der General hatte den Eindruck, dass das Abwehrfeuer nicht mehr den dichten, starken Klang hatte, dass es dünner wurde, schwand.

Jetzt, wo man ihm das Ultimatum überbrachte, fühlte er sich einsam. Es war die Einsamkeit, die er auf dem Weg vom Hotel ins Bestattungsinstitut empfunden hatte. Nur die Kälte und der Regen fehlten. Die Sonne schien, aber nicht für seine Sache. Sein Schnurrbart fing erneut an zu zucken. Bei der Ansprache zur Machtübernahme hatte er ihn tadellos im Griff gehabt. Er hatte sich nur bewegt, um den Worten Nachdruck zu verleihen. Ansonsten statische Gelassenheit.

Für wenige Minuten versuchte sich der General einzureden, dass der Gegner nicht bombardieren würde. Es konnte nicht

sein! Aber dann dachte er an den Vizeadmiral und machte sich
keine Hoffnungen mehr. Er würde bombardieren. Ohne Frage.
Keine Wurzeln im Hochland. Der General hatte den Vizeadmiral nie sonderlich gemocht. Er mochte die von der Küste
sowieso nicht. Den Costeños fehlte es an Kultur. Alles Halbne-
ger. Der Befehlshaber der Marine wurde nicht zögern, größere
Teile der Hauptstadt in Schutt und Asche zu legen.

Der General fragte sich, wieso gerade der Vizeadmiral einen
Heeresgeneral als Präsidenten unterstützte. Er sah hilfesuchend
auf das Kruzifix im Präsidentenzimmer. Es wollte keine Kraft
spenden, war kein Siegeszeichen.

Er trat aus geschütztem Winkel ans Fenster und sah durch
die gezackten Reste der Glasscheibe, die dem hölzernen Fenster-
rahmen etwas Stacheldrahtartiges gaben, auf die Straße. Er
fühlte sich gefangen. Als er an der nächsten Straßenkreuzung
die ersten Marineinfanteristen unter den Angreifern erkennen
konnte, wusste er, dass seine kurze Amtszeit abgelaufen war.

Die Zunge kam wieder zum Vorschein und leckte die trockenen Lippen. Es war der Moment, in dem der General vorläufig
aufhörte, in größeren Zusammenhängen zu denken. Er konzentrierte sich aufs Überleben. Er ließ einen bei den Kampf-
handlungen nur leicht beschädigten Dienstwagen im Innenhof
klarmachen und setzte sich mit zwei seiner vertrauten Offiziere
in der allgemeinen Verwirrung, die herrschte, durch einen vom
Gegner nur mangelhaft überwachten Straßenzug auf der Rückseite des Gebäudes ab.

10

Am Abend hielt der Präsident eine halbstündige Rede.

Er gab sich als ruhmreicher Sieger mit festem Vertrauen in
Gottes Gerechtigkeit und das scharfe Urteilsvermögen des
Volkes.

Etwas von seiner Müdigkeit hing ihm noch an. Während der Konfrontation mit den Fernseh-, Rundfunk- und Zeitungsreportern trat es in den Hintergrund. Mit zunehmender Länge der Rede nahm sein Gesicht eine rötliche Tönung an, die im Licht der Scheinwerfer und Blitzlichter als neugefundene Vitalität durchging.

Er sprach von den ambitionsreichen und machtgierigen Politikern, die einige ungefestigte Elemente innerhalb der sonst an Ehre und Treue verpflichteten Streitkräfte für ihren schändlichen Verrat am Vaterland missbraucht hatten. Von jenen opportunistischen Hyänen der Tagespolitik, denen jedes Mittel recht war, um auf Kosten der Volksinteressen ihren persönlichen Profit zu sichern. Und dies alles unter dem Deckmantel der Demokratie.

Der Präsident nahm dann, als Höhepunkt und Abschluss seines Appells, einen ruhigen, leidenden Tonfall an und lenkte seine Augen und die seiner Zuhörer auf die Verwüstung um ihn herum. Er ließ den Blick zeitlupenhaft über geschändete Teppiche, zerstörte Bilder, zerissene Vorhänge und aus Wandregalen gezerrte und mit Füßen betrampelte Bücher wandern. Er deutete mit anklagend ausgestrecktem Arm in das Chaos, als könne er so die Unfähigkeit aller anderen Machtanwärter im Lande bildlich unterstreichen, und sprach über die Barbarei, die hier am traditionsreichen und wertvollen Gut des ganzen Volkes stattgefunden hatte. Als er mit einigen geschichtlichen Worten zu Simón Bolívar schloss, stand ein patriotischer Tränenglanz in seinen kleinen, blinzelnden Augen, den er durch Abnehmen der goldberandeten Brille voll zur Wirkung brachte.

Der Befreier auf dem Schlachtschimmel lehnte unterdessen in wuchtigem Bilderrahmen am unteren Drittel einer Zimmerwand, der noch nicht wieder aufgehängt worden war. In Höhe der blaubetuchten Brust wies er erhebliche Kratzer auf, die keinen antiken Eindruck machten.

Der Präsident trat einen Schritt von seinem wiedereroberten Regententisch zurück und kostete die kurze Stille nach seinen Worten aus. Dann konnte er mit geschultem Auge und Gehör feststellen, dass er noch einmal überzeugt hatte. Er dankte mit der üblichen, eingefahrenen Gestik für den reichlichen Beifall und hoffte, dass die Qualität der Fernsehbilder, die ihn in viele Heime trugen, ausreichen würde, um ihm weiterhin politische Unterstützung zu sichern.

11

Das Kino blieb dem aufständischen General als letzte Station des gescheiterten Putschversuches erspart.

Die verhafteten Rebellen waren in einem wenige Häuserblocks vom Regierungspalast entfernten Lichtspielhaus festgesetzt worden, wie er der Morgenzeitung entnehmen konnte. Die ersten Radiomeldungen am Vorabend hatten von seiner Verhaftung berichtet. Mittlerweile würde auch der Präsident eingesehen haben, dass ihm der militärische Kopf des Aufstandes durchs Netz geschlüpft war.

Der General hatte politisches Asyl in der chilenischen Botschaft gefunden und wurde mit ausgesuchter Höflichkeit behandelt, so, wie es einem gescheiterten Retter von Recht und Ordnung zukam, auch dann, wenn er bereits degradiert war.

Es würde noch einige Tage dauern, bis seine Ausreise ins Exil ausgehandelt sein würde. Der General blieb gelassen. Sein Freibeuterschnurrbart stand unerschütterlich waagerecht über einem ruhigen Lippenpaar. Das verwaschene Oliv hatte einem dezenten, grauen Anzug Platz gemacht.

Der General fragte sich, was mit dem Politiker und dessen Helfern geschehen sein mochte. Nichts in der Presse. Sicher war die Ratte vorzeitig über die Grenze geschlüpft. Er lächelte verächtlich. Kein Verlass auf Politiker. Falschspieler, unzuverlässige Subjekte. Mit Sicherheit würde dieser Opportunist schon wieder große Töne im nahen Ausland spucken. Über Demokratie und so weiter.

Der General pickte mit spitzen Fingern einen Fussel vom Grau des Anzugs, dort, wo normalerweise die Schulterstücke saßen. Er vermisste sie, konnte sich auch nicht an das schwarze Einstecktuch als Ersatz für die Ordensspangen auf der linken Brusthälfte gewöhnen.

12

Das Volk hatte die Plaza vor dem Regierungspalast wieder in Besitz genommen.

Der Andentag war blauweiß. Die Renovierungsarbeiten an der zerschossenen Fassade des Palastes gingen zügig voran. Und das Volk wunderte sich insgeheim, wie schnell Arbeitstrupps zur Hand waren, wenn es um Repräsentation ging. Resigniert verharrte die Masse, um das Denkmal des Befreiers versammelt, mit vereinzelten Kommentaren zu den Vorfällen.

Von Zeit zu Zeit zog eine Gruppe blondaufdringlicher Touristen die Augen auf sich, gab in harter, fremdländischer Sprache geringschätzige Bemerkungen zum Operettencoup von sich und beklagte sich darüber, dass die Kunstgewerbeläden um den Platz noch immer geschlossen waren.

Im nahegelegenen Bestattungsinstitut stand der lilasamtene Modellsarg mit dekorativen Kerzenständern wieder auf seinem angestammten Platz und wartete auf trauernde Käufer.

Das einen Straßenzug entfernte Hotel hatte wieder zivile und friedlichere Gäste. Der Hotelchef stand vor der Glastür und schaute in den blauen Himmel, beruhigt darüber, dass nur vereinzelte Wolken und keine Kampfflugzeuge zu sehen waren.

Das Kino diente indessen immer noch als vorläufiges Gefangenenlager. Neben den zahlreichen schwer bewaffneten Wachtposten wirkten die Plakate mit den revolverhaltenden und in Kuss-Szenen verstrickten Leinwandhelden überholt und ein-

sam. Ohne Hoffnung auf baldige flimmernde Wiederaufer-
stehung.

Im Militärhospital der Hauptstadt lagen achtzig Verwundete.

Auf dem Kasernenhof im Norden der Stadt waren in schlich-
ten Holzsärgen neunzehn Leichen aufgebahrt.

13

Der Politiker hatte schon immer ein sehr feines Gespür dafür
gehabt, wann eine Sache verloren war.

Als er die Grenze zum nördlichen Nachbarstaat im Privatwagen überquert hatte, wies er den Fahrer an zu halten, bat seinen Begleiter um ein wenig Geduld und stieg aus dem Wagen.

Es war ein feuchtkalter Morgen ohne Sonne. Der Politiker
schlug den Mantelkragen hoch und ging die leichte Steigung
eines Hügels hinauf.

Nach zehn Minuten hatte er den höchsten Punkt erreicht.
Unter den glänzenden Blättern einiger blaugrüner Eukalyptus-
bäume blieb er stehen. Sein Atem machte weißgraue Wölkchen
in der Luft. Unter sich sah er den Fluss, die Grenze zwischen
Ecuador und Kolumbien. Er sah das altmodisch verschnörkelte
Tor, das als Grenzübergang diente. Ein Triumphbogen an einem
Ort, wo niemand gesiegt hatte.

Die Uniformen der Grenzpolizisten beider Seiten waren trotz
der Entfernung mit einiger Anstrengung zu unterscheiden. Ab
und zu hielten Privatwagen und Sammeltaxis an. Kleine Grenzgänger stiegen aus, um sich die nötigen Stempel in die Ausweis-
papiere drücken zu lassen.

Der Politiker ließ den Blick weiterwandern über die heimat-
liche Erde, nahm die vereinzelten, rechtwinkligen Äcker wahr,
die sich aus der großen Fläche unbebauter Grasnarbe hervorho-
ben. Einige tiefhängende Wolken verschoben sich, und er konnte die Ausläufer der ecuadorianischen Grenzstadt sehen.

Er blieb gute fünfzehn Minuten so stehen und ließ die Landschaft vor seinen Augen unscharf werden, bitter und enttäuscht darüber, dass er erneut zum Warten verurteilt worden war. Erneut zurückgeworfen. Erneut gescheitert. Es war nicht das erste Mal, dass er sich und seine Sache in Sicherheit bringen musste. Zugegeben, er hatte sich nie in einem vergleichbaren Maß in Gefahr begeben, als einer der Anführer einer politischen Verschwörung verfolgt zu werden. Bei vormaligen Anlässen war er aus Vorsicht ins Exil gegangen. Man konnte nie wissen. Es war klüger gewesen. Es sprang immer wieder eine glorreiche Rückkehr in die Heimat dabei heraus, als Propagandafeldzug verwertbar. Er hatte auch diesmal seine Familie zurückgelassen. Doch er machte sich Sorgen. Es war nicht abzusehen, wie weit seine Gegner gehen, wie weit sie ihre Rache treiben würden. Es gab genug Verhaftete, die zu günstigen Bedingungen reden würden.

Der Politiker überlegte, wo der entscheidende Fehler lag, der Grund für den Fehlschlag. Im ersten Moment hatte er alles auf die Unfähigkeit der Militärs geschoben. Aber jetzt ahnte er, dass er die politische Situation falsch eingeschätzt hatte. Er hatte sich beim Kräftevergleich verrechnet und die anderen Beteiligten dazu gebracht, den Fehler zu ignorieren. Aber er war noch nicht soweit, es zuzugeben. Oder hatte er nur den Vizeadmiral unterschätzt? Der Gedanke gefiel ihm nicht. Ein einziger Mann? Ein Politiker, ja! Aber ein Militär? Er verzog verächtlich die Mundwinkel und war sicher, bald zurückzukehren, um es besser zu machen. Da nächste Mal würde er erfolgreich sein.

Er streifte mit dem Blick noch einmal den Grenzposten, richtete die Augen kurz nach oben, sah zuerst die regennassen Eukalyptusblätter und dann den grauen Himmel dazwischen. Er löste sich von der Baumgruppe und stieg bedächtig hinab zum wartenden Wagen.

Drei Tage später stand er am Fenster seines Hotelzimmers und schaute auf die Straße der kolumbianischen Hauptstadt, die zehn Stockwerke unter ihm mittägliche Geschäftigkeit bot.

Die örtliche Presse hatte ihm in den letzten zwei Tagen einige Beachtung geschenkt. Aber es nahm schon ab. In den rechtsgerichteten Blättern würde er sich noch etwa zwei bis drei Tage halten können. In den liberalen war er schon gestorben. Die linksorientierten hatten keine Zeile ihrer geringen Auflage an ihn verschwendet.

Auf dem Schreibtisch seines Hotelzimmers lag ein spärlicher Haufen Glückwunschtelegramme, die ihm befreundete Konservative und Demokraten zu seiner gescheiterten Sache geschickt hatten.

Die Worte stellten einen großen Gesamttext dar, an dessen lockeren und inhaltslosen Maschen er seit langem mitstrickte.

... so weitermachen ... nicht aufgeben ... den Gegner durch stetige, tapfere Aktion zermürben ... um auf den Trümmern und der Verwüstung der Diktatur ... das reine Gebäude des parlamentarischen Rechtsstaates ... die Demokratie ... alle Schichten des Volkes ... mit Gottes Unterstützung ... gerechte Sache ...

14

Vier Monate später war der Vizeadmiral Präsident. Alles war unblutig verlaufen.

Sein Vorgänger hatte die neuen Machtverhältnisse richtig eingeschätzt und sich zum ehrenvollen Rücktritt bereit erklärt. Immerhin hatte er vier Jahre dem Volk gedient.

Er hatte in seiner letzten Rede, mit seiner schrillen Stimme, die so gar nicht das war, was er sich selbst als überzeugende Tonlage für einen Regierungschef vorstellte, betont, dass er sich freiwillig zum Rücktritt entschlossen habe. Neuen, frischen Kräften sollte Platz gemacht werden, damit sie mit Energie an die ungeheuren Probleme wirtschaftlicher und politischer Art herangehen konnten, denen sich das Land in diesen schweren Stunden ausgesetzt sehe.

Er hatte von sauberen Händen und hocherhobener Stirn, von langjährigem, ehrenvollem Dienst am Wohl des Volkes gesprochen. Er hatte dies mit Überzeugung getan, aber zu Tränen und zeitweisem Stimmversagen, als Beweis der tiefen Ergriffenheit, hatte es nicht mehr gereicht.

Und während der Vorgänger sich von einfachen Campesinos umringt auf seiner privaten Hacienda von den Strapazen der Politik erholte, trat der Vizeadmiral zum ersten Mal als Präsident vor die Kameras der Fernsehkanäle und stellte sich den Fragen der Reporter.

Er sprach vom großen Schritt in die Zukunft, der nunmehr zu realisieren sei, von den ungeheuren Schwierigkeiten, denen sich seine neugebildete Regierung gegenübersehe, bat das Volk um vertrauensvolle Mitarbeit und gab der Hoffnung Ausdruck, dass Gott ihnen allen helfen würde.

JUNI 1978

DER WAHLKAMPF

Uruguay • Argentinien • Peru • Ecuador

1

Die Tür des Hotelzimmers ging vom Fußboden bis zur hohen Decke in einem durch, in langen, schmalen Rechtecken. Die verschnörkelten Messinggriffe passten dazu.

Ich trat vom Ausgang meiner Zuflucht zurück, bewegte mich zögernd an den zwei schmalen, getrennt stehenden Betten vorbei zum Fenster hinüber und stierte ausgiebig in den grauen Lichtschacht, der am oberen Ende ein Stück blauen Himmel zeigte.

Der Himmel war der alte. Ansonsten kam ich mir wie auf einem Friedhof vor. Man hatte sich auf die Leichen beschränkt. Der geregelte Tod, der nicht mehr viel hergab und nur gelegentlich einen ausländischen Journalisten anzog, der sich ein paar konsumsalzige Tränen über das ehemalige Sozialsicherungsparadies am Rio de la Plata abrang, auf die angegrauten und im Verfall begriffenen, einst stattlichen Gebäude der Metropole mit dem immer noch klangvollen Namen hinwies und insgeheim den schlagzeilenträchtigen Aktionen der Tupamaros nachtrauerte.

Montevideo beschränkte sich aufs Überleben. Es verharrte. Seine Stimmen verdorrten in Gefängnislöchern, in Konzentrationslagern, gefoltert, bis ihnen der Hals trocken wurde. Aus dem Verkehr gezogen. Einfach nicht mehr vorhanden. Dafür die Stille: ein kehlkopfarmes Schweigen der Resignation.

Ich wandte mich vom Lichtschacht ab und gewöhnte meine Augen an das halbdunkle Zimmer, ging zum Schreibtisch und schaute auf drei Blatt Papier.

Die letzte halbe Stunde hatte ich damit zugebracht, die knapp zusammengefassten Informationen aufzunehmen: »Im Normalfall sind starr verriegelte Gewehre wie Jagdgewehre oder Karabiner älterer Bauart, aber auch halbautomatische und vollautomatische Waffen verwendbar. Profis in der Armee oder bei der Polizei benutzen überwiegend starr verriegelte Gewehre. Halb- und Vollautomaten benötigen einen Teil des Gasdrucks zum Durchladen, was sich negativ auf die Energie und damit auf die Flugbahn des Geschosses auswirkt. Bei irregulären Unternehmungen spielt die Größe und das Gewicht der Waffe eine Rolle, da diese möglichst versteckt zum Einsatzort gebracht werden muss.

Geschosse: Je größer das Gewicht und die Geschwindigkeit, desto höher die Auftreffenergie. Energie gleich m durch zweimal V Quadrat, wobei m die Masse der Kugel und V die Geschwindigkeit ist. Die Geschwindigkeit spielt eine wesentlich größere Rolle, da sie im Quadrat eingeht. Hinzu kommt das Material des Projektils sowie dessen Form. Spitze Militärgeschosse in Vollmantelform, das heißt Stahlmantel, schlagen oft voll durch den Körper, ohne Wirkung. Bei Teilmantel mit Bleikopf: Aufspitzen beim Aufschlag und Abgabe der Energie. Eine Variante: ein Tropfen Quecksilber, von Blei umschlossen, der den Bleikopf beim Aufprall in Splitter reißt, sogenannte Spreng- oder Explosivgeschosse.«

Die Materie lag mir nicht. Revolver oder automatische Handfeuerwaffen waren das Maximum, wozu ich mich hatte durchringen können. Man konnte darauf zurückgreifen, wenn es nicht mehr zu vermeiden war, hatte sie dabei, als Notlösung, als Ausweg. Gewehre gehörten zur planmäßigen Kriegsführung. In der Distanz lag etwas Ehrenrühriges. Man ging Konfrontationen aus dem Weg. Santander würde mir eine Menge erklären müssen.

Ich schaute auf die Uhr. Noch eine halbe Stunde bis zum vereinbarten Treffen. Ich öffnete die Tür, trat auf den Gang, schloss ab und ging zum Aufzug, der hinter der Käfigtür mit dem Rautenmuster wartete. Ich drückte Erdgeschoss.

Im Vorübergleiten warf ich dem Empfangschef an der Rezeption im ersten Stock einen freundlichen Blick zu. Er erwiderte ihn, dankbar für jede Abwechslung. Gestern hatte er mir in einem kurzen Gespräch großzügig mitgeteilt, dass der Sieg der bundesdeutschen Fußballnationalelf über Uruguay, damals in Mexiko im Spiel um den dritten Platz, vollkommen verdient gewesen sei.

Unten angekommen, riss mir der Portier vom Außendienst die Gittertür vor der Nase weg, nahm den Zimmerschlüssel entgegen und grüßte. In der Passage dezente Stereomusik. Frank Sinatra. Ich ging zur 18 de Julio hinüber und mischte mich unter die Fußgänger.

Wenige Minuten später überquerte ich die Plaza Independencia und tauchte in das alte Hafenviertel, kam an vollgepfropften, einfachen Speiselokalen vorbei, deren Geräuschkulisse sich weit in den engen Straßen fortpflanzte. Weißbeschürzte Kellner brüllten mit Exseemannsstimmen Bestellungen vom Tisch des Gastes bis zur Theke: ... un chivito completo, una cerveza ... Es war alles öffentlich. Kein vertrauliches Studium der Speisekarte und gedämpfte Mitteilungen an die Bedienung. Man wollte etwas? Dann raus damit! Prompte Bedienung. Hier wurde gegessen. Man hatte Hunger? Hier wurde etwas dagegen getan.

Ich studierte mehrere Straßenschilder, blieb dann an der vereinbarten Ecke stehen und wartete auf Santander. Er sollte mit einem der regelmäßig verkehrenden Pendelflüge aus Buenos Aires kommen, um die Mittagszeit. Das hatte in der kurzen schriftlichen Mitteilung gestanden, die man mir bei meiner gestrigen Ankunft im Hotel Los Angeles aushändigte. Auf dem Flug von Rio nach Montevideo hatte ich mich seelisch auf eine Woche erholsamen Urlaub am Strand von Atlántida oder Piriapolis eingestellt. Sah so aus, als würde nichts daraus.

Durch die Enge einer Häuserschlucht konnte ich einen Streifen braunblaues Hafenwasser sehen. Wasser, auf dem mein Geburtsland einen nachhaltigen Panzerschiffeindruck hinterlassen hatte, vom Engländer umstellt. Da war noch ein Anker der *Graf Spee*, eine Schiffsglocke der *Ajax*. Da gab es noch einige Ausgeschiffte, Vonbordbefohlene, die gleich hiergeblieben waren und sich angesiedelt hatten. Sie waren in dem aufgegangen, was damals als neutral galt. Und einer, der zwischen Befehlen stand, hatte sich in die schwarzweißrote Flagge mit dem Hakenkreuz gewickelt und sich im Hotelzimmer des Hafenviertels eine Kugel durch den Kopf geschossen, hatte Schluss gemacht mit dem Sinnlosen und war in die Kriegsgeschichte eingegangen. Er konnte sich nicht mehr gegen die verschiedenen Versionen über das Wieso und Warum wehren. Aber er hatte einen Punkt gesetzt, der mit Eifer interpretiert wurde.

U-Boote in der Karibik, Panzerschiffe vor der La-Plata-Mündung. Das hatte ehedem den deutschen Blick für die Welt da draußen geschärft, für Übersee. Immer dann, wenn die Angelegenheit etwas Vaterländisches bekam, wenn sie innerhalb der eigenen Grenzen ausgetragen werden konnte. Die Flagge der Kriegsmarine auf den Gewässern des ...

Heutzutage war das Interesse wieder gesunken. Es wurde nicht mehr innerhalb neutraler Gewässer instand gesetzt. Keine Torpedos außerhalb der Dreimeilenzone, die ihre blasigen Spuren auf einen Gegner zogen, der heute Verbündeter war. Keine geschichtsträchtigen Artillerieschlachten mehr vor fremden Küsten, die sich entwickelte Technologien lieferten. Aber in Montevideo gab es noch ein schwer unterdrückbares Gefühl der Bewunderung, der Sympathie. Heimliche Verehrer, die natürlich damals wie heute auf unserer Seite ...

Als Santander nach einer Stunde patriotischer Selbstbetrachtung nicht aufgetaucht war, überkam mich ein Gefühl der Leere. Heimatlosigkeit auf fremder Scholle.

Ich trat aus dem Schatten der Hauswand, die ich als Rückendeckung für meine seekriegsgeschichtlichen Ausflüge bemüht hatte, und verließ den vereinbarten Treffpunkt. Ich nahm Kurs auf das moderne Zentrum, ließ die Plaza Independencia linker

Hand liegen, ließ sie backbord querab über der Kimm verschwinden und lief mit kleiner Fahrt voraus, allenfalls mit halber Kraft, auf die mit rötlichem Sandstein befestigte Seeuferstraße zu.

Auf der Rambla Naciones Unidas angelangt, begann ich die verlassenen Kilometer der Promenade abzugehen. Der kühle Wind nahm der Sonne die Hitze. Britische Seebadatmosphäre. Die Rambla war von ruhespendender, ungenutzter Größe. Ab und zu eines jener perfekt erhaltenen und liebevoll gepflegten Automobile aus der guten alten Zeit, das mit verhaltener Zielstrebigkeit dahintuckerte. Schaufelraddampfer auf einem Hochgeschwindigkeitskurs, gelegentlich unterstützt von einem antiken Bus, dem trotz auffordernder Huperei keine Fahrgäste zuteil wurden. Zur Rechten das lehmigbraune Wasser der Flussmündung. Erst weiter draußen verhalf der Atlantik zu Blau. Auf den zackigen Felsstücken zwischen gradlinigem Sandstein und den nagenden Wellen unentwegte Angler, allein und in Gruppen. Geduldig und verhalten wie die ganze Stadt. Im Warten begriffen. Ich winkte ihnen zu. Sie winkten zurück. Unverbindlich. Freundlich.

Ich schaute geradeaus, dorthin, wo die Interbalnearia die Rambla ablöste und sich an der Küste entlangzog. Vorbei an den kleinen Badeorten. Mein verlorener Urlaub. Ich nahm meine Lektion wieder auf.

»Kleinkalibrige Waffen schienen im Normalfall nicht viel zu taugen. Aber auch hier gab es Ausnahmen. Die Amerikaner hatten in Vietnam eine Kugel vom Kaliber .22 gleich 5,6 mm benutzt. Eine bleistiftförmige Winzigkeit, die so schnell flog, dass die Aufprallenergie die Körperflüssigkeit blitzschnell und schockartig verdrängte. Das Gehirn wurde zerstört, selbst bei Bauch- und Brusttreffern. Karabiner, Jagdgewehre, Halbautomaten, Vollautomaten, kleine schnelle, große schnelle, große langsame Kaliber, alles verwendbar. Im Ernstfall sogar ein präzise schießender Vorderlader. Zielfernrohre mit vierfacher Vergrößerung, nicht größer, damit das bewegliche Ziel nicht zu schnell aus dem Gesichtsfeld kam.«

In Höhe der Playa Ramírez machte ich Schluss mit der Küstenstraße. Mich fröstelte. Ich nahm Kurswechsel auf die Innenstadt vor, kam durch ruhige Viertel, durch Straßenzüge mit
grünbelaubten, altgestandenen Bäumen. Wieder in den Lärm
der 18 de Julio.

Müde ging ich durch die jetzt von Dean Martin musikalisch
beherrschte Passage auf das Fahrstuhlgitter zu, ließ mir vom Portier des Außendienstes die mechanisch geöffnete Hand mit dem
Zimmerschlüssel füllen und nahm wahr, wie das Rautenmuster
des Käfigs aufgerissen wurde. Ein metallisches Ratschen beim
Schließen. Ruckartiger Hub, sobald ich die Eins gedrückt hatte.

Vor mir tauchte der freundliche Mann am Empfangstisch
auf, mit dem internationalen Bruderblick des Fußballfreundes.
Ich lächelte pflichtgemäß, befreite mich aus dem Käfig, ging
hinüber.

»Buen día«, sagte ich. »Eine Nachricht für mich?«

»Sí, Señor.« Er wedelte mit einem Telegramm.

»Gracias.« Ich steckte die Nachricht in die Jackentasche.

»Peñarol hat drei zu null gewonnen.« Er lächelte glücklich.

»Felicitaciones.« Ich zog mich hinter das Fahrstuhlgitter
zurück, um mich auf mein Stockwerk hieven zu lassen.

Rautenkäfig wieder auf. Durch die hohe Flügeltür. Wieder
im Zimmer. Auf dem Schreibtisch drei Blatt Papier. Ich
schnappte danach, zerknüllte sie und schmetterte sie dann wie
einen Baseball in den abfallhungrigen Papierkorb.

Am Fenster registrierte ich das trüber gewordene Licht im
Schacht und versagte mir den Blick nach oben, wo das Stück
Blau des Himmels sein musste.

Dann, auf dem Bett liegend, öffnete ich das Telegramm, las
die kurze Mitteilung. Also übermorgen in Buenos Aires. Ein anderes Hotel. Ein neuer Versuch. Keine Begründung dafür, warum es heute nicht geklappt hatte. Ich blieb eine Weile liegen.

Als das Fenster am Lichtschacht erblindet war, erhob ich
mich, schaltete die Decklenleuchte an, zog die Vorhänge häuslich zu und ging zum Papierkorb. Ich fischte den Baseball her-

197

aus, bröselte ihn auf, glättete die Seiten sorgfältig auf der Schreibtischplatte und ließ sie dann liegen. Ein aufgeschlagenes Mess-
buch auf dem Altar.

Dann nahm ich den Telefonhörer ab und kümmerte mich
um einen Flug.

2

»Du solltest damit jetzt aufhören«, sagte sie.

Er sah an ihrem Gesicht vorbei, durch die hellgrünen Lamel-
len der Jalousie, musterte die Fassade des gegenüberliegenden
Hauses. »Ich habe unterbrochen«, antwortete er. »Unterbrochen.
Niemand kann mich zwingen, aufzuhören. Hinausschieben,
warten, das ja, dazu können sie mich bringen – aber aufhören –
nein!«

Sie schüttelte bedächtig den Kopf. »Was willst du noch?«
Ihre Stimme war leise und verzweifelt. »Du warst Außenminister und Präsident. Was willst du noch?«

»Wieder an die Macht.« Er blickte weiter durch die hellgrünen Streifen auf den kalten Beton gegenüber. Die Worte waren
schneller und heißer gekommen, so, als könne er es kaum erwarten, wieder zentrale Bedeutung zu bekommen.

Sie wandte sich ab und ging aus dem Zimmer.

Er ließ sie gehen, blieb stehen. Damals hatte er sie mit den
Kindern zurückgelassen. Sie waren nach vier Monaten nachge-
kommen, unbehelligt. Aber sie hatte es ihm nie verziehen. Sie
hatte verstanden, dass sie die Nummer zwei war. Nummer eins
war die Politik. Sie hielt an seiner Seite aus. Es war das Maximum. Mehr konnte er nicht verlangen. Es war gut so. Er verdrängte sie.

Drei Jahre waren genug. Zwei Jahre Kolumbien, ein Jahr
Peru. Damals hatte er aus einem vergleichbaren Hotelzimmer
in Bogota geschaut und keine Perspektive gehabt. Heute war er

drei Monate von Neuwahlen entfernt. Man würde ihn rufen. Rodrigo Montalvo Mera. Seine Plakate hingen an den Häuserwänden der Heimat. Er würde in Kürze die Koffer packen und Lima verlassen. Es war soweit.

3

Ich hörte das Plätschern, stand vom Bett auf und ging ins Badezimmer.

Sie hatte sich mit ihrem kleinen Hintern genau auf den Ablauf der Wanne gesetzt, war im warmen Wasser eingeschlafen. Die Brühe kämpfte sich in einem fünf Zentimeter breiten Streifen über den Rand der Wanne und lief über die hellbraunen Fußbodenkacheln zum Abflussgitter aus Metall. Das Glas mit Weißwein stand auf der Ablage über dem Handwaschbecken. Sie schien betrunken zu sein, schnaufte beim Atmen.

Ich beugte mich über sie und drehte das Wasser ab.

Sie schlug die Augen halb auf und lachte. Die Haare hatte sie hochgebunden; sie sah plötzlich sehr unternehmungslustig aus.

»Wo warst du?« fragte sie.

»Im Schlafzimmer«, antwortete ich und hob sie ein wenig an, damit das Wasser ablaufen konnte.

Sie hielt meine Arme fest, machte die Augen ganz auf und streckte mir die Zunge raus. »Kann jedem mal passieren«, sagte sie. »Fang ja nicht zu meckern an.«

»Schon gut.« Ich grinste.

Der Wasserspiegel sank, und ihre Brüste tauchten auf.

»Komm«, sagte sie und zog an meinen Armen.

»Ich krieg im Wasser keinen hoch«, wiegelte ich ab.

»Soviel ich sehe, steht er dir jetzt schon.« Sie lachte, ließ einen Arm los und griff mir zwischen die Beine. Sie hatte sich wieder auf den Ablauf gesetzt. Das Wasser blieb in Höhe ihres Bauchnabels stehen.

Ich kletterte in die Wanne, und prompt fiel er mir zusammen. Sie drehte den Warmwasserhahn auf. Was sie sich in den Kopf setzte, führte sie durch. Sie nahm die Handbrause, stellte den Hebel um und half mit dem Strahl nach. Ich kniete mich in die Wanne und zog ihre Oberschenkel über die meinen. Sie ließ sich zurückrutschen, und ihre Brüste tauchten wieder ein. Ihr Schamhaar bewegte sich wie Seetang. Sie ließ die Dusche los und zog mich näher. Es war schwierig, aber sie war hartnäckig. Sie bog den Oberkörper nach hinten und streckte ihre Brüste aus dem Wasser. Meine Knie taten weh. Sie legte den Hinterkopf auf den Wannenrand und ließ den Mund offenstehen.

Im Unterbewusstsein dachte ich daran, das Wasser wieder abzustellen. Andererseits wollte ich sie nicht loslassen. Die Wanne war ein Käfig. Das Wasser schwappte, und sie wurde laut. Meine Knie waren kurz vor dem Absterben, aber das Gefühl im Unterleib war stärker.

Ich liebte sie einen kleinen Augenblick. Es war immer der kritische Moment, jedesmal. Ich wünschte mir, dass sie mich nicht allein lassen würde. Sie war gut, in jeder Beziehung. Ich wusste es. Aber ich würde noch etwas Besseres suchen, nichts finden und mich immer nur wiederholen.

Ein Straßencafé auf der Florida, neben einer Boutique. Ich mit der Zeitung. Vor mir der Kaffee. Sie mit einem violetten Plastikbeutel in der Hand, wahrscheinlich eine neue Jeans oder eine Bluse. Schwarze Haare, gepflegt. Ein bisschen Katze in ihren Bewegungen. Sie setzt sich zwei Tische entfernt und bestellt. Ich weiß, dass sie es ist, heute, weiß nicht, ob ich herankomme, aber ich weiß, dass sie es ist.

Ich bin kein Typ, der Frauen anquatscht. Ich kann das nicht. Es gehört zu meinen Fähigkeiten, ganze Diskussionsrunden mit klugen Worten zuzudecken, aber ich bin fast stumm, wenn es darum geht, Frauen näher zu kommen. Ich verlasse mich auf meine Augen, kann glotzen, was das Zeug hält. Es fällt mir leichter, eine optische Verbindung bis zu zwanzig Meter Entfernung aufzubauen, als mich an irgendeine weibliche Person heranzuplaudern. Wahrscheinlich wird es ein Ende haben, wenn meine Kurzsichtigkeit zunimmt, meine Brillengläser dicker werden und meine Augen zu großen, runden Monstern vergrößern, die jede Erotik absterben lassen.

Es hatte jedenfalls geklappt, und wir vögelten in der Badewanne. Es machte Spaß. Trotzdem war es wieder nichts für immer.

Ich löste mich von ihr, stieg aus der Wanne, griff mir das Glas Weißwein von der Ablage und trank es leer. Das Wasser schwappte wieder über und gluckerte in den Abfluss.

Während ich mich abtrocknete, schaute ich sie an. Sie drehte das Wasser ab und stieg gekonnt aus der Badewanne, musste es mindestens hundert Mal im Kino gesehen haben, setzte dabei alles ein, womit die Natur sie versorgt hatte. Das Bestechende an den meisten Klischees: sie sind wahr. Ich gab ihr das Handtuch, ging ins Schlafzimmer und schaute auf die Uhr.

Es war kurz vor zehn am Abend. Santander hatte noch nicht angerufen. Bevor ich wieder ins Flugzeug stieg, hätte ich gerne gewusst, wozu. Wurde allmählich Zeit, dass er mir eine Nachricht zukommen ließ. Das Flugticket allein, das ich bei meiner Ankunft in Buenos Aires vorgefunden hatte, war etwas dünn als Auftrag. Alles, was ich wusste, waren der Zielort und die Tatsache, dass sie mir ein Gewehr mit Zielfernrohr zumuten wollten. Der Flug ging in zwei Tagen. Ich war sauer. Es lief nicht so, wie ich mir das vorstellte.

Sie kam aus dem Bad und legte sich aufs Bett.

Das Telefon klingelte. Ich nahm ab.

»Ein Gespräch für Sie, Señor«, sagte der Hotelangestellte.

Dann war Santander dran. »Ich hoffe, ich störe nicht.« Seine Stimme klang genüßlich verhalten.

»Wobei?« fragte ich dumm.

»Du wirst noch mal beim Geschlechtsverkehr ums Leben kommen, wenn du nicht besser aufpasst.« Er lachte.

»Wird Zeit, dass ich endlich erfahre, worum es geht«, gab ich bissig zurück.

»Frag Lisa!« sagte er und legte auf.

Den Hörer in der Hand, schaute ich zum Bett hinüber. Sie sah mich an. Mir dämmerte es. Ich war nicht der Größte. Ich war ein kleines, x-beliebiges Arschloch, das man leicht hereinlegen konnte.

Ich knallte den Hörer auf die Gabel. »Wie heißt du?« fragte ich kleinlaut.

»Liza Minelli«, sagte sie spöttisch und streckte die Brüste raus.

Stinksauer war gar kein Ausdruck. Ich war wütend. »Mach keinen Quatsch. Ihr langweilt euch und macht üble Scherze mit euren Freunden. Immer die alte Leier. Erst in die Defensive drängen, bevor der Auftrag an den Mann gebracht wird.«

»Lisa Fuentes.« Ein versöhnlicher Ton schlich sich in ihre Stimme. »Sei nicht beleidigt! Hat Spass gemacht heute abend.«

Ich zog mir die Hose an und goss mir Wein ein.

»Kann ich auch etwas bekommen?« fragte sie.

Ich machte ihr ein Glas fertig. »Hier,« sagte ich. »Auf deinen Erfolg.« Ich und Frauen aufreißen! Auf Frauen reinfallen, das war alles, was ich konnte. Ich war beleidigt.

Sie nahm das Glas und zog mich aufs Bett.

Ich hätte am liebsten das Glas gegen die Wand geworfen. Wahrscheinlich mit dem Erfolg, dass einer von Santanders Leuten an die Tür geklopft hätte, um die Scherben zusammenzufegen.

»Scheiße«, sagte ich.

»Der erotische Teil des Tages war für dich doch sowieso gerade erledigt. Was soll's also?« Ein Biest, aber mit Stil.

Und dann erklärte mir Lisa Fuentes, worum es in Lima gehen sollte.

4

Andrade ordnete die neu eingetroffenen Tageszeitungen aus Ecuador auf dem Schreibtisch seines Chefs.

Die Nachrichten waren gut. Montalvo Mera würde zufrieden sein. Die Christdemokraten hatten endgültig auf die Benennung eines eigenen Kandidaten verzichtet und Montalvo Mera ihre Unterstützung zugesagt.

Julio Andrade Villa war fünfundvierzig Jahre alt, einsachtzig groß, drahtig, schmaler Schädel mit tiefliegenden Augen, straff nach hinten weggekämmtes Haar, schwarz und leicht ölig. Er nannte sich selbst am liebsten persönlicher Berater. Er war Sekretär, Fahrer, Vertrauter und Leibwächter. Er kannte die Politik, war dabei gewesen, als Montalvo Außenminister und Präsident war, hatte den missglückten Putschversuch miterlebt und befand sich seitdem mit Montalvo im Exil. Er konnte mit Waffen umgehen, war gut in Form für körperliche Auseinandersetzungen, wenn es sein musste. Eine kurze Militärlaufbahn. Ein Rangerkurs in Panama. Diverse Jobs als Fahrer und Leibwächter und ein gescheiterter Versuch, Geschäftsmann zu werden. Dann hatte er seinen jetzigen Arbeitgeber kennengelernt. Montalvo vertraute ihm. Andrade hatte sich entschlossen, Montalvos Erfolg zu seinem eigenen zu machen. Der Chef musste wieder Präsident werden.

Er war froh, dass sie Lima in einer Woche verlassen würden. Er mochte Peru nicht, Lima, die Hoteletage, in der sie lebten. Es war gut, wieder in die Heimat zurückzukehren. Zunächst würden sie sich zwei Wochen auf der Hacienda eines politischen Freundes ausruhen. Letzte Vorbereitungen waren notwendig, letzte Schritte mussten durchdacht werden. Dann würde El Jefe in eigener Person in die Endphase des Wahlkampfs eingreifen.

Die Sicherheitsvorkehrungen müssen wieder verstärkt werden, dachte Andrade, als er das Arbeitszimmer verließ.

Es würde Arbeit geben. Andrade war darauf vorbereitet.

5

Santander betrat das Imperial, entdeckte mich und steuerte meinen Tisch an.

Er war Mitte Vierzig und hatte große Ähnlichkeit mit Charles Bronson in ›Der aus dem Regen kam‹. Im Trenchcoat. Der Schnurrbart war üppiger als der von Bronson. Ich glaube, Santander war auch zierlicher ausgefallen als der Filmstar. Obwohl die Jungs auf der Leinwand ja immer etwas aufgeblasen rauskommen.

Ich stand auf und drückte ihm die Hand.

Er zog den Mantel aus, legte ihn über einen Stuhl.

Wir setzten uns.

»Du siehst gut aus«, sagte er. »Richtig gesund und erholt.«

»Danke«, erwiderte ich. »Mit zwei Wochen Urlaub hätte ich noch besser ausgesehen.«

»Die Zeit drängt in dieser Angelegenheit.« Er sagte es so, als habe er ernsthaft darüber nachgedacht, wie ich trotzdem zu meinen Ferien kommen könnte.

Die Bedienung wartete. Santander schaute meinen Kaffee prüfend an und bestellte.

»Buenos Aires besteht nur aus Fußballweltmeisterschaft. Die Militärs müssen die reine Freude durchleben.«

Santander lächelte. »Gott gnade uns, wenn wir Weltmeister werden. Wenn es nach mir ginge, könnt ihr wieder gewinnen.«

»Wie man der Presse entnehmen kann, haben wir ein vom Bundesgrenzschutz bewachtes Häufchen Elend ins Trainingslager eingeflogen. Ein Hauch von Mogadischu, aber kein Beckenbauer. Die deutsche Nation ist zum Scheitern verurteilt.«

Der Kaffee kam.

Ich schaute Santander auf die Finger, während er den Zucker verrührte. Der Mann vor mir war Argentinier, in Mendoza geboren, an verschiedenen Plätzen des Kontinents groß geworden. Also an erster Stelle Südamerikaner, besser: Lateinamerikaner. Er liebte Argentinien, aber im Gesamtzusammenhang.

Gabriel Santander García firmierte als Rechtsanwalt. Er hatte als Journalist gearbeitet, war in Montevideo Herausgeber einer Monatszeitschrift gewesen, die bis zu dem Zeitpunkt, als sie verboten wurde, eine erstaunlich hohe Auflage für ein politisches Magazin in spanischer Sprache erreicht hatte. Santander hatte als Gewerkschaftsfunktionär und als Parteisekretär gearbeitet. Er hatte aus allen möglichen Stellungen den Hebel angesetzt, um etablierte Macht aus den Angeln zu heben. Und er hatte viele Entäuschungen erlebt. Sein Realismus hatte zynische Züge bekommen. Er machte jetzt Strukturpolitik per Kleinkrieg. Er hatte Freunde, eine politische Idee, die abgenutzt, aber widerstandsfähig war, und er hatte Geld, er organisierte. Man hätte ihn Agent nennen können oder Widerstandskämpfer, einen Rebellen von kontinentalem Zuschnitt. Er selbst hätte sich wahrscheinlich bescheiden Koordinator genannt. Er hatte Jura studiert und den Gerechtigkeitssinn nicht verloren.

Irgendwie ist es absurd, dass er noch immer von Buenos Aires aus operiert, dachte ich. Aber Santander hatte seine eigene Theorie, was sichere Standorte anging. Immer da, wo der Feind einen am wenigsten vermutet, im Zentrum des Wirbelsturms.

»Lisa hat dir die grundlegenden Informationen gegeben?« Er sah mich an.

»Ja, ich habe soweit alles zusammen. Heute Vormittag habe ich die Unterlagen studiert. Die Vorgänge um den Putschversuch im September 1975 kenne ich recht gut. Montalvo Mera ist ein zäher Brocken. Redemokratisierung ist die neue Mode, und er ist natürlich dabei. Wahlen in Bolivien, in Peru und in Ecuador. So viel Hang zur Demokratie muss stutzig machen.«

»Montalvo ist der designierte Sieger der Militärs, der Konservativen und der Oligarchie. Ein Teil der Mitte wird ihn unterstützen, in der Hoffnung auf liberale Züge, die er gelegentlich gezeigt hat. Sein Wahlkampf läuft gut. Aber er wird nicht zur Siegerehrung erscheinen.« Santander schaute mich an. Kein Lächeln.

»Jan Moldau ist damals beim Putsch umgekommen. Er war

freier Mitarbeiter eures Magazins. Opfer des Kampfgeschehens, hieß es offiziell. Hatte er einen Auftrag?«

»Nein. Er wollte eine Reportage machen und kam dabei um.« Er nahm einen Schluck Kaffee.

»Was ist aus Sergio Pesántez geworden?« Pesántez kannte ich persönlich. Ein Ecuadorianer. Einer der Köpfe der Bauernbewegung.

»Sergio arbeitet noch mit uns zusammen. Er befindet sich zur Zeit in London auf einem Seminar über ländliche Technologie. Möglicherweise wird er länger in Europa bleiben. Der Boden wurde zu heiß für ihn und einige seiner engsten Mitarbeiter. Es gibt Leute, denen ist Montalvo Mera zu liberal, und die versuchen noch einiges geradezurücken, bevor die Volksfront kommt. Wir werden mit Sicherheit Konkurrenz haben.«

»Unsere lieben Freunde von der Ultrarechten?« Ich versuchte ein lockeres Lachen. Es misslang. Santander nickte.

»Warum überlassen wir ihnen Montalvo nicht einfach? Sie werden ihn schon erledigen.«

Er schwieg und blickte in die Kaffeetasse.

Ich hatte ihm eine Interessenkoalition vorgeschlagen, die ehrenrührig war.

»Ich hoffe, sie tragen wieder ihre schwarzen Binden und die kleinen bronzenen Hakenkreuze, damit man sie rechtzeitig erkennen kann.« Ich testete mein Kännchen auf Kaffee, aber es reichte nur noch zu drei müden Tropfen.

»Sergio, Jan und ich hatten eine gute Zeit, als wir zusammenarbeiteten, damals in Quito.«

»Nostalgisch?« Santander lächelte wieder.

»Engagement schärft die Gefühle.« Ich nahm den kalten Schluck Kaffee, der noch in der Tasse war.

»Warum hast du das mit Lisa Fuentes veranstaltet?«

»Weil es dein schwacher Punkt ist.«

»Frauen?«

»Ja, die Unregelmäßigkeit, das Unmotivierte. Zuviel Zufall

im Spiel. Es wird dich irgendwann den Kopf kosten.« Er sagte es emotionslos. Ein guter Rat, mehr nicht.

»Deshalb bin ich nie in die Politik gegangen«, erklärte ich mit Büßerstimme.

»Ein paar gute Titten und lange Beine – damit bist du immer aufs Kreuz zu legen«, sagte der Ratgeber.

Ich betrachtete die Bilder der Tangogrößen über dem Wandspiegel hinter der Theke. »Muss es denn unbedingt ein Gewehr mit Zielfernrohr sein?« fragte ich lustlos.

»Möglicherweise.« Santander rief die Bedienung und zahlte. Er stand auf und verabschiedete sich. »Viel Glück – und pass auf dich auf!« Im Hinausgehen zog er den Trenchcoat über.

Ich blieb sitzen. Aus der Musicbox schepperte etwas Schmalziges in den Raum. Ich fühlte mich so ausgestopft wie der Papagei hinter der Gittertür des Katzenkorbes, das absurde Maskottchen des Wirtes.

Santander hatte sich verändert. Vielleicht die Frauen. Vielleicht war das der Knackpunkt in seinem Lebenslauf. Seit mir Lisa Fuentes beim Weißwein die Geschichte erzählt hatte, die Santander vor sechs Jahren passiert war, hielt ich es für möglich, dass es die Frauen waren – oder besser eine, die hinter all dem steckte.

Ich stierte auf das schwarzweiße Karomuster des Fußbodens und rief nach mehr Kaffee.

6

Er ging den langen Flur entlang, grüßte die Stationsschwester und blieb vor Zimmer 209 stehen.

Ein leises Klopfen, mehr aus Höflichkeit, dann drückte er die Klinke, ohne Antwort erhalten zu haben, nach unten.

Sie schlief. Ihr schwarzes Haar sprang ihm entgegen, als wollte es sich vom Weiß lösen. Wände, Möbel, Vorhänge, Geräte, das Bettzeug und ihr Gesicht: alles weiß. Sie atmete ruhig, hatte die Augen geschlossen.

Er schob die Tür behutsam ins Schloss und trat ans Bett. Für einen Moment beobachtete er die Luftbläschen am Tropf. Eine schwachgelbe Flüssigkeit floss aus der Flasche durch den transparenten Kunststoffschlauch zu ihrer Armbeuge. Er holte sich einen Stuhl aus der Zimmerecke und bezog Stellung an der Bettkante.

Nach Aussage der Ärzte hatte sie noch maximal vierundzwanzig Stunden zu leben. Dafür sieht sie recht gut aus, dachte er. Seit der Chefarzt ihm die Wahrheit gesagt hatte, war er innerlich in gefühlloser Kälte erstarrt. Er wollte dem Schmerz nicht den Triumph lassen, bemühte sich darum, alles wie etwas Unausweichliches zu akzeptieren. Er wollte nicht leiden. Nicht mehr. Auf dem Weg in die Klinik war es ihm noch leicht gefallen. Jetzt, am Krankenbett, so nahe neben ihr, wurde es schwer.

Er stützte die Ellenbogen auf die Knie und legte die Hände vors Gesicht. Vornübergebeugt sah er wie im Gebet vertieft aus. Aber er betete nicht. Er hätte nicht gewusst, wen er um irgendetwas hätte bitten sollen. Die menschlichen Möglichkeiten waren erschöpft. Das war es. Mehr war nicht drin.

Sein Verstand arbeitete, fasste die Anzeichen der letzten Jahre zusammen, die Vorwarnungen, Schmerzen, Behandlungen, Erholungsphasen, die schwachen Versuche, Hoffnung zu sammeln, und die Gewissheit, dass nichts mehr am endgültigen Aus zu ändern war. Es würde eines Tages geschehen. Heute war es soweit. Er hatte all die Jahre mit einer Gezeichneten gelebt. Anfangs hatte er sich dagegen aufgebäumt. Bei der ersten Diagnose, die Verbindlichkeit besaß, hatte er das Gefühl gespürt, er müsse sich der Möglichkeit, dass sie eines Tages sterben würde, mit aller Kraft verweigern. Aber wie? Mit wessen Hilfe? Was ihm nach und nach den Widerstand zerbrach, war die Betroffene selbst. Sie lehnte sich zu keinem Zeitpunkt auf, nahm es hin, litt darunter, ging unsäglich langsam zugrunde. Anfangs trug sie es wie ein Kreuz, später wie einen Heiligenschein. Gottgewollt – es war ihre Erklärung für das, was geschah. Eine himmlische Folter, schmerzensreich, aber auf eigentümliche Art wie eine Auszeichnung, eine Erhöhung. Zuletzt begriff sie sich wie ein auserwähltes Schlachtopfer.

Anfänglich hatte sie ihn noch an ihren Schmerzen beteiligt. Später schloss sie ihn aus, zog sich wie in eine Klosterzelle zurück und ließ ihn gesund in der alltäglichen Welt allein.

Kamen Freunde zu Besuch, so residierte sie an guten Tagen wie eine Königin im Krankenbett. Die Krankheit fraß sie auf, aber sie konnte ihr nichts anhaben. Sie degradierte ihre mitfühlenden Besucher zu Zeugen ihrer Leidensgeschichte. Pilger, die zu einer Kapelle zogen, in der Wunder geschahen.

Er selbst war in der Endphase nur noch ihr Kaffeeholer und durfte gelegentlich die Kopfkissen aufschütteln. An manchen Tagen hatte er den Eindruck, als dulde sie ihn nur noch als Protokollant der Ereignisse. Sie starb in Ausführlichkeit. Es schien für sie keine Rolle zu spielen, dass mit ihr ein Teil dessen ausgelöscht wurde, was er als gemeinsames Leben verstand.

Santander hob den Kopf, straffte den Oberkörper und ließ die Hände auf die Oberschenkel sinken.

Sie sah ihn an. Ihre dunklen Augen waren entfernt, kamen langsam näher.

»Schön, dass du da bist«, sagte sie matt. Ihre Hand tastete über die Bettdecke.

Er ergriff sie.

»Wie geht es dir heute?« fragte er hilflos. Was soll man sonst noch sagen? dachte er.

»Besser«, sagte sie, bemüht, ihrer Stimme einen festen Klang zu geben. Ein Lächeln.

»Gott wird helfen«, fügte sie hinzu. Das Lächeln bekam etwas Verklärtes. Eine Madonna sprach Wahrheiten aus, gelassen, vom Tod gezeichnet.

Wenn uns manchmal jemand geholfen hat, dachte er, dann bestimmt nicht Er. Aber er sagte es nicht laut, jetzt nicht mehr.

Er hielt ihre feuchte Hand und dachte an die Inschrift auf

dem Grabstein, die ihm im Gedächtnis geblieben war. Früher, als sie noch die Kraft dazu besaß, hatten sie lange Spaziergänge gemacht. Sie liebte Friedhöfe. Wegen der Blumen, wie sie immer betonte. Bei einem dieser Rundgänge zwischen den Gräbern hatte er jenen Grabstein entdeckt und war stehen geblieben, fasziniert von der Inschrift:

MAN HAT MIR DIE AUFERSTEHUNG VERSPROCHEN. NUN LIEGE ICH HIER UND WARTE.

»Hast du mit dem Arzt geredet?«

Ihre Stimme holte ihn zurück ins Krankenzimmer.

»Ja«, murmelte er. »Ja, ich habe ihn gesprochen.«

Sie fragte nicht weiter. Eine Weile hielten sie sich stumm die Hände.

»Ich bin heute sehr müde«, sagte sie. Das war das Zeichen zum Aufbruch.

»Ja.« Er räusperte sich. »Ich werde dann wieder gehen.« Er erhob sich, beugte sich zu ihr hinunter und küsste ihr die Wange. Während er den Kopf wieder zurückzog, streichelte sie ihm das Ohr, so, als sei er der Kranke, als habe er Fieber.

»Bis morgen«, sagte sie matt.

»Bis morgen.« Er brachte es so über die Lippen, dass es selbstverständlich klang.

Dann drehte er sich um und verließ das Zimmer. Die Tür schnappte leise ins Schloss.

Er ging den Korridor entlang, übersah die Stationsschwester und fror. Seine Schritte wurden schneller. Er floh aus dem Krankenhaus.

Als das Telefon klingelte, stellte er das Glas mit dem Schnaps vorsichtig ab.

Er hatte seit acht Stunden gewartet, seit dem Verlassen der Klinik am späten Abend.

Beim zweiten Klingeln war er am Hörer. Der Arzt sagte das, was er erwartet hatte. Er hörte kaum zu, registrierte nur, dass der Mann am anderen Ende der Leitung es mit Stil vermittelte.

Kein falsches Mitleid, keine überflüssigen Floskeln. Trotzdem verständnisvoll. Er legte auf.

Zwei Schnäpse später ging er zum Schreibtisch hinüber, zog die oberste Schublade auf und entnahm ihr den Revolver. Er überprüfte die geladene Trommel und steckte die Waffe in die Jackentasche.

Vor dem Haus stieg er in den Wagen, startete den Motor und fuhr behutsam stadtauswärts. Zu solch früher Morgenstunde war der Verkehr noch dünn. Es wurde hell. Müdigkeit überkam ihn. Er zitterte vor Kälte und schaltete die Heizung an. Gelegentlich blickte er in sein übernächtigtes Gesicht im Innenspiegel.

Die Vorstadtviertel sahen ärmlich aus im fahlen Grau des aufkommenden Morgens. Es würde regnen. Die Häuser wurden seltener, und bald war er auf der Landstraße. Er steigerte die Geschwindigkeit nur ein wenig.

Nach zehn Kilometern erreichte er die kleine Ortschaft, passierte sie und fuhr etwa einen Kilometer weiter. Dann parkte er den Wagen am Straßenrand, fünfzig Meter von der Stelle entfernt, an der sich die Straße gabelte.

Er stieg aus, schlug den Kragen der Jacke hoch und ging auf das Kruzifix zu. Es war groß und verwittert. Davor zwei Vasen mit vertrockneten Schnittblumen.

Er hatte oft Spaziergänge mit ihr in dieser Gegend gemacht. Sie hatte immer Blumen mitgebracht. Für ihn war es eine Verschwendung gewesen, aber er hatte es respektiert.

Wenige Meter vor dem Kruzifix blieb Santander stehen. Er schaute zu der Baumreihe am Horizont hinüber. Sie hob sich scharf vom verschwommenen Nebelgrau des neuen Tages ab. Es würde keinen unangemessenen Sonnenaufgang geben.

Er blickte auf das Kruzifix, zog den Revolver aus der Jackentasche, zielte und zog den Abzug durch, leerte die ganze Trommel.

Die Schüsse waren ungewöhnlich leise. Der milchige Morgen schluckte den Schall.

Der Korpus zerbarst in viele Stücke. Zwei Keramikhände hingen, von den Ziernägeln gehalten, am Querbalken des Holzkreuzes. Die Füße standen noch ordentlich festgenagelt auf der kleinen, keilförmigen Stütze des senkrechten Balkens. Über allem unbeschädigt die kleine Messingtafel mit der Inschrift I.N.R.I.

»Jesus von Nazareth, der hilflose König«, murmelte Santander, steckte die warme Waffe in die Jackentasche und drehte dem Kreuz den Rücken zu.

7

Sechs Passagiere. Drei standen im Mittelgang der Maschine und versuchten, die Stewardessen anzumachen. Es gab Whisky. Kostenlos.

Ich hing bequem in meinem Fenstersessel und besah mir abwechselnd die Anden unter uns und eine der Flugbegleiterinnen, die mir besonders gut gefiel.

Die Fluggesellschaft schien keinen großen Schnitt zu machen, wenn sie als Mittelwert sechs Personen nach Lima flog. Aber das war nicht mein Problem. Die ersten Schritte zu einer verbesserten Werbearbeit wurden ja bereits gemacht: Der Whisky war langjährig gelagerter Scotch vom Feinsten.

Die Landschaft unter uns ausweglos grandios. Braun, grün, ein wenig rot. Wir im blauen Himmel, der mit vereinzelten weißen Wolken aufwartete. Ich dachte, dass es gut sei, um zwölf Uhr mittags durch diese Gegend zu fliegen. Einen Sonnenuntergang bei dieser Kulisse hätte ich nicht ohne psychische Schäden überstanden.

Ich sah wieder meine Lieblingsstewardess an. Sie war mindestens einssiebzig groß, schlank, hatte dunkelblondes Haar. Sie servierte einem feisten Handlungsreisenden mit schütterem Schnurrbart den dritten oder vierten Scotch. Der Meister war

kurz vor dem Ausflippen. Alles, was ihn von großen Taten ab-
hielt, war die Tatsache, dass wir in einer lumpigen 707 unterwegs waren. In einer DC 10 oder einem Jumbo hätte er die
Dunkelblonde bedingungslos in die Brust gekniffen. Man sah
es ihm an: Er geriet nicht außer Kontrolle, weil die äußeren
Rahmenbedingungen nicht für Großes geschaffen waren. Er
konnte sich nicht frei entwickeln, nicht zur absoluten Bestform
auflaufen.

Fusselschnurrbart zwinkerte mit der trägen Geilheit eines
ausgemusterten Warzenschweins und sagte seiner heißen Liebe
etwas Unzüchtiges ins Gesicht. Die Lüftung des Vogels milderte den Spruch auf ein erträgliches Maß. Die Dunkelblonde
nahm es gelassen und kippte ihm aus Versehen einen frischen
Whisky auf den Bauch. Er ließ die kostbaren Tropfen ruhig
durch seine Anzughose sickern. Ein Eiswürfel lag direkt neben
dem Reißverschluss. Ein zweiter war zwischen die Oberschenkel
auf den Sitz gerutscht. Fusselschnurrbart baggerte mit feister
Tatze zwischen seinen Beinen herum und förderte ein tropfen-
des Stück Eis zutage. Die Dunkelblonde pickte ihm mit schlanken Fingern das andere Stück von der Hose.

Er strahlte gutmütig. Der Intimkontakt war hergestellt. Sie
entschuldigte sich gelangweilt. Er wiegelte gönnerhaft ab. Halb
so schlimm. Sie gab ihm eine Papierserviette. Sein Lächeln verkümmerte. Er hatte gehofft, dass sie ihm fürsorglich die feuchte
Stelle betupfen würde; statt dessen drückte er die Serviette
eigenhändig auf seine Erektion.

Ich schaute wieder aus dem Fenster. Der Fettsack entweihte
die aufkommende erotische Bindung zwischen mir und der
Dunkelblonden, drängte sich dazwischen. Während ich die Anden musterte, sah ich ihn mit dicken Pfoten an der schönsten
Frau im Flugzeug rumfingern. Ich schloss die Augen, lehnte
mich im Sessel zurück und hasste ihn ausgiebig.

Seit Buenos Aires reiste ich als Richard Braunschweig. Einunddreißig Jahre alt. Einsdreiundachzig groß. Siebzig Kilo schwer.

Mittelblondes, kurzgeschnittenes Haar ohne Scheitel. Ich trug eine leichte Hornbrille und schleppte stangenweise filterlose Zigaretten mit mir herum. Den Bart hatte ich abrasiert.

Ich war mir selbst sehr ähnlich, was den Lebenslauf anging, hatte keine völlig neue Geschichte lernen wollen. Die letzten problematischen Jahre meiner Südamerikaexistenz hatte ich in der Neufassung als Genossenschaftsberater in Kolumbien zugebracht. Mein Pass war ein Meisterwerk. Beim Betrachten des unvorteilhaften Schwarzweißfotos kam Sicherheit bezüglich meiner erlogenen Identität auf.

Ich schlug die Augen auf und sah der Dunkelblonden ins Gesicht. Etwa vierzig Zentimeter Entfernung. Sie hatte sich zu mir heruntergebeugt und fragte mich wegen frischem Gesöff. Ich zögerte die Antwort hinaus.

Graue Augen. Die Lippen mit diesem flüssigen Zeug bemalt, zum Ausrutschen und Knochenbrechen. Ich röchelte eine positive Antwort. Es war die einzige Chance, sie bald wieder auf vierzig Zentimeter Nähe zu bekommen.

Sie entschwand mit meinem Auftrag, kam wenig später mit einem Glas Scotch zurück. Den Gefallen, es mir zwischen die Beine zu gießen, tat sie mir nicht. Sie lächelte wie ein Automat, aber ich empfand es wie ein persönliches Kompliment.

Das Glas war kühl und beschlagen. Mir fiel nichts ein, womit ich sie weiter in meiner Nähe hätte beschäftigen können.

Santander pflegte zu betonen, dass die europäisch-lateinamerikanische Mischung Frau, die man in Buenos Aires bewundern konnte, das Nonplusultra auf dem Globus sei. Ich gab ihm recht.

Eine knappe Stunde später landeten wir auf dem Flughafen Jorge Chávez.

Für einen kurzen Moment sah ich Pazifik, ansonsten nebliges Graubraun, etwas gelblich. Lima in seiner Wüstenwaschküche.

Die 707 kam vor dem Hauptgebäude zum Stehen. Auf der

Gangway stach mir der strenge Geruch nach Fischmehl in die Nase. Zumindest dieser Wirtschaftszweig schien zu florieren. Etwa dreißig Meter über Asphalt. Dann durch einen langen Gang zur Passkontrolle. Linker Hand ein Geldwechsel der Nationalbank. Ich gab Dollars und bekam Soles.

Der Passbegutachter gab mir ein Touristenvisum für 90 Tage. Ich ließ meine Devisenerklärung abstempeln. Mein verbeulter Aluminiumkoffer wartete schon. Ich musste ihn bei der Zollkontrolle nicht öffnen, bekam anstandslos die rotweiß gestreifte, runde Kontrollmarke aufgeklebt.

Die Taxifahrer stürzten sich auf mich, als hänge ihre Existenz von der Fuhre ab. Verschiedene Gestalten versuchten mir vertrauensvoll das Gepäck zu entreißen, um es zu einem Kofferraum zu schleppen. Ich hielt es fest, suchte mir einen kleinen, schmächtigen Grauhaarigen aus und folgte ihm zu einem altersschwachen Ford.

»*Qué tal el Perú?*« Er schaute mich erwartungsvoll an. Peru war die Sensation bei der Fußballweltmeisterschaft in Argentinien. «*Vamos a ganar el Mundial.*» Er zeigte mir mit zwei Fingern das Siegeszeichen.

Sie hatten Cubillas für eine Unsumme ausgelöst und in die Heimat zurückgeholt. Es schien sich zu lohnen. Weltmeister werden. Schon der bloße Traum war ein wirksames Heilmittel, ließ die katastrophale wirtschaftliche Krise, in der sich das Land derzeit befand, vergessen. Brot und Spiele gegen Streiks und Ausschreitungen der Militärs.

»*Juegan mejor que los alemanes*«, lobte ich. Besser als unsere verängstigte Stümpertruppe. Funktionärshöriger Prämienhaufen. Cubillas kamen noch die Tränen in die Augen, wenn die Nationalhymne abgespielt wurde. Unsere Jungs stolperten einfallslos über den Ball.

»*Adónde vamos?*« fragte mein Taxifahrer.

»*Miraflores*«, sagte ich.

8

Das Projektil schlug in Sergios linke Brusthälfte ein, brachte ihn zum Taumeln, dann zum Sturz.

Er fiel auf den Gehsteig der Regent Street. Mitten im Trubel der Großstadt, Piccadilly Circus vor Augen. Eben hatte er noch den Blick aus einem Schaufenster genommen und damit gedankenverloren die Beine einer Brünetten vor sich gestreift. Dann traf ihn das Geschoss.

Er war nicht sofort tot, hatte noch Zeit wahrzunehmen, wie sich Passanten über ihn beugten um zu sehen, was mit ihm los war, konnte noch darüber nachdenken, wieso gerade er. Die schwarze, dezente Mappe für Seminarteilnehmer lag neben ihm auf dem Boden und hatte einige Tagungspapiere freigegeben, die jetzt unter die Schuhe der Fußgänger kamen.

Das war immer das erste, was bei solchen Seminaren geschah, dachte Sergio Pesántez: Papiere mit eigenem Briefkopf drucken lassen und Mappen verteilen. In Südamerika protzig und pompös aufgemacht, in Europa gediegen und teuer. Die Tagung hatte vor vier Tagen begonnen. Bis heute war noch nichts dabei herausgekommen außer gegenseitigen Freundlichkeiten, die an den Problemen weit vorbeizielten.

Und er lag hier angeschossen herum und hatte keine Ahnung, wer ihm derartige Wichtigkeit beimaß. So eine Show abzuziehen! Im Ausland. Im Trenchcoat. Im Nebel. Angetreten zum Zuhören und Mitreden, und dabei angeschossen.

Das Wenige, was er von London gesehen hatte, gefiel ihm. Es war, wie man ihm erzählt hatte, nur ein bisschen feuchter, kalter, ungemütlicher, zumindest auf den Straßen, auch im Juni.

Mutter, dachte Sergio. Ein schwaches Lächeln huschte über sein Gesicht. Mama hatte immer so von London geschwärmt, von Europa geträumt. Er bedauerte, dass er ihr Traumbild leicht beschmutzen musste, indem er hier krepierte.

Da war sie plötzlich: die immer gleiche Szene mit Mutter. Oft erlebt.

Rosa Prado de Pesántez ertrug die Schande nicht. Schande, die ihr Sohn Sergio auf den Namen seines Vaters häufte. Mein Sohn, mein Ältester, ein Roter, pflegte sie schluchzend festzustellen. *Un rojo*, das war er in ihren Augen, stetig faulender Apfel auf dem Familienstammbaum. Was hatte sie alles für ihn getan: hatte ihm eine gute Erziehung zuteil werden lassen, Abitur, Studium; Jura. Ein angesehener *abogado* hätte er werden können, ein distinguierter *doctor* mit ordentlichem Anwaltsbüro, mit großem Schild an der Tür. DR. SERGIO PESANTEZ PRADO – ABOGADO. Aber was tat er statt dessen? Mischte sich in die Politik. Gewerkschaften. Bauernbewegung. Demonstrationen. Aufruhr. Einen Bart hatte er sich wachsen lassen. Beim Friseur war er lange nicht mehr gewesen. Ihr Sohn. Ihr Sergio. Was musste sie alles seinetwegen ertragen. Dann das Schlimmste: dreißig Jahre alt und nicht verheiratet. Keine Ehefrau. Keine Kinder. Keine Enkel für Rosa de Pesántez. Und die Leute. Was musste sie sich alles anhören. Jeden Tag. Von María de Guerra, von Eva de Fuentes, von Eulea de Lupera, von vielen mehr. Ihre Freundinnen. Ihre Bekannten. Frauen mit ordentlichen und angesehenen Söhnen. Strahlende Lichter auf dem Familienstammbaum.

»Mama, ich habe dir tausend Mal erklärt, was es mit der Gewerkschaft und meiner Arbeit auf sich hat«, sagte Sergio müde.

Er stand hilflos mit der üblichen Mutter-Sohn-Höflichkeit vor ihr, zwang sich zur Ruhe. Es hatte keinen Zweck, einen Bruch herbeizuführen. Es war für nichts gut. Er kochte innerlich, hatte es satt, sich immer wieder aufs neue mit Unabänderlichkeiten herumzuschlagen. Er, der Arbeiterunterstützer und Bauernfreund, an seiner häuslichen Werkbank, auf seinem Familienacker, zum Scheitern verurteilt, stumpf, erfolglos.

Rosa de Pesántez schluchzte erneut gepeinigt auf, drückte sich das weiße Spitzentaschentuch vor den Mund und setzte sich auf die äußerste Kante des schweren Sofas. Vergrämt, von dumpfer Trostlosigkeit darüber befallen, dass die Dinge nicht ihren gottgewollten Lauf nahmen.

Sergio blieb in der Zimmermitte stehen, unschlüssig auf dem Teppich festgenagelt. Mit kalten Augen musterte er die Möbel. Mittelständisch. Die demonstrierte, ausreichende Wohlhabenheit. Er fand es nur noch geschmacklos, hatte den Drang, kitschige Errungenschaften in Plastik aus den Schrankfächern zu fetzen, die falschen Werte in Gestalt von bonbonfarbenem Kunstobst mitsamt der Kunststoffschale und dem Spitzendeckchen von der Tischplatte zu wischen. Aber er tat es nicht.

Um ihn herum schwärmte man für Nueva York, für Miami. Man kratzte die Sucres zusammen, um einen Urlaub im nahen Paradies zu machen, kam mit orangefarbenen Rucksäcken und kompletten Campingausrüstungen zurück, wenn in den USA Freizeit proklamiert und vermarktet wurde, stellte die teuren Errungenschaften in eine entlegene Ecke zum gelegentlichen Vorzeigen, benutzte sie nie. Man hatte so was. Die Freizeit sah allerhöchstens sonntägliche Autofahrten aufs Land vor, aufs *campo*, wie sie es sahen, wie sie es nie kennen lernen konnten. Bei kurzen, von Armut und Landbewohnern abgeschirmten Besuchen auf dem kleinen Landsitz, der *finca*, dem Denkmal der Naturverbundenheit. In das Auto. Über das noch zumutbare Stück Landstraße. Aus dem Auto. In den abgeschirmten Bunker mit Frontlage. Das war alles, was sie taten, um mit dem verbunden zu sein, was sich außerhalb ihrer sauerstoffarmen, aber wohlduftenden Welt tat.

Was sollte er ihnen erzählen? Was war ihnen überhaupt noch beizubringen? Sollte man sie alle nicht einfach überrennen, an die Wand drücken, zertreten?

Sergio sah Bilder vor sich, auf denen Indios, Campesinos in verlassenen Plüschsesseln in städtischen Wohnzimmern saßen, ihre nackten, verlederten Fußsohlen empfindungslos auf Teppiche setzten. Sie konnten die schmeichelnde Weichheit des Materials nicht mehr spüren, weil ihnen die nasse Erde, das kalte Gestein jegliches Fühlenkönnen aus den Füßen gesaugt hatte.

Sergio sah, wie sie Mühe hatten, ihre auf den weiten, endlosen Raum eingesehenen Augen auf die Enge des Wohlstands im Halbdunkel umzustellen. Sie musterten die Bilder der Befreier an den Wänden und konnten keine Verbindung zwischen dem Blauweißrot der Uniformen, dem goldenen Blinken der Waffen und ihrer einfachen Rechtlosigkeit herstellen. Inkas standen ihnen näher als neuzeitliche Befreier und Präsidenten. Atahualpa war greifbarer als Bolívar. Tupac Yupanqui konkreter als Sucre.

Er verdrängte die Bilder und schaute wieder seine Mutter an. Das alte, zerfaltete Gesicht. Der trotzig-stolze Zug um den Mund, den auch das vorgehaltene Taschentuch nur teilweise verdecken konnte.

Wie sollte er ihr erklären, was sich in diesem Land tat? Wovon sollte er sich reinwaschen? Sollte er den christlichen Ursprung des Verbandes zitieren, oder andere so blutigrot an die Wand malen, dass eigenes Rosa dagegen verblassen musste, vielleicht sogar zu strahlendem, gesellschaftsfähigem Weiß werden würde? Wollte er das überhaupt? Nein! Nein, er wollte es nicht.

Er überließ Rosa de Pesántez ihrer Rolle als gebrochene Mutter und schlich sich vom Teppich hinaus aufs Straßenpflaster.

Was machten sie da mit ihm?

Hoben ihn auf, transportierten ihn auf einer Bahre durch die offene Hecktür eines Wagens, setzten ihn behutsam ab und nahmen zu zweit gegenüber seiner Lagerstatt Platz. Sehr verantwortungsbewusst, diese Engländer.

Dann fuhren sie ihn durch die belebten Straßen, deren Geräuschkulisse er wahrnahm, aber die er optisch nicht mehr erfassen konnte. Sie machten eine richtig nette Stadtrundfahrt mit ihm, bremsten etwas scharf und luden ihn aus.

Dann zwei Gesichter über ihm. Medizinmänner. Zwei Anzeigentafeln für seine Gewinnchancen. Besorgt bis hoffnungslos. Und weiter durch lange Gänge mit Apothekengeruch.

Als er gerade chromblitzende Technik um sich registrierte und weiße, geschäftige Geister eine sachliche Hektik entwickelten, merkte er, wie sich jemand am Vorhang zu schaffen machte.

Er, gerade mit dem Blick ins Publikum, bereit, die Vorstellung nicht abzusagen, hatte es nicht mehr in der Hand. Er maß dem leichten Unwohlsein keine Bedeutung zu. Nicht so viel, dass es zur Absage des Gastspiels berechtigt hatte. Doch der Mann am Vorhang nahm ihn vorzeitig aus dem Rennen.

Als der Vorhang endlich fiel, dachte Sergio Pesántez nicht – wie angeblich so viele – in letzter Minute doch noch an Gott. Er musste kurz an die Inkas denken, an Atahualpa, an Tupac Yupanqui. Und da war wieder das schwache Lächeln. Es blieb.

9

An jenem Morgen, in seinem Büro, sagte Guido mir, dass sie angerufen habe.

Er betitelte sie ›Frau‹ und nannte ihren Nachnamen dazu. So, als wolle er sie ihrem Mann zuordnen, dem Mann, mit dem sie verheiratet war. Dann gab er mir ihre Nummer.

Ich hatte Lima draußen gelassen. Ein grauer Tag. Die geballte Feuchtigkeit des Pazifiks hing über Miraflores.

Die Knaben auf dem mondänen Tennisplatz mit Swimmingpool und Klubgebäude hatten nur mit äußerster Mühe Ballwechsel zustande gebracht, während ich den Malecón Balta kreuzte und in der Eingangshalle des Bürohochhauses untertauchte.

Im Aufzug stand der Zeitungsjunge mit dem Cordobés-Lächeln. Er hatte keine Zukunft: Der importierte Stierkampf war als Devisenschleuder erkannt und aufs Nationale zusammengestutzt worden. Und da sah keiner wie der Mann aus Córdoba aus. In Bezug auf spanische Stiere und Matadore hatte Quito Lima den Rang abgelaufen.

Ich hatte die Zeitung genommen, und beim Überfliegen der zurechtgebogenen Informationen war mir wieder der SPIE-GEL-Artikel eingefallen, den ich tags zuvor gelesen hatte.

Die Inflationsrate war bei 80 Prozent angelangt. Die Kaufkraft der Angestelltengehälter war innerhalb der letzten drei Jahre um 35 Prozent gesunken, die der Arbeiterlöhne um 20 Prozent. Statistische Schaubilder mit schroff abfallenden Fieberkurven, wohin man sah. Vor den Pforten der Banco de la Nación drängte sich das Volk freitags auf den Straßen, in langen Schlangen, und wartete drei Stunden und mehr, um an seinen Wochenlohn zu kommen. Ein durchschnittlicher Bankangestellter bekam 250 Mark, ein Lehrer 180, ein Arbeiter 120, ein Hausmädchen 40 Mark. Im Monat. Dreizimmerwohnungen europäischen Stils kosteten 500 Mark Monatsmiete. Man brauchte einen zweiten und einen dritten Job um zu überleben. Aber nur die Hälfte der peruanischen Bevölkerung war ganztägig beschäftigt. Ein Zehntel war arbeitslos. Die Verschuldungsmöglichkeiten des Staates waren ausgeschöpft, die Devisenreserven aufgebraucht.

Peru war pleite. 8,3 Milliarden Dollar öffentliche Auslandsverschuldung. 1,427 Milliarden Dollar Zins- und Tilgungsverpflichtungen – sieben Achtel des Staatshaushalts. Neue Kredite. Neugedrucktes Papiergeld. Das halbe Volk unterernährt. Keine Investitionen im Bergbau. Keine Zukunft im Erdöl. Die Landwirtschaft desolat. 1,9 Prozent Zuwachs in der landwirtschaftlichen Produktion gegen 3,1 Prozent Bevölkerungszuwachs.

Selbst den strengen Geruch nach Fischmehl am Flughafen hatte ich zu optimistisch gedeutet. Durch veränderte Meeresströmungen waren die vormals reichen Fischgründe von der peruanischen Pazifikküste abgetrieben worden. 1,8 Millionen Tonnen Fisch im letzten Jahr gegen 12 Millionen vor acht Jahren.

Bevor Guido dienstlich wurde, erbat ich mir Zeit für ein Telefongespräch.

Den Hörer in der Hand, überlegte ich es mir anders. Sie war mehr Aufmerksamkeit wert, mehr Vorbereitung. Ich fühlte mich nicht in der Verfassung, so einfach ihre Stimme herauszufordern. Besser später anrufen. Erst musste ich mich psychologisch auf sie einstellen.

Ich ging in Guidos Zimmer und tat so, als hätte ich alle wichtigen Telefonate erledigt.

Guido Meyers Anwaltsbüro war Santanders Kontaktstelle in Lima. Ich erhielt meine Informationen.

»Montalvo Mera lebt im Hotel Victoria Internacional«, dozierte Meyer und ließ uns was zum Trinken bringen. »Er hat eine ganze Etage gemietet. Wir haben ihn wochenlang beobachtet.«

»Und?« Ich musterte die dunkelblau-weinrot gestreifte Krawatte meines Gesprächspartners. Er machte auf jungen, dynamischen Rechtsanwalt, wie er aus der nordamerikanischen Serie bekannt war, sah aus wie jeder andere Karrieretyp: Graublaue Klamotten, kurzer Haarschnitt, Körper im Fitness-Zentrum gestählt.

»Sein Tagesablauf ist unregelmäßig, die Lage des Hotels ungünstig.«

Die Sekretärin brachte Kaffee.

»Einen Brandy?« fragte Guido.

»Danke, nein.« Ich griff zur Kaffeetasse.

»Es spricht zuviel gegen ein Gewehr mit Zielfernrohr.« Er griff zu einer Flasche Osborne Veterano und goss sich einen Fingerbreit in ein Glas.

Die Aussage beruhigte mich. Ich hatte den Gedanken an die heimtückische Entfernung, das Hinterhältige bislang verdrängt, war froh, ihn loszuwerden.

»Wird schwierig«, hörte ich Guido sagen. »Du wirst verdammt nah am Objekt arbeiten müssen.«

Mir war es recht.

»Hier die Daten über seinen Leibwächter.« Er gab mir eine Aktenmappe.

Ich schlug sie auf, besah mir ein vergrößertes Farbfoto. Ein Mann Mitte Vierzig. Schmaler Kopf mit schwarzem Haar, nach hinten weggekämmt. Er wirkte drahtig. Julio Andrade Villa, las ich auf einem Textblatt, einsachtzig groß.

Guido Meyer gab mündliche Erläuterungen.

Ich hörte mir alles über Andrade an, schaute nochmal auf das Foto und wusste, dass der Weg zu Montalvo Mera nur über diesen Mann führte; über seine Geldgier oder über seine Leiche. Nichts sprach dafür, dass er käuflich war.

Später, im Aufzug, stand der Zeitungsjunge mit den letzten Exemplaren in der Hand da und lächelte genauso wie zuvor.

Auf der Straße nahm ich den leichten Wind wahr. Er versuchte den Waschlappen zu trocknen. Im Park hatten sie Bilder zum Verkauf ausgestellt, die mich an deutsche Großkaufhäuser erinnerten.

Ich quetschte mich als fünfter in ein Kollektivtaxi und fuhr bis zur Plaza San Martín. Von dort ging ich zu Fuß die Unión hinunter, nahm eine Seitenstraße und betrat die Empfangshalle des Hotels, in dem sie wohnte.

Ich sagte dem Chef vom Empfang, wen ich wollte: Susanne Bergmann. Er gab mir den Hörer, als sie dran war. Im Babylon der Halle war ihre Stimme eine unter anderen. Ich machte es kurz, fast geschäftlich.

Als sie dann auf mich zukam, war es, als ob ich mein Gehirn am Empfang abgegeben hätte. Es reichte nur zum Ansehen und für ein paar unwichtige Worte. Wie immer. Wir kannten den direkten Weg ins Bett, aber sonst langte es nicht einmal für eine flüchtige Zärtlichkeit. Total oder gar nicht.

Den, mit dem sie verheiratet war, hatte sie bereits verschlissen, ohne dass er es bemerkte.

Da war dieses Ausbeuterlächeln auf ihren Lippen. Sie machte nie einen Hehl daraus, wenn sie etwas wollte. Ich konnte mich nicht daran erinnern, ihre blauen Augen jemals mit etwas Sinnlichem in Verbindung gebracht zu haben, aber sie waren das Zentrum ihrer sexuellen Ausstrahlung. Ihre Augen waren von einer zwingenden Direktheit zum Geschlechtlichen. Sie waren feucht, hatten einen Stich ins Graue und etwas Hartes.

»Hallo.« Sie küsste mich rasch auf die Wange.

Ich blieb stumm.

»Hast du schon gefrühstückt?«

»Eigentlich nicht.« Ich folgte ihr ins Restaurant.

Gott sei Dank, war der Tisch zwischen uns. Erst kam gesprächsweise die politische Lage des Landes. Dann ein kurzer Report über meine beruflichen Aktivitäten, in der allgemeinverkäuflichen Version. Es folgte eine Skizze ihrer Reise. Susanne machte in Mode. Der Kreis unserer verkrampften Konversation war bald geschlossen. Wir brachten es immer nur auf einen bescheidenen Durchmesser.

Sie wollte ans Meer. Also nahmen wir den Bus und fuhren nach Miraflores.

Das letzte Stück zum Pazifik gingen wir zu Fuß. Der Tennisplatz war leer. Statt der müden Ballwechsel gab es jetzt Longdrinks unter den Sonnenschirmen des Tennisklubs.

Am Strand sah es aus wie in Kalifornien. Die Hälfte der Leute schleppte Surfbretter herum oder fummelte sich damit durch die Wellen. Entlang der Küstenstraße flimmerte der Chrom abgestellter Motorräder und Autos.

Susanne war anzusehen, dass Lima zunehmend für sie abgehakt war, zumindest diese Kopie von Kalifornien. Ich mimte den Unbekümmerten. Es gab da Bikiniabmessungen, die mir gefielen.

»Du Penis!« fauchte sie. Man durfte hinsehen, aber man hatte gefälligst sie anzupeilen.

Die Hitze dämpfte die aufkommende Aggression. Es gab nur eine konstruktive Alternative zu diesem Honolulu-Verschnitt. Wir kehrten um und gingen zu meiner Pension.

Das ältliche Fräulein, das der Herberge vorstand, hatte es geschafft, ein absolutes Hermann-Hesse-Idyll zu erhalten. Spitzendeckchen und original altdeutsche Möbelmonster. Seit meiner Ankunft fühlte ich mich wie Steppenwolf, nahm artig mein preiswertes Frühstück ein, las Zeitung. Zwischendurch etwas knappe, aber gepflegte Konversation.

Im Alleingang hatte alles stimulierend auf mich gewirkt. Jetzt, wo ich Susanne mitgebracht und unbemerkt aufs Zimmer geschleust hatte, kam mir alles muffig und abgestanden vor. Die Spitzendeckchen hatten plötzlich den Gilb.

Susanne schien das alles nicht sonderlich zu stören. Die Tür war hinter uns ins Schloss gefallen. Es war Zeit, sich unverkrampft zu geben.

»Ein schönes Antiquitätengeschäft hast du da bezogen.« Sie lächelte mitleidig.

»Mir gefällt es«, erwiderte ich trotzig.

»Viel zu eng bei der Hitze. In Deutschland, im Winter, ja – aber hier.« Sie zog sich aus.

Es gab dabei Zwischenstadien, die ich besonders genoss. Wenn sie nur noch den Slip anhatte, war sie unschlagbar. Eine Mischung aus Minderjähriger und figürlicher Perfektion, für die man leichten Herzens in den Knast wandern konnte. Sie drückte den Schatten des Steppenwolfs mühelos aus dem Zimmer.

»Ich habe es nie mit dir in einer stickigen Keksdose getrieben; jetzt ist es soweit.« Sie legte sich aufs Bett.

Als wir nebeneinanderlagen, erdrückte mich die Inneneinrichtung des Zimmers wieder. Die klebrige Luft drang durchs leicht geöffnete Fenster ein. Kein Wind mehr, der die Vorhänge bewegte. Ich hörte die blecherne Stimme des Fräuleins im Innenhof. Sie gab mit deutschem Akzent spanische Befehle ans Dienstpersonal. Dann verstummte die Stimme, und Schritte entfernten sich Richtung Küche.

Als sie später ins Bad ging, verdrängte ihr Anblick den abgestandenen Mief. Ich zog mich an. Hose und Hemd klebten mir sofort am Körper. Auf dem kleinen Balkon saß der rote Kater des Fräuleins. Die Brüstung warf gerade so viel Schatten, wie er brauchte, um sich das Fell nicht in der Sonne zu versengen. Wir waren Freunde. Ein weiterer Grund, warum mir das Fräulein gewogen war. Der Kater hatte einige stattliche Narben am Körper, die er sich bei nächtlichen Ausflügen geholt hatte. Jedesmal, wenn er sich im Innenhof wohlig auf dem Rücken wälzte und seine Hoden zeigte, schaute das Fräulein verlegen zur Seite, als müsse sie sich dafür entschuldigen, dass sie ihn nicht frühzeitig hatte kastrieren lassen.

Susanne kam aus dem Bad zurück. Es war Zeit zu gehen. Ich warf einen Blick in den Innenhof und sondierte das Terrain.

Als wir auf der Straße waren, klammerte sie sich an mich, als ob etwas Schreckliches überstanden sei.

Ich spürte ihren Körper. Es war kein Stacheldraht dazwischen. Sie war weich und gelöst. Und ich hatte dieses wunderschöne, beschissene, gütige Großvatergefühl. Beschützer in allen Unbilden des Lebens. *Lean on me baby, just lean on me!* Wir gingen etwas essen.

»Ich fliege morgen weiter«, sagte sie.

»Wohin?«

»La Paz.«

Als wir in der Empfangshalle ihres Hotels standen, sagte ich: »Das würde uns kein Mensch glauben.«

»Was meinst du damit?« fragte sie. Der Livrierte gab ihr den Zimmerschlüssel.

»Dass wir uns in dieser Weise durch den Kontinent vögeln.«

Sie schaute mich missbilligend an. Ihre Augen wurden sehr grau.

»Ich weiß«, sagte ich. »Wir können uns damit von Zeit zu Zeit um den Verstand bringen, aber du würdest es niemals mit diesem Wort belegen.«

»Das ist uns heute nicht ganz gelungen.« Sie lachte.

»Was?«

»Uns um den Verstand zu bringen. Wir müssen aufpassen,

226

dass wir nicht wieder ins Stadium des Händchenhaltens zurückfallen.« Sie verschwand im Aufzug.

Zurück durch die Seitenstraße zur Unión. Für einen kurzen Augenblick hatte ich Santanders mahnende Worte im Ohr. Ich und die Frauen. An der Plaza San Martín nahm ich ein Taxi.

Am nächsten Vormittag, als ich meinen Abstecher ins Büro machte, hatte ein steifer Wind die Feuchtigkeit vertrieben.

Auf dem Tennisplatz bewegte man sich flott. In der Eingangshalle stand El Cordobés und lächelte.

Im Büro kam Guido Meyer auf mich zu.

»Sergio ist tot«, sagte er.

London, dachte ich. Im Nebel.

10

Andrade schaute seinen Chef mit Genugtuung an. Er hatte die Nachricht von Sergio Pesántez' Tod überbracht.

Montalvo Mera stand mit dem Rücken zum Hotelzimmerfenster.

»Ich habe nicht damit gerechnet, dass sie den Wahlkampf so weit treiben würden.« Er warf besorgt einen Blick auf Andrade.

»Pesántez war ein Hindernis«, sagte Andrade mit ruhiger Stimme. »Sie haben es aus dem Weg geräumt.«

Montalvos großflächiges Gesicht mit der kleinen, schmalen Nase verzog sich gequält. Seine braunen Augen über den faltigen Tränensäcken wurden schwarz. Die zwei steilen Falten erschienen zwischen den Augenbrauen. Er strich sich mit der manikürten Rechten über das grauschwarze Haar und stieß ein missbilligendes Schnauben aus.

»Sie haben ihn abgeschlachtet und auf unsere Rechnung gesetzt.« Sein Gesicht beruhigte sich unter einem angeekelten Lächeln.

Er kannte die Militärs gut genug. Es war eine ihrer typischen Überreaktionen. Wieder ein Beweis mehr für dieses unkontrollierte Gehabe. Amateurhafte Stümper, was die Politik betraf. Er würde mit ihnen leben müssen, so, wie der ganze Kontinent mit ihnen leben musste.

Montalvo blickte seinen Vertrauten bitter an. »Sie machen schnell noch einen Haufen Schulden auf unsere Kosten, Julio. Wenn wir Glück haben, gibt es nur ein bisschen Ärger. Wenn wir Pech haben, dann hinterlassen diese hirnlosen Gorillas vor dem Abtreten noch eine paar Zeitbomben mehr im ungemachten Bett. Ich kann mir meine Feinde selbst machen.«

Andrade war ruhig und zufrieden.

Unannehmlichkeiten. Es wurde heiß. Nach einer langen Phase unnatürlicher, speckiger Ruhe kam Bewegung in seine abgestandene Welt. Er kannte das. Aufgaben zeichneten sich ab. Er hatte ein paar Lösungen anzubieten. El Jefe konnte beruhigt sein. Zu lange hatten sie untätig auf dem Abstellgleis gestanden, alle Signale auf Rot. Jetzt war es vorbei damit. Kleine Anzeichen sprachen dafür, dass die Macht mit allen Vorzügen und Problemen wieder nach Hause kam – zu ihnen.

11

Guido Meyer hatte mir eine Sauer P225 besorgt.

9 Millimeter. Eine Pistole, die, bundesdeutschen Zeitungsartikeln zufolge, der Brutalisierung der Polit-Kriminalität entsprach.

Die Waffe war als Nachfolgemodell der 7,65 Millimeter-Pistole vom Typ Walther PPK für die Ausrüstung der Polizei in der Diskussion. Bei der leichteren Pistole war das Sterben nicht einprogrammiert gewesen. Die Polizeibeamten hatten bei Gefechten mit schwerer bewaffneten Gegnern gelegentlich den Kürzeren gezogen. Eine großkalibrige Waffe sollte Abhilfe schaffen. Ich selbst hatte es nie unter 9 Millimeter getan, wegen des Sterbens.

Ich saß in einem Straßencafe gegenüber dem Hotel Victoria Internacional, trank einen *cortado* und las die Prensa.

Gegen elf Uhr fuhr ein schwerer, nordamerikanischer Wagen, ein Oldsmobile, dunkelgrau, am Hoteleingang vor. Julio Andrade Villa erschien auf der Treppe und blieb mit einem sichernden Rundblick stehen. Der Fahrer stieg aus und öffnete die hintere, linke Wagentür.

Rodrigo Montalvo Mera schob sich nach kurzem Wortwechsel an Andrade vorbei und verschwand auf dem Rücksitz. Andrade folgte. Der Fahrer, ein unauffälliger Latino, wahrscheinlich Peruaner, schloss die Wagentür, nahm hinter dem Steuer Platz und fuhr los.

Beim Auftauchen des Oldsmobile hatte ich meinen Tisch verlassen. Ich hatte vorsorglich gezahlt. Außer der Sauer hatte mir Guido Meyer noch einen dunkelgrünen Peugeot 504 besorgt. Er war neben dem Gehsteig vor dem Café geparkt. Ich nahm am Steuer Platz und startete den Motor. Sie schoben sich in meiner Fahrtrichtung zwanzig Meter vor mir in den Verkehr. Ich folgte mit gerade noch vertretbarem Mindestabstand, wollte im Verkehrsgewühl der Innenstadt nicht riskieren, sie zu verlieren.

Wenn meine Informationen stimmten, hatte Montalvo vor, in einem staatlichen Erholungszentrum vierzig Kilometer außerhalb von Lima mit einer dort tagenden Gruppe südamerikanischer Industrieller zu Mittag zu essen und am Nachmittag ein Referat über zukünftige Kooperationsmöglichkeiten in Ecuador zu halten. Kleingewerbe und mittlere Industrie sollten im Mittelpunkt der Tagung stehen. Ich hoffte, dass sich nicht wieder elektronisch gesteuerte Fertigungsstraßen dazwischenschoben. Der professionell-matte Glanz hochentwickelter Technologien hatte das so an sich.

Ich konzentrierte mich aufs Verkehrsgeschehen. Der dunkelgraue Wagen zockelte etwa hundert Meter vor mir die Avenida Mexico entlang.

In Höhe des Cerro El Pino fiel mir im Rückspiegel der blassgelbe Toyota Cressida auf. Drinnen saßen vier Männer. Ich war sicher, dass er schon seit einigen Minuten gleiche Richtung und gleichen Abstand hielt. Es musste nichts bedeuten.

Der Fahrer des Oldsmobile vor mir bog nach rechts auf die Carretera Central ein und beschleunigte ein wenig. Ich zog nach, konnte jedoch bei dem dünnen Verkehr einen größeren Abstand riskieren. Der blassgelbe Toyota folgte.

In Höhe der Klinik San Juan de Dios nahm ich etwas Gas weg. Der Toyota zog vorbei. Vier Männer im mittleren Alter, soweit ich erkennen konnte. Sie beachteten mich nicht. Der Toyota setzte sich etwa hundert Meter vor mich, blieb aber respektvoll hinter dem Oldsmobile.

Die Ausfallstraße nach Huancayo war um diese Tageszeit schwach befahren. Montalvo und seine Leute beließen es bei hundert Stundenkilometern. Eine höhere Geschwindigkeit wäre möglich gewesen. Der Fahrer des Toyota hielt sich hinter dem Oldsmobile. Da ich wusste, wohin Montalvo fuhr, konnte ich es riskieren, den Abstand weiter zu vergrößern. Ein Datsun Camioneta mit drei Indios auf der offenen Ladefläche schob sich zwischen mich und den Toyota.

Zehn Kilometer weiter war der Datsun entschwunden. Ansonsten unveränderte Reihenfolge: Oldsmobile, Toyota, Peugeot.

Die Unternehmer würden bei ihrer Tagung noch unter dem Eindruck der Fernsehansprache des peruanischen Wirtschaftsministers stehen, die dieser gestern abend gehalten hatte.

In seiner Rede an die Nation hatte er ein düsteres Bild der peruanischen Wirtschaftslage gezeichnet. Er gab zu, dass die Regierung in den vergangenen Jahren eine Reihe von Fehlern gemacht hatte. Mehr ausgegeben als produziert. Uneffektive und schlechte Anlage der Ausgaben. Blindes Verlassen auf die Auslandsschulden.

Der Minister hatte eine Reihe von Maßnahmen zur Bekämpfung der Krise aufgezeichnet: Sparen, Kürzung der Investitionen. Drosselung der Importe, Förderung der Exporte. Eine neue Politik in der Landwirtschaft. Während immer wieder neue statistische Schautafeln mit absackenden Zickzacklinien und Kurven eingeblendet worden waren, hatte der Minister mit großer Haltung einen langen Offenbarungseid geleistet. Ein Zivilist hatte realistisch bis zur Brutalität die Sachlage geschildert und Reformen und Experimente der Militärregierung in Schutz genommen. Er hatte einen letzten großen Angriff gegen diejenigen Kritiker gefahren, die den Hauptgrund für die Krise im Prozess der strukturellen Umorganisation sehen wollten, die versuchten, die Öffentlichkeit von der Richtigkeit der Vorstellung zu überzeugen, dass alle Probleme ihre Ursache in den revolutionären Absichten der Vergangenheit hätten.

Der Minister hatte bestritten, dass irgendeine Beziehung, Ursache oder Wirkung zwischen dem einen Phänomen und dem anderen bestehe, und hatte den Kritikern vorgeworfen, aus egoistischen Beweggründen gegen das Wohl der Mehrheit und der Gesellschaft im Allgemeinen zu sein.

Den Industriellen da draußen im Erholungszentrum mussten die Ohren geschmerzt haben bei so viel Schelte. Einige hatten mit Sicherheit gegen die Mattscheibe geflucht und sich damit beruhigt, dass sie am längeren Hebel saßen, langfristig recht behalten würden.

Für den Großteil der Bevölkerung, die den langen Ausführungen ihres Ministers über Schuldenlast, Wechselkurs, Verschwendung, Defizit und Preispolitik sowieso inhaltlich nicht hatte folgen können, war die wirtschaftliche Bankrotterklärung nur ein Teil des Rundschlages. Hinzu kam, dass die peruanische Fußballnationalmannschaft in Argentinien gegen Brasilien verloren hatte. Die Droge verlor ihre Wirkung. Das nationale Desaster war perfekt. Cubillas und seine Leute hatten herrlichen Fußball gespielt. Tempo. Lange Pässe in den offenen Raum. Berauschende Dribblings. Die für die Augen der Zuschauer weitaus unattraktiver spielenden Superprofis, der übermächtige, große Bruder, hatte kalt gekontert und gesiegt. Die peruanischen Balltreter hatten die Sympathien und den Applaus auf ihrer Seite, dazu die Niederlage; etwas, was sie mit ihren heimischen Revolutionspolitikern verband.

Das Volk hatte die Bildschirme, auf die es mit so vielen Illusionen gestarrt hatte, wieder grau werden lassen und war in Resignation verfallen.

Montalvo Mera würde alles selbstzufrieden beobachten. Ecuador hatte sich erst gar nicht für die Weltmeisterschaft qualifizieren können. Aber es hatte auch keine spektakuläre Niederlage auf internationalem Parkett erlitten. Der direkte Weg zu glanzvollen Erfolgen stand noch offen. Es konnte noch einiges anders gemacht werden. Montalvo hörte es gerne, wenn Ecuador immer häufiger als das Brasilien am Pazifik bezeichnet wurde. Es konnte sich noch alles zum Besten wenden. Er würde entscheidend dazu beitragen.

Bei Kilometer 27 der Carretera Central bog der Oldsmobile nach links ab und nahm Kurs auf das Centro Vacacional Huampaní in Chaclacayo.

Der Toyota verringerte die Geschwindigkeit, fuhr an der Stelle, wo Montalvo und seine Begleiter abgebogen waren, vorbei, hielt dann an und wendete.

Ich ging auf fünfzig herunter und fuhr weiter. Der Toyota kam mir entgegen, passierte mich. Im Rückspiegel sah ich, dass er vorsichtig die Fährte des Oldsmobile aufnahm.

Als die blassgelbe Karosserie zwischen den Häusern von Chaclacayo verschwunden war, wendete ich ebenfalls. In Höhe der Abzweigung parkte ich den Peugeot neben der Asphaltpiste, nahm mein Jackett vom Beifahrersitz und tastete prüfend nach der Waffe in der Seitentasche.

Ich stieg aus und folgte dem Wegweiser zum Erholungszentrum. Die Sauer schlug mir in die Nieren, als ich die Jacke nach hinten über die Schulter warf.

12

Andrade hatte den blassgelben Toyota bei Kilometer 18 bemerkt.

Er hatte die Entdeckung für sich behalten. Es war sein Job, dem Chef unnötige Sorgen zu ersparen.

Während sie den Kontrollposten mit dem Schlagbaum passierten und auf das Gelände des staatlichen Erholungszentrums fuhren, registrierte er die gelbe Kühlerhaube etwa fünfhundert Meter dahinter. Der Toyota blieb stehen.

Der Oldsmobile nahm Richtung auf das weiter entfernte Zentralgebäude und verschwand außer Sichtweite der Verfolger.

Julio Andrade Villa lächelte. Die peruanischen Stellen machten sich nicht mehr die Mühe, den Exilpolitiker im Auge zu behalten. Nur die ersten Monate hatte es vereinzelte Beschattungsaktionen gegeben. Die Konkurrenz aus der Heimat schien aktiv zu werden.

Sie erreichten das Hauptgebäude. Der Fahrer stellte den Motor ab, stieg aus und riss die hintere linke Tür auf. Montalvo Mera und Andrade Villa stiegen aus.

»Bleiben Sie beim Wagen«, sagte Andrade zum Fahrer.

Der Mann nickte.

»Ich werde Sie später für einen Kaffee ablösen.«

Der Fahrer nickte erneut, verzog sich auf den Sitz hinter dem Steuer und schlug eine Tageszeitung auf.

Andrade folgte dem Chef ins Gebäudeinnere und warf einen flüchtigen Blick zurück. Es war nicht anzunehmen, dass sie die Abgrenzung des Geländes beim Kontrollposten an der Hauptauffahrt überschreiten würden. Wenn sie überhaupt vorhatten zu kommen, mussten sie schon zu Fuß anrücken.

Andrades linker Oberarm drückte gegen die Waffe, die er seit gestern wieder trug. 18-S&W-Bodyguard-Airweight .38 Special. Bislang hatte er im Land ihrer Gastgeber darauf verzichtet. Montalvo hatte Order ausgegeben, nichts zu tun, was Komplikationen mit staatlichen Stellen zur Folge haben könnte. El Jefe wusste nicht, dass sein Vertrauter seit gestern wieder Aufrüstung betrieb. Warum sollte man ihn auch damit belasten?

In der Empfangshalle des Hauptgebäudes strebten Montalvo drei Herren in dezenten Anzügen und mit freundlichem Lächeln entgegen. Man hatte ihn schon erwartet. Wie die Fahrt gewesen sei? Angenehm? Das Essen stehe schon bereit. Die Kollegen erwarteten ihn mit Spannung. Man habe viele Erfahrungen auszutauschen.

Montalvo war herzlich und zeigte ein professionelles Lächeln zwischen höflichen Satzfetzen. Man bewegte sich aus der Haupthalle hinaus und ging zwei langgezogene Treppen hinab in einen anderen Gebäudeteil.

Andrade hielt sich im Hintergrund. Jetzt ging es eine Treppe hoch zum Speisesaal. Etwa zwanzig Personen, die Bedienungen eingeschlossen. Alle unverdächtig. Der Raum war gut zu übersehen. Andrade war zufrieden.

13

Einer blieb im Wagen, drei gingen auf den Kontrollposten zu.

Sie redeten auf den Wächter ein und drängten ihn dabei mit ihren Körpern ins Innere des Wachhäuschens. Einer kam wieder heraus, drückte den Schlagbaum hoch, verschwand auf dem Beifahrersitz, und der blassgelbe Toyota fuhr los.

Ich blieb unschlüssig stehen.

Der Toyota verschwand in Richtung auf das Hauptgebäude des Erholungszentrums, auf der Fährte des Oldsmobile.

Es dauerte einige Minuten, bis ich die Schüsse hörte. Sechs oder sieben. Ich wusste, dass ich zurück zu meinem Wagen musste, bevor der Aufruhr losgehen würde. Die kurze Strecke zum Peugeot brachte ich ungestört hinter mich. Die ersten Leute rannten auf das Erholungszentrum zu. Ich startete den Motor und nahm die Carretera Central zurück nach Lima.

Drei Kilometer später war ich sicher, dass ich unbemerkt davongekommen war.

Mir war übel. Mir wird immer übel, wenn mir jemand zuvorkommt. Wie Seekrankheit. Speichel, der einem im Mund zusammenfließt, so schnell und so stark, dass man schlucken muss. Die Qual besteht darin, dass man gleichzeitig das Bedürfnis hat, sich zu übergeben. Man zögert das Schlucken hinaus, um sich nicht übergeben zu müssen. Schweißtropfen bilden sich auf der Stirn, und man kann die Sekunden zählen, bis es soweit ist.

Ich kam knapp ums Kotzen herum.

Die Gehilfen waren mir zuvorgekommen. Als sie mich auf der Hinfahrt überholt hatten, war mir gleich so gewesen, als hätte ich einen von ihnen schon früher einmal gesehen, damals in Quito. Ich hätte mir denken können, dass London nicht so weit weg war. Der Nebel. Die Welt war klein.

Die Gehilfen waren mir also zuvorgekommen; sie füllten die offenen Stellen in einer Konstruktion aus, die ihnen andere vorgegeben hatten. Noch wusste ich nicht, mit welchem Erfolg. Jedenfalls waren sie mir eine Nasenlänge voraus gewesen.

Ich hatte mich selbst immer für einen Helfer gehalten. Helfer sein setzt voraus, dass man etwas zu bieten hat, aus dem heraus man helfen kann. Etwas Eigenes, Solides. Man ist wer und hat etwas abzugeben, etwas beizutragen. Da ich früh über ein ausgeprägtes Selbstbewusstsein verfügte, nahm ich an, dass ich im eigentlichen, unterstützenden Sinne mehr auf einen Helfer hinauskam. Nur wer sich selbst ein bisschen liebt, kann etwas davon abgeben. Manche lieben sich sehr, haben demzufolge eine Menge abzugeben. Wenn sie wollen, schöpfen sie aus dem Vollen.

Anders der Gehilfe. Würde er etwas von sich halten, so verböte ihm dies schon, nur Gehilfe zu sein. Man degradiert sich nicht selbst zum Handlanger, wenn man sich gut findet.

Aber so einfach lagen die Dinge nicht. Meine Helferlaufbahn hatte mir gezeigt, dass eine nicht geringe Anzahl von Personen gar nicht soweit kam, ein Selbstwertgefühl zu entwickeln. Sie wurden gezielt auf Gehilfen gezüchtet und waren damit zufrieden. Eine genügsame Sorte Mensch, die schon den bloßen Gedanken an etwas Eigenständiges als Vermessenheit scheute. Es gab eine Eigenschaft, die alle Gehilfen verband: Sie konnten nicht allein sein. Sie wussten nichts mit sich anzufangen, neigten dazu, sich wie gerupfte Hühner aneinanderzudrängeln, um sich ein Mindestmaß an Wärme zu sichern. Zu viert in einem Auto! Aber über dieses instinktive Schutzgedrängel kamen sie nie hinaus. Sah man genauer hin, so mochten sie die Gemeinschaft nicht sehr. Die Gehilfen waren auf eine vertrackte Weise darauf bedacht, von niemandem belästigt zu werden, indem sie ohne Tiefgang in Gemeinsamkeit machten.

Ein Lastwagen setzte mit schriller Hupe zum Überholen an. Ich zog das Steuer etwas nach rechts, musste schon seit geraumer Zeit mit etwa achtzig Stundenkilometern auf dem Mittelstreifen entlanggefahren sein.

Was mich betraf, so hatte ich früh den Wert des Alleinseins erkannt. Zugegebenermaßen deshalb, weil man mir die Möglichkeit dazu eingeräumt hatte. Ich war mir selbst zu unfertig gewesen, hatte vervollständigende Maßnahmen in der großen Masse gesucht und dort erkennen müssen, dass es nichts für mich zu erben gab; also hatte ich mich zurückgezogen auf mich selbst oder, besser gesagt, auf das, was ich in Fragmenten war, und was sich als eine Möglichkeit abzeichnete. Da war etwas Ausbaufähiges gewesen. Um mich Sumpf. Schwindender Stand. Ich hatte mich an den Haaren gepackt und gezogen. Hatte erkannt, dass es auf mich selbst ankam.

Später, als ich das teigige Gefühl aus den Knochen hatte, begann ich wieder, die Masse im wohlbemessenen Rhythmus zu berühren. Ich war bereit, bescheidene Beiträge zu leisten. Ich hatte etwas abzugeben.

Ich näherte mich Lima, passierte die Clínica San Juan de Dios. Dann, linker Hand, der Cerro El Pino. Ich bog in die Avenida México ein.

Im eigentlichen Sinne war der Helfer nicht einsam. Sein

scheinbares Einzelgängertum gab ihm die Kraft, auf andere zuzugehen. Er kam irgendwoher. Er ging von einem fixen Punkt aus, auf den er sich notfalls wieder zurückziehen konnte. Er war kein Gehilfe, denn ein Gehilfe vertraute dem eigenen Standort nicht, kannte ihn meist gar nicht, schwamm mit der Masse, überlebte mit ihr oder verreckte in ihr.

Der Helfer lebte bewusst, oder er brachte sich absichtlich um. Er studierte die Waffe, lernte sie kennen, pflegte sie, hielt sie funktionsfähig und legte sie unter das Kopfkissen, griffbereit. Er ließ die Waffe dort liegen in der Gewissheit, darauf zurückgreifen zu können, wenn die Situation es erforderte. Oder er nahm sie eines Tages, lud durch, entsicherte, zielte auf sich selbst und drückte ab.

Der Gehilfe hatte nichts, worauf er in der Not hätte zurückgreifen können. Eine beständige, existentielle Unsicherheit verfolgte ihn. Bis er, nervös geworden, aus Versehen in einen Querschläger lief und dabei umkam.

Ich bog nach links auf den Paseo de la República ein. Auf der Schnellstraße beschleunigte ich und übertrug meine Wut auf das Gaspedal, bis ich die Avenida Javier Prado erreicht hatte.

Das Problem war, dass auf die scheinbar weiße Weste des Helfers düsterer Schatten fiel. Es gab fast nur bezahltes Helfertum. Helfer waren Söldner. Mehr oder weniger gut bezahlte Profis. Nicht zu ihrer Tätigkeit gepresst. Freiwillige. Aber geködert. Zum Einsatz gelockt. Mit den verschiedensten Mitteln. In meinem Fall war es eine Mischung aus kaputter Überzeugung und 30 000 US-Dollar, Spesen eingeschlossen. Flugkosten extra.

Ich betastete meine Jacke auf dem Beifahrersitz, spürte die Sauer.

Als ich nach links in die Avenida Arequipa abbog, ging es mir wieder besser. Schön – es waren mir ein paar Gehilfen dazwischengekommen; sie hatten sich in einem blassgelben Toyota zwischen mich und die 30 000 Dollar gemogelt. Aber noch stand nicht fest, dass sie Erfolg damit gehabt hatten. Schüsse allein bedeuteten nichts.

In Miraflores parkte ich den Peugeot vor der Pension. Es ging mir schon wieder richtig gut. Ich war auf Angriff gestimmt. Mit Guido Meyer würde ich erst morgen reden.

Im Innenhof strich mir der rote Kater um die Beine. Das Fräulein begrüßte mich herzlich, und ich gab eine Kanne Kaffee in Auftrag.

14

Der blassgelbe Toyota schob sich neben den Oldsmobile.

Montalvos Fahrer hob den Kopf von der Tageszeitung und sah über zwei heruntergekurbelte Seitenscheiben in die Mündung eines Revolvers. Er schluckte und bewegte sich nicht. Hinter der Mündung konnte er ein breites Grinsen in einem schmalen Gesicht sehen.

Das Grinsen verschwand, und der Mann mit dem schmalen Gesicht sagte: «*Tranquilo, Señor!*» Die dunkle Revolvermündung machte die höfliche Anrede zu einer Beleidigung.

Montalvos Fahrer blieb ruhig, hielt sich an der Zeitung fest und zitterte.

Der Fahrer des Toyota stieg aus, ging um die Motorhaube herum und warf einen Kontrollblick ins Wageninnere des Oldsmobile. Er sah beide Hände an der Zeitung, riss die Tür auf und zerrte den zitternden Mann vom Sitz. Die Zeitungsseiten machten sich selbständig, als Montalvos Fahrer nach einem gezielten Schlag zusammenbrach.

Während der Mann mit dem Revolver ausgestiegen war, hatte der Fahrer des Toyota seinen Platz am Steuer wieder eingenommen. Er wendete. Der Motor summte im Leerlauf, als der Mann mit dem schmalen Gesicht im Hauptgebäude des Zentrums verschwand.

Die Waffe wanderte in Brusthöhe unter die linke Achsel. Die Jacke wurde glattgestrichen, aber nicht zugeknöpft. Schmalgesicht kam sich einsam vor. Drei Mann zur Sicherung, und er allein auf dem Weg zur Tat. Bislang hatte er sich darauf verlassen können, dass sie in beruhigender Gruppenstärke operierten. Die Umstände hatten ihn zum Einzelkämpfer gemacht. Er passierte unbelästigt die Empfangshalle und ging zügig über die langgezogenen Treppen zum nächsten Gebäudeteil hinunter. Die Geräuschkulisse war sein Wegweiser. Unter der Treppe zum Speisesaal blieb er einige Sekunden stehen. Er hörte das Stimmengemurmel über sich und das Klappern von Geschirr.

Es war keine besonders gute Ausgangssituation. Aber aller Wahrscheinlichkeit nach konnte nur ein Mann dort oben bewaffnet sein. Erst Andrade, und dann Montalvo. Keine unlösbare Aufgabe. Er nahm die ersten zehn Stufen auf Zehenspitzen, schob die rechte Hand unter die Jacke und brachte den Revolver ins Freie.

Die letzten Stufen nahm er langsam und gelassen. Sein Blick überflog die Personen im Speisesaal, blieb auf Andrade hängen. Zehn Meter vor sich sah er die Brust des Feindes über einem Suppenteller.

Julio Andrade Villa hatte den Treppenabsatz im Auge, während er seine Hühnerbrühe löffelte.

El Jefe saß neben ihm und machte Konversation mit zwei Industriellen.

Das schmale Gesicht des Feindes tauchte über dem Treppenabsatz auf. Andrade sah in die Revolvermündung, ließ den Löffel in die Suppe fallen und stieß Montalvo seitwärts vom Stuhl.

Heiße Hühnerbrühe spritzte über Geschirr und Tischtuch, als Andrade die Achtunddreißiger zog und sich auf den Boden warf. Er sah die gegnerische Waffe zucken. Zwei Schüsse. Einer der Industriellen wurde leicht in den Schultern hochgerissen und fiel mit dem Gesicht auf den Teller. Die zweite Kugel streifte Andrades wegtauchende Schulter.

Heißer als die Brühe, dachte Andrade, krachte in die Beine

des Kellners und feuerte in Richtung Treppe. Der Kellner ließ sein Tablett mit dem Hauptgericht fallen und schrie vor Angst.

«*Silencio!*» brüllte Andrade, schmierte mit der linken Hand durch Kartoffelbrei, grüne Bohnen und Hammelbraten, stieß den Kellner endgültig zur Seite und kam auf die Knie.

Der Mann auf der obersten Treppenstufe stand unversehrt vor dem Chaos aus Gekreisch, zersplitterndem Geschirr und umgestürzten Stühlen.

Die Hälfte der Anwesenden lag unter den Tischen. Die anderen saßen versteinert vor ihrem Gedeck oder standen im Speisesaal herum, die Serviette in der Hand, die Augen auf den Angreifer gerichtet, auf der Suche nach einem Fluchtweg.

Er zielte auf Montalvo Mera, der gerade versuchte, aufzustehen.

»Julio, um Gottes willen!« Montalvo rief um Hilfe.

Andrade hielt Mitte Mann und zog den Abzug zweimal durch.

Der Angreifer kippte nach hinten weg und feuerte gegen die Decke.

Andrade registrierte mit einem Seitenblick, dass der Chef sich noch bewegte, und stolperte nach vorn.

Der Mann mit dem schmalen Gesicht war mehrere Stufen hinuntergerollt, wollte sich aufrappeln.

Andrade hielt auf seinen Kopf und drückte erneut ab. Bei der kurzen Entfernung eine Sauerei.

Andrade sprang über den Getroffenen und nahm die restlichen Stufen in schnellen, kleinen Schritten. Er sprintete hinüber zur Empfangshalle, durchquerte sie und sah den Toyota.

Der Motor des Toyota heulte auf, und die Räder drehten bei zuviel Gas im ersten Gang durch. Der Wagen machte einen Satz nach vorn und kam kurz darauf abrupt zum Stehen, als der Fahrer voll in die Bremse stieg. Ein altersschwacher Ford kroch die Auffahrt hoch und versperrte den Fluchtweg zum Kontrollposten.

Der Toyotafahrer kuppelte wieder ein, schlug das Steuer hart ein, gab Gas und scheuchte den Wagen in entgegengesetzter Richtung weiter ins Gelände des Erholungszentrums hinein.

Andrade blieb stehen, beobachtete die Fahrmanöver des Gegners und steckte die Waffe weg. Während er hinter das Steuer des Oldsmobile stieg, warf er einen unbeteiligten Blick auf den wie tot daliegenden Fahrer.

Er brachte den Wagen in Gang und folgte dem Toyota mit quietschenden Reifen. Der Ford war vorsichtshalber stehen geblieben. Die Insassen, eine peruanische Familie auf dem Sonntagsausflug, betrachteten den ungewöhnlichen Vorgang mit offenen Mündern.

Die beiden Fahrzeuge rasten über die betonierte Fußgängerpiste an mehreren Bungalows vorbei. Zwei Gärtner retteten sich mit Gartenschlauch und Rasenmäher in ein Blumenbeet.

Wenige hundert Meter weiter hatte der Fahrer des Toyota erkannt, dass es mit dem Auto kein Entkommen gab. Er setzte den Wagen zwischen einige Ziersträucher, sah den Oldsmobile kommen und floh zu Fuß.

Er rannte auf ein nahegelegenes Schwimmbecken zu. Die wenigen Touristen am Beckenrand und im Wasser wurden aufmerksam. Der Fahrer des Toyota hatte die Stirnseite mit den Startblöcken erreicht, als der Oldsmobile an der Beckeneinfassung stoppte.

Andrade stieg aus, und der Fahrer des Toyota spurtete die Längsseite der Fünfzigmeterbahn entlang. Andrade ging hinter dem Startblock mit der Nummer 2 in die Hocke, legte die Waffe auf und holte den Flüchtling mit einem Schuss von den Füßen.

Im Wasser und auf der Liegewiese ertönten spitze Schreie, als der Getroffene mit taumelnden Schritten über den Beckenrand kippte und ins kaum bewegte Wasser klatschte. Durch das vom Beckenboden hellblau verfärbte Wasser zog sich ein dünner, rosafarbener Streifen, der vom Körper des Toten ausging.

Andrade richtete sich auf, warf einen Blick auf die Leiche im Schwimmbecken und ging zum Wagen zurück.

Er wendete und fuhr zurück. Die Gärtner waren verschwunden. Andrade parkte den Oldsmobile neben dem regungslos daliegenden Fahrer, stieg aus und ging in die Empfangshalle. Montalvo Mera war von verstörten Tagungsteilnehmern umringt und lebte. Beruhigt ging Andrade zum Fahrer zurück. Der zuckte, stöhnte, kam zu sich und schlug die Augen auf. Seine Hände tasteten den Kopf ab.

»Alles klar?« fragte Andrade.

»Sí, Don Julio«, lallte der Fahrer gequält.

»Halb so schlimm«, sagte Andrade, »gleich gibt's Kaffee!«

15

Sie hatten ihn nicht erwischt.

Ich atmete auf. Montalvo würde bis zur anstehenden Abreise nach Ecuador noch eine Menge Fragen beantworten müssen. Einerseits hatte Andrade die peruanischen Stellen vor der Peinlichkeit eines ermordeten Exilpolitikers bewahrt, andererseits hatte er gut bewaffnet Schießübungen mit zwei, wenn auch weniger prominenten, Opfern als Erfolgsquote veranstaltet.

Die bevorstehende Abreise Montalvos wurde in der Presse unermüdlich zitiert, als könne sie die Bedeutung des Vorgefallenen herunterspielen. Niemand hatte ein Interesse daran, einen möglichen zukünftigen Staatschef des Nachbarlandes unnötig zu verstimmen. Alle noch lebenden Attentäter waren verhaftet worden. Über ihre Motive schwieg man sich aus.

Ich hatte alle Zeitungen ausgewertet, die Nachrichten im Fernsehen verfolgt und Informationen von Guido Meyer erhalten.

Er hatte mir alle Einzelheiten mit neutraler Stimme weitergegeben. Sein Gesichtsausdruck war ein stiller Vorwurf gewesen. Ein Trainer, der seinem Läufer insgeheim übel nahm, dass er zu lange in den Startblöcken gehockt hatte, während die Konkurrenz beinahe Weltrekord gelaufen wäre, beinahe.

Nun saß er in seinem Sessel und schwieg sich aus.

Ich stand auf, ging zum Fenster und schaute hinunter ins Verkehrsgewühl auf dem Malecón Balta. Das Telefon auf Guido Meyers Schreibtisch blieb stumm. Santander ließ wieder einmal auf sich warten.

»Alles Scheiße«, sagte Guido Meyer.

Ich sah ihn verblüfft an. Ein glatter Stilbruch. Wenn er so weiterredete, riskierte er sein Image als dezenter und abgebrühter Rechtsanwalt, und die dunkelblau-weinrote Krawatte würde er dann auch ablegen müssen. Das Ganze schien ihm näher zu gehen, als er zugab.

»Kann man wohl sagen.« Mehr fiel mir in dieser trübsinnigen Situation nicht ein.

Das Telefon klingelte. Guido Meyer blieb demonstrativ sitzen.

Ich ging zum Schreibtisch und nahm den Hörer ab. Die Stimme des Mädchens in der Vermittlung klang mir im Ohr. Dann rauschte etwas im Hörer, das eine Telefonverbindung nach Buenos Aires sein sollte, sich aber mehr wie eine Direktschaltung in einen Wasserrohrbruch anhörte.

Santanders Stimme kam dünn an. »Keine Aktionen mehr auf peruanischem Boden«, sagte er durch das Rauschen.

»Ja«, bestätigte ich unnatürlich laut.

»Am besten, du kommst zurück.« Trotz der schlechten Verbindung spürte ich, dass dies eine Frage war.

»Ich bleibe am Ball«, brüllte ich. Dann schluckte ich und brüllte: »Das bleibt mein Fall!«

»Wie du willst«, sagte die Stimme in Buenos Aires. »Viel Glück!« Es klickte, und das Rauschen war weg.

Ich legte auf, schaute kurz zu Meyer rüber und ging zum Fenster zurück. Es war fair von Santander gewesen, mir eine Chance zum Aussteigen zu geben. Verdammt großzügig. Auch wenn er es nicht wirklich so gemeint hatte. Ich hatte mir die

Gelegenheit eines Spiels auf neutralem Platz entgehen lassen. Mein Problem. Jetzt musste ich auf dem Platz des Gegners antreten. Ein Heimspiel für Montalvo und Andrade.

Die Hoffnung, Ecuador umgehen zu können, war dahin. Mein Pass war eine gute Fälschung, meine neue Identität gut durchdacht, mein Aussehen verändert. Ich war immer noch der Jäger.

16

Bustamante lachte.

Er lachte faltenreich. Augen in einem Stecknadelhaufen von Haut. Er sprach und malte dazu Bilder mit den Händen in die Luft. Bewegungsreiche Verständnishilfen, Latinohände. Und Bustamante vereinnahmte dabei, legte die Schwere seiner Argumente wie einen Mühlstein auf sein Gegenüber. Dabei immer etwas von Ballett, etwas Leichtfüßiges.

Bei Bedarf konnte Ernesto Bustamante weinen. Ein kraftvolles Weinen ohne Hilflosigkeit, ehrlich. Ein zugeordnetes Weinen von begrenzter Dauer. Lösungen und Antworten wurden nicht geweint. Klagen lag davor. Klagen und Gefühle mussten erledigt werden, so, wie man tief durchatmet, bevor man zupackt.

Und Bustamante konnte zupacken. Wo immer er die Möglichkeit sah, einen Zipfel der Sache festzuhaken, die andere seinen Händen vorenthalten wollten, schlug er zu. Da wurden seine Hände zu fordernden Krallen, die er in die Beute schlug. Da hielt er fest wie ein Raubtier. Erst aus dem Käfig, dann auf die freie Wildbahn, zuletzt dem Jäger an die Gurgel. Einfaches Einmaleins, aus der Verteidigung entwickelt.

Ernesto Bustamante Davila, 27 Jahre alt, Ecuadorianer. Einer von vielen Juristen. Einer der wusste, dass es zu viele Anwälte für die falschen Sachen in seinem Land gab. Er saß einem Deutschen gegenüber. Und in seinem Lachen kehrten sich alle Stecknadelköpfe nach innen, alle Spitzen nach außen und froren es ein. Tiefgekühlte Freundlichkeit. Offensives Bewusstsein aus dem Eisschrank. Messer in der Scheide. Gewehr am Tragriemen. Hände in der Hosentasche. Verhaltenes Raubtier. Sprungbereit.

Egon Stolle grinste.

Er grinste gut gepolstert, Mund zwischen wohlgenährten Pausbacken. Stolle sprach und fummelte mit Stummelfingern an seiner Krawatte herum. Fahrige Entspannungsversuche. Gepflegte Hände. Und Egon Stolle schulmeisterte, hob den rügenden Zeigefinger seiner Überzeugungsversuche und diktierte Aufsatzthemen in brav geöffnete Schulhefte. Dabei immer etwas von Bildung, etwas Überlegenes.

Stolle konnte die Zähne zusammenbeißen, ohne Selbstmitleid, selbstauferlegt, nicht abgefordert. Ein trainiertes Knirschen beliebiger Länge. Selbstdisziplin wurde nicht gefordert. Selbstdisziplin hatte man. Disziplin und Ordnung mussten gewahrt bleiben. Man zementierte, bevor man wieder abriss. Und Egon Stolle konnte zementieren. Wo immer er die Gelegenheit hatte, etwas halbwegs Sichergestelltes einzuzäunen und zu verewigen, da setzte er Pfeiler, zog Streben ein. Da wurde sein Gehirn zur Betonmischmaschine und sein Mund zum Maurer. Da klotzte er wie ein Panzergeneral. Feststellen, einbleuen, dann festschreiben, danach wiederholen. Einfache Indoktrinierung für Glaubenslose.

Egon Stolle, 34 Jahre alt, Deutscher. Einer von vielen Firmenvertretern, die wussten, dass zu viele Vertreter für unnütze Artikel in diesem Land umherreisten. Er saß dem Ecuadorianer gegenüber. Und Egon Stolles Grinsen verhungerte zwischen Pausbacken. Sprungfedern stachen durch die Polsterung. Abgewetzte Gediegenheit. Biedermeier aus dem Versandhauskatalog. Verräterische Selbstherrlichkeit. Überzogener Professionalismus. Strotzender Souverän. Einsturzbedroht.

Die beiden Männer nahmen Maß, taxierten sich gegenseitig.

Stecknadeln gegen Sprungfedern. Pausbacken gegen Latinohände.

Es ging um Handelsbeziehungen. Der Vertreter wollte dem
Anwalt etwas andrehen. Stolle hätte nicht andrehen gesagt,
aber Bustamante verstand es so. Stolle wollte verkaufen, wollte
partnerschaftlich Hand in Hand arbeiten. Gegenseitiger Nutzen. Ein guter und fairer Abschluss. Ein Geschäft im beidersei-
tigen Interesse, zur vollsten Zufriedenheit aller Beteiligten.

Stolles Firma stand hinter fünf verschiedenen Unternehmen, deren Namen alle mit ECUATORIANA DE... anfingen,
so ziemlich das Einzige, was national an ihnen war. Rodrigo
Montalvo Mera war an allen fünf Unternehmen beteiligt. Ernesto Bustamante Davila war sein Interessenvertreter. Ecuador
war ein Land mit Zukunft, speziell für ausländische Investo-
ren. Stolle war gern hier. Montalvo war der große Mann der
Zukunft. Stolle hatte auf das richtige Pferd gesetzt. Die beiden
Männer saßen in der Wartehalle des Flughafens Mariscal Sucre
in Quito, als die buntbemalte Maschine der ECUATORIANA
DE AVIACION landete.

Der Flughafen war in diesem Moment der Brennpunkt des
Wahlkampfes. Die Parteigänger des Präsidentschaftskandidaten
wurden unruhig. Die Journalisten saßen in den Startblöcken.
Die offizielle Empfangsdelegation formierte sich.

Bustamante blickte zum Jet hinüber, der langsam vom Ende
der Piste zurückgerollt kam. Stolles Gerede war nur noch Hin-
tergrundmusik für ihn. El Jefe war wieder zu Hause, um Regie
zu führen. Tiefe Zufriedenheit überkam Ernesto Bustamante.
Er würde nicht mehr so viel Freiheiten haben wie bislang, aber
das machte nichts. Die Projekte würden wieder großes Format
annehmen, alles würde spannender werden.

Der Jet kam zum Stehen. In die Fähnchen und Transparente
im Meer der Anhänger auf der Dachterrasse des Flughafengebäudes kam Leben. Der Geräuschpegel stieg. Einzelne Hoch-
rufe wurden laut, kämpften gegen den Lärm der auslaufenden
Triebwerke an.

Wenige Minuten später betrat Montalvo Mera die obere Plattform der Gangway. Die Begeisterung seiner Anhänger erreichte den Höhepunkt. Die Empfangsdelegation bewegte sich auf das Flugzeug zu.

Montalvo strich sich mit einer zierlichen Bewegung über das grauschwarze Haar. In sein großflächiges Gesicht kam Bewegung. Ein Lächeln. Er sah in das jubelnde Menschenmeer. Dann musterte er den blaugrünen Eukalyptuswald an den Hängen unterhalb des Pichincha. Die schneebedeckte Bergspitze stand genau hinter dem Flughafengebäude. Ein kurzer Blick in den blauen Andenhimmel mit den weißen Wolken, und er hob beide Arme zur Begrüßung. Er war zu Hause. Ein warmherziger Empfang seiner Anhänger wurde ihm zuteil. Die Protestrufe und drohenden Fäuste seiner politischen Gegner waren von Polizei und Militär so weit abgedrängt worden, dass er sie getrost ignorieren konnte. Ihre Transparente waren auf diese Entfernung nicht einmal zu entziffern.

Julio Andrade Villa sah dem Chef über die Schulter.

Er stellte befriedigt fest, dass massive Sicherheitsmaßnahmen einen freundlichen Auftakt in der Heimat ermöglichten. Er studierte die Gesichter der Empfangsdelegation und der ausgewählten Presseleute, die am Fuße der Gangway warteten. Andrade stieß auf kein Gesicht, das ihn beunruhigt hätte. Es hätte ihn auch gewundert.

Montalvo ging langsam und bedächtig die Gangway hinab, schüttelte immer wieder die hocherhobenen Arme und Hände, dem Volk entgegen.

17

Ich wartete mit den restlichen Fluggästen im Flugzeug.

Es würde noch eine Weile dauern, bis Montalvo uns Gelegenheit zum Aussteigen geben würde. Zunächst hatte mir der Gedanke, im selben Flugzeug wie der Politiker nach Ecuador zu fliegen, nicht sonderlich behagt. Guido Meyer war jedoch hartnäckig geblieben und hatte mir einen der wenigen Plätze für normale Passagiere besorgt. Santanders Lehre: im Auge des Hurricans. Die Maschine war nicht voll ausgebucht. Sicherheitsvorkehrung. Man hatte auf die übliche Zwischenlandung in Guayaquil verzichtet, war direkt von Lima nach Quito geflogen.

Beim Landeanflug war ich nervös geworden. Durch die Wolkenfetzen die grünbraunen Hänge. Der dunkle Eukalyptus. Die Schneegipfel. Die weiße, langgezogene Stadt.

Eine halbe Stunde zuvor hatte Andrade auf dem Weg zur Toilette meinen Arm gestreift. Ich war absolut ruhig geblieben. Er hatte mich eingehend gemustert, wie jeden Passagier der Linienmaschine. Es war ihm offenbar nichts zu meinem Gesicht aufgefallen. Touristenbonus. Aber der Anblick des altbekannten Terrains unter mir hatte Emotionen freigesetzt. Ich würde mich zusammennehmen müssen.

Das beschlagene Kabinenfenster ermöglichte mir nur einen begrenzten Eindruck vom Empfang für Montalvo Mera.

Zwanzig Minuten nachdem der Politiker und seine Gefolgsleute das Erste-Klasse-Abteil verlassen hatten, durften die restlichen Passagiere ebenfalls von Bord gehen.

Auf der Gangway genoss ich die eigenartige Mischung aus heißer Sonne und klarer Frische. 2800 Meter und Äquator. Im Hauptgebäude des Flughafens herrschte noch Trubel. Montalvo stand den Pressevertretern Rede und Antwort.

Ich ging mit der kleinen Gruppe von Passagieren über das Flugfeld zum rechten Gebäudeteil hinüber, wo die neu eingerichteten Einreiseschalter lagen.

Richard Braunschweig. Einunddreißig Jahre alt. Einsdreiundachtzig groß. Siebzig Kilo schwer. Mittelblond. Kurzer Haarschnitt ohne Scheitel. Kein Bart. Ich drückte die Hornbrille mit dem Zeigefinger fester an die Nasenwurzel und trauerte der Sauer P 225 nach. Jetzt war ich auf diesen Pass in meiner linken Hand angewiesen.

Mein Aluminiumkoffer tauchte gerade auf dem Förderband auf, als der Uniformierte vor mir meinen Pass aufschlug. Er schaute auf das Foto, blickte mir kurz ins Gesicht und griff zum Stempel. *Turismo*, hatte ich auf dem Einreiseformular eingetragen. Als bundesdeutschem Staatsbürger musste mir das normalerweise ein Neunzigtagevisum sichern. Keine Fragen. Er drückte den Stempel auf Formular und Reisedokument, verzierte beides mit einer handgeschriebenen 90 und einer aufwendigen Unterschrift, schob mir die Papiere zu und streckte ungeduldig die Hand nach dem nächsten Pass aus. Ich war drin.

Im Gepäckraum nahm ich meinen Koffer und ging zur Zollkontrolle. Der Zöllner sah meinen Pass, sagte etwas Nettes über die Deutschen, machte einen Kreidehaken aufs Gepäck und winkte mich durch. Nachdem ich mich durch einen Pulk hysterischer Familienmitglieder gequetscht hatte, die ihren heimkehrenden Vater mit geräuschvollen Liebesausbrüchen fast um den Verstand brachten, fand ich ein Taxi.

Später, im Hotel Cólon, war die Nervosität weg. Der Weg vom Flughafen in die Innenstadt hatte gereicht, um mich davon zu überzeugen, dass alles beim Alten war. Ich kannte mich hier aus. Und das würde mir eine Menge helfen.

18

Einen Tag nach der Rückkehr von Rodrigo Montalvo Mera nach Quito brachten die Radiostationen VOZ DE LA CORDILLERA und CADENA DE LA VICTORIA die folgenden Meldungen:

›Die Regierung Ecuadors hat gestern dementiert, dass es Pläne für einen Staatsstreich gibt‹, hieß es in einem Bericht von VOZ DE LA CORDILLERA. ›Die Regierung versicherte, dass sie den Plan für die Rückkehr zur verfassungsmäßigen Ordnung in die Tat umsetzen und demjenigen die Regierungsgeschäfte übergeben werde, der aus den Wahlen als Sieger hervorgehe. Der Generalsekretär für Öffentliche Verwaltung, Oberst Joaquín Jijón Ibarra, nahm in einer Erklärung zu verschiedenen Ereignissen Stellung: Zum Rücktritt des Präsidenten des Rechnungshofes sowie zu dem Treffen, das gestern im Regierungspalast stattfand und an dem der Minister für Naturressourcen, der Generalstaatsanwalt, der Manager der staatlichen Erdölgesellschaft, sein Vorgänger und der Rechnungshofpräsident teilnahmen.

Der Generalsekretär ging auf die Sitzung des Rates der Generäle der Streitkräfte ein und dementierte ebenso Gerüchte über eine Kabinettskrise wie über den Rücktritt des Präsidenten des Obersten Gerichtshofes.

Journalisten fragten Jijón auch nach Berichten aus politischen Kreisen über einen möglichen Staatsstreich. Er entgegnete, solche Gerüchte würden von Elementen ausgesät, deren Namen man ganz genau kenne. Er sei glücklich, versichern zu können, dass nichts von dieser Art geschehen sei.‹

CADENA DE LA VICTORIA brachte Originaltonauszüge aus der Pressekonferenz Jijóns:

(Frage)	»Herr Oberst, können Sie uns die Namen der Elemente nennen, die solche Gerüchte verbreiten?«
(Antwort)	»Nein, das kann ich nicht, aber die Regierung hat sie einwandfrei identifiziert. Ihre Namen können nicht bekanntgemacht werden, aus Gründen, die Sie sicher verstehen.«
(Frage)	»Zu welchem Zweck tun sie so etwas?«
(Antwort)	»Sie versuchen, die Pläne der Regierung für eine Rückkehr zur Demokratie zu verhindern.«
(Frage)	»Stimmt es, dass noch andere Regierungsmitglieder zurücktreten werden?«

(Antwort)	»Nein, das stimmt nicht.«
(Frage)	»Herr Oberst, es heißt, dass die Streitkräfte durchaus bereit sind, die Macht abzugeben, aber nur an einen Kandidaten, der ihnen genehm ist?«
(Antwort)	»Das ist eine Lüge. Das dementiere ich ganz kategorisch.«

VOZ DE LA CORDILLERA ergänzte die Berichterstattung durch folgende Meldung:

›Der Präsident des Rechnungshofes, Luis Borja Suárez, hat gestern gegenüber dem Obersten Regierungsrat seinen unwiderruflichen Rücktritt erklärt. Dieses Rücktrittsgesuch erfolgte, kurz nachdem er eine Arbeitssitzung im Nationalpalast verlassen hatte, auf der zwei Generäle ihm vorgeworfen hatten, er wolle das Regime stürzen. Er sei ein Freund multinationaler Konzerne, »gesetzesstrenger« Rechnungsprüfer, der aber gleichzeitig Rechnungsprüfer einer Diktatur sei.

In seiner Rücktrittserklärung schreibt der Präsident des Rechnungshofes, er sehe die unabhängige und unparteiische Stellung seines Amtes nicht mehr gewährleistet. Gegenüber Journalisten, die ihn in seinem Büro aufsuchten, erklärte er, General Guillermo Dávila Ayora, Mitglied des Obersten Regierungsrates, habe ihn zu einer Arbeitssitzung in den Nationalpalast eingeladen, an der auch der Minister für Naturressourcen und Energie, General Edmundo Sáenz Plaza, die Generäle Juan Morales Orbe und José Flores Moreno von der staatlichen ecuadorianischen Erdölgesellschaft und der Erdölabteilung sowie weitere Regierungsmitglieder teilgenommen hätten.

Es sei ein herzliches Treffen gewesen, erklärte er weiter, bis plötzlich im Zusammenhang mit dem Prüfungsbericht zur staatlichen Erdölgesellschaft Vorwürfe gegen ihn erhoben wurden, dass er mit dem Bericht den Sturz der Regierung herbeiführen wolle und einiges mehr, was ihm merkwürdig erschien. Dann wurde er gefragt, wie ein gesetzesstrenger Rechnungsprüfer der Rechnungsprüfer einer Diktatur sein könne. Angesichts dieser schwerwiegenden Vorwürfe zweier Generäle, fuhr Borja fort, habe er um Erlaubnis gebeten, gehen zu dürfen, und teilte General Guillermo Dávila Ayora seine Absicht mit, sofort sein Rücktrittsgesuch zu schreiben und zu unterbreiten. Auf die Frage, ob er zurücktrete, weil er die Vorwürfe annehme, sagte Borja, diese Vorwürfe würden seine moralische Autoriät untergraben. Er müsse sich dagegen als Bürger, nicht als Präsident des Rechnungshofes, verteidigen.

Der Minister für Naturressourcen, General Edmundo Sáenz Plaza, hat den Obersten Regierungsrat gebeten, den Rücktritt des Präsidenten des Rechnungshofes nicht zu akzeptieren, ehe nicht alle Unklarheiten im Zusammenhang mit dem Prüfungsbericht beseitigt seien. General Sáenz brachte diese Forderung vor, nachdem er vom Rücktrittsgesuch Borjas erfahren hatte.

John A. Bronski, Geschäftsführer der ACOTEX Petroleum Company in Ecuador, hat seinerseits erklärt, er habe den Prüfungsbericht aus dem Amt des Präsidenten des Rechnungshofes tatsächlich erhalten. Er sei der Ansicht, dass dieser Bericht keinerlei gesetzliche Grundlage habe, und werde innerhalb von sechzig Tagen alle notwendigen Argumente beibringen, um ihn zu widerlegen.

In einem Pressekommunique hat der Minister für Naturressourcen, General Edmundo Sáenz Plaza, erklärt, der Rechnungshofpräsident habe ihm und dem ehemaligen amtierenden Leiter der Erdölabteilung, Juan Garcia Prado, einen Bericht zugesandt, in dem er eine Stellungnahme der ACOTEX innerhalb von sechzig Tagen im Zusammenhang mit einer übermäßig hohen Erdöllieferung gefordert hatte. Dabei ging es um einen Barrel-Überschuss gegenüber der Exportquote der ACOTEX. Dieses Überschussvolumen war von einer Kommission aus Vertretern der Erdölabteilung, der staatlichen Erdölgesellschaft und der ACOTEX auf 1,2 Milliarden Barrel geschätzt worden. Diese Zahl tauchte in einem Abkommen des Ministeriums auf, aber bei der Überprüfung der Konten der staatlichen

Erdölgesellschaft fand der Rechnungshof heraus, dass das von der Kommission festgelegte Volumen falsch sei und dass sich die zusätzlichen Erdölexporte der ACOTEX für diesen Zeitraum in Wirklichkeit auf 4,7 Milliarden Barrel belaufen hatten.

Nach den Worten des Ministers bedeute dies aber nicht, dass der Irrtum in irgendeiner Weise den Staat geschädigt habe, sondern lediglich, dass die staatliche ecuadorianische Erdölgesellschaft nunmehr ihre Rechte im Zusammenhang mit der Überschussdifferenz geltend machen könne.‹

Das Bild wurde durch eine weitere Meldung von VOZ DE LA CORDILLERA abgerundet, die wie folgt lautete:

›Es wird keine Diktatur von General Guillermo Dávila Ayora geben, sondern vielmehr eine gemeinsame Aktion des Triumvirats, um das Land zu einem verfassungsmäßigen Status zurückzuführen, erklärte das Mitglied des Obersten Regierungsrates einem Fernsehkommentator in Guayaquil.

Dávila sagte bei der Gelegenheit, keine Macht auf Erden vermöge das einmal gegebene Ehrenwort der Armee zu ändern, und das gesetzliche Verfahren für die Rückgabe der Macht an Zivilisten werde in Kürze abgeschlossen sein.

Dávila Ayora meinte, es werde von kleinen Gruppen, die entschlossen seien, den Rückgabeplan zu sprengen, starker Druck ausgeübt, und fügte hinzu, sie wollten nicht, dass Wahlen abgehalten würden, sondern wendeten jeden möglichen Druck an, um sie zu verhindern.‹

19

Gegen neun Uhr morgens übernahm ich den Mietwagen, einen Toyota Corona, vor dem Hoteleingang.

Ich fuhr gemächlich die Avenida Amazonas entlang, am Chilenen vorbei, wo ich für einen kurzen Moment nostalgisch wurde und einen Kaffee trinken wollte, dann weiter bis zur Avenida Colón. Ich bog nach links ab und fuhr die Diez de Agosto stadteinwärts.

Den kleinen Schlenker gönnte ich mir genüsslich, wie ein Hund, der freudig erregt sein altes Revier abschnüffelt. Einige Neubauten, eine ungewohnte Baustelle, aber immer noch der alte Stil.

Als ich gestern im Hotel Colón abgestiegen war, hatten mich ein reserviertes Zimmer und eine schriftliche Nachricht erwartet. Santanders Netz war feinmaschig.

Eine Viertelstunde später parkte ich den Toyota in einer Seitenstraße nahe der Plaza Independencia. Ich überquerte den Platz, registrierte erstaunt das neue Gebäude des Municipio, ging am Regierungspalast vorbei und betrat die Hauptpost auf der Rückseite des Regierungsgebäudes.

Der Mann um die Vierzig mit der weißen Hose und der gelb-schwarz gestreiften Strickjacke war im hektischen Gewühl der Halle leicht auszumachen.

Ich passierte ihn so nahe, dass ich ihn hätte anfassen können. Er hatte lockiges, dunkelbraunes Haar und eine Sonnenbrille mit Metallgestell auf der Nase. Ein voller Schnurrbart mit tiefhängenden Enden gab ihm ein verschlafenes Aussehen.

Die neueste Ausgabe der *Newsweek* in der Hand vor meiner Brust und das über die Schulter gehängte Jackett wurden ohne erkennbare Regung von ihm bemerkt. Er setzte sich in Bewegung und verließ das Postgebäude. Vor dem Portal wandte er sich nach rechts. An der nächsten Straßenkreuzung hielt er sich wieder rechts, überquerte wenige Meter später die Straße und verschwand in einem Cafe.

Ich folgte ihm. Im Inneren des Cafes war es noch empfindlich kühl. Nur wenige Tische waren besetzt. Der mit der gelbschwarz gestreiften Strickjacke hatte sich an einen einzelstehenden Tisch gesetzt und die Sonnenbrille abgenommen.

Ich nahm an seinem Tisch Platz. Seine Augen sahen übermüdet aus.

»Ich habe schon zwei Kaffee bestellt«, sagte er.

»Danke, auch für das Zimmer. Hat alles bestens geklappt.«
Ich kannte ihn nicht. Unterschwellig hatte ich gehofft, dass es
ein alter Bekannter sein würde. Aber die alten Bekannten waren
nicht mehr so dicht gesät wie früher. Sie starben aus.

Er zog die Strickjacke vor der Brust zusammen.

»Kalt«, sagte er.

»Sie sehen aus wie die Biene Maja«, sagte ich und sah auf die
gelbschwarzen Streifen.

Er ignorierte die Bemerkung.

»Pech gehabt in Lima?« Sein Tonfall hatte etwas Tröstendes.
Er war verdammt froh, nicht in meiner Haut zu stecken.

»Ja«, antwortete ich. »Es läuft nicht immer so einfach.«

Die beiden Kaffees kamen. Ich zahlte sofort. Der Kellner
schlurfte davon.

»Unser Mann fliegt morgen früh mit der ersten Maschine
nach Cuenca. SAETA, um sieben Uhr.« Er schob mir ein blau-
weißes Flugticket über den Tisch.

»Ihr Flug ist bestätigt. Unser Mann wird sich auf die Hacienda seines Freundes zurückziehen, sieben Kilometer außerhalb der Stadt in Richtung Baños. Mir wurde gesagt, dass Sie
Cuenca wie Ihre Westentasche kennen.«

Ich nickte. »Ja, gut genug, um ihn im Auge zu behalten.«

»Sie haben mindestens eine Woche Zeit, bevor er aktiv in die
Endphase des Wahlkampfes einsteigt. Höchstwahrscheinlich so-
gar mehr als eine Woche.« Er sah mich beschwörend an. Seine
Augen sagten: Lass dir Zeit, Junge, mach es diesmal richtig!

»Das wird wohl reichen.« Der Kaffee schmeckte bitter. Zu
wenig Zucker.

»Sie kannten Sergio?« fragte er unvermittelt.

»Ja, ich kannte ihn. Gut sogar.«

»Er hat mir von Ihnen erzählt.« Dabei schaute er mich so
intensiv an, als wüsste er alles über mich, absolut alles.

»Sie kennen London ?« fragte er.

»Ja, ich kenne London.«

255

Er nickte. »Bringen Sie dieses Schwein um!« Ein fanatischer Glanz kam in seine müden Augen.

Ich sah ihn an, antwortete nicht.

Er setzte die Sonnenbrille wieder auf, schnell und hastig, als habe er sich eine Blöße gegeben.

»Wenn Sie ins Hotel zurückkommen, wird man ein Päckchen für Sie abgegeben haben.« Er stand auf.

Ich steckte das Ticket in die Innentasche meiner Jacke.

»Etwa fünfzig Meter von diesem Cafe entfernt haben sie Jan Moldau damals erschossen«, sagte er, als wolle er mich darauf aufmerksam machen, wie gefährlich das alles war.

Ich nickte.

Er ging.

Eine Weile blieb ich noch sitzen und dachte nach. Er hatte mich nicht geduzt. Das war ungewöhnlich. In Südamerika an sich, erst recht in Santanders Kreisen. Irgenwie gehörte ich nicht mehr für alle dazu. Es schien der Preis dafür zu sein, dass ich mittlerweile viel Geld dafür nahm.

Nachdem ich das Cafe ebenfalls verlassen hatte und wieder in die Sonne trat, wurde mir bewusst, dass ich einen ganzen, freien Tag vor mir hatte.

Vier Stunden lang fuhr ich mit dem Mietwagen herum und stieg nur selten im Stadtgebiet aus, aus Angst, doch noch jemanden zu treffen, der mich erkennen würde. Das unbehaarte Gesicht und die Hornbrille waren möglicherweise doch eine etwas dünne Schminke für den Ernstfall. Auch einen *café con leche* beim Chilenen auf der Amazonas verkniff ich mir. Dafür verbrachte ich fast eine Stunde im Eukalyptuswald an den Hängen des Pichincha, die große, weiße Stadt unter mir.

Als ich am Nachmittag ins Hotel zurückkam, war das Päckchen für mich da. Der Mann am Empfang händigte es mir ohne Kommentar aus. Ich zahlte meine Rechnung und ging auf mein Zimmer. Öffnete das Päckchen. Es war eine Walther P38. Dazu Munition. Neun Millimeter.

20

Der Flugkapitän sagte, dass alles halb so schlimm sei.

Man hoffe, sagte er, das Fahrwerk bald ausfahren zu können. Die demolierte Klangqualität der Bordsprechanlage unterstrich seine Worte unvorteilhaft. Selbst im Falle einer Bauchlandung, die der Kapitän als etwas völlig Unwahrscheinliches an den Horizont der vorhandenen Möglichkeiten verbannte, seien ausreichende Sicherheitsvorkehrungen getroffen.

Egon Stolle hatte Angst. Er hatte es wissen müssen. Auf diese Drittwelttechnik war kein Verlass! Kisten, die man schon unter normalen Bedingungen – und damit meinte Stolle die in seinem Heimatland herrschenden – ausrangierte und dann an diese Bruchlinien in Übersee verkaufte. Die Stars der anbrechenden Moderne des Luftverkehrs. Schrottvögel mit lahmen Schwingen, wieder aufpoliert. Die reinsten Todesfallen. Schwere Steine, die unweigerlich vom Himmel fallen mussten.

Stolle stöhnte. Er litt. Warum musste er sich auf solche absehbaren Abenteuer einlassen? Hatte er das nötig? Sie kreisten bereits über dreißig Minuten über Cuenca, wovon die ersten fünfzehn Stolle nicht weiter beunruhigt hatten, da er, der ecuadorianischen Geographie nicht kundig, keinen Verdacht geschöpft hatte.

Aber jetzt hatten sie es selbst zugegeben, dass es schiefgehen konnte. Stolle fröstelte. Er packte den Griff seines Aktenkoffers und klemmte den Koffer entschlossen zwischen seine Knie. Er überlegte, ob er die Brille abnehmen sollte, und hatte ein dringendes Verlangen danach, jetzt schon die Embryohaltung zu üben, die beim Aufprall ein Höchstmaß an Sicherheit bieten sollte.

Es gelang ihm nochmals, sich zu entspannen. Er nahm die Hand vom Griff des Aktenkoffers, drückte sich nach hinten in das Polster und spürte, wie sich die Verkrampfung löste. Stolle war plötzlich sehr gelassen und ignorierte die aufkommende Gefahr. Er ging kurz durch, was er zu tun hatte, wenn sie gelandet waren. Koffer holen. Taxi nehmen. Hotel El Dorado. Zimmer telefonisch vorbestellt. Stolle, mein Name. Der Name einer deutschen Firma. Wie üblich, das Deutsch etwas betont. Die professionelle Frage, ob da schon irgendwelche Anrufe für ... Nein ... Na, dann bitte gegebenenfalls durchstellen, bin auf meinem Zimmer. Den Block mit den Anmeldeformularen herumdrehen, den Namen selbst hinschreiben, denn du weißt, dass die das nicht können, und du bist das ewige Buchstabieren leid. Lieber gleich selbst machen, richtig machen, ein Beispiel geben, einen kleinen Beweis der umfassenden Perfektion, bis ins Detail, alles fest im Griff. Du gibst dich erschöpft von der großen, weiten Welt, durch die du erfolgsgewohnt hetzen musst, ziehst dich zurück. Die Geschäftspartner würden schon aus ihren Löchern kommen. Du bist jedenfalls da, rechtzeitig zur Stelle, wie immer, pünktlich, zuverlässig. Die wollen was von dir. Du hast es gar nicht nötig. So ist das.

Stolle lächelte zufrieden. So war das. Normalerweise. Heute schien etwas dazwischenzukommen. Das Lächeln verkümmerte. Er spähte heimlich an der Brust seines Nachbarn vorbei durch das Fenster und suchte hoffnungsvoll das Blau des Himmels ab, als würde da plötzlich eine Leiter wachsen, über die er unversehrt hinabsteigen könnte, um ungehindert seinen Geschäften nachzugehen.

Aber er hatte sich ja in ihre Hand begeben. Sie waren eben noch nicht soweit. Und jetzt sollte es auf seinem Rücken ausgetragen werden. Er sollte dafür büßen, dass die immer noch nicht gelernt hatten, wie man so was zum Funktionieren brachte. Da sollten mal unsere Techniker...

Stolle war wieder im Sitz nach vorn gekrochen, über den Aktenkoffer. Er schaute auf die goldene Uhr am Handgelenk, als könne die gediegene Ausführung heimatlicher Präzision Kraft und Hilfe spenden.

Die Minuten vergingen wie Stunden. Plötzlich der Gedanke an die Treibstoffreserven. Hoffentlich hatten die wenigstens vollgetankt. Stolle verlor den letzten Hauch von Glauben an die

Zuverlässigkeit dieser Fluglinie, deren Namen er sich gar nicht erst gemerkt hatte.

Wieder ein Knacken in der Sprechanlage. Die Stewardess. Er lauschte verstört den verzerrten Ankündigungen in Spanisch. Stolle verstand kein Wort, wartete sehnsüchtig auf Englisch. Dann bekam er mit, dass sie landen würden. Fahrwerk draußen. Stolle zweifelte, murrte lautlos über die Aussprache, die ihm die Hälfte vorenthalten hatte. Wo lernten die eigentlich ihr Englisch? Stolle gönnte ihnen nicht mehr die Entschuldigung der defekten Sprechanlage. Zuviel war vorgefallen. Das Maß war voll. Er wollte nicht mehr. Seine Gutwilligkeit war erschöpft. Mit ihm nicht. Er war Besseres gewohnt.

Er prüfte den Gurt, nahm ihn noch etwas enger und harrte der Dinge, die da kommen mussten. Er war auf das Schlimmste gefasst, konnte nichts mehr dagegen tun. Er hatte sich ausgeliefert.

Julio Andrade Villa wurde eine Spur bleicher.

Er sah kurz zu Montalvo hinüber. Der Chef war ruhig. Andrade dachte an den Staatsbesuch, damals in Brasilien.

Wie in São Paulo, dachte er, wenn du die große Schleife über dem Meer fliegst und dann landeinwärts strebst; da, wo ungefähr Santos liegen muss, ist es noch ganz angenehm. Dann wächst dir bei gleichbleibender Flughöhe das Hochplateau entgegen, und da müsste São Paulo liegen. Aber du siehst schon nichts mehr, bist in der Suppe, wirst langsam unruhig. Dann strebt der Vogel den Stadtflughafen an, verliert zielstrebig an Höhe.

Es will nicht klarer draußen werden, und du bist beunruhigt. Dann durch den Smog. Das Gefühl, direkt auf den Boden zu hämmern. Die Wolkenkratzer liegen schon zu einem guten Drittel über dir, und der Rest von zwei Dritteln bis ganz unten kommt dir verdammt knapp vor.

Dann hängt die Kiste in wilden Steilkurven zwischen bedenklich nahen Fensterfronten und sucht den kürzesten Weg zur Piste. Eine verschreckte Wildente inmitten von Balkonkombinationen und Gardinenserien, die anscheinend noch innerhalb von Sicherheitsabständen liegen, welche flugtechnisch vertretbar sind, aber dem verstörten Fluggast förmlich durchs Kabinenfenster wachsen.

Und dann haut er sie runter, der da vorn am Knüppel. Der Wahnsinnige mit dem göttlichen Talent, der dein Leben in der Hand hält, dem du dich bedingungslos und in voller Ergebenheit an seine Unfehlbarkeit anvertraut hast. Er wirft die Maschine zwischen die Sockel dieses überdimensionierten Großstadtgebildes. Betonierte Zeigefinger der Fehlentwicklung. Schluchten, durch die der Flugverkehr atmet. Auf eine Piste, die bis kurz vor dem Aufsetzen die Abmessungen eines Hubschrauberlandeplatzes zu haben scheint. Die Piste ist normal. Sie entspricht den Anforderungen. Aber diese Stadt macht sie winzig.

Die Maschine setzt auf, und es reicht natürlich. Sie kommt zum Stehen und rollt dann zurück zum Flughafengebäude. Du löst den Gurt, wie immer etwas vorzeitig, ignorierst die Mahnung der Stewardess, denn jetzt bist du wieder mutig, hast wieder Boden unter den Füßen, beziehungsweise ein Fahrgestell dazwischen. Du kannst wieder mit dem Fortschritt leben, der dir eben noch den Angstschweiß aus den Poren getrieben hat. Wieder überlebt. Lässig kostest du es aus, machst es nachträglich zum Abenteuer, das du mit der dir eigenen Abgebrühtheit hinter dich gebracht hast. Beim Verlassen der Maschine klopfst du dir schon anerkennend auf die Schulter. Toll, wie du damit fertig geworden bist. Dann strebst du der Verteilerstelle des Luftverkehrs entgegen. Auf dem direkten Weg in diesen Polypen, diese Unmöglichkeit, dieses Monstrum. Und du bist sicher, dass du diese Stadt in den Griff bekommen wirst.

Ich werde alt, dachte Andrade. Cuenca war klein und überschaubar, kein Monster. Die Provinzhauptstadt war kalkulierbar. Ein Fahrwerk hatte die Andenstadt da unten für unerträgliche Minuten zu einem möglichen Friedhof gemacht. Andrade hasste Aktionen, die aus dem Ruder liefen, auf die man sich nicht angemessen vorbereiten konnte.

Die SAETA-Maschine setzte auf. Andrade schaute den Chef an. Montalvo wirkte gelassen. El Jefe hatte wieder überlebt. Ohne Andrades Verdienst. Andrade schluckte.

Als Egon Stolle wenig später einen Träger zu seinem Koffer beorderte, hatte er etwas Souveränes.

Und als er auf dem Rücksitz des klapprigen Taxis saß, war er breit zu vergeben. Er ging nochmals alles durch. Zum Hotel. Hatte es Telefonanrufe für ihn gegeben? Auf das Zimmer. Er musste sich erholen. Später dann die Geschäfte.

Nachdem der Pilot die viermotorige Vickers Viscount mit den angeblich so zuverlässigen Rolls-Royce-Motoren gelandet hatte, befiel mich eine erschöpfte Ruhe.

Montalvo war gefasst. Andrade machte einen nervösen Eindruck. Er sah bleich aus. Ich schaute ihn von der Seite an. Die Walther war im Koffer, im Bauch der Maschine. Hinter Andrade saß ein bleicher Europäer, Vertretertyp, klammerte sich an seinen Aktenkoffer.

Ein heißer Flug, dachte ich, wie 1973 in Kolumbien.

21

Nachdem der rechte Motor der DC 3 ausgefallen war, hatten alle interessiert aus den Kabinenfenstern gesehen und insgeheim »Schon wieder!« gestöhnt.

Ipiales lag eine Stunde und zwanzig Minuten hinter uns; Cali kurz voraus. Der Geräuschpegel in den sechs Kästen mit Zuchtküken im Heck der Maschine stieg nicht merklich an. Die Stewardess sah genüsslich der letzten, schwerfälligen Drehung des Propellers zu und öffnete die Tür zum Cockpit, um dem Kapitän Bescheid zu geben.

Ich wunderte mich nicht darüber, dass der Chefpilot im

Hinblick auf ausgefallene Motoren schon so abgestumpft war, dass er Hinweise seiner Crew brauchte. Welche falschen Hoffnungen man allerdings den Fluggästen durch das Vorhandensein einer weiblichen, berockten Flugbegleiterin in einer solchen Kiste machen wollte, war mir unklar.

Der Vogel trug jedenfalls einen Flügel in der Schlinge. Der redlich brummende linke Motor zog nun überdurchschnittliche Aufmerksamkeit auf sich. Häufigere Blicke durch die Kabinenfenster der linken Rumpfhälfte appellierten an sein Durchhaltevermögen. Seine fliegerische Ehre stand auf dem Spiel. Man wartete förmlich auf Unregelmäßigkeiten. Leichte Rauchwolken. Stottern. Zeitweises Aussetzen. Gedanken zum Segelfliegen. Wenn wenigstens die Flügel größer wären. Man sagte der DC 3 gewisse Segelflugeigenschaften nach.

›La Sultana del Valle‹ kam in Sicht. Weiß im grünen Tal. Die DC 3 auf dem Weg ins Hospital. Als das Fahrgestell Berührung mit der Landebahn bekam, machte sich leichte Enttäuschung breit. Das Abenteuer war zu kurz ausgefallen. Der Flughafen war zu modern. Es passte alles nicht zusammen.

Hitze drang ins Innere der Maschine. Ich weckte Jan Moldau, der einen Moment darüber nachzudenken schien, warum er im heißen Land eine dicke Armeejacke und eine Pelzmütze trug. Dann signalisierten seine Gesichtszüge tiefes geographisches Verstehen. Erst Kordilleren. Dann Cauca-Tal.

»Hab' wieder Scheiß geträumt«, sagte er.

»Was?«

»Wurde verhaftet, weil ich Schinkenscheiben über der Kloschüssel abgespült habe.«

»Zum Verhaften findet sich immer ein Grund.«

Wir gingen zum Ausgang. Der Asphalt auf dem Flugfeld war kurz vorm Flüssigwerden. Moldau schwärmte von der architektonisch gelungenen Konstruktion der zum Flugfeld hin offenen Flughalle. Ich sagte etwas von ›klimatisch sicher richtig bei der Hitze.‹

Auf der anderen Seite des Flughafengebäudes erneut Hitze.

Dann der Rücksitz eines altersschwachen Taxis. Auf dem Weg in die Stadt. Warmer Fahrtwind. Rechts und links Fruchtbarkeit. Bambushaine. Im kasernenartigen, aber preiswerten Hotel Miami mieteten wir uns für vier Tage ein.

Der Tag nach der Ankunft in Cali war der 12. September 1973.

Moldau und ich kamen aus der Librería Nacional. Ich hatte mir das Buch ›La Violencia en Colombia‹ von Germán Guzmán gekauft. Wir überquerten den Platz mit den hohen, schlanken Palmen und setzten uns dann in ein Café.

Bei einer Tasse Kaffee blätterte ich in meinem Buch, entdeckte in der Mitte des Bandes mehrere Bildseiten, die von Machetenhieben verstümmelte Leichen zeigten. Abgetrennte Köpfe. Dokumente des Kampfes zwischen Konservativen und Liberalen.

Moldau musterte währenddessen die Straße durch die Fensterscheibe, wunderte sich über eine immer größer werdende Menschenmenge, die sich unruhig durch die Straßen wälzte. Er machte mich auf eine Gruppe Studenten aufmerksam, die mit Plakaten und Spruchbändern näherkamen.

»Was ist bloß los hier? Weißt du, was hier läuft?« fragte er mich.

»Keine Ahnung«, antwortete ich. »Sicher was mit der hiesigen Universität.«

»Ich besorg' uns mal 'ne Zeitung. Hab' heute noch gar keine Zeitung gelesen«, sagte Moldau vor sich hin und ging auf die Straße, um einem der Jungen ein Exemplar abzukaufen. Wenig später war er wieder zurück, den Kopf in den Seiten vergraben. Er blieb vor mir stehen.

»Allende ist tot!«

»Was?« fragte ich wenig geistreich, obwohl ich ihn genau verstanden hatte.

»Allende ist tot. Das Militär in Chile hat geputscht. Die Schweine haben ihn umgebracht. Verstehst du? Einfach weg. Aus!«

»Gibt's nicht«, antwortete ich unsicher. »Kann nicht sein!«

»Hier, lies! Darum auch die da draußen.« Moldau fuchtelte gegen die Scheibe in Richtung Studenten. »Diese verfluchten Militärscheißer!« Von den anderen Tischen kamen die ersten Blicke.

»Alles im Arsch! Verstehst du? Alles kaputt!«

»Ja, Alter«, gab ich zurück. »Reg dich jetzt nicht auf und setz dich!«

»Ich, mich setzen, jetzt? Darauf soll ich mich setzen?« Er nahm Platz und stierte durch die Scheibe in die Demonstration.

Dann die Schlagstöcke, Schutzhelme, Schilder. Getümmel. Straßenschlacht. Offener Kampf. Die Trauer machte sich Luft. Und wir hinter der Scheibe, beobachtend wie Auslandskorrespondenten ohne Auftrag.

Ich starrte in das aufgeschlagene Buch vor mir auf dem Tisch. Vergewaltigte Frauenkörper. Von *machetazos* gezeichnete Leichen.

Drei Tage später, auf dem Weg zum Flughafen, studierte ich wieder die Bambushaine.

Hier im Cauca-Tal hatte sich im neunzehnten Jahrhundert eine permanente Revolution breitgemacht, von schwarzen Sklaven angefacht. Die Spanier hatten Afrika importiert, weil in diesen niederen Zonen Eingeborene nie existiert hatten oder bereits so dezimiert worden waren, dass es nicht mehr reichte. Die Afrikaner arbeiteten in Minen, im Haushalt, in der Fluss-Schiffahrt, in der Rinderzucht und in den Zuckerrohrfeldern. Als Groß-Kolumbien den Kindern der Sklavenmütter die Freiheit zugestand, wurden die Schwarzen die Protagonisten des Aufstandes. Am 21. Mai 1851 war die Sklaverei gesetzlich abgeschafft worden, was prompt einen bewaffneten Aufstand konservativer Landbesitzer heraufbeschworen hatte. Die gleichgestellten Schwarzen ließen ihre Unterstützung zum Großteil den Liberalen zukommen, die sich für das Gesetz zur Abschaffung der Sklaverei eingesetzt hatten.

Wie viele Fronten waren schon durch dieses Tal verlaufen?

Wieviele Machetenhiebe hatten die heiße Luft zerschnitten und waren wirkungslos verzischt? Mich ergriff ein Gefühl tiefer Ratlosigkeit.

In der Flughalle, kurz vor dem Rückflug nach Ipiales an der ecuadorianischen Grenze, sprach uns eine blonde nordamerikanische Schönheit an. Breiter Südstaatenakzent. Wollte etwas über Cali wissen. Biederte sich im internationalen Flowerpowerstil an. Ich schwieg demonstrativ, machte die Blonde für Onkel-Tom-Geschehnisse verantwortlich, sah plötzlich in ihr kitschige Vom-Winde-verweht-Ideale verkörpert. Ku-Klux-Klan. Negerschänder. Schwarzenhasser. Dicke, fette, aufgedunsene weiße Schweine. Rassistische Gehirnpygmäenzucht.

Moldau gab ihr bereitwillig Auskunft und geilte sich unnötig an ihren Brüsten auf, wie ich fand. Stierte ihr unablässig aufs Herz und baute vier Tage Cali zum touristischen Beratungskurs für Amis aus.

Je länger die Blonde in ihrem breiten Akzent vor sich hinfloss, breit und träge wie der Mississippi, desto gleichgültiger wurde sie mir. Während sie abzog, glotzte Moldau ihr intensiv nach.

»Klasse Figur«, stellte er fest, als habe er soeben die körperliche Offenbarung des Jahrhunderts erfahren.

»Und die Beine?« gab ich zu bedenken. »Kannst Du doch gar nicht beurteilen unter dem langen Rock.«

Moldau grinste gutmütig und antwortete: »Die figürliche Großwetterlage lässt nicht auf dicke Oberschenkel schließen. So was hat Läufe wie ein Reh!«

22

Der schwarze Mercedes fuhr die Avenida España stadteinwärts, parallel zur Flugpiste.

Rodrigo Montalvo Mera und Julio Andrade Villa saßen nebeneinander im Fond. Mera hatte keinen großen Empfang auf dem Flugplatz gewünscht. Die zwei Journalisten der Tageszeitungen EL MERCURIO und EL TIEMPO, die sich trotzdem nicht abschrecken ließen, hatte er knapp auf die zu erwartenden, großen Wahlkampfreden vertröstet.

Auf dem Beifahrersitz saß Ernesto Bustamante Davila. Er war wieder in seine Rolle als persönlicher Organisator Montalvos geschlüpft und hatte mit Verärgerung festgestellt, dass Andrade das Exil dazu genutzt hatte, seine Stellung als rechte Hand des Chefs auszubauen. Für Bustamante war Andrade nie mehr als ein Leibwächter gewesen, eine bezahlte Kampfmaschine, ein Stück Sicherheit. El Jefe wurde schon bald wieder merken,wo Bustamantes Stärken lagen, und darauf zurückgreifen.

Am Steuer des Wagens saß ein massiger Hochlandindianer in einem verschlissenen, schwarzen Anzug. Sein faltiges Gesicht war tiefbraun, hatte etwas von einem Mongolen. Das blauschwarze Haar war zu einer kurzen Bürste gestutzt.

Pedro Salazar Ortuño war der persönliche Assistent von Montalvos Gastgeber. Er war Mayordomo, Fahrer und Leibwächter in einer Person. Und Ortuño hatte sofort gemerkt, dass Andrade etwas Vergleichbares für Montalvo war. Es passte ihm nicht, dass Andrade hinter ihm auf dem Rücksitz saß, in seinem Rücken, nur durch sparsame Blicke in den Rückspiegel kontrollierbar. Beim Einsteigen hatte Salazar die leichte Ausbuchtung in Andrades Anzugjacke in Höhe der linken Achsel registriert. Natürlich wurden Montalvo und sein Anhang nicht mehr kontrolliert, bevor sie ein Flugzeug bestiegen.

Am Denkmal der Chola Cuencana bog Salazar nach links in die Avenida Huayna Cápac ab.

Montalvo Mera musterte die Häuser beiderseits der Straße. Er sah Neubauten und andere Veränderungen im Stadtbild.

Cuenca, das die Ecuadorianer gerne als das Athen des Landes ausgeben, liegt etwa 2400 Meter hoch in einem von Bergzügen begrenzten Hochandental.

Die Gegend wurde im fünfzehnten Jahrhundert von den

Inkas unter Tupac Yupanqui erobert. Die bis dahin herrschenden Cañaris hatten unter ihrem Führer Dumma in Waffengemeinschaft mit anderen regionalen Stämmen lange Widerstand geleistet, gingen aber zuletzt eine Allianz mit den Inkas ein.

Huayna Cápac, der Sohn Tupac Yupanquis, wurde in der Nähe des heutigen Cuenca geboren und errichtete an gleicher Stelle ein großes religiöses Zentrum mit dem Namen Tomebamba.

Huayna Cápac hatte zwei Söhne. Der eine, Huáscar, in Cuzco geboren. Der andere, Atahualpa, in Tomebamba zur Welt gekommen. Die Söhne lieferten sich um 1520 einen Bürgerkrieg. Huáscar mit Unterstützung des südlichen Inkareiches und in Waffengemeinschaft mit den Cañaris. Atahualpa mit dem Rückhalt der nördlichen Kräfte. Atahualpa blieb Sieger und zerstörte Tomebamba. Der Bürgerkrieg kostete Tausende das Leben, auch Huáscar, der nach neun Monaten Gefangenschaft starb.

Der südamerikanische Kontinent sah mit Atahualpa den letzten Inka, Herrscher eines Reiches von über 6 Millionen Quadratkilometern und einer Bevölkerungszahl zwischen 10 und 12 Millionen. Ein Territorium, das in seiner nord-südlichen Länge etwa 4000 Kilometer maß, vom heutigen Kolumbien über Ecuador, Peru, Bolivien bis nach Chile und Argentinien.

Atahualpa kam am 29. August 1533 in Cajamarca, im nördlichen Teil des heutigen Peru, ums Leben. Der spanische Eroberer Francisco Pizarro nahm ihn gefangen und ließ ihn nach zehnmonatiger Gefangenschaft mit der Garrotte erwürgen.

Cajamarca, die Todesstadt Atahualpas, hat große Ähnlichkeit mit seiner Geburtsstadt Cuenca. Beide Städte liegen etwa gleich hoch in einem Hochandental. Die Landschaft zeichnet sich durch ähnliche Vegetation und Farbgebung aus. Das Klima ist identisch. Es gibt hier wie dort heiße Quellen und Eukalyptusbäume.

Der schwarze Mercedes überquerte eine Brücke über den Rio Tomebamba und ließ die Universität linkerhand liegen.

Damals wie heute die gleichen Bilder, dachte Montalvo, die gleichen Vorgänge. Fraktionierung. Bruderkrieg. Eigene Schwächung. Anbetung des Feindes. Naive Erwartungshaltung den Eroberern gegenüber. Dann Anklage, Strangulierung und Hinrichtung. Wechsel des Bühnenbildes, Aufführung eines neuen Stückes. Etwas moderner. Leichte Modifikationen. Der grundlegende Inhalt derselbe.

Der Wagen fuhr die Avenida Loja in südlicher Richtung und überquerte den Río Yanuncay. Später bog er nach rechts ab und nahm die Avenida Baños in westlicher Richtung. Kurz vor Baños tauchte auf der linken Straßenseite eine Hacienda auf, gesäumt von einem Eukalyptuswald: das Domizil von Montalvos Gastgeber.

Pedro Salazar Ortuño steuerte den Wagen die lange Auffahrt zum Hauptgebäude hoch, das an einem flachen Hang lag. Während er mit gedrosselter Begeisterung die Tür für Andrade öffnete und Bustamante mit selbstverständlicher Höflichkeit gleiches auf der anderen Seite des Wagens für seinen Chef tat, erschien auf der breiten Treppe vor dem Haupteingang zum Wohngebäude ein großer, hagerer Mann um die sechzig Jahre. Er trug einen einfachen, grauen Anzug, der eher zu einem Buchhalter gepasst hätte als zu einem Großgrundbesitzer. Nur die lehmverschmierten Stiefel stellten eine vage Verbindung zwischen dem Mann im grauen Anzug und seinem wichtigsten Kapital, der Erde, her.

Joaquín Proaño Toral war einer der einflussreichsten Oligarchen der Republik. Keiner, der ihn hier auf den Stufen vor seiner Hacienda gesehen hätte, wäre darauf gekommen, dass er für eine Amtsperiode der Präsident der Organisation Amerikanischer Staaten gewesen war.

Montalvo Mera stieg mit ausgebreiteten Armen die Stufen zu Proaño Toral hoch. Er schaute in die grauen Augen im sonnenverbrannten Gesicht und stellte fest, dass die Indiozüge deutlicher gewesen wären, wenn die weißen Haare sie nicht gemildert hätten.

Proaño blickte zufrieden auf Montalvo hinab. Er gab seinem Kandidaten für die Präsidentschaft Kredit für diese demonstrative Huldigung. Der Patriarch schloss seinen Schützling in die Arme.

»*A los años*«, sagte er laut und demonstrativ für das dreiköpfige Publikum. »Drei Jahre, mein Freund.« Die Stimme unterstrich seine Erscheinung.

Der tiefe Bass nagelte die Handlanger im Hof fest. Andrade mit einem verbissenen Lächeln im Gesicht und schmalen, kritischen Augen. Salazar, nun einen halben Schritt seitlich hinter Andrade, mit stoischer Ausdruckslosigkeit in den braunen Hautfalten. Bustamante mit einem Hauch von Begeisterung im Gesicht.

Die beiden Hauptdarsteller lösten sich voneinander und gingen ins Gebäude.

«Joaquín, welche Freude, dich wiederzusehen.« Montalvos Gewissheit darüber, wirklich in der Heimat zu sein, verdichtete sich. Er fühlte sich wohl.

23

Ich fuhr ins Hotel.

Es war nicht nötig, dem schwarzen Mercedes zu folgen. Ich wusste, wo Montalvos Gastgeber wohnte.

Das Taxi musste ich mir mit drei weiteren Passagieren teilen. Nichts hatte sich geändert. Eingeklemmt zwischen einem ecuadorianischen Uhrenhändler und dem bleichen Vertretertyp, der mir schon im Flugzeug aufgefallen war, passierte ich das Denkmal der Chola Cuencana. Der Taxifahrer redete auf einen nordamerikanischen Missionar ein, der neben ihm saß.

Der Bleiche neben mir hatte das Taxi energisch in Besitz genommen, sich auf dem Rücksitz breitgemacht und dann mit immer länger werdendem Gesicht akzeptiert, dass der Fahrer

Solofahrten verweigerte und die Kapazitäten seines alten Ford voll ausschöpfte.

Der Uhrenhändler hatte bis zur Hälfte des Weges mehrere vergebliche Versuche gemacht, sich mit den anderen Fahrgästen auf einen festen Preis zu einigen, damit den zu erwartenden Ausbeutungsversuchen des Taxifahrers begegnet werden konnte. Er scheiterte am Desinteresse seiner ausländischen Mitfahrer und murmelte etwas von idiotischen Kapitalisten, bevor er in resigniertes Schweigen verfiel.

Der Fahrer überhörte die Verdächtigungen großmütig und befragte den Missionar mit unverhohlener Dringlichkeit über die technischen Hintergründe der unbefleckten Empfängnis der Gottesmutter. Es schien ein echtes Glaubensproblem für ihn zu sein. Er ließ im Verlauf des Gesprächs anklingen, dass er schon des öfteren über den Austritt aus der römisch-katholischen Kirche nachgedacht habe. Mangel an Logik in der Heiligen Schrift war der Kern seiner Überlegungen.

Der nordamerikanische Missionar schien noch vom Flug geschwächt, gab sich aber redlich Mühe, des Fahrers Seele zu retten, als er die Ernsthaftigkeit der Bemühungen erkannte.

Der bleiche Mitfahrer neben mir stellte sich als Egon Stolle heraus. Bundesdeutsch, wie er betonte. Die zweite Hälfte der Wegstrecke zum Hotel war durch seine Ausführungen über die geschäftlichen Möglichkeiten für ausländische Unternehmer in der Republik Ecuador geprägt. Er war gerade bei den Investitionsgarantien, als wir am Hotel El Dorado ankamen.

Der Taxifahrer wurde unter großem Klagen des Uhrenhändlers überbezahlt.

Am Empfang zog Herr Stolle die Show des erfahrenen Auslandsreisenden ab. Für mich interessierte er sich nicht mehr sonderlich. Keine Fragen, wer ich sei und was ich tat. Ich war zufrieden. Er hatte Deutsch mit mir gesprochen. Aber er war nicht lange genug von zu Hause weg, um sich über Deutsche im Ausland sonderlich zu freuen.

24

Bustamante mochte Andrade nicht, und Salazar konnte beide nicht leiden.

Montalvo und Proaño hatten die örtlichen Pressevertreter auf die Hacienda eingeladen und saßen mit den Reportern auf der Veranda. Die drei Handlanger standen im Hof herum und taten so, als sei der jeweils andere Luft.

Eigentlich hatte der Chef Andrade heute freigegeben. Nach all den Monaten im Exil hatte er sich das nun wirklich verdient; Bustamante könne einspringen, hatte El Jefe gemeint. Aber Andrade hatte die Witterung des ungeliebten Konkurrenten in der Nase. Er hatte auf Freizeit verzichtet. Montalvo hatte kopfschüttelnd akzteptiert.

»Señor Montalvo, man sagt, dass Sie einer der Drahtzieher beim Putschversuch im September 1975 gewesen seien. Wollen Sie zu diesem Thema etwas sagen?« Der Lokalreporter des MERCURIO ging gleich das heißeste Eisen an.

»Mein lieber Freund«, antwortete Montalvo mit einem milden Blick auf den Fragesteller, »ich habe mit diesem Versuch, die damalige Regierung zu stürzen, nie etwas zu tun gehabt. Ich bin es gewohnt, dass meine Gegner immer wieder versuchen, mich mit derartigen Vorkommnissen in Zusammenhang zu bringen, aber ich kann Ihnen versichern, dass keine der aufgestellten Behauptungen der Wahrheit entspricht.«

»Wie stehen Sie zu den Verlautbarungen der Militärregierung angesichts der Affäre um die staatliche Erdölgesellschaft und die ACOTEX Company?«

»Die derzeitige Regierung hat Neuwahlen anberaumt. Sie hat versprochen, ihren demokratisch gewählten Nachfolgern ein geordnetes Haus zu hinterlassen. Ich vertraue auf dieses Versprechen und habe keinen Zweifel daran, dass der Vorfall bis zur Wahl geklärt wird.« Montalvo sah gelassen in die Gesprächsrunde.

»Es gibt Gerüchte über einen möglichen Putschversuch innerhalb des Triumvirats nach rechts. Besonders General Dávila Ayora wird in diesem Zusammenhang immer wieder genannt...«

»Böswillige Gerüchte«, schaltete sich Joaquín Proaño ein und schnitt mit einer herrischen Handbewegung den Rest der Frage ab. »General Dávila ist ein treuer Patriot, der die nationalen Interessen niemals hinter seine persönlichen stellen würde. Die permanente Unterstellung, dass er zur Verwirklichung seiner Machtansprüche kurz vor den Wahlen putschen wird, hat etwas Ehrenrühriges, ja, sie ist Rufmord!«

Die Journalisten sahen ein, dass sie auf Granit stießen. Es wurden nur noch oberflächliche Fragen gestellt. Ein Fotograf machte Bilder von den beiden Politikern. Dann rückte die Truppe der Berichterstatter ab.

Bustamante, Andrade und Salazar gaben ihre Posten im Hof auf und verzogen sich ins Innere des Hauses.

Montalvo bedeutete Andrade, einen Augenblick auf der Veranda zu warten, während er sich von seinem Gastgeber verabschiedete, der sich auf sein Zimmer zurückzog. »Du siehst verärgert aus, Julio. Was bedrückt dich?« fragte Montalvo, nachdem Proaño gegangen war.

»Ich bin kein Teamarbeiter, Chef. Zu viele persönliche Betreuer für meinen Geschmack. Schwierige Koordination.« Andrade murmelte die Erläuterung düster vor sich hin.

»Wir müssen Rücksicht auf unseren Gastgeber nehmen. Salazar ist nicht für uns angeheuert. Er ist für Don Joaquín das, was du für mich bist.«

»Ich weiß. Aber dieser indianische Kleiderschrank mag uns nicht. Ich spüre das.« Andrade strich sich mit der rechten Hand übers Haar.

»Es geht hier nicht um oberflächliche Gefühle, Julio. Sympathie, Antipathie – was soll das. Ich habe auch meine Familie in Quito zurückgelassen. Sie fehlt mir. Aber soll ich an meine Frau denken, ihr nachtrauern, während im Moment nur die Präsidentschaft zählt, die Wahl, der Wahlkampf? Jeder weiß, was mir die Familie bedeutet. Aber muss ich es deshalb zur

Gefühlsduselei kommen lassen? Gefühle, Julio, müssen gelegentlich unter Kontrolle gehalten werden. Ihr sollt die Augen aufhalten. Und drei Paar sehen mehr als eins.« Montalvo redete begütigend auf seinen Mann ein.

Andrade schwieg.

»Und was Bustamante angeht, so besteht kein Anlass zur Unruhe. Er ist für die Geschäfte da. Ich will ihn nur ein paar Wochen um mich haben, damit ich mir ein Bild davon machen kann, wie er sich während meiner Abwesenheit entwickelt hat. Ich möchte die Leute kennen, auf die ich setze. Er ist der Kaufmann. Du bist der Kämpfer. Daran gibt es keinen Zweifel. Oder muss ich dich jetzt Sicherheitsberater nennen?« Der Chef lächelte feinsinnig.

»Schon gut«, sagte Andrade brummig. »Ich hoffe, Bustamante richtet sich danach.«

25

Ich lag mit der Walther auf dem Bett und fummelte am Magazin herum.

Seit fünf Tagen verfolgte ich Montalvos Aktivitäten. Interviews mit Tageszeitungen, Fernsehen und Rundfunk. Audienz beim Bischof. Besuche in Schulen. Eine Rede auf der Plaza Calderón. Er wärmte sich auf für die großen Auftritte in Guayaquil und Quito. Die drei Gestalten, die den Präsidentschaftskandidaten und seinen Gastgeber bewachten, schienen sich nicht sonderlich zu mögen. Man konnte es riechen, dass es persönliche Rivalitäten zwischen ihnen gab. Das würde sie im Ernstfall behindern.

Andrade war offensichtlich der Profi. Mit ihm musste ich rechnen. Der zweite Mann Montalvos war eine Nummer kleiner, sah mehr nach Wahlkampfmanager aus. Der kompakte Indio, der zu Proaño gehörte, war schwer auszurechnen. Auf jeden Fall sah er beeindruckend aus.

Noch war mir nichts Geistreiches eingefallen, was die erfolgreiche Erledigung meines Auftrages anging. Die Konkurrenz war noch nicht aufgetaucht. Die Gehilfen hielten sich zurück. Vielleicht hatten sie auch aufgegeben.

Ich schaltete probeweise den Fernseher ein, sah mir zwei Werbespots an und knipste die Kiste erschrocken wieder aus.

Das Telefon klingelte.

Ich nahm ab.

»Ein Gespräch aus Quito«, sagte das Mädchen in der Hotelvermittlung.

Es knackte, rauschte. Dann eine Männerstimme.

»Hallo, Señor Braunschweig?« Er hatte Schwierigkeiten mit dem Namen.

»Ja!«

»Hier spricht die gelb-schwarze Strickjacke. Sie erinnern sich? Die Biene Maja!«

»Summsumm«, sagte ich.

Am anderen Ende der Leitung blieb es still. Offenbar dachte er darüber nach, ob ich noch alle Tassen im Schrank hatte.

»Ich weiß, was Sie meinen. Reden Sie. Worum geht es?« fragte ich aufmunternd.

»Ein Anruf aus dem fernen Süden. Man will, dass ich Sie direkt unterstütze. Ich komme morgen mit der Frühmaschine der SAETA, kontaktiere Sie im Hotel.« Er redete lustlos. Ein glücklicher Familienvater, den Wochenendarbeit erwartete.

»Was soll der Mist? Wollen wir jetzt eine Fußballmannschaft aufmachen? Davon war nie die Rede.« Ich motzte ihn an, wusste, dass er nichts dafür konnte.

»Ich kann mir auch was Besseres denken. Aber wie gesagt, Anweisung. Sie können mich ja zum Küchendienst einteilen. Bin auch ein brauchbarer Zeitungsholer. Oder wenn Sie einen Termin beim Friseur brauchen ...«

Ich lachte sparsam. »Wenn es sein muss. Ich erwarte Sie!«

»Bis morgen!« Er legte auf.

Santander wusste, dass ich allein arbeitete. Er musste erhebliche Zweifel an mir haben, wenn er mir so etwas zumutete. Mein gelb-schwarz gestreifter Partner schien sich allerdings nicht um den Job zu reißen. Vielleicht konnte ich ihn wirklich behutsam in die Ecke stellen.

Ich schlug das Magazin in die Pistole und legte sie in den Koffer, schloss ihn dann ab.

Zehn Minuten später saß ich in der Hotelcafetería und bestellte mir ein Club. Die Flasche war eiskalt, und ich brachte es nur auf drei Millimeter Schaum.

Einen Tisch weiter saß der bundesdeutsche Handlungsreisende. Egon Stolle, wie ich mittlerweile wusste.

»Hallo«, rief er locker und gab sich als abgeklärter Globetrotter. »Wie laufen die Geschäfte?«

»Kann nicht klagen.« Ich grinste üppig zurück.

Die Tür ging auf, und Montalvos zweiter Mann betrat die Cafetería, steuerte Stolle an.

Der kam aus dem Sitz hoch und brüllte: »Señor Bustamante, *muy buenas tardes!*«

Das wenige Spanisch, dessen er mächtig war, setzte er mit der unerbittlichen Härte eines Nachhilfelehrers ein. Das *tardes* knallte durch den Raum wie ein Peitschenschlag.

Bustamante zuckte zusammen, blickte entschuldigend in die Runde der Gäste und antwortete fürsorglich in Englisch: »*How are you. Mister Stolle, glad to see you again!*«

Sie setzten sich; Bustamante mit dem Rücken zu mir.

Eine halbe Stunde später und nach einem weiteren Bier wusste ich, dass Bustamante übermorgen Montalvo und Stolle zusammenbringen wollte. Draußen auf der Hacienda. Geschäftlich. Sehr früh. Um sieben Uhr, da Montalvo den Vormittag ab zehn Termine in der Stadt hatte. Proaño flog morgen mit der Familie für vier Tage nach Quito.

26

Andrade roch den Feind.

Er kam aus dem Haus, überquerte die Veranda, ging die wenigen Treppenstufen in den Hof hinunter, überquerte ihn und peilte vorsichtig aus dem Tor die Auffahrt hinunter zur Straße.

Zweihundert Meter oberhalb der Stelle, an der die Auffahrt zur Hacienda auf die Straße stieß, stand ein schwarzer Wagen. Ein Japaner, soweit Andrade es erkennen konnte. In der offenen Tür lehnte ein Mann mit Fernglas und beobachtete das Gebäude.

Sie hatten die Spur wieder aufgenommen, die sie in Lima verloren hatten. Andrade gönnte sich ein dünnes Schmunzeln und ging ins Haus zurück.

Er würde warten. Sie mussten kommen.

27

Er hatte seine gelb-schwarze Strickjacke in Quito gelassen und sich in einen dunkelbraunen Cordanzug gezwängt. Alles ziemlich verbeult. Darunter einen grauen Rollkragenpullover.

Er hieß Bernardo. Der Rest interessierte mich nicht. Wir gingen am Rio Tomebamba spazieren.

»Montalvo wird sich morgen sehr früh mit einem deutschen Geschäftsmann treffen, auf der Hacienda von Proaño, um sieben Uhr.«

»Eine gute Gelegenheit«, sagte Bernardo.

»Ich weiß.«

»Was werden Sie tun?« Er hielt sich wirklich raus, so gut er konnte. Der Hängeschnurrbart ließ ihn sehr traurig aussehen.

»Sie werden zwei Flüge buchen. Einen auf meinen Namen, für die SAETA-Maschine um acht Uhr dreißig nach Quito. Einen auf Ihren Namen, für die SAN-Maschine um acht Uhr nach Guayaquil. Wir brauchen sichere Festbuchungen. Lassen Sie Ihre Beziehungen spielen und sehen Sie zu, dass wir auf der Passagierliste stehen. Wir können uns keinen Zirkus auf dem Flughafen leisten.«

»Kein Problem«, sagte er erleichtert, froh darüber, dass er vorerst nur als Reiseleiter gefordert wurde. Er konnte unbesorgt sein. Ich hatte nicht vor, ihn zu mehr zu machen.

»Ich brauche einen Wagen. Heute nachmittag. Einen, den ich morgen benutzen kann. Er bleibt am Flughafen stehen.«

»Wird gemacht. Was noch?« Seine Stimme zitterte ein wenig.

»Das ist Ihr Teil, Bernardo. Ich muss mich darauf verlassen können.« Ich schaute hinüber zu den Häusern am steilen Hang auf der anderen Flussseite. Beobachtete die Frauen, die auf den Felsblöcken im Wasser ihre Wäsche bearbeiteten. Die flache, grasbewachsene Uferseite, an der wir entlanggingen, war buntkariert, voll von zum Trocknen ausgelegter Wäschestücke.

Er schwieg. Der Kelch war an ihm vorübergegangen. Auf dem Weg von Quito nach Cuenca hatte er sich wohl damit beschäftigt, wie er es mit tätlichen Auseinandersetzungen hielt, mit Blut und Pulvergestank.

»Verdammt knappe Zeitplanung«, ließ er sich vernehmen.

»Wenn alles klappt, kann das nur von Vorteil sein.«

»Wenn es klappt«, sagte er versonnen vor sich hin. Es klang wie: In Lima ist es ja schon mal schiefgegangen, Junge!

»Es wird klappen!« sagte ich bissig.

Eine ältere Frau rief uns einen Gruß zu und schmetterte ein zusammengedrehtes, nasses Hemd auf den Stein. Sie lachte.

»Auf die Art bekommt man jedes Kleidungsstück kaputt«, sagte ich zu Bernardo.

»Dafür sind sie sauber.«

»Sie fahren morgen früh rechtzeitig zu beiden Flügen zum Flughafen raus. Mit unserem Gepäck. Allein. Ich komme nach. Wir checken ein. Sie mit meinem Koffer, ich mit Ihrem Gepäck. Dann tauschen wir die Bordkarten. Ich fliege nach Guayaquil. Sie nach Quito. Wenn ich nicht rechtzeitig da bin, lassen Sie meinen Koffer am SAETA-Schalter und setzen sich nach Guayaquil ab. Ich sehe dann, ob ich die Quito-Maschine noch schaffe, oder wo ich bleibe.«

Er zuckte die Schultern, war zufrieden.

»Gut«, murmelte er. Aber er hatte seine Zweifel.

»Die Hacienda liegt abgelegen. Es ist früher Morgen. Wenn sich alles zur Zufriedenheit auf dem Grundstück erledigt, haben wir bis zehn Uhr Zeit. Sogar etwas länger. Montalvo hat um zehn einen Termin in der Stadt.«

Er sah mich an, als wollte ich ein halbes Dorf liquidieren, um die Verfolgung hinauszuzögern.

»Proaño ist mit Familie und Leibwächter nach Quito geflogen. Heute. Er hat die Maschine benützt, mit der Sie gekommen sind.«

Es schien ihn nicht wesentlich zu erleichtern.

28

Bernardo hatte einen Peugeot 404 aufgetrieben. Weiß. Er wusste, was sich gehörte, hatte gestern nachmittag wie der Ausstatter eines Melville-Films gegrinst.

Es würde ein schöner Tag werden. Die Berge hoben sich grün gegen den blauen Himmel ab. Die Sonne arbeitete mit Frühaufsteherenergie, kaum von Wolken behindert. Über den Eukalyptushainen am Rio Tomebamba lag etwas nebliger Dunst.

Dreihundert Meter vor mir tuckerte ein altersschwaches Taxi, ein Volvo, mit Egon Stolle Richtung Baños. Avenida Loja. Rio Yanuncay. Rechts ab. Avenida Baños. Das Taxi verschwand nach links in die Auffahrt zu Proaños Hacienda. Ich fuhr geradeaus weiter.

Kurz nach der Auffahrt eine schwarze Toyota-Limousine, die am Straßenrand parkte. Zwei Insassen. Die Gehilfen waren wieder am Ball.

Diese Erkenntnis lähmte mich für eine Weile. Außer Sichtweite wendete ich und kroch im kleinen Gang zurück.

Das Taxi kam die Auffahrt herunter. Bustamante musste Stolle wohl angeboten haben, ihn mit zurückzunehmen, wenn es gegen zehn in die Stadt ging. Der Volvo bog auf die Straße ein und tuckerte in Richtung Cuenca.

Der Toyota startete, setzte rückwarts in die Auffahrt und fuhr langsam im Rückwärtsgang zum Tor der Hacienda hoch.

Mir war kotzübel. Dasselbe Spiel wie in Lima.

Die schwarze Toyota-Limousine hielt an. Die beiden Insassen stiegen aus, ließen die Türen offen und liefen geduckt zum Tor hinüber. Einer der beiden Männer hatte eine Maschinenpistole in der Hand. Sie verschwanden im Hof.

Ich gab Gas, prügelte den 404 die Auffahrt hoch, setzte ihn quer vor den Toyota, nahm den Gang raus, zog die Handbremse und ließ den Motor laufen.

Ich registrierte noch, dass auch der Motor des Toyota im Leerlauf brummte, ging hinüber, zog die Schlüssel ab, steckte sie ein, und dann hörte ich auch schon die Schüsse. Diesmal war es schon mehr ein Scharmützel. Die MP ratterte giftig. Und die Walther in meiner Hand kam mir wie eine Wasserpistole vor.

29

Andrade nahm einen Schluck Kaffee, als das Taxi im Hof hupte. Montalvo sah von einem Schriftstück auf, in das er Korrekturen einarbeitete. Bustamante erhob sich.

»Das wird Señor Stolle sein«, sagte er und ging hinaus, um den Gast zu begrüßen.

Stolle stieg gerade aus dem Volvo.

»Buenos días«, trompetete er über den Hof, als habe er einen Weckauftrag für die ganze Anlage.

»Good morning, Mister Stolle.« Bustamante ging ihm entgegen und schüttelte ihm die Hand.

»Sie können den Fahrer zurückschicken. Wir werden Sie später mit in die Stadt nehmen.«

Stolle zahlte, und der Taxifahrer fuhr vom Hof.

Bustamante wollte Stolle den großen Aktenkoffer abnehmen, aber dieser lehnte dankend ab.

»Schönes Plätzchen hier.« Der Deutsche warf einen Genießerblick in die Runde.

»Der Privatbesitz von Señor Proaño«, sagte Bustamante. »Sie werden sicher von Don Joaquín gehört haben.«

»Natürlich«, sagte Stolle. »Er ist in Quito, wie ich gehört habe. Hätte ihn gern kennen gelernt.« Er warf Englisch und Spanisch durcheinander, dass es Bustamante den Magen zusammenzog.

»Ja. Er ist mit seiner Familie für ein paar Tage unterwegs. Kommen Sie, ich werde Ihnen Señor Montalvo vorstellen. Und dann frühstücken wir erst einmal.«

Bustamante war auf der obersten Treppenstufe angelangt, als der erste Feuerstoß in die morgendliche Stille platzte.

Stolle rief laut um Hilfe, ließ den Aktenkoffer fallen und warf sich vor der untersten Treppenstufe flach in den Hof.

Bustamante sickerte das Blut aus den Mundwinkeln. Er schwankte, schaute auf Stolle hinab, nahm noch die beiden dunklen Schatten wahr, die auf ihn zu stürzten, und fiel dann mit sechs Einschüssen im Rücken zwischen die weißen Korbmöbel auf der Veranda.

Andrade kam mit gezogenem Revolver aus dem Haus, sah die beiden Angreifer, tauchte hinter den Türpfosten zurück und holte den mit der Maschinenpistole mit zwei Schüssen von den Beinen.

Der zweite Angreifer war dabei, Stolle hochzuzerren und als Deckung vor sich aufzubauen, als Montalvo mit bleichem Gesicht in der Tür erschien und bestürzt auf das Schlachtfeld sah.

Stolle war steif wie eine Schaufensterpuppe und heulte ängstlich um Gnade. Andrade versuchte, den Chef aus der Türöffnung zu drücken, und der Angreifer erwischte ihn mit einem Schuss aus seiner Automatik in der rechten Schulter. Andrade krümmte sich zusammen. Ein zweiter Schuss traf Montalvo voll in Herzhöhe. Montalvo fiel um und begrub Andrade unter sich.

Der mit der Automatik stieß Stolle in den Hof zurück und sprang die Stufen hoch.

30

Ich sprintete über den Hof, sah, wie zwei Bedienstete aus einem Nebengebäude der Hacienda kamen.

Einer der Gehilfen stand über Montalvo und Andrade und schoss Andrade zweimal in den Kopf.

Stolle rappelte sich aus dem Staub des Innenhofs auf, umklammerte seinen Aktenkoffer und brüllte panisch um Hilfe, auf Deutsch.

»Da oben!« Er zeigte anklagend auf die Veranda.

Ich stieß ihn um, ging aufs rechte Knie, stützte die Walther mit der linken Hand zusätzlich ab und erwischte den Gehilfen in der Brust, als er sich zu mir umdrehte. Er schoss schräg nach oben in die Luft und sackte in sich zusammen.

»Mein Gott«, hörte ich Stolle wimmern. »Mein Gott.«

»Halten Sie den Mund«, fuhr ich ihn an.

Er zuckte zusammen, setzte sich auf die unterste Treppenstufe, den Koffer auf den Knien, und heulte.

Ich besah mir die Toten. Montalvo, Andrade, Bustamante, den mit der Automatik und den mit der MP.

Die Bediensteten, zwei ältere Frauen, standen wie festgenagelt vor der lehmbraunen Wand des Nebengebäudes. Eine betete mit lauter Stimme. Die andere knüllte ihre Schürze vor dem Bauch zusammen.

Ich ging ins Haus und kümmerte mich um die Telefonanschlüsse. Anschließend fand ich hinter dem Hauptgebäude einen alten Stall, der als Garage diente. Eine nordamerikanische Limousine. Ein japanischer Geländewagen. Ich zerschoss je einen der Reifen.

»Was machen Sie?« zeterte Stolle. »Um Himmels willen, rufen Sie die Polizei oder das Militär. Tun Sie irgendetwas!«

»Halten Sie die Fresse«, fuhr ich ihn an. »Sie bringen mich zum Kotzen. Heute wird nichts verkauft!«

Er starrte mich mit offenem Mund an.

»Gehen Sie wieder ins Haus«, sagte ich auf Spanisch zu den beiden Frauen.

Sie verschwanden in der Tür des Nebengebäudes. Ich folgte ihnen. Es war die Küche. Eine Tür führte zur Vorratskammer. Von dort ging es nicht weiter. Die Fenster waren von außen vergittert.

»*La llave?*« fragte ich.

Die mit der Schürze reichte mir den Schlüssel, ein antikes Monstrum.

»Kommen Sie«, rief ich Stolle über den Hof zu.

Er kam angetrabt.

»Ohne Aktenkoffer geht's wohl nicht?« Er fiel mir auf die Nerven.

»Was haben Sie vor?« Er zögerte.

»Hier rein!«

»Und wenn ich nicht will?«

»Dann gebe ich Ihnen damit eins über den Schädel.« Ich zeigte ihm die Pistole.

Er schlich in die Küche.

Ich zog die Tür ins Schloss und drehte den Schlüssel zweimal um, ließ ihn stecken. Wusste der Teufel, ob hier noch jemand herumturnte. Ich hatte keine Zeit mehr. Die Toyotaschlüssel behielt ich. Ich setzte mich in den Peugeot und verließ das Schlachtfeld.

31

An jenem Tag gefiel ich mir besonders gut. Das rettete mir das Leben.

Beim Blick in den Spiegel drängte er sich ins Bild. Stand zwei bis drei Schritte hinter mir. Dann weniger. Er holte aus.

Ich ließ mich wegsacken, hämmerte mit dem Ellenbogen gegen ein Möbelstück. Er wischte über mir ins Leere. Seine Füße waren in der Schwebe, und ich trat ihm aus dem Liegen voll in die Beine.

Er knallte mit dem Gesicht gegen den Spiegel, und während er in sich zusammenfiel, rappelte ich mich an ihm vorbei nach oben. Er landete unglücklich, und ich trat ihm vorsorglich in den Unterleib, bevor ich Kurs auf die Hotelzimmertür nahm.

Auf dem Flur checkte ich kurz die Anzeige neben der Aufzugtür, nahm dann die Treppe. Am Empfang saß niemand. In der Drehtür hatte ich für Sekunden Platzangst. Der belebte Gehsteig erlöste mich. Ich begrüßte die feuchte Hitze. Sie bedeutete Bewegungsfreiheit.

Auf mein Winken hielt ein Taxi mit quietschenden Reifen. Auf dem Rücksitz sortierte ich meine Gedanken. Die Gehilfen hatten die Spur wieder aufgenommen. Ohne Spiegel hätte ich alt ausgesehen. Der Fahrer wollte wissen, wo es hingehen sollte.

»Fahren Sie bis zum Malecón«, sagte ich.

Er nickte, spürte, dass ich Aufschub brauchte, drückte auf die Hupe und sagte: »Verdammte Hitze, Señor. Macht einen ganz fertig. Die Zeit der Fliegen.«

»Ja«, gab ich zurück. »Moskitos, Schweiß und Luftfeuchtigkeit. Macht einen kaputt.« Ich sehnte mich nach der temperierten Luft des Hotels, dachte an den Mann in meinem Zimmer und fand mich mit dem Klima ab.

»Si, Señor«, sagte der Fahrer. »Man könnte andauernd Bier trinken.« Dann schwieg er, hupte gelegentlich, um weiterzukommen.

Ich schaltete den Straßenlärm ab und sortierte weiter. Warum hatte ich ihn nicht gehört? Kein Geräusch. Müßig, darüber nachzudenken. Leute, die dafür bezahlt wurden, konnten so was.

Da, wo die Nueve de Octubre am Malecón endete, drückte ich dem Fahrer einen Schein in die Hand, stöhnte noch mal über das Wetter und verließ das Taxi.

Ich ging am Denkmal vorbei zum Ufer des Guayas und überlegte, wie lange wohl der bronzene Händedruck zwischen San Martín und Bolívar schon andauerte. Die Befreier Südamerikas in einer freundschaftlichen Geste aneinandergekettet.

Unter den Bäumen der Promenade war es angenehm kühl und schattig. Am Geländer über dem Flussufer blieb ich stehen und schaute auf das lehmigbraune Wasser. Teile von Schlingpflanzen und anderes Grünzeug trieben wie kleine Inseln dem Pazifik zu. Rechts von mir, am Steg des Yachtklubs, lagen drei weiße Motorboote. Die schmutzige Brühe nahm ihnen die Eleganz. Sie wirkten fehl am Platz. Kostspielig und gediegen ignorierten sie die angefaulten Holzpfosten des Stegs und das verdreckte Wasser des Stroms.

Ich nahm mir den ungebetenen Hotelgast noch einmal vor. Was hatte ich im Spiegel gesehen? Wie sah er aus? Ich konnte mich an nichts erinnern, was ihm ein Gesicht gegeben hätte. Nur ein Schatten hinter mir, ein Ausholen. Für Sekunden war ich sicher, dass es ein Latino gewesen sein musste. Dann war ich wieder im Zweifel. Gefahr war immer dunkel. Nein, so ging es nicht! Es war alles zu schnell abgelaufen. Auf dem Boden, als ich ihm in den Unterleib getreten hatte, war er nur ein Bündel gewesen, ein fleischiger Klumpen. Es half mir sowieso nicht weiter, wenn ich mich auf ihn konzentrierte.

An mir hatte er jedenfalls nichts verdient. So, wie ich die kannte, die ihn auf mich angesetzt hatten, konnte er nicht einmal einen Vorschuss verbuchen. Und für Fehlschläge zahlten sie keine Prämie.

Was mich beunruhigte, war, dass sie mir immer ähnlicher wurden. In Lima vier. In Cuenca zwei. In Guayaquil nur noch einer. Mit meiner Theorie über Gehilfen und Helfer schien nicht mehr alles zu stimmen. Der Feind passte sich flexibel an die Situation an. Und seit Cuenca war ich nicht mehr der Jäger.

Die Zeitungen waren voll mit den Morden in Proaños Hacienda. Die Kommunisten und der CIA wurden ausgiebig verdächtigt. Die Militärregierung begann eine Argumentationskette aufzubauen, die die Vorfälle in Cuenca zum Anlass für eine erneute Verschiebung der Wahlen zurechtbog.

Ich ging zur belebten Straße zurück und winkte ein Taxi heran.

Diesmal nahm ich den vorderen Sitz neben dem Fahrer.

Ich ließ ihn zunächst einige Runden drehen. Er fuhr die Kiste in Drehzahlbereichen, die einer Betonmischmaschine Ehre gemacht hätten. Beim Anfahren an Kreuzungen erinnerte er sich gelegentlich an den Schaltknüppel. Die träge Art, in der er sein Taxi durch den Verkehr treiben ließ, machte die Hitze noch schlimmer. Ich stierte über die langgezogene Motorhaube ins Gewühl und drohte einzuschlafen.

»Heiß!« sagte er.

»Ja, macht einem zu schaffen. Und die Scheiß-Fliegen!« Der Standardtext. Man redete in der *temporada* darüber, ohne es eigentlich noch wahrzunehmen.

Er bewegte das Steuerrad mit konstanten Pendelbewegungen. Wie in den alten Filmen. Und er hatte genügend Spiel in der Lenkung, um dieser Beschäftigung ohne Kursänderung nachgehen zu können.

»Noch eine Runde, Señor?« Er schaute mich an, als wollte er nach dem Sinn unseres Karussellbetriebs fragen. Sein Gesicht war sympathisch. Ich kam zu dem Schluss, dass er mein Mann war. Es war schließlich sein Auto, und er konnte damit fahren, wie er wollte.

»Fahren Sie jetzt zur Passage am Hotel Atahualpa«, sagte ich. »Nicht die Nueve, die andere Seite!«

»Bueno!« Er rutschte tiefer in den Sitz, kuppelte aus. Zunächst glaubte ich, er suche nach dem fünften Gang, aber dann hatte er den dritten drin, bog halsbrecherisch nach rechts in eine Seitenstraße und hupte die Fußgänger aus dem Weg.

Ich schwieg.

»Hier sind wir«, sagte er wenig später glücklich und hielt mit jaulenden Reifen vor dem hinteren Eingang der Passage. Er lächelte zufrieden. Der alte und neue Weltmeister hatte den Grand Prix gewonnen.

Der Türsteher des Hotels traf Anstalten, sich in Bewegung zu setzen. Mit einer Handbewegung machte ich ihm klar, dass es überflüssig sei.

»Parken Sie Ihr Taxi hier irgendwo. Ich lade Sie zu einem Bier ein«, sagte ich zum Taxifahrer.

Sein Gesichtsausdruck zeigte mir, dass er das nicht sonderlich gut fand. »*No, gracias, Señor!*« Er winkte ab.

»Ich möchte etwas mit Ihnen besprechen. Hab' einen Auftrag für Sie.«

Er schüttelte den Kopf.

»Gegen gute Bezahlung!«

Das überzeugte ihn. Er zog den Wagen zehn Meter vor in eine Parklücke. Dann gingen wir in die Cafetería des Hotels Atahualpa.

Als ich die temperierte Luft spürte, wurde mir besser. Plötzlich wieder das Gefühl, klar denken zu können. Ich bestellte zwei Bier.

»Was ist es?« fragte er.

»Ich möchte, dass Sie meine Sachen aus dem Hotel holen und dann wieder hier vorbeikommen.«

»Das Atahualpa?«

»Nein, ein anderes Hotel in der Nähe.« Ich sagte ihm den Namen.

»Das ist alles?« Er schaute mich ungläubig an.

»Wenn am Empfangstisch niemand sitzt, fahren Sie einfach

mit dem Aufzug in den ersten Stock, Zimmer fünfzehn, packen alle meine Sachen in den Koffer und hauen ab.«

Er lächelte verständnisvoll. Es steckte etwas dahinter. Die Sache war nicht ganz sauber. Er hatte seine Erklärung, das stellte ihn zufrieden.

»Für den Fall, dass jemand am Empfang sitzt, sagen Sie, dass ich Sie wegen meiner Sachen schicke. Sie nennen meine Zimmernummer und erzählen etwas von plötzlichem Aufbruch. Ich warte bereits am Flughafen. Oder so ähnlich. Meine Rechnung ist bereits bezahlt. Wenn es Schwierigkeiten gibt, zahlen Sie ein Schmiergeld!«

Sein Lächeln wurde breit und selbstbewusst. Jetzt kannte er die Bedingungen. Er kalkulierte den Preis.

Ich gab ihm so viel, wie er an einem Tag verdienen musste. Zu wenig, um damit ohne Gegenleistung durchzubrennen und Ärger zu riskieren. Genug, um mich für eine halbe Stunde zum Mittelpunkt seiner Anstrengungen zu machen. Fünfzig Sucres extra, für den Mann an der Rezeption, falls er überhaupt da war und nicht spurte.

Mein Taxifahrer zählte die Scheine und nahm noch einen Schluck Bier.

»Bueno«, sagte er im Komplizentonfall. »Maximal zwanzig Minuten.«

»Ich warte hier«, sagte ich. »Wie gesagt, die Hotelrechnung ist bezahlt.«

Er hatte mittlerweile den Gesichtsausdruck eines Profis, der den Tresor der First National City Bank mit dem Schneidbrenner angeht. Es lagen ein paar Fragen in der Luft. Ich ließ ihn spüren, dass er nicht mehr erfahren würde. Er ging.

Ich signalisierte dem Mann hinter dem Tresen ein weiteres Bier. Wenn die Sache mit dem Hotel nicht schiefging, würden sie am Flughafen auf mich warten. Aero Perú hatte einen Señor Braunschweig nach Lima auf der Liste. Gut. Es kam nicht auf einen Tag an. Auch nicht auf eine Woche. Ich würde ausspannen. Zwangsweise. Die verlorenen Ferientage in Uruguay.

Atlántida. Piriapolis. Sie warteten auf den nächsten Aufhänger, den nächsten Fehler, auf eine neue Gelegenheit, zuzuschlagen. Ich würde genau das tun, was sie nicht erwarteten. Ich würde mir Zeit lassen. Das frische Bier war eiskalt.

Eine halbe Stunde später stand er wieder neben mir und grinste. Sein Gesicht war eine einzige große Gewinnanzeige.

»Ich habe Ihre Sachen im Wagen.«

»Hervorragend! War es schwer?«

Er schien vorübergehend beleidigt. »*No, Señor!*« Er hatte schon dieses geringschätzige Getue auf Lager, das Leute auszeichnet, die zu einfach zum Erfolg kommen.

»Am Empfang war keiner...« Er brach ab, dachte darüber nach, ob ich wohl jetzt das Geld für den Portier zurückfordern wurde.

»In Ordnung«, sagte ich.

Er war froh, dass ich mich nicht am einzelnen Sucre festbiss. Ich zahlte.

Er folgte mir durch die Glastür. In der Passage staute sich die Hitze. Das Taxi stand diesmal genau vor dem Ende des Durchgangs, in der Nähe des Haupteingangs zum Atahualpa. Das Selbstbewusstsein meines Taxifahrers entwickelte sich zusehends.

Der uniformierte Türaufhalter steuerte auf uns zu.

»Es ist nicht erlaubt, hier zu parken. Sie blockieren die Zufahrt zum Hotel.« Er plusterte sich auf und schaute den Taxifahrer scharf an.

Ich konnte mir keinen Ärger leisten. »Wir sind schon weg«, sagte ich versöhnlich, bevor mein Partner sein neugefundenes Selbstvertrauen unter Beweis stellen konnte.

»Geben Sie bitte am Empfang Bescheid, dass ich in zwei Stunden wieder zurück bin, für den Fall, dass jemand für mich anruft.«

»Señor?« Der Uniformierte war verunsichert.

»Zimmer zweihundertfünf«, sagte ich und ließ ihn stehen.

Der Taxifahrer war unzufrieden. Er hätte gern noch etwas für sein Geld getan. Ich sah es ihm an. Er sagte etwas wie Hurensohn. Aber ich nahm ihn beim Arm und dirigierte ihn zum Wagen. Auf dem Rücksitz sah ich meinen Koffer. Die Kriegsbeute, zu schade, um sie im dunklen Kofferraum aufzubewahren.

»Jetzt geht es zu einer Buskooperative, die nach Playas fährt. Sie wissen sicher, welche die beste ist.«

»Bus?« Er hatte sich schon auf den Flughafen eingestellt und machte ein enttäuschtes Gesicht. Das war kein würdiger Abschluss seines Auftrages. Er setzte sich ans Steuer und wartete, bis ich die Tür zugezogen hatte. Dann kam wieder die Betonmischmaschine. Sein Elan war dahin.

32

Der Delfin lag fünf Meter vor mir in den auslaufenden Wellen.

Der Körper des Tieres war aufgebläht. Eine Hälfte der Schwanzflosse fehlte. Das Maul stand leicht offen, was dem Gesicht ein tölpelhaftes Grinsen verlieh. Der Wind wehte vom Meer, aber man roch nichts. Die Brise hielt die Fliegen ab. Das schaumige Wasser kam in regelmäßigen Abständen und hob den Kadaver um wenige Millimeter an.

Ich machte vier Schritte nach vorn, stieß ihn mit dem Fuß an. Er reagierte schlapp. Das Maul blieb offen. Steif. Seine Intelligenz half ihm nicht mehr. Hergezeigt wurden seine Kollegen in Florida, die durch Reifen sprangen und mit Gummibällen jonglierten. Tote Delfine hatten kein Publikum.

Die Sonne stand knapp über der Linie des Horizonts. Der Pazifik lief blutrot an. Ich atmete tief durch, war froh, der stickig-trüben Millionenstadt und meinen Verfolgern entkommen zu sein. Ein Ziehen im Rücken erinnerte mich an die zwei Stunden auf der hinteren Bank des Busses.

Die Pension, in der ich ein Zimmer genommen hatte, lag etwa einen Kilometer außerhalb des Ortes. Mitten in der Woche war es ruhig in Playas. Vereinzelte Touristen. Meist Ausländer. Am Wochenende würden sie wieder in Massen das Klima der Großstadt fliehen und ans Meer ziehen.

Als die Sonne das Meer berührte, kam sie aus dem Wasser, direkt auf mich zu.

Weißer Bikini. Langes Haar in nassen Strähnen. Es war wie in den Fernsehwerbungen für Seife oder Duschbäder. Ihre Figur passte dazu. Die Brüste bewegten sich leicht, während sie auf langen Beinen durch die kleiner werdenden Wellen ging.

Die Sonne versank im Pazifik. Es war alles so kitschig schön, dass ich mir hilflos vorkam. Mein Blick wanderte kurz zum toten Delfin zurück. Ausgeliefert, ohne Unterstützung, so stand ich da.

Die Frau blieb vor mir stehen. Ihr Lächeln gab dem Stimmungsbild in der Dämmerung den Rest.

»Sie werden ihm nicht mehr helfen können«, sagte sie mit Kopfbewegung in Richtung Fisch.

Sie sagte es auf Englisch, amerikanischer Akzent. Die Stimme klang genauso, wie ich befürchtet hatte. Nichts auszusetzen. Warm und tief. Ich hatte gehofft, dass sie stottern würde, dass irgendetwas anderes an ihr auf Durchschnitt hingewiesen hätte.

Ihre Brustwarzen schimmerten durch den nassen Stoff des Oberteils. Mir war, als habe sich der Wind gelegt. Der Fisch roch. Zumindest bildete ich es mir ein. Ohne Hemd kam ich mir nackt vor, so, als zählte sie die Haare auf meiner Brust. Ich rieb mir die feuchten Hände an der Jeans ab und grub die bloßen Zehen in den Sand. Sie würde mir ein Stück Treibholz auf den Schädel schlagen müssen, um mich wieder loszuwerden.

»Ja«, sagte ich mit Verspätung. Meine Stimme hörte sich erbärmlich an, wie aus einem Blecheimer. »Wie ist das Wasser?«

»Herrlich! Es macht hungrig.«

Ich sah ihr an, dass sie ernsthaft ans Essen dachte. Mein Hunger war ein anderer.

Wir ließen den Fisch liegen und gingen zu ihrem Badetuch, das hundert Meter weiter auf dem Sand lag. Sie nahm es, frottierte sich ab. Ihre Bewegungen waren natürlich. Ich empfand jede einzelne als Herausforderung.

»Wohnen Sie in der Hostería Delfín?« fragte sie. Ich bildete mir ein, dass Hoffnung mitklang.

»Ja, ich bin heute nachmittag angekommen.« Mir fiel recht wenig ein, ich konnte sie nur ansehen.

»Sind Sie Deutscher?«

»Ja! Wieso?«

»Man hört es an Ihrer Aussprache. So, wie man es bei uns Amerikanern am Spanisch hört.«

»Am Englisch auch.« Ich bekam langsam die Kurve.

»Kommt drauf an, was Sie für Englisch halten.« Warnschuss vor den Bug. Sie lächelte herausfordernd.

»Man sollte gleich Amerikanisch sagen. Ist aber auch wieder nicht richtig.«

»Wieso?«

»Die andere Hälfte Amerikas spricht Spanisch und Portugiesisch. Ich mag diesen Alleinvertretungsanspruch nicht.«

»Sie haben Französisch, Holländisch und Einheimisches wie Guarani und Quechua vergessen.«

Wir spazierten zur Pension hinter der Sanddüne zurück.

»Leisten Sie mir beim Abendessen Gesellschaft?«

»Sehr gern!« Ich machte in Gedanken einen Luftsprung und schlug drei bis vier Purzelbäume. Wie alt mochte sie sein? Dreißig oder so. Es war schon zu dunkel, um besser schätzen zu können. Sie war Ranglistenerste mit sicherem Punktevorsprung. Konkurrenz war nicht in Sicht. Ich war ihr ausgeliefert.

Auf der Terrasse griff der schnauzbärtige Barkeeper hinter sich ins Regal und gab uns die Zimmerschlüssel über die Theke.

»Trinken wir etwas, bevor wir uns umziehen?« Mir war nach einer Stärkung.

»Für mich einen Rum mit Eis«, sagte sie und setzte sich auf einen Barhocker.

»Dasselbe für mich.« Alles mein Geschmack.

Der Schnauzbärtige griff eine Flasche weißen Rum aus dem Regal und machte die Drinks. Er musterte meine Begleiterin kurz, warf mir dann die Sorte Blick zu, mit dem sich Männer gegenseitig die gute Wahl bestätigen. Er war der Typ, der auf der Theke Handstand macht, um die Aufmerksamkeit einer Frau auf sich zu lenken. Aber er verzichtete großzügig darauf.

Sie saß mit dem Rücken zur Bar und schaute über die leeren Stühle und Tische zum Meer. Die Blätter der Kokospalmen bewegten sich leise in der Brise. Es war kühl auf der Terrasse, angenehm kühl. Ihr Gesicht war im Profil besonders schön. Sie hatte die feuchten Haare hinter die Ohren geschoben. Das gab ihr etwas Strenges. Das Badetuch bedeckte die Schultern wie eine Stola.

Ich wartete darauf, dass jeden Moment eine versteckte Band Rumba oder Bossa Nova spielen würde, damit wir diese unwirkliche Tropenstory zu Ende tanzen konnten.

Zwei Gäste des Hauses, Männer um die Fünfzig, Holländer, gingen an uns vorüber zu einem Tisch. Scheinbar die einzigen Gäste außer uns beiden. Sie hatten keinen Smoking an. Und es gab keine Combo. Die einzige Musik blieb das Rascheln der Blätter.

Ich konzentrierte mich wieder auf ihr Gesicht. Sie schaute mich an. Die Lippen leicht geöffnet, die Zungenspitze sichtbar. Geballte Sinnlichkeit. Mein Hals war trocken. Ich war in der Defensive, hielt ihrem Blick mit Mühe stand, schwamm darin, war auf eigenartige Weise besinnungslos. Ich trank, als könne der Schnaps ablenken. Aber es half nichts. Ich hätte mehrmals vom Barhocker fallen können – ich hätte es nicht bemerkt. Irgendetwas machte sie zu meiner Fee. Sie hatte die absolute Gewalt über mein Gehirn und meinen Unterleib.

Sie rutschte vom Barhocker, zog sich das Badetuch enger um die Schultern und griff nach dem Schlüssel.

»Treffen wir uns in einer halben Stunde wieder hier?«

»Gut, in einer halben Stunde.« Ich nahm meinen Schlüssel, folgte ihr ins Haus.

Sie hatte ein Zimmer im Erdgeschoss. Mein Zimmer lag im ersten Stock. Ich nahm die Holztreppe. Die Pension war ein einziges Fischmuseum. Ein Schwertfisch. Haifischgebisse. Bilder von Hochseeanglern. Es war ein stabil gebautes Holzhaus, verschachtelt angelegt. Gemütlich. Wie ein privates Heim.

In meinem Zimmer schaltete ich den Ventilator an. Rum und Eis traten in kleinen Schweißtropfen wieder auf die Haut. Ich legte mich quer auf das französische Bett und besah mir die Decke.

Sie würden mittlerweile konzentrierter nach mir suchen. In Guayaquil. In Quito. Hier würden sie mich nicht vermuten. Schon gar nicht in Wartestellung. Jemand wie ich musste alles daransetzen, Ecuador zu verlassen. Ich würde hierbleiben. Santanders Lehre: im Herzen des Wirbelsturms. Nicht nur, dass ich den Gehilfen vorläufig entkommen war; ich war mitten in diese Frau hineingelaufen. Es ging mir gut. Außer ihr konnte mir hier nichts passieren.

Gut zwanzig Minuten später stand ich vom Bett auf, zog mir ein einfarbiges Baumwollhemd an, dunkelblau. Ich ließ es über die Hose hängen und blieb barfuß. Unten setzte ich mich an einen Tisch am äußersten Eck der Terrasse, unter den Kokospalmen.

Die Brise. Das Rascheln der Blätter. Die Holländer, einige Tische entfernt, unterhielten sich gedämpft. Sie beachteten mich nicht. Der Barkeeper hielt sich noch zurück, obwohl er auch für den Getränkeservice auf der Terrasse zuständig war. Er wusste, dass ich nicht allein bleiben würde.

Sie kam. Die Konversation der beiden Fünfzigjährigen stockte. Der Schnauzbart stierte auf sie wie der Hund aufs rohe Fleisch. Sie hatte eine ausgewaschene Jeans an und eine lose fallende lindgrüne Bluse, die teuer aussah. Mit den hochhackigen Schuhen hatte sie einen Gang, der den Holländern den Schweiß auf die Stirn treiben musste. Die Haare waren trocken und fielen in einer weitgefächerten Mähne auf ihre Schultern. Dunkelblond. Sie hatte sich leicht angemalt.

Ich konnte nichts sagen. Wenn man überwältigt ist, macht man keine Komplimente.

Sie setzte sich. Die beiden Holländer zwangen sich wieder zum Gespräch. Der Schnauzbart steuerte auf unseren Tisch zu, die Getränkekarten in der Hand.

»Für mich einen Rum mit Eis«, sagte sie.

»Bringen Sie zwei!«

Nach dem Essen fühlte ich mich ein wenig überladen. Mein Bauch spannte.

Wir hatten nicht viel geredet. Sie wusste etwas mehr über mich. Ich ein wenig über sie.

»Du gefällst mir«, stellte sie fest.

Ich würde mein übliches Macho-Repertoire weglassen können. Die Frau wusste, was sie wollte. Da war wieder dieses Minderwertigkeitsgefühl. Trotz kam auf. Wie war das? Männer nahmen Frauen. Immer noch Mühe, das abgenutzte und vertraute Handwerkszeug im Koffer zu lassen. Ich kam mir käuflich vor, war froh darüber, ihr zu gefallen, wollte es aber zu keinem Preis zugeben. Man hatte gefälligst mir zu gefallen. Mit zwei großen Schlucken Rum ersäufte ich den Gedankenschrott und leitete die Umlernphase ein.

»Lass uns noch ein Stück gehen.«

»Ja.« Ich unterschrieb die Rechnung, ging dann hinter ihr her in die Dunkelheit.

Das Rauschen wurde lauter. Ich holte sie ein. Sie blieb stehen und drehte sich um. Die Schuhe hatte sie in der linken Hand. Ich fasste sie zum ersten Mal an. Sie ließ die Schuhe in den Sand fallen und umarmte mich. Meine Hände krochen unter ihre Bluse, über ihren Rücken. Fest und warm. Sie atmete mir ins Ohr. Die weißen Schaumstreifen der Brandung leuchteten. Sie löste sich von mir und ging zu den auslaufenden Wellen. Der Wind nahm ihr Haar und die Bluse und zupfte daran.

Wir entschieden uns für mein Zimmer, nahmen den Geruch

des Ozeans mit und die Wärme, die der Tag übriggelassen hatte.

Ich schaltete den Ventilator ein, stellte die Flasche Rum und die Thermosflasche mit den Eiswürfeln, die uns der Barkeeper mit Bruderblick überlassen hatte, auf den Nachttisch. Er wusste, wie solche Sachen liefen. Sein sparsames Grinsen hatte für sein breites Wissen über die Liebe an sich gestanden.

Sie hielt die beiden Gläser in den Händen und musterte das Bett. Dann stellte sie die Gläser neben Rum- und Thermosflasche, warf Eis hinein und machte zwei Drinks. Sie nahm einen Schluck und hielt mir das andere Glas hin.

Wir tranken. Der Ventilator leistete Schwerstarbeit. Sie stellte ihr Glas ab, zog den Reißverschluss der Jeans auf und streifte die Hose ab. Dann die Bluse. Mit mehr hatte sie sich nicht belastet.

Ich war total auf sie fixiert. Wenn die Gehilfen jetzt in der Tür erschienen wären, hätte ich die Feinde sinnlich angelächelt und um eine Nacht Aufschub gebeten.

Sie drückte sich an mich. Wie Efeu. Die Sorte aus schmiegsamer, warmer Substanz, aus allumfassendem Habenwollen.

»Ich habe meine Schuhe am Strand vergessen«, murmelte sie.

Ich schwieg, kam nicht aus mit zwei stümperhaft langsamen Händen. Der ganze Raum bestand aus ihr. Der Geruch. Die Temperatur. Die Geräusche. Die Feuchtigkeit.

Später stand sie vom Bett auf, löschte das Licht, öffnete die Tür mit dem Fliegengitter und trat auf den Balkon.

Ich hörte das Rauschen des Pazifiks, die Blätter der Palmen. Sie kam zurück. Es klirrte, als sie den Rest Eis in die Gläser füllte. Der Rum schmeckte jetzt härter. Sie ging ins Bad.

Als sie wieder neben mir lag, sagte sie: »Du hast keinen Spiegel im Badezimmer.«

»Du weißt doch, wie du aussiehst. Falls du es vergessen haben solltest, kann ich es dir genaustens beschreiben. Nörgle nicht an diesem Haus herum. Ich liebe diese Hütte und diesen Strandabschnitt!«

»Schade, dass der Delfin tot ist.« Sie sagte es, als trauere sie um einen Freund.

Ich wachte auf. Die Fee lag neben mir auf dem Bauch und schien zu schlafen.

Die Sonne war da. Das Zimmer lag geschützt, aber die Helligkeit signalisierte etwas vom Mittag.

Ich stand auf, ging zur Tür mit dem Fliegengitter, schaute hinaus. Es blendete. Alles war blau, gelb, grün. Meer. Strand. Palmen.

Im Badezimmer stellte ich mich unter die Dusche. Das Wasser war leicht salzhaltig. Ich schmeckte es.

Dann frottierte ich mich ab und trat ans Waschbecken, um mir die Zähne zu putzen.

Da war ein Geräusch, hinter mir. Ich hob den Kopf, aber über dem Becken war nur die blanke Wand. Kein Spiegel.

Die Sekunden bis der Schlag mich am Hinterkopf traf waren lang genug, um den Fehler einzusehen.

Santander hatte recht gehabt. Zumindest, was mich und die Frauen anging.